中都三部曲 之

上阳花

郭大熟 著

北京燕山出版社

图书在版编目（CIP）数据

上阳台 / 郭大熟著 . – 北京：北京燕山出版社 ,2023.12

ISBN 978-7-5402-7090-2

Ⅰ . ①上… Ⅱ . ①郭… Ⅲ . ①长篇历史小说－中国－当代 Ⅳ . ① I247.5

中国国家版本馆 CIP 数据核字 (2023) 第 199516 号

上阳台

作　　　者	郭大熟	
责 任 编 辑	战文婧	
设　　　计	蒋　萌	
封 面 题 签	任建国	
地 图 手 绘	王相珍	
出 版 发 行	北京燕山出版社有限公司	
社　　　址	北京市西城区椿树街道琉璃厂西街 20 号	
邮　　　编	100052	
电　　　话	010-65240430（总编室）	
版 权 联 络	18611627878	
印　　　刷	北京盛通印刷股份有限公司	
开　　　本	889mm×1194mm　1/32	
字　　　数	363 千字	
印　　　张	13.5	
版　　　次	2023 年 12 月第 1 版	
印　　　次	2023 年 12 月第 1 次印刷	
书　　　号	978-7-5402-7090-2	
定　　　价	78.00 元	

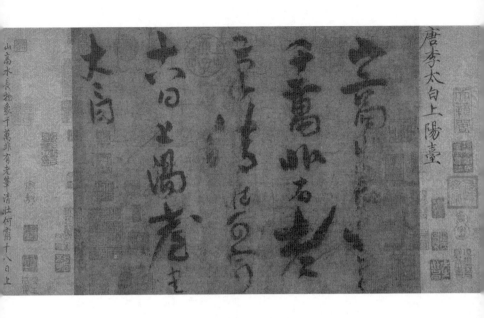

山高水长

物象千万

非有老笔

清壮何穷

十八日 上阳台书 太白

太白嘗作行書乘興踏月西入
酒家不覺人物兩忘身在世外
一帖字畫飄逸豪氣雄健乃知
白不特以詩鳴也

謫仙書傳世絕少嘗云歐虞楮陸真書
奴耳自以流出於胸中非若他人積習可
到觀其飄然有凌雲之態高出塵
寰得於外之妙嘗遍觀晉唐法帖而忽
辰逸書不覺令人清爽當時沈香甚待
醉爲力去脘轉冕多時大德九年歲在
乙巳正月廿五日集賢學士張晏敬書

目录

第一回

无端却向阳台畔

低枝小树尽芳繁

（一） 闲坐

"婆婆，不必惊慌，您请坐。这暖茵是前几日高丽使臣进贡的，您试试。"中年男子将地桌的面帘掀开，那老妪也不推辞，慢吞吞坐下。

她环顾四周的宫女，又上下打量这中年人。他摊开双手，低头看看自己身上的道袍，笑眯眯地回看。

"你真是金主？"老太太盯着他脸上的赭黄丝帕问道。

"不像？没有戏言。你们下去吧。"见老太太半信半疑，男子将面上的丝巾褪到额下，又挥手驱开了一众宫女，"完颜璟——是我。世宗皇帝是我祖父。最近咳得厉害，怕您嫌弃、硌硬，用帕子遮住口鼻，免得咳唾纷飞。"

完颜璟拽过一只蒲团，坐在暖桌的另一侧，盯着欲言又止的内侍潘守恒道："潘大人，你害怕这婆婆刺了我？"

潘守恒面露窘色，挥手让十数位宫女鱼贯而去，又顺手将靠在火墙边的拐杖拈起，背对着老太太，掂了掂分量。见不过是一根普通的六道木手杖，手柄上的吊坠儿只是一枚陶瓷小猫，貌似并无机关，也就放在座席远端，之后勾腰倒退，掩上了殿门。

完颜璟转身对老太太一笑，"您不必担心，请您来，就是想随便说说话，累了您就说，我让人送您回去。"

老太太瞄了一眼蒲团软垫的花色，又看看这皇帝身上的道袍和头上绾的髻，问道："你信这个？世宗一朝可是禁了的。"

"说不上信。道家可以解释一些事。大金龙兴之时，远在朔方，萨满盛行，怪力乱神有余，细致周全不足。道家不然，出世和入世都很含蓄。这几日，长春子会来我宫中。婆婆如有兴致，我可以请他去拜访您。"

"不必啦，以前我还相信天道，前几年只信人事，这几年什么念想都没了。你这孩子……你这皇帝有四十岁了吧？"老太太漫不经心地问。

完颜璟点头，将一只小杯注了茶水，双手递给她。

老太太伸手接过，"怎么用我们老百姓的粗粝东西？"

"黑釉窑变，不好看吗？"完颜璟笑道。

老太太抿了一口，轻轻蹙眉。

"不合您口味？来人——"

帘栊轻挑，一个年轻内侍弓了腰走进来。殿内灯火昏黄，更映得他衣饰鲜明。

"婆婆，您喜欢什么茶？"完颜璟问道。

"雀舌还喝得惯。茶禁以来，百姓有怨言啊。"

完颜璟面有难色，"今日百官也在商议此事。应该快啦。"

那内侍埋头从侧柜取出一方竹盘，半跪着拈起茶盏，又听见老太太道："人老了，吃不了这些甜糯的，茶食也拿走吧。"他将桌上的器物、甜食收起，刚要退下，就听见老太太呀了一声，"这孩子是郑雨儿吧？"

郑雨儿抬头望向完颜璟，双颊蓦地通红，轻声笑道："给奶奶问好。"

见完颜璟不解，老太太道："这孩子和我一个孙子小时候一块儿念书来着。小时候，就比女孩儿还俊呢！"

完颜璟连连点头，"这是我的寝殿小底，很乖巧。看来中都还是小啊。去吧，换水来。"

见郑雨儿离开，老太太举目望了望梁间藻井，"这叫个什么殿啊？"

"哦，这是泰和宫，庆宁殿。"

"真够大的，怎么放这么些个屏风啊，连个床也没有，您这皇帝晚上不睡觉啊？"

"最近天冷啦，生火炉呢，这屋子太大，我让人兼并了一下，省火啊。"

"嗯，会过日子！世宗皇帝也是个勤俭的人啊。"

"这是处理事务的地方。寝宫——睡觉的地方，在后边的昭明殿。太晚了，婆婆如有兴趣，改天您来，我再让人带您四处转转。"

"哎哟，可转不了，这么大，我这老胳膊老腿儿受不了啊。话说你跟我这土埋到脖颈的老太婆要聊什么呀？"

"闲聊而已。婆婆言重了，我看您利落得很啊。"

"按规矩，我应该跪着和你说话。"

"不必，您年长，没有这个道理。"完颜璟干咳了几声，"有人拿给我您写的瘦金小字，非常悦目。"

"哦！"老太太身体后倚，四下打量殿内陈设。偌大的殿内并无多余的用具，只在墙角地上放了一尊绿锈斑斑的铜坐龙。

完颜璟顺着她的视线望过去，"那是从上京搬过来的。海陵把那边的宫殿都毁啦。"

老太太看见墙上挂了人面瓦当，桌子上用的镇纸也是一枚雕工稚拙的石螭虎，低声道："你这皇帝倒是清雅，我以为还不得满坑满谷的金银器啊。"

"哈哈，婆婆说笑了，我大金就喜欢金子吗？南方连年给我进贡，送岁币给我，所以才叫'宋'，原来是这个道理，哈哈。"

老太太也噗地笑出声来，"一国之主，言辞也这么轻佻！"

完颜璟眉峰一挑，干咳几声清了喉咙，"今晚不分君民，您也尽可以畅所欲言。太后亡故得早，朕……我很少和女性长辈促膝交谈，婆婆气质温婉，坐在您面前，我觉得自在。就容我使使小孩脾气，耍耍贫嘴吧。"

"你写的？"老太太盯着墙上的一幅字，卷轴上的楷书学的是瘦金，单字足有巴掌大小。

"能看吗？"完颜璟起身走到书作旁，又不禁连咳数声。

"瘦金是女人字。"老太太面无表情。

"哦，为何这么说？"

"书法，纤毫之争。毫厘的功夫，壮夫不为！"老太太面露不屑，"茶水怎么还不来，我听你咳得难受。"

两位宫女叩门进来，将暖炉和琉璃盏轻轻放好，正犹豫着站在一旁，随即又被完颜璟挥手轰出了门。

"婆婆见笑了，开春以来，我这咳嗽不停，太医院什么药都用了，宋地也来了几位医生，张元素也来了几次，连蒙古大夫都上来了，也是计无所出。喝着汤药呢。"完颜璟坐下，用毛巾净了手，将半杯茶水推给老太太。

"哎哟，快把那帕子摘了吧，憋着更难受！"

完颜璟解下丝帕，细细叠了放在身侧的几案上。老太太看他举止、面相，一时竟出了神。

"婆婆风雅，雀舌用这杯子会好些……徽宗呢，确是亡国之君，那也是前宋的气数尽了。不过，治国和艺文，不必对等。他的瘦金是好字，写字能有个人面目，很了不起了。婆婆您不是也写？"

"要不说是女人字呢。我没学问，只是照葫芦画瓢罢了。"

"金国上下，文士们都知道我写瘦金体，所以朝中没人敢练这个，坊巷里偶尔有字画售卖，都是些仿的，瘦骨伶仃，寒酸得很。竹溪先生前日拿来您的字，非常不同。"完颜璟从架上取出小瓶，倒了几粒药丸在手。

"圣上说笑了，我不是书家，人老了，横竖都写得扭曲，年轻时略微好些，这些年写不动了。我那小孙子不学无术，前几年我还陪他练字，这几年又搁下了。我不知道我写的那些乱七八糟的东西怎么进了皇宫啊！"老太太面色又柔和了一些，正逐字打量墙上的卷轴。

完颜璟吞下药丸，从架上摘出一本《宣和画谱》，从中拈出一纸短笺，俯身递给老太太。她犹豫片刻，从怀中抽出手帕，把台面拂拭了几次，这才将纸铺在案上，凑近了细看，"哦，这是我写给孙女的，你看看，这可有日子了。我让她给我送些熟宣来……咳！都是些家常话。脏了您的眼睛喽。"说罢又将笺纸推到桌面当中。

"不，清新可喜！想那道君皇帝在世时，也必定没用他的瘦金体写过这样的文字。家常话，别有温情，是庙堂之外的庄严。很好啊。婆婆如若应允，这纸我就留下了。"

"呦，可别介，我这胡涂乱抹的。您墙上的这幅真叫好，诗也是你的诗？诗也很好呢！"老太太揉了揉脖颈，"刚你说的竹溪先生是哪位？"

完颜璟将卷轴从墙上取下，卷好后放在一旁，又曲身坐下，"是翰林院的学士，这两年也兼管着书画院。党怀英。人称'党承旨'的就是他。他的学问、修养，称作国内第一并不过分。"

老太太抬头道："是'辛党'里的'党'？"

"正是他。那是他二人年少时的称呼。后来那辛弃疾叛逃到儿宋，党怀英留在大金。党先生现在在南面也很受推崇啊。那日他在市上闲逛，见着有人卖废纸，您的这幅字就在其中，就买了下来呈给我。他好眼力，这才没让您的作品明珠蒙尘。"

老太太苦笑道："一定是我那孙女婿，把手信也当废纸卖了。他开纸印坊的。"

"百纸坊郭家。"

"正是！我说您这位皇帝怎么什么都知道？！"

"呵呵，郭家祖上是我大金功臣，辽宋也都很看重他。郭药师的后人，他是郭安国的儿子吧。这亲家找得好啊。"

"我的孙女嫁到了郭家，本以为将门之后，多少也该是书香门第，谁承想是一窝子钱牛！"

"婆婆您好一张利嘴啊！"

"当着面我也这么骂！孩子的事情也不管。他家那孩子聪慧得很，只是脾气古怪。唉，也是被我那孙女给宠坏了。"

"您在信里提到的夷则就是他吧？有癖好，才算真名士，婆婆不必过虑。"

"惭愧，一个大小伙子，天天摆弄胭脂，跟那写宫调的董解元混在一起，写些粉词儿。见一次我骂一次！回头一想，这是随了舅舅了。他舅舅、他姥爷，些个大老爷们儿，天天莳花弄草、放马玩鹰的，不务正业！"

"放马玩鹰不好？倒是现今各地的女真，放马玩鹰的越来越少……

算了，不提也罢。今天正好户部的人在列，提到了令郎，可惜了，好一位猛将……"

"猛什么呀，莽夫一个，现在倒好，成大闷瓜了！十天半个月不吐一个字。废了。"

"我看婆婆有了些谈兴，不妨和我讲讲您的家世吧。我看您举手投足，绝非小家碧玉。一笔瘦金，富贵气十足，朕很好奇。"完颜璟屏住呼吸，把杯中水倒净，重又斟上。

"圣上抬举我喽。老身八十七岁了，啊不，很快就八十八岁了，您要从头听的话，那怕是得开个勾栏瓦舍了，呵呵。我看你盯着我的嘴角看了好几次，那我就给你讲讲我这嘴角吧。升斗小民，家家的故事都差不多，说多了给您添堵。"老太太抿了一口茶，轻声叹了口气。

"婆婆不必多虑，每日听政才是添堵。去年，南面的韩侂胄闹得厉害，和议之后算是消停了。可是西辽又在犯边，草原上更是头疼。婆婆您累了就倚靠一会儿。听您说话哪里是添堵，是洗耳朵啊。"完颜璟一口气把话说完，不禁又连咳数声。

老太太向后靠了靠，"真会聊天儿！话说咳嗽不是大病，却也不能小觑了，其实无非是肺气不清，失于宣肃，我听你咳声并不重浊，气闷无痰，应该是燥邪伤肺。事情多，更要放宽心啊，我这老太太都免不了瞎惦记，您这做国君的，当然更少不了操心……人老了，说话是真絮叨啊。"老太太言毕，又叹了口气。

"婆婆教训的是。家事也恼人，想必民间也有声音吧，我至今还没有子嗣……"

潘守恒轻开了殿门，蹑脚走近，弓身在完颜璟耳边低语几句，完颜璟撇了撇嘴，"贾妃。下去吧。"

老太太道："孩子的事儿呢，很奇怪，孩子总是逗大人！你想要的时候他就逗你，偏不来；等你不琢磨了，他就来了。要债的，都是冤家。"

完颜璟点头苦笑，又不由自主地盯着她嘴角。

"好吧，我简短截说。我娘家姓周。小时候淘气，不知用了什么东西，扎破了嘴角，大人给我上药，我挣扎时又在手上沾染了墨汁，又抹在了伤口上。那之后嘴角就有了这么一块黑色。洗也洗不掉，涂什么都没用。我父亲和阿姊都爱猫，就给我起了名字叫衔蝉，说我像叼了知了的小猫。年轻时还有人唤我衔蝉，也有叫小舟儿的，这些年到处都是孙辈，这名字多少年听不到了。"

"小舟儿……衔蝉……啊，南人毕竟雅致，不像我们苦寒之地过来的人家。令尊是前宋的官员？"完颜璟眉峰轻蹙，见周衔蝉抬头望向自己，又迅即把眉头舒展了。

"记不太清。应该是失散了吧……我八岁到了金地，十八岁嫁到任家。生了女儿，失散了。还有两个儿子。大儿子在山后的坝上草原，现在归西京路了吧。有片牧场，养了些马啊牛羊啊。冬天就开馆，教些学生。任家祖祖辈辈学武，他们祖上曾经在泰安州设擂，一个月没有敌手。后来被梁山的一个小伙子给掀翻了……"

完颜璟挺直了上身，脸上满是诧异，"哦？宣和年间的事？莫非是那燕小乙？"

"正是。那位祖上名唤任原，当场就被那黑李逵给砸死了。练武的能有什么好下场！话说习文的下场更惨，哼。"

"婆婆何出此言，遭逢乱世，别说文武，百姓也苦。方今天下无事，大金对人才不嫌多。"

"我不懂那么多。话说回来，那放牛的是我大儿子。中都的这个是我的小儿子，今年也五十多了。早年间中了武举，带兵在大散关，受了伤，瘸了一条腿。卸了职，就种了这么多年花。"

"任家的塘花坞。后宫的四时花卉都来自您家花圃。"完颜璟四下环顾，这才发现空荡荡的殿内竟然连一盆花也没有，不禁哑然失笑。

"是吧。他们那些事我也懒得问。我大孙子活着的时候，和他父亲一起经管花棚，就是个营生吧。"周衔蝉从茶具里拾起一枚茶匙，细细咂摸。

"这是宋物，应该是宫里的东西。喜欢您带走。"完颜璟直起腰身，面色沉了下来。

"如果没有别的事，老身就告辞了。我在金地八十年，好多事都淡了，今天倚老卖老，居然敢和大金皇帝平起平坐，容我说一句受宠若惊吧。"

"婆婆不必这么说，朝中老臣屡屡阻止我外游，春水、秋山都废了。这几年我没出过中都。我自以为勤政，前两年还常常在城里私访，塘花坞我去过的。今年我连宫门都不出，时常会从城中提调些民众来说话。这次就请了婆婆来。"完颜璟绕过桌边，伸手正要搀她，周衔蝉却是连连摇头，"别搭手，我自己活动一下。要散架的老东西，不能沾边儿啊。"

完颜璟哈哈大笑，"婆婆话语尽是机锋，受教了。今年寿诞日，可差人来宫中，我命人前去祝寿。米寿，好福气啊。"

周衔蝉接过完颜璟递过来的拐杖，抬头盯着他看，"刚才没见你这么高啊！我父亲也清瘦，印象里也有这么高，嗯嗯。"

"婆婆是笑我细瘦吗？"完颜璟伸出手臂，又舒展了指爪捏了捏自己的手腕。

周衔蝉垂手抻抻衣襟，又仰头凝视完颜璟，"细腕子才写得好瘦金啊。要走啦！老太婆也想问你一句，能问吗？"

完颜璟退后一步，"但问无妨！"

"不杀头？"

"哈，怎么会，我还要谢谢您不摔之恩呢。您夫家可是世代摔跤力士哦。"

周衔蝉沉吟道："外头传言说……你是徽宗的曾外孙？"

完颜璟一怔，"这些传言，大可不听，金宋往来已久，传言应该不止这些吧？要是听这些，怕是十个瓦舍也不够吧。是又何妨？非又何苦？"

老太太点点头，并不追问，踱步朝门口走。

殿门敞开，一股冷气涌进来，又好似大殿喘了一口粗气——这场景似曾相识，完颜璟不禁皱了皱眉头。

一群宫女鱼贯而入，其中几个不住偷看周衔蝉，另几个捂嘴偷笑。一个绿衫宫女走上前，捉住她的胳膊说："奶奶，我搀您，我不怕粘包。"周衔蝉噘着嘴笑道："哪儿的口音啊这是？真淘气！"作势要捏这姑娘的脸，众人哄笑声刚起，却被潘守恒一声轻咳压了下去。

潘守恒站在殿外，正色低声道："还不谢恩？"

周衔蝉充耳不闻，轻哼了一声，顺着灯笼指引进了轿子，一路出宫门去了。

（二） 临幸

完颜璟把笺纸夹进书页，又命郑雨儿将卷轴和茶匙包了，捧着追了出去。

潘守恒进到殿内，探身问道："主上，卑职略有担心，以后这御前还是留些奴才吧？"

完颜璟连声咳嗽，"潘大人，多虑了。朕自有分寸，你也不必让人在室外潜听。人影攒动，喊喊喳喳，扰人清谈。"

潘守恒把头埋得更深，嗫嚅着说道："是！主上，已近寅时，还请早些歇息……贾妃也在候着。"

完颜璟将周衔蝉的纸笺又从书中抽出，递给潘守恒，"让尚服的司宝们问问党先生，将这个裱了，挂在此处。天头地脚多留些。"

潘守恒接过纸来，"内府中多有珍藏，怎么，怎么挂这民间老妇的纸条儿……"

完颜璟眉头轻皱，"你啊！哎。穷乡儿女造像，有大天真，你哪里懂这些。再说，这位周老太……让户部查城南塘花坞任家，明晨来报与我听。"

"是，这就去办。"潘守恒退下。

两行宦官和宫女早立在道旁，等完颜璟在羊车内坐定，径直向承华殿驶去。

完颜璟掀开车帘，不禁打了个寒战。此时天气乍寒还暖，空气中弥散着一股若有若无的甜香。路旁宫墙森森，枝杈扶疏，宫灯映照之下，依稀有清气氤氲其中。

车旁的侍女，手持宫灯紧跟羊车。她们个个踮着脚尖，尽力不发出一丝响声，也努力调匀了呼吸，口鼻处的哈气如丝如缕，让人恍惚。其中一位无意间侧脸，与完颜璟四目相对，立刻低头小步疾奔。

完颜璟放下窗帘，不禁失笑，口中念道："小子夷则，沉湎胭脂，不取功名也罢，奈何每染芳泽！实乃父、舅之过也！必挞之四十拐杖，不，八十下，方可解气……"

背完这段周老太的信，完颜璟若有所思，又掀开窗帘盯着车侧的宫女看。这才想起这女孩正是搀扶周老太的那一个。眼见她低头疾跑，明知车内有人凝视，又不敢抬头对望，更显娇羞可爱。宫灯殷红，上口处一缕清光射出，正映在这女子身上，只见她前胸起伏，脸上沁出了细汗。完颜璟轻喝一声，"驻！"

羊车轻巧，转瞬即停，后边的宫女也纷纷刹住步伐。只那绿衣女子停脚不住，一头撞在了前面的宫女身上，几个人哎呀呀滚作一团。队伍前的内侍急跑过来，呵斥了几句。完颜璟透过纱窗，见绿衣女子满脸潮红，另几位宫女已经推推搡搡、叽叽咯咯笑出了声。

"大喜子！怎么是你？"完颜璟拈了一枚含片放入舌下，向窗外的太监问道。

"回主上，今日贾妃宫里的傅大政德染了风寒，由小奴代值。"李新喜一头跪在车旁回话。

"哦。元妃那里岂不是没人了？"

"小忠子在呢。李、李、李思忠……"

"嗯，你站起来回话。刚才扑地的是谁啊？"

"主上息怒，她、她是……"

"怎么支支吾吾的！"

"回主上，她是、她也是元妃娘娘的侍女……"李新喜声音越来越小。

"嘿，今天怎么了这是？贾妃那边没人了？"

"小奴听令而已，听令而已。"

"你啰唆些什么呀！朕问你贾妃那边的司设、司舆呢？"

"也、也都染了风寒……天儿忽冷忽热的……就从元妃娘娘屋里调了几个女娃娃。"

"真有你的。那就不怕朕在贾妃那里也染了风寒？！"

"小奴该死，小奴该死。贾妃身体无恙。"

"嗯。你去知会贾妃，朕今日疲乏了，让她不要再等。绿衣裳这个叫个什么呀？"

"回主上，她姓范。我们叫她小舟儿。"

"小舟儿？！"完颜璟不免失笑，放下车帘，"让她上车，随我回昭明殿侍寝。"

李新喜转身走到车前，嘱咐了司舆几句，又唤来绿衣宫女，送到车旁。那小舟儿有意挣扎，却不由自主被几只大手推上了车。

"小舟儿？"

"回主上，正是奴家……"小舟儿的声音略带颤抖，却也鼓足了勇气偷瞄了皇帝一眼。

"蹲着不累？坐上来。"完颜璟伸手轻拎了她一把，趁她在软榻上坐得不稳，又顺势一拉。小舟儿再不敢抵抗，依偎在他身上。

"小舟儿——你大名儿叫什么？"

"范……范迷舟。"

完颜璟哈哈大笑，唬得羊车也跟着停顿了一下。

"你父亲是打鱼的？"

"不是，不是打鱼的。"

"哦，那是禾人？种地的？"

"嗯。"

"种的是水田吧？又是饭，又是米，又是粥的。"

小舟儿见身边这人浑不似平常见着的皇帝，嘟着嘴说："早先还有人叫我范迷舟，这两年也没人叫了，都叫小舟儿。"

完颜璟一愣，觉得这晚真是古怪，转过脸贴近了看她。小舟儿先是盯着他的眼睛和他对视，继而目光上下移动，看这男人的双眼，无精打采却分外纯净；再看他发际，居然有个清晰、标致的美人尖；眉毛像是修剪过，又像是天生的。又见他鼻梁刀削斧砍一般笔直，小舟儿心里打定主意，一会儿趁他不注意，一定要再看看他的侧脸，真不知道这鼻子从侧面看会是什么形状！他唇上的髭须里有几根发白，显得格外粗壮又不伏贴；上嘴唇，一个斜缓的山坡，应该用小拇指尖一遍一遍地轻抚……下嘴唇红艳得近乎诡异，像正在割开的一片鲜肉——

完颜璟欠身咳嗽两声，顺势吹灭了灯罩里的烛火，问道："看够了？你为什么进宫？"

小舟儿觉得失态，连忙垂下头。

"我爹爹不缴税款，我被抓到宫里啦。"

"哦，和元妃一样。"

小舟儿看见蜡烛上的青烟飘起，突然叫道："哎呀，我灯笼呢？"

完颜璟喃喃道："你管它！自有人拎着……你不是我大金的人？"

"奴家两年前随使臣来大金，是高丽国进献的宫女……"

"哦？此前怎么没见过你！"

"那时，大金正和南边的宋国打仗，主上您很忙的。引进司把我放到教坊，后来元妃娘娘让李新喜让点检司让我去到她的身边……"

完颜璟听她一口气颠三倒四说了长句子，笑道："汉话说得不错。"

"说得不咋好。我家乡和安东很近的。"

"哈哈，不咋好！安东在我婆娑府境内……小舟儿……"

小舟儿看见他又掀起了窗帘，口中念叨自己的小名儿，低声道："奴家也知道你的小名儿！"

"嗯？"完颜璟问，"你怎么知道？"

"我就知道……偷听到的。"

"说来听听！"

"不敢说。"

"说吧。无妨。"

"马……马大哥！"小舟儿说完立刻低了头，几乎要把脸埋在完颜璟腋下。

"啊哈！还牛大嫂呢！那是麻达葛！知道什么意思吗？"

"人家金国话说得更不咋好……"小舟儿的声音细如蚊鸣。她微微抬头，趁着车外的微光，偷瞄了他的侧脸剪影，只觉得一阵眩晕。

"我祖父，世宗皇帝，给我起的名字。大定八年九月，帝辇到了金莲川，我正好出生。他喜欢金莲川的麻达葛山，就用山的名字叫我。他喜欢悠远，喜欢飒爽，那里水土都好。再后来，他也给我起了个汉字的名字——'璟'。知道'璟'字怎么写吗？"完颜璟展开了小舟儿的手掌，在她手心轻轻写了"璟"字。

小舟儿屏住呼吸，静静看他写完，不觉周身酥软，满脸通红，"横的笔画这么多，很痒的……"

"一个王字，一个景字。我祖父说，天子眼中的世界，应该也是麻达葛山那样，'地衍而气清'。嗯，他喜欢秋天……"

完颜璟拉着小舟儿的手，用它拨开舆帷朝外看。小舟儿伏在他胸口，听见心跳声缓慢又悠长，轻声道："主上，您心跳像安东的单鼓的声。"

"你会击鼓？"

"就是因为打鼓，才被高丽官军送到宫里的！"

"改天打给朕听吧。"完颜璟将帷帘又敞开了些，"你看，多开阔……幻生凋落。"

（三） 密会

中都城西永乐坊的元元馆灯火通明，空地上的管事正在引导各色车驾停靠。馆外的招子上刷了耀眼的猩红大字：西厢诸宫调，第七场。一群女人聚在水牌前，对着招贴上的人物指指点点，叽叽呱呱，不时发出阵阵哄笑。

坊口的影壁一旁，几个画工合力挪动着脚手架。墙上的大字早已写好，画工随即爬到高处填涂杯盘碗碟之类的图样。两个书生装扮的年轻人袖手站在影壁对面，其中一人盯着影壁念道："谨请贤良——制造诸般品味，请君来日试尝。海外宇内食材兼备，伏望仁兄赏光。天寿节何处去，元元阁里有风光。今月十四日至二十日大酬宾，小可人袁大。"

二人正嬉笑，猛地被人拍了后背，转身见是一个黑脸的小个子。

"南边来的是你俩吗？让李大人等你们，你们倒跟这儿瞧热闹！跟我走！"

瓦舍内的包厢里，瓜子皮吐得满地都是。近侍局使、少府监李铁戈刚洗了脚，双脚翘在桌子上，在趾缝里看着对面的舞台。

门帘一动，那两个书生钻了进来。李铁戈瞥了一眼，"谁让来的啊？"

"李大人费心了，方先生让我二人和您联络。"

"说全喽！哪个方先生啊？"

来人压低了声音回道："方信儒。"

"哦。你俩叫什么呀？"李铁戈收回手脚，取脚巾抹了几把。

"回李大人，在下……禾吉，这是元廷。"

李铁戈指了凳子上的布袜和短靴，"在南面做什么的呀？"

元廷把靴袜提到他脚下，只觉得短靴沉甸甸的，"我俩都跟着方先生念书。"

"书童啊。别掂量了！多少坏人都想害我，我不得用刀靴防身！你俩这次要什么呀？"

"我们想把函首带回临安。"元廷答道，不自觉捏了捏靴子后跟，并不见小刀弹出。

"嚯！谁的脑袋啊？"李铁戈坐直了身子问道。

"韩大人的。韩侂胄。"

"哎哟，这我可拿不着！你们找别人吧。"

"不敢有劳李大人。只求李大人告诉我们函首现在何处，即可。"

"肯定是在宫里啦。怎么？你们在宫里还有别人吗？"

"没有。"

"那你们是要生抢？"

"别无他法。"

"就凭你们俩！唉，带了多少钱啊？"

"正要听李大人意思。"

"不要交钞。一千。"

禾吉与元廷面面相觑，低声道："李大人，不敢相瞒……我们只带了四百……"

"这还有讲价的嘛！真行！老方现在就这么办事？！"李铁戈欠身，复又瘫在椅子上，指着桌上的果盘道，"牙签儿递我。"

元廷连忙上前，"李大人，这四百两银子也不是朝廷出钱……"

"停停停！"李铁戈瞪着二人，"说什么？！"

"不是朝廷出钱，是方先生跟许多人筹的款项，敢请李大人体谅体谅咱们。"

李铁戈嘬了牙花子，"哎哟喂，我说的一千是金锭，你们是跟我闹着玩儿吗！来中都现眼来了？！"

禾吉大叫一声，"哎呀，这可怎么办！白跑一趟，咱们还得把这点银子带回去？"

元廷瘪着嘴，抬起袖口在脸上佯装抹泪。

"行了行了。那你们就再去筹点儿，中都城里也有不少南面的人。我说金，你说银，我要洗澡，你不备浴桶，你端脸盆！费劲！少于八百免谈！以后就这仨瓜俩枣的，别来烦我。"

禾吉不住点头，"李大人宽厚！不日送到府上。"

"我呢，扫听扫听。后天晚上，去我家，我把函首的地点告诉你们。看你俩办事也算上心，我再给你们一份宫城的舆图。"

"李大人想得周全。那我们不扰您雅兴，告辞了。我们去楼下把您包厢的费用付了。"

"呵，别抖机灵儿了，省省吧，我听曲儿还用掏钱？走吧你们。对了，这有两张散座的票，去楼下看吧。"

二人出门，沿着走廊向外走，元廷笑道："演得怎么样？禾吉！真有你的。"自称禾吉的人转过身嘘了一声，"告诉他你姓陆？我姓辛？那他不定还要问什么呢！"

陆元廷长叹一声，"辛秸啊，还差四百，怎么办啊？"话音未落，就听见楼梯被踏得山响，轰隆隆走上来三个蒙古人。为首的一位身高足有一丈，瓮声瓮气地喝道："借过、借过！"见二人愣着不动，那大汉也不推搡，直走过来，将他俩挤得贴在了墙上。

辛秸、陆元廷站在楼梯口回看，见他们三人低头也钻进了李铁戈包厢。陆元廷道："快走吧，开场了应该。"辛秸摇头，从怀中掏出一本书册，在陆元廷面前晃了晃，"还有心思听曲儿！找个地方把这个出手，看能不能换来钱……"陆元廷吐吐舌头，随着他飞奔下楼。

长须蒙古人向李铁戈施礼，道："李大人，安好啊！"

"札八儿，这两位看着面生啊？"李铁戈坐直了身子。舞台上已经有人出场念白，看客们掌声雷动，又有人不住地把鲜花和银钱抛到台上。

"就是面生，才让我俩来的。"那高大汉子回头看看同伴，答道。

观众席里的叫好声不绝于耳，札八儿肩上的小鹰被罩住了眼睛，急促地晃动了脑袋，不时唳叫两声。李铁戈道："草原那么大，怎么鹰这么小？"

札八儿将了大胡子，笑道："胡乱养着玩儿的。连耗子都抓不了！李大人，这两位是窝阔台——手底下的人，这次专程来拜会您。"

"窝阔台自己怎么不来啊？好几回了吧，一直没见过他。很矜持嘛，出手倒是大方。"李铁戈打量了两个大汉，"啧啧，你，你得有四百斤吧？"

那高大汉子咧嘴一笑，"差不多，三百六。这是我们窝阔台大人给您的见面礼。"说罢，从怀中抽出一柄金牌，当啷一声丢在桌子上。

"什么呀这是？"李铁戈捧起金牌细看。

"咱们也不知道啊。"

李铁戈在牌子上咬了个牙印，点头道："哦！这字儿看着像我们大金的！"

另一位二十出头的蒙古汉子俯身上前道："女真的文字，分大字和小字，吸收了辽国文字的写法。很像。但这应该是西辽宫里的东西。"

李铁戈瞅了他一眼，见他目光炯炯，再看他脖子上有一道伤疤，不禁吸了口冷气，"你俩是军里的？"

那人答道："马前小卒。"

"嚯，你俩这样的还是马前小卒！蒙古军够可以的啊。怎么样，这次想扫听点什么呀？"

"咱们想要一份中都路的布防图。"

"咦？胃口够大的啊。这是要干吗呀？要打我们中都啊？"

札八儿连连摆手，"不打不打，不敢不敢！想学学。大汗建了蒙古国，当然更要听大金的话，怎么能打架。我们窝阔台王子正在修也迷里城，想学学大金中都的城建、布防。没别的。"

"那倒是。中都是固若金锭啊……那词儿怎么说来着！反正吧，布防图是大事儿啊。"

那雄壮汉子道："那是那是，我们给李大人预备了两筐珠子。"

"咳，你一草原上来的，你送什么珠子啊，在你们那儿算宝贝，在我们这儿一抓一把，都喂鸡！我要它干吗呀，我哪儿卖去啊！就直接金子不就得了嘛！这劲费的。"

那两人和札八儿对看一眼，向李铁戈道："金子，有有，本来要在大集上买些货物，那就给李大人吧，十箱金币！"

李铁戈抓了一把瓜子递给大汉，见大汉摇头，道："金币！哎呀，真是麻烦。你们去找个地方化了，铸成金锭，再给我送家去。后天晚上，时间来得及。去吧去吧！麻烦。"

"告辞啦。"

李铁戈召唤了黑脸随从，指了舞台问道："李黑虎！瞧你选这地方，闹哄！就这死牙赖口的，就这么多人看？"

"爷，一票难求啊。最近很红的。"

"台上这是男的女的啊？"

"是个男的，但不是爷们儿，是个女扮男装的娘们儿。"

"嗯。腰挺长的，这小娘们儿不错，完事儿叫出来一起喝一口！"

"爷，那个董解元护着这些唱戏的，护得紧着呢。昨晚说是就打起来了，袁二掌柜的也拦着，不让碰。"

"哼，你去把袁二给我叫上来。"

李黑虎下了楼，见两个蒙古人站在门口扒着帘子朝舞台上看，忙过去推了那大汉一把，"吗呢？你俩！"

那大汉也不回头，伸手捉了他腕子，转身看见是李黑虎，撒了手，龇牙笑道："嘿嘿，是你呀。大胡子去茅房了，我俩在这儿等他，就看看热闹。你有事？"

李黑虎揉着手腕道："要看就进去看呗，我给你们要两张票！"

话音未落，袁二掌柜和一个小厮引着两个姑娘快步进来，"哎哟，公主喂，您怎么不早点儿来啊，开场错过了不是？"

李黑虎正要上前搭话，那公主身边的丫鬟抢上一步，伸手朝蒙古大汉推去。李黑虎来不及劝阻，却见那大汉用两个指头捏住了丫鬟的小手，笑道："怎么？中都的人都爱上手啊！"

那丫鬟急得直跺脚，"快起开！别耽误我家公主看戏！"

大汉身边的同伴伸手将他双指掰开，向那女孩儿施礼，"对不住啦。您请。"说罢掀开了帘子。

那公主还了一礼，向他微微一笑，随着两个小厮进了场地前端的雅座隔间。

袁二掌柜回转身来，沉了脸向李黑虎道："这二位是你带来的？"

李黑虎欲言又止，吭哧了好一会儿，"是……算是吧，来找我家老爷谈点儿事情……"

"哦，李大人的客人！您二位要听宫调，座儿是没有啦，我让人搬两把椅子吧……呦，札八儿！"

札八儿从侧门回来，见他们几人站在一处，也不禁一愣，"二掌柜，怎么了这是？"

袁二掌柜道："你们一起的？我正说要给这两位加俩座儿。"

札八儿施礼道："别麻烦了，我们事儿办完了，这就走。"

"不麻烦，不麻烦，这二位是……"

"咱们一群粗人，哪看得懂这个！这俩兄弟刚从草原来，会城门大集，来看热闹的。"

李黑虎道："不看你们就走吧，我和袁掌柜有话说。你们快走吧！刚才你们这大胖子把门给堵住了，升王府的公主急着要进去听戏，这不碍事嘛！"

札八儿拍着李黑虎肩膀，把一双湿手抹干净了，"哎呀，是吧，咳，走走，我们这就走。"又朝着袁二掌柜道，"给您添麻烦啦！"

袁二掌柜正要客气几句，却被李黑虎拉了朝楼上走。札八儿看着李黑虎后背的湿手印，嘿嘿笑了几声，拉着同伴朝门口疾走。

那年轻汉子不住回头，朝场内踅摸。他身边的壮汉道："窝阔台，你没见过大姑娘？"

窝阔台脸上一红，走到院中，转身道："没见过！"

札八儿一愣，"这就嗅上了？！"见窝阔台犹自出神，向那大汉问道，"博尔忽，我就撒泡尿洗个手的工夫啊……"

博尔忽哈哈大笑，"你胡子一大把，就是不懂人事儿啊！泉眼的水能堵住呀？！话说那是谁家的公主啊？"

札八儿推了窝阔台一把，"走走，路上说。嗯，窝阔台，眼力不错啊！那是升王府的大小姐，温国公主啊。怎么着，动心啦？"

三人牵了马走到街上，博尔忽仍是狂笑，"窝阔台，你这回来中都，是要一箭双雕啊！"窝阔台憨笑道："札八儿，就是她了，帮我！"

札八儿道："好事情这是！门当户对！就这两天，我去求亲。"

博尔忽摇了摇脑袋，"札八儿，升王是谁啊？"

"升王！完颜珣，金国皇帝他哥啊。"

"皇帝不是把他那些哥兄弟都给弄死了吗？"

札八儿伸手捂了博尔忽的大嘴，"你小点儿声吧你！是，弄死一些，但这个不是没弄死嘛！哥儿俩好着呢。"

窝阔台道："说完颜璟病得厉害？"

札八儿道："咳嗽，说是不好治！他要是没了，估摸着这升王就能上位啊。"

博尔忽把一头发辫晃得拨浪鼓一般，"哪个啊？想不起来了。是去草原，让咱大汗给羞臊一顿那个？"

札八儿忍住了笑，"那是卫王，是金国皇帝他叔。那是个窝囊废。"

博尔忽吸了吸鼻子，伸手夺过二人手中缰绳，拴在马槽边，大叫道："门当户对！好事情！要喝酒！"窝阔台和札八儿被他拖着跟跟跄跄进了酒肆。

第二回

含情欲说宫中事　美人相并立琼轩

（一） 庭训

春罗早早帮周衔蝉梳洗了，正扶着她从内室走到厅堂。

蕙卿掀开门帘进来，把锡罐放在桌上，"奶奶，任老爷说雀舌就只有这一罐了，说大集上会有从榷场来的茶商，会卖些私货。到时候一准儿再添些好的。"

周衔蝉嗯了一声，让春罗拿来铜镜，自己贴近了细看。

"奶奶，昨儿您回来得晚了，夜里那几只猫又闹得欢，就差上房揭瓦了，没睡好吧？我在外间听见您翻来覆去的。"春罗把镜子塞到老太太手里，示意蕙卿过来。

"是啊，烙了一宿饼！"见春罗从怀里掏出个粉盒子，周衔蝉嚷道，"给我扑？不用啦，老眉咔吃眼的，扑也白扑。"她伸手推开春罗，"蕙卿啊，煮些茶吧，一会儿人该上来了。"

蕙卿也不搭茬，走过来按住老太太肩膀，"姐，你快点！"春罗笑个不停，手中粉扑在老太太脸上上下翻飞。周衔蝉动弹不得，索性松弛下来，只是紧鼻子瞪眼，哭笑不得。

蕙卿见老太太脸色转好，仍不撒手，向春罗道："我左边袖口，掏！"春罗探手拈出一只口脂，左手捏着老太太两颊，右手在她上下唇各抹一道，又把双唇上下一捏，"齐活！"两人双双跳开。

"小蹄子！就捉弄我吧。"周衔蝉骂了一句，不由自主又朝镜子里望了一眼。

春罗给铁壶灌了水，蕙卿向白泥炉里添了炭："奶奶啊，今天都来瞧您，不得漂漂亮亮的！"

"哼，是怕我脸色不好，又要挨骂吧？！这口脂怎么一股子苦味！"

"要是下毒，也是您那曾外孙给您下的。"蕙卿又掏出口脂，自己也嗅了嗅。

"今天夷则来吗？"周衔蝉问。

"早来了，和狸哥在场子里呢。"春罗坏笑着和蕙卿挤眉弄眼。

"把他们都叫进来吧。啊不，让他爹先进来。啊不，姑奶奶来了没？来了就一起叫进来。停，让东家、姑奶奶、姑爷三个人先进来。去吧。"周衔蝉颠三倒四，春罗去而复返了三次才迈过门槛。

任孝萱正在厅堂和女儿、女婿静坐。任一望站起身来，笑着说："爹，你们爷儿俩坐着吧，我先过去看奶奶了，和你俩一起，能憋疯！"

院子里的两个小伙子拥过来又散开。

"娘，小舅又抢了我脂粉盒子，那是要给太姥姥的。"郭夷则抢先告状。

"烟儿狸你还给他！一个还不够我操心的吗，你也摆弄这东西！"

那烟儿狸刚转身要跑，听见大姐呼喝，只得停住，也不转身，"姐，谁稀罕他这破玩意儿！我是替奶奶没收！"说完溜到院墙一侧，从兵器架上抽出两根哨棒，仍不回头，右脚轻抬，将其中一根掠头踢了过来。

郭夷则弓腰躲到母亲身后。任一望向左闪身，伸手接住哨棒，"臭猫，又想挨打？！"

话音未落，烟儿狸已经矮着身子，将哨棒在地上连敲带打朝姐姐脚踝扫过来。任一望又气又乐，不住后退，探了腰将手中哨棒朝烟儿狸后腰点去。烟儿狸连忙扛回棍子，低头扛在肩上，将这一棍顶了回去，又顺势抡起哨棒，半快不慢地朝姐姐横劈过来。

任一望连笑带骂，手下却不松懈。却见春罗一路小跑从老太太院里进来，她化棒为枪，棒尖乱抖。烟儿狸一路后退，连拨带躲，突然发现春罗就在身后，连忙扔下哨棒，转身护住这丫鬟。任一望的棍头正扎在他屁股上，烟儿狸嗷了一声，顺势扑在春罗怀里。春罗也不敢动弹，苦着脸说："好姐姐，您再杵他几下，替我们出出气吧！"

任孝萱听见哄闹，走出门来。春罗一把将烟儿狸甩开，"老爷、姑爷，老太太让您三位进去。"

烟儿狸和夷则垂头肃立一旁。郭易辰也从屋里走出来。任一望把哨棒交给春罗，伸手搂着父亲的胳膊往后院走。

烟儿狸把头几乎缩进胸腔。任孝萱经过，停住了脚，"任一清！我看你一天没点儿正事！哼，闹吧你就。"任孝萱伸出右脚踩着地上的哨棒，向内一钩，那哨棒已到了脚面，他头也不歪，轻踢一脚，哨棒飞出去直直落入兵器架的孔中。

"闹吧你就！"任一望伸手掐了烟儿狸一把。

三人行过礼，任一望坐到奶奶身边，摸摸脸，又闻了闻，"这老太太，今天真好看嘿！"

"丑死了，还好看，就你嘴甜。孩子都那么大了，还耍贱！"周衔蝉盯着大孙女看了又看，"郭易辰，你让我孙女干吗了，鱼尾纹都给累出来了。"

"奶奶，我……"郭易辰一时语塞。

老太太咧了嘴笑，"大老爷们儿，一逗就急。"又朝着任孝萱说，"你昨晚在这外屋睡的？"

"是，娘，我看您……昨儿太晚了，我就在这儿睡了。"

"是啊，我也没怎么睡，那宫里的茶劲儿大。"

"宫里？什么宫里？什么茶啊，奶奶？"任一望把手从老太太手里抽出来，瞪了眼睛问。

"问你爹。"

任孝萱搭话："昨晚，宫里来人让老太太去，说是皇帝召见。也不能不去呀，我和阿炬在玉华门外同乐园里头候着。他们用轿子把老太太抬进去了。有半个时辰吧，就出来了。"

"奶奶，没事儿吧，莫非是那皇帝听说奶奶好看？"任一望又贴近了老太太的脸，上下打量。

周衔蝉一把把她推开，"没正形！边儿去。没别的事，就是扯闲篇儿。

易辰，我有话问你。"

"奶奶您说。"郭易辰连忙站起身。

"坐下说话！怎么我给一望的便条到了皇帝手里？你一造纸的，你连家信都卖？"

"郭易辰，我说什么来着，还说没有！奶奶，您给我的纸条我都留着，就少了一张。前一阵我满屋子找，找不到，问他，他说可能是风吹跑了。这什么邪风啊，吹得那么准，吹皇帝家去了。合着给卖了？！郭易辰，你穷疯了？！"

任孝萱看见母亲面色暗沉，女儿也作势撒泼，连忙站起身，"娘，一封信，您别太在意，你们娘儿俩也就家长里短，应该也没写别的吧，丢了就丢了。易辰应该是不小心给收走了。小事，小事。"说完接过春罗手里的茶壶，踱到母亲身边。

那边郭易辰更是张口结舌，"奶奶，一定是我弄错了，夹在废纸堆里给卖了。我该死。"

老太太叹了口气，"不是什么大事。它怎么就那么巧，宫里的一个山长在街上卖废纸的摊位里搜了出来，交上去了。"

任一望接话："巧儿她妈生气——赶巧儿了！"

周衔蝉呵呵地乐出声来："你这嘴，早晚挨打！"说着又看了一眼镜子，转过头对着孙女扬了扬眉毛，"那皇帝说我写得好着呢。"说完自己又乐了。

"易辰啊，你家的纸坊越来越大了，你们两口子多忙忙产业吧，不用老往我这儿跑。有话让夷则带给我就行。这夷则，天天和烟儿狸长在一起了似的。说起夷则，我还得说两句。昨天那皇帝读了信，知道了咱家夷则的那个癖好，他说了句话，昨晚我想来想去，觉得也在理儿上。你们家业不错，孩子不花天酒地，有个喜好，也不算坏事。这两年，我越来越觉得对不住你俩，夷则那么聪明，中个破进士易如反掌啊。我或许不该拦着你们，应该让他去应考。其实啊，现下也还来得及。"

郭易辰连连点头，"奶奶，让您费心啦。这世道，做官也没意思。咱们又不是没做过官……我在迎春门那边，靠近悯忠寺，盘了一间铺子，让夷则去经营吧。我不指望他卖纸，咱家的纸现在还不够卖呢。他喜欢文玩书画那些小玩意儿，让他自己弄去吧。不考试，那就立业吧。"

"嗯，不做官！一北丢了性命……哎，孝萱啊，让二小子也辞了官吧。"见儿子不接茬，周衔蝉又道，"夷则聪明，做事稳当。男孩子应该独当一面，老是受家长荫庇，不妥！"说完又白了儿子一眼。

"奶奶，烟儿狸您也别担心，他熬鹰也赚了些银子，夷则收购的那些字画，好些是跟他小舅舅拿的钱呢。儿孙自有儿孙福。"任一望捏起奶奶的手，一根一根手指地轻捏。

"也是你这个大姐惯的！你们的娘死得早，真是大姐比母啊……今天你吃了晚饭再回去，陪奶奶多聊会儿。"

看见奶奶眼里泪光一闪，一望连忙把她搂在怀里，"奶奶不哭哦，眼泪咸，哭多了费钱，现在盐多贵啊！"说完两个人笑作一团。

任孝萱见母亲又哭又笑，欲言又止，终于问了一句："娘，昨晚从宫里回来，阿炬说他隔着车帘听见您……"

"嗯，没忍住，哭了！我看见了一块石头。"

任一望打趣道："哎哟，我的奶奶，石头跟您点头了没？"

"那石头原来在艮岳里，原本在汴梁，现在却放在这城里。八十多年不见了，怎么能不动容！那石头上有个凹兜，我记得清楚。小时候，我趴在那石头上，还晒过太阳呢。"

"艮岳，是赵宋的徽宗造的大园子，搜集了天南海北的奇石。完颜亮修中都的时候，移了一些过来。是个江山的意思。"郭易辰见岳父不解，低声说道。

"大集就快了吧，你们都得去集上吧？咱们今儿中午把饭吃了，下午你们各忙各的。你们不用惦记我，有那俩臭小子，天天在这儿呜嗷吵叫的，我就不闷。烟儿狸一大早就来瞧我，说他这阵子都在大集上看着铺面。孝萱啊，你可真是把他当驴使啊。我好几天都没见着他了！"周衔蝉挥手示意春罗、蕙卿去盯着，两人直奔后厨去了。

任孝萱和郭易辰相视一笑，"娘，咱家的展位已经布好。天气略凉，明早早起，阿炬他们再把花材运过去。今年护城河通了船，客商应该更多。我这几天会在那边多些时候。"任孝萱说完望向郭易辰，"他纸坊那边，也筹备得差不多了……"

"奶奶，多亏我岳父操持，今年纸坊的摊位，不但地界增了三间，还免了税金。"

"嗯。对了，昨晚听那皇帝说，宫里的花都是塘花坞的？"周衔蝉问任孝萱。

"大部分是咱家的。宫里的花把式每隔几个月也都来咱花圃见习。只是去年开始，宫里要的燕子花，我撒了，让给了徐家花房。"

任一望接话："奶奶，您不知道吧？宫里头那个李师儿够奇怪的，就喜欢燕子花！原来都是咱家花圃送进去。去年出了那事之后，爹就都给连根儿拔了。便宜了郭易辰，那茎秆做纸最好了。"

"什么花？"周衔蝉不解。

"哎哟，您还玩插花呢，燕子花都不知道！"见奶奶一脸懵懂，任一望又道，"就是打碗花啊！还不知道？也叫一把香！"

任孝萱见母亲被一望说得更糊涂，笑道："娘，坝上那边跟它叫闷头黄花。"

周衔蝉呀了一声，郭易辰道："一望，你真啰唆。奶奶，他们说的就是狼毒花！"

周衔蝉恍然大悟，向儿子吼道："那么毒，你种它做什么！"

任孝萱看见女儿、女婿笑作一团，摇头道："不种了，不种了！知道您不会喜欢，所以也一直没给您剪了送进来玩。"

周衔蝉捏起水杯，作势朝孙女扔，笑了说道："你个小丫头片子，还跟我弯弯绕！还打碗花！"

任一望笑得上气不接下气，"吃了就中毒，啪嚓就把碗打碎了呗。您快把水碗放下吧！"

周衔蝉道："哼，孝萱啊，改天我得去花圃瞅瞅，你们不定都种些什么毒草呢！犯法的勾当可不能干。啧啧，那李师儿也真怪……"

一望道："奶奶，毒花都好看啊，阿芙蓉也好看。"

周衔蝉叹了口气，吟道："昔作芙蓉花，今为断肠草。以色事他人，能得几时好！唉，拜她李家所赐，我俩宝贝孙子，没了一年多啦！"她言下黯然，"一北的媳妇都还没过门。别说，还时常来看我呢。烟儿狸那活驴，每次见到那柳姑娘都哭。"

任孝萱见老太太眼圈一红，忙说："娘，您累了，让一望陪您，我和易辰出去说点事情。"

（二）正名

琼林苑里的鱼藻池上水汽蒸腾，有船夫正手持抄网将水面的杂草捞出。继而一声欸乃，小舟随即隐在薄雾当中。完颜璟从辇上下来，长吁了一口气，缓步走入柳林。早有宫女在草地上放了蒲团和暖垫。

"主上，水畔湿寒，不宜久留。户部遣了一位侍郎来，让他去鱼藻殿听宣？"潘守恒走上近前。

"不必，让他过来吧。"

潘守恒转身招手，宫女们看到潘公公示意，渐次朝皇帝围拢上来。

"卑职邢峻山，面圣！"邢主簿在草地上垫了一块帕子，把几捆卷宗放在上面，伏地向皇帝叩拜。

"呵，这么一大堆！说吧。"

"禀主上，城南任家——任氏祖上世居山后坝上，世代习练角抵，以狩猎、畜牧、行镖为业，家教严明，当地颇多赞誉。户主任兴周，贞元元年，携妻周氏自坝上草原迁入中都，长子任孝椿并未随往，其时已过继给任兴周的长兄。任兴周夫妇，二人当年三十三岁，在中都美俗坊购置院落一套，含正房三间，厢房两间……"

"说人丁。"完颜璟略显不耐烦，睁眼看见身边宫女几乎围成了一道肉屏风，把自己挡在中间，又气又乐。宫女们见状，彼此推搡了，却不后撤。

"是。同年，得一子，名任孝萱，就是现今在城南美俗坊经营花圃的，啊，塘花坞就是他家的。"邢主簿偷偷抬头看了一眼，见皇帝正在撇嘴，不禁一怔，随即又报，"任兴周来中都后开设武馆，偶尔担纲押镖，大定元年亡故。任孝萱自幼习武，十七岁即中武举，得任大兴府北关厢提辖，十八岁，授南征指挥使偏将。后随军伐宋，战场上受伤致左踝筋骨断裂，后回中都延请中都骨头梁治疗脚伤。这位骨头梁，是河间刘完素没过门的弟子。骨头梁是公认的疗伤圣手，专治跌打损伤、伤筋动骨……"

"啰唆！"完颜璟怒道。

"是！没治好，跛一足。次年，任孝萱因此卸职。又次年，娶东郊王氏。此妇悍妒异常，与邻里多有纠纷。明昌六年，通检推排四名吏员至塘花坞统计人丁及用工数目等事项，此妇竟将四人全部挠伤！还有咬伤的……"

完颜璟笑了又咳，咳了又笑，"朕叫你来，是要听你讲泼妇骂街吗？"

邢主簿不敢抬头，忙道："是，是！"更将手中卷宗翻得飞快，"任孝萱、王氏生子女共五人。王氏诞下第五子后即殁于产房。"

听见皇帝嗯了一声，邢主簿略作停顿，"长女任一望，嫁郭家。此郭家是郭药师后人，数十年来以造纸、印刷为业。二人育有一子，年十八岁……"

"那周氏可有详细记录？"完颜璟问。

"哦，并无详细记录。昨夜我与美俗坊户籍官问话，回话说只是相夫教子，据说粗通文墨，今年八十八岁了，身体还很硬朗。"

"嗯，继续。"

"任孝萱、王氏自长女任一望后，连生四子——"皇帝身边的宫女已经吃吃笑出声来，完颜璟也不住呵呵了两声。

"确是连生四子，长子任一南，与其父共同经营花圃，娶妻河北清河曲氏，育有三子一女……去年任一南死于斗殴。"

"只说这兄弟四人即可！"

"是，次子任一师，原为大兴府衙门文书，现调任中都南水关任职关长。三子任一北，泰和六年中文举，后任南水关关长。去年六月初六，天降暴雨，水关失守，淹没开阳西坊民居近百间。任一北以渎职罪入狱，在牢里负罪自缢。任家持续鸣冤，去年八月间，刑部重新认定，失职有因，给予补助十年俸禄。任家老二就补了他三弟的这个缺。"

"因何失职？"完颜璟坐直了上身。

"嗯,这个,下官……"

"说!"完颜璟连咳数声,潘守恒弓身上前轻抚了他后背,转头向邢主簿催促道:"报呀!"

"据任家的诉状,水患发生时,任一北被强招去吃酒,是……是被捆绑到元元阁的,且不许离席。水关各官吏及执行,因为没有关长指示,不敢及时开闸泄洪,以致洪水倒灌、冲毁民房……并无伤者。"

"什么人如此骄横?捆着吃酒!"

"回主上,是……李铁戈……李大人。"

"查明属实?!"

"李大人深感罪愆,已和任家协议。"

"协议用官饷赔偿?"

"补偿数目以本俸每月十贯计,不算添给。银子是李大人他自己出的钱。"

"多少啊?"

"折合白银一千二百两。"

"任家花圃塘花坞的收入,每年如何?"

邢主簿扔下手里的卷宗,趴在地上,从文书堆里抽出一本册子,翻到插了书签的一页,"去年,以两税和物力钱税银反推,约一千八百两。"

"嗯。便宜了我们这位李大人。还有吗?"

"任家此后平息。"

"朕问你其他子孙呢?"

"哦,四子任一清,年十八,恃家传武术,好勇斗狠,屡屡被收监。昨晚才放出来,被大兴府羁押了三日。"

"做什么乱?"

"街头斗殴。"

"何故?"

"这个任一清和他的外甥在市上骚扰一妇人,被女方家丁推阻,任一清连伤六人。"

"光天化日，当街骚扰？"

"判集上说，是他那个外甥追问那妇人的胭脂出处，家丁意欲殴击之，任一清随后将家丁放倒。"

"放倒？"

"回主上，这任家世代传习跤技。"

"对了，昨晚朕险些被放倒。"完颜璟向潘守恒看了一眼，潘守恒惭笑不语。

"那妇人受伤否？年岁如何？"完颜璟又问。

邢峻山听得云里雾里，道："那妇人……并不曾被放倒。毫发无损。年岁……五十三岁。据悉是升王爷府中的一个婆子……做过小王爷的乳母的。现在小王爷是大小伙子了，不吃奶了，就闲着了……"

等潘守恒呵斥了宫女，完颜璟摇头叹道："两少年当街骚扰五十三岁妇女？！口味够重的。任家的这个小儿子，平日没有营生？"

"游手好闲，无所事事。"

"任家还有什么官司吗？"

"有……"

"你还有多少没说的啊？"

"回主上，下官唯恐拉拉杂杂，扰了主上兴致……大定二十五年，任家兼并东西邻居院落，左邻收到房款后，拒不迁出，又坐地起价，任孝萱之妻王氏携长子任一南将邻居家的家具抛撒至街巷，后经调停，相安无事；大定二十八年，任家长女任一望年方十六，受人约请，入书画院，书画院画工李朋以任一望之神情、身姿为模本，描摹完成《仕女簪花图》。后任孝萱得知，将李朋邀约至家，将之悬于梁上怒骂，以致李画师此后数年不敢动笔……"

完颜璟听得又笑又喘，潘守恒将一件披风搭上他肩头，回头瞪得宫女们不敢作声。

"这都什么事儿啊！邢主簿，辛苦啦。还有别的吗？"

"没有了。卑职可以差人从外路调来坝上任家祖谱……"

"不必了。退下。"

邢主簿从草地上爬起来，抱着卷宗沿着堤坝一路跑远了。

完颜璟道："去书画院将那幅《仕女簪花图》提来我看。还有，小舟儿还在睡？"

"主上，已经派人去取画了。小……此刻应该已经起了。"

"昨晚我封了她承御。午后你去宣示。元妃现在常住宣华宫？"

"正是。"

"西边的玉华宫谁住着？"

"回主上，夹谷昭仪在玉华宫。"

"嗯。那就把龙微殿拨给范承御，空了有段日子了吧？派些宫女、内侍，去拾掇利索。"

柳树旁的宫女们听到这里，彼此不住地挤眉弄眼。

"是。承御娘娘应该已经起了。我这就派人去。"

"朕有些冷了，起驾吧。"完颜璟忽然一愣，"刚才说，任家的五个子女都叫什么？"

潘守恒轻轻搀起他，低吟道："任一望、任一南、任一师、任一北……任一清。"

完颜璟兀立片刻，轻声念道："望——南——师——北——清！"

潘守恒也皱了眉头，呆若木鸡。

披风从完颜璟肩头滑落，潘守恒连忙伸手去抓，不料夹棉的真丝披风既重且垂，如土委地，倏地落到浅草中间。旁边的宫女们也都屏了呼吸，纷纷僵住不敢动作。

潘守恒俯身要将披风拾起，完颜璟伸手拦住他，径自低头盯着那片金黄和墨绿，目不转睛。

（三） 遗毒

李新喜与傅大政德相互致意，二人分别掀开轿帘。李新喜轻呼了一声："元妃娘娘，承华殿到了。您慢点儿，大喜子扶您。"只见轿子里缓缓伸出一只脚，轿子旁边的小太监李思忠早把垫脚放好，李新喜用拂尘扫了两下，又用袖口擦了，这才接住那只小脚，放在踏蹬上。

李师儿把头探出轿子，不禁打了个寒战，李新喜伸手从一旁接过貂裘，掩在她肩上。李师儿本就着了貂领子，两层衣裳摞在一起，顿显臃肿。她在轿子边站定，轻轻抖肩，李新喜连忙接住貂裘，"娘娘，进屋……再脱下吧？"

李师儿缓步迈进院门，傅大政德跟上来说："娘娘，贾妃说，先请您一起用膳，然后再去内室品茗。"李师儿轻轻颔首，"带路。"

一行人穿堂过院，贾妃已经带人在门前迎过来。

"妹妹，怎么也不见显怀啊？你好像又瘦了！"

贾妃细弱，和李师儿面对面站着，几乎矮了一头，听她这么一说，更是红了脸，欠身施了礼，"给元妃娘娘问安。"

李师儿拉起她的手，又捧了她的脸，"说多少次了，别元妃元妃的，叫姐姐就好。瞧这小脸蛋儿，还没巴掌大，换了我也亲不够。"

贾妃脸上又是一阵绯红，低声道："好姐姐，咱们先入席吧。"

李新喜与傅大政德立在一侧，服侍两位皇妃落座。贾妃复又站起身来给李师儿卸下貂领，嗔怪李新喜道："大喜子，姐姐爱美，你又不是不知道，我在窗子里都看见了，你刚又给披上貂裘！"

李新喜弓身道："您有所不知，元妃娘娘最近忒也怕冷。"

李师儿打量了傅大政德道："政德，主上派你个大老爷们儿来照顾贾妹妹，也不知道他怎么想的？"

傅大政德垂首道："回娘娘，小人家里去年生了小娃，圣意以为我能胜任，可是……"

贾妃笑着说："姐姐，这位政德大人可不得了，盥洗的水温，他要先试过！您给的香，他一枚接一枚投到炉里，我说炮制不易，省着点儿用，他可大方！"

李新喜得元妃示意，命人取了一只白色木匣交给傅大政德，"这香，安胎最好。是好东西不假，管够！你瞧瞧，这次有六十枚呢。"李新喜轻按木匣上的弯月形白铜片，木匣应声打开。

贾妃道："让大喜子费心啦。姐姐，昨日宣徽院引进司送了一块鱼肉过来，没见过，本以为主上会来，叫人冰镇了，准备细脍。又没来。今天也没消息。我让人清蒸了，咱们把它吃了吧。"

"可别，留着你俩慢慢品吧。"李师儿故作嗔怪，"什么稀罕鱼吗？"

"以前没见过，前日有东瀛来使，说是他们送的。"贾妃伸手示意，有人从帘内递出一只铜盘，侍女端了铜盘放在炉上。

"就这个？好像没什么刺哦。"

"是啊，收拾鱼生最好。小妹想着你我都消受不了那些寒凉东西，就做主蒸了。您快尝尝。"贾妃拾起一双银筷，挑了块鱼肉放在李师儿盘里，又将筷子放回空座前。

李师儿看了一眼空座，"人又不来，还给预备座位，你可真行。"

贾妃也不答话，却叹了口气。有宫女过来放了一碟青醋在贾妃面前。

李师儿道："嗯，肉真细。这几日我也吃不下东西，就想着来你这儿吃点清淡的。"

"姐姐，主上也不显得怎么快活。也不来。前天，还命人取走了那幅字画……"

"哪幅啊？"

"他亲笔写的那幅字啊，才从姐姐您那儿拿过来不久。"贾妃抬头偷看李师儿，见她脸上依稀有了愠色。

"估计是拿回去送了旁人吧。咱们这些做妃子的，有了今天没明天。

花无百日好……妹妹放宽心吧。把孩子养好，就没别的事了。主上一直那样，嘴上不说，心里乐着呢。大喜子说昨晚主上没来你这儿？忙什么呀他？见不着人影了。"

贾妃低声道："姐姐，说是带了您那里的小舟儿回了宫……"

"嗯，知道了，还封了承御。"李师儿盯着醋碟道，"吃酸，会是个男孩。妹妹你真好福气啊。"

贾妃摇头道："不敢多想……也不能多想。"

第三回

殊邻谍报终难测

始知颇牧在金銮

（一）识图

完颜璟一行回到昭明殿。几个侍卫、宫女缓缓将《仕女簪花图》展开，完颜璟凝眸细看画中人，不住点头。

"主上，西京留守胡沙虎元帅和翰林院侍讲党怀英大学士求见。"潘守恒道。

"啰唆！李铁戈还没到？！先请党老师进来。"

"已派人催了。老奴这就去请党大人。"

"老臣拜见主上。"党怀英七十多岁年纪，嗓音却是中年人的音色。

"竹溪先生，这李朋在你门下吧。"完颜璟示意侍女将画面调转，朝向党怀英。

"回主上，正是，这几年改画翎毛花虫了。"党怀英望了一眼图画，几乎笑出声来。

完颜璟点头道："呵呵，一朝被蛇咬啊。"

党怀英收敛了笑容，"主上您已经知道了……"

"这画中人你可曾见过？"完颜璟指着画上任一望的面颊问道。

党怀英摇头，"不曾见过。李朋颇有家学，世代皆擅工笔人物，且戮力勾描人物神态，是以画中人各有面目，不似前朝人物画千篇一律。李家画像在中都广受好评，他的几位兄弟也都开了画铺。数年来流布各地的房中、春宫，也大多是李家制品。"

"呵呵，敦伦之物，自有价值。爱卿不妨搜罗几件，呈给朕一览。这位李朋可曾制作春宫图？"

党怀英连连摇头，"皇城内所用此类书画原本都是前朝集藏。十数年前，书画院本拟新制若干，诸画工皆推辞不就。李朋原本应承，后来……被塘花坞任家威逼，以至于……停笔了。"

完颜璟连咳数声，又哈哈大笑，"书画院最近可有新鲜东西？"

"禀主上，并无。去往南地的几位画师近几日可回到中都，必定会有斩获。"

"那周老太的信笺装裱了？"完颜璟从宫女手中接过画轴。

"正在制作中，午后即可呈给主上。"

完颜璟将画轴挂在架上，又不住打量，"过几日，你让人来取这《簪花图》，送到纸坊郭家，赠予这位画中人。"

"物归原主，又是一桩佳话！主上亲民至此，那郭家必感恩戴德。"

"爱卿，你觉得朕的字，和那周老太的字……作何点评？"完颜璟回头望向党怀英。

党怀英语调铿锵，"周老太的字只是逼真而已，只得瘦金之表。远不及主上书法，自成一格，王气纵横……"

"党大人，你也学会了奉承。"

"老朽不敢，皆是由衷而论。惜乎主上的书法，民间不得而见。"

"嗯。前几日卫王来请字，也这么说来着。我有犹疑，爱卿怎么看？"

"主上御笔，自然不可轻易搦管。只是，昔者魏武、唐王皆有书法流转民间，老臣浅见——主上不妨偶尔题写，以昭文治。"

完颜璟挺直了腰身，"那朕就写了！卫王府里改建了球场，要我题字。"

"卑职以为，又是一桩佳话。主上的《女史箴图》题跋，老臣已命人刻版，在会城门大集上面世，坊间必定轰动！"

"竹溪先生，开通啊。王庭筠过世后，你打理书画院，这几年的书画院费用几乎自足，都仰仗先生思路活络。明日早朝，朕自当嘉奖尔等。"

"谢主上，微臣分内之事而已。"

党怀英出了殿门，朝迎面走来的二人施礼，"胡将军、李大人，主上更衣，命二位大人在厚德殿稍坐，之后去庆宁殿听宣。"

胡沙虎和李铁戈对望一眼，转身和党怀英一起向外走。

李铁戈手里提了几服药，问道："党大人，主上的咳嗽可好了？"

"应该正在痊愈，适才只轻咳了几声。"

"李大人，你又弄了什么偏方？"胡沙虎大步流星，已然走到了前面。

"胡将军，老弟我让人在大理国找到了一个吐蕃大夫，给了单子和几服药，只是引子比较头疼。"

"哦，什么引子？"胡沙虎停下脚步转身问道。

"是啊，我也犯愁，非要百年前的旧纸，还得是抄了经文的。这还好，还要六个月的胎儿！"

"找骂吧你就！"胡沙虎又疾步前行。

党怀英气喘吁吁，索性站在原地，"二位大人，老朽实在是跟不上，你们先行一步吧。"

李铁戈却不跟随，缓下脚步与党怀英同行，"党大人，您学问大，您说这药引子怎么这么古怪？胎盘也就算了，还非要六个月的，那还没生出来呢！"

"李大人，老朽于用药一事，几乎一窍不通。只知吐蕃医药、苗地医药与汉地有所不同。药品各有物性，各有道地，患者也应该是因时因地不同。南北地理不同，药理应该差异较大，李大人还是向太医院的几位先生问问吧。"

"老党！我这药绝对地道啊……我这脑袋本来很清楚的，好几回了，我就发现你怎么老能把我说迷糊呢！"

（二） 消息

胡沙虎进了庆宁殿，跪在地上不起。

完颜璟将茶杯掷在桌上，沉吟道："卫王扩建了球场，你居然毫不知情？！"

胡沙虎身躯庞大，却被当啷声震得一抖，"小人失察……"

"你都忙些什么呀？刚拨给你许多银两，你都买了鸟蛋了吧。"

"回禀主上，小人不敢。升王爷处似有异动，下官只顾着盯着康乐坊那边……"

"说说吧。"

"卫王爷的球场，昨日卑职才得知，今天上午已派人探了，回报说只是在旧场子基础之上架设了看台四级，将围墙拆了，加了铁网。占地没变，只是通透了，是便于百姓围观的意思。卫王这几年沉迷丝竹管弦、捶丸蹴鞠，每月不到初十，月俸就用完了。没有别的了。府内上下出府的记录我都看过，没有异常。进出王府的都是些前朝的老人儿，七老八十的，也不过是捶丸而已。偶尔有民间的蹴鞠后生去府里表演竞技，都是些民间野人，也有外路来的，经查确是蹴鞠的，也都是些公子哥儿，家里的家丁也都不超过十人。卫王府外出的主要是后厨和花把式。卫王的小女儿，岐国公主，那个大伙都叫'小姐姐'的，出动较多。有丫鬟随行，去处也就是脂粉店、染坊、酒楼单间之类。请主上宽心。"

"朕有什么好担心的。刚才你说，升王府那里……"

"升王爷刚得一子。"

"哦？哪位王妃所生？"

"回主上，不是王妃，是一婢女，汉人女子。"

"嗯。还有吗？"

"升王要办满月宴席，这几日不断有城内和外路的官员在送贺礼。"

"来的都是什么人？"

"各地官员得知今年的天寿节，主上您不接见，就都没来。去升王那边，也都是派了随从或下属。升王也就把他们统一送到元元阁、元元馆，大多只住了一夜就离开了。主上，卑职想着，是不是断了升王的念想……"

完颜璟轻吁一声，"你相机行事，不必事事报与朕听。"见胡沙虎点头，完颜璟扭转话头，"嗯，会城门大集，水路开了，三教九流应该不少……"

"回主上，昨日已经和兵部侍郎、武卫军都指挥使分别会面，今年新调遣了两千军士以作辅助。校武场有了新规，只有角抵竞赛。铁器，除了秤砣，一律不得入市！"

完颜璟又是一阵咳嗽，"呵呵，胡大人，你呢，貌似五大三粗，办事一向精细，朕很欣慰。既然西京那边你的人可以代管一阵，大集期间，你就踏踏实实留在中都。各王府的王傅、尉官和诸王的司马，你要多笼络，这样才好知道各府的动向。"

"臣谨遵圣嘱。还请主上宽心。听主上现在只是轻咳，卑职放心多了。"

"嗯，外路诸王，也会有携着来大集的吧？"

"今年逢闰，水路又开通，天寿节大集规模较以往更盛，臣得到的消息是，其余四京都有王爷来中都。已做了统计，王爷们的驿馆都安插了谍报。"

"好。你去吧，这几日，每天可来见我，你自己来。你的鸟怎么样？"

胡沙虎挺了挺身子，面露喜色，"回主上，从上京得了三枚蛋，孵了两只出来。真是海东青！就是幼雏只吃鹅脑，花费太贵，搞得我全家上下天天吃鹅肉，快吃吐了。"

"吃鹅肉还吐！海陵在时，连鹅都舍不得吃呢。"完颜璟撇着嘴踱到书桌边，翻腾了几下，从书里抽出一柄裁纸刀，"站起来吧，这个你拿走。"

胡沙虎腾地站起身，勾腰走过来，"炀王那是演戏！主上，这是鹅锥啊！"

"嗯，拿去玩吧，辽国宫里的东西。"

"谢主上！那两只小鹰，大些了，我给您送进来！"

"不必，今年一直咳嗽，太医院不建议外出畋猎，还是出不了中都，自己留着吧。那李铁戈在和你一起玩鹰？"

胡沙虎哼了一声，"他！跟着瞎起哄，给过他几只鹰雏，都给养死了！说有一回还给烤着吃了！改养鸟了。主上，这位二国舅可是真有点意思，您知道他养什么鸟吗？"

"哦？"

"他养——啄木鸟！"

完颜璟又是一阵咳嗽。

"铁哥儿有心啦。只是太医院的药丸子朕都吃不过来，你这个放在一边吧。还六个月的胎盘！简直造孽，胡闹！传出去，朕这皇帝不得被骂死。"完颜璟坐在榻上，又是连声咳嗽。

"小的听说这药有奇效……"李铁戈站在潘守恒一侧，顺手把药袋交给潘守恒。

"听说你养啄木鸟？新鲜！呵呵。"

"主上，养了一阵子鹰，太挑嘴，正好下人捉了一只锛凿木，就养啦。"

"锛凿木？这名儿倒是贴切。"

李铁戈见完颜璟面色柔和了一些，涎着脸道："我们老家都跟这鸟儿叫锛凿木，我姐可能不记得了，她离家早。"

"养这啄——养这锛凿木，用一般的笼子不行吧？"完颜璟轻咳，潘守恒也乐出声来。

李铁戈走前几步，"是啊，它老是啄啊，倒是不费肉，费笼子，毁了好些个了！险些让它飞了。昨儿刚换的铁笼子，我自己拿铁丝编的，挺笨实的，就是不太好看，都说寒碜！主上，金克木啊，铁笼子关得住锛凿木！"

"金克木你都知道，咱们铁戈大人学问见长啊。"完颜璟打趣道。

"金克木！'宋'字底下就有个木。大金就把它给治了——我爹跟我说的。"

"哦，你倒是会解释。国丈都好吧？"

"乐着呢，天天往窑……天天往那巢云楼跑！拦都拦不住！多大岁数您说，还好这口！我娘也管不了，也就不管了，天天念经呢。我姐也由着他。唉，弄得我在外头都抬不起头来。"

"人之常情，不必苛责。你呢，你是个省油灯吗？"

"主上，我老实着呢，我家那泼妇就差把我捆起来了。桃红都快生了，到现在也不让进门……"李铁戈自知话多，伸手打了自己嘴巴。

"桃红？什么人？"完颜璟追问。

"啊，哦，是这样，我有个相好的，我家那老娘们儿听说了，把人店都给砸了。年前的事儿。我没辙，就另弄个院子，让桃红搬进去了。"

"你浑家姓钱吧？"完颜璟咳着问。

"正是，姓钱。"

"钱、桃，那岂不也是金克木！"潘守恒那边又乐出声来，李铁戈听得纳闷，愣头愣脑地望着潘守恒。

"城里城外的，有什么消息？"完颜璟咽下几粒药丸，将水杯递给潘守恒。

"回主上，有！城里这几天来了几批宋人和蒙古人。宋人好像要把韩侂胄的脑袋偷回去……"李铁戈压低了声音，边说边瞄着桌面上摆的一堆玩意儿。

"何必要偷，还给他们便是。宗浩总是习气不改，岁币、犒军钱就可以了，韩侂胄杀了就算了，千里迢迢让赵宋递个人头过来，多此一举。"

"是啊，又不能做白水羊头！"李铁戈嬉皮笑脸地接话，"陆游和那辛弃疾也该杀，顶数他俩嚷嚷得欢！"

"哈，铁戈他还知道辛、陆！"完颜璟看了一眼潘守恒，潘守恒强忍了不笑，低声道："辛弃疾去年就死了的。"

完颜璟一惊，"属实？哪来的消息？"

潘守恒也觉得纳闷，"前几日，党大人提了一嘴……他没报给主上？"

李铁戈接回话头道："辛、陆我当然知道，嘿嘿，我听主上您的话，最近也在看书呢。每天睡觉前，我都找本册子，拿眼睛照……"

"李大人主要是看账本吧。"潘守恒低语道。

完颜璟哼了一声，问道："南方都来了些什么人啊？"

"还在探听，探报说他们谈话提到了方信儒。"

完颜璟轻轻点头，"南朝士子，忠孝节义者比比皆是，蠢材赵扩，是个饭桶！"

"嗯嗯嗯，"李铁戈鸡啄米一样点头，"那姓方的还真是个爷们儿，把他弄到大金国？"

完颜璟嘿然，"人才有用不好用，奴才好用没有用。铁哥儿，你宫里宫外四处转悠，或者看得清楚一些，你觉得朕会用人吗？让你替朕侦伺民情，是选对了人吗？"

"主上圣明啊！好些事情我做最好。我姐入宫后，您对咱家多照顾，拿不到银子我也得报答您啊。一家人不说两家话。您用人，那没的说。就说那老党，我看他有事没事就在街上转悠，给您搜罗这个，搜罗那个，挺上心的。这样的老臣，赵扩那儿哪有？"

完颜璟摇头，"使银子这些事，你去和元妃说就好……蒙古那边来的是什么人？"

"卖羊肉羊皮的，都是些傻大黑粗的！"

"蒙古来的人，也要用些心思。如果有铁木真的子嗣或者他军中人物，立刻报来。"

李铁戈连声称是。

完颜璟又道："最近听说一件事，城南塘花坞任家的一个儿子，因为你拉去吃酒，掉了脑袋？"

李铁戈僵了脸，支吾着说："主上，这都去年的事了。您知道我好个热闹，屡次三番叫喝酒，每次都不来，我就是好个面子，就让人给架过来了，怎么就那么不巧，赶上下大雨发大水……钱我都补给他了，这怎么还没完了，都告御状了？告状都告到您这儿来了？大金皇帝哪有工夫管他们这些破事儿啊……刁民！太赖了，还想讹我钱吧……"

"你这是恼羞成怒。朕只问你，你整天价拉一群小官吏喝酒，什么用意？登闻鼓院递来的折子里，没你什么好话。"完颜璟轻拈髭须，见李铁戈张口结舌，说不出话来，又道，"爱财，你也得搂着点儿。你是外戚，你要让人说我这皇帝不分清浊吗？！"说到气处，完颜璟连连摇头，探出食指不住抖动。

李铁戈扑通跪倒，"主上明鉴，小人真的没有别的念想，就是昏了头，找些地方小官陪着喝酒。也是多打探些小道消息的意思，以后不敢了，不敢了……"

"不可欺人太甚，草莽之中常有猛士，那任家世代武夫，就你身边那几个无赖，逼急了任家，能把你们都摔死。"完颜璟见他体似筛糠，轻声道，"起来吧。再说说，蒙古怎样？来了多少人？"

李铁戈并不起身，答道："分成几拨儿进的城，其中也有蒙地的汉人和契丹人，都是些卖货买货的，有几个去见了那个札八儿。我也得到线报，说其中有几个货郎在城内外各防区走动。今晚我打算抓几个审审。"

完颜璟连咳几声，笑道："你去捉人？省省吧。那是武卫军的事，他们自会加强布防，你多追踪即可。退下吧。"

李铁戈仍不起身，"姐夫……主上，我姐老是没精打采的，说您最近也不去她那边儿了……"

"朕知道了，你退下吧。"

李铁戈跪着向前几尺，嘟囔道："刚才碰着胡沙虎，那傻大个儿……"

"嗯？"完颜璟眉毛竖起，脸庞更显清癯，威严还没散出来，又是连咳几声。

"哦，胡大元帅……他手里捧着把小刀，跟我显摆，说是主上您赏赐的……他不是从您这儿偷着顺走的吧？"

完颜璟叹道："他的小鹰要吃鹅髓，那是把锥子，专刺鹅头的。他用得着。你出去吧。老潘，带铁戈去找鹰坊提点，拣个鸟笼带走。去吧。"

李铁戈喜笑颜开，"谢主上赏赐！"

"不要招摇，给你姐姐长点脸吧。"

"姐夫放心，奴才告退，告退……"

（三） 御笔

任家院子里，丫鬟们正将杯盘送到后厨。正堂里，任一望扶着奶奶朝内室走，任孝萱、郭易辰和管家赵炬纷纷站起身来。

周衔蝉回头道："阿炬，这几天你少不了受累啊。"

赵炬正一一点数院里的鸽子，"老太太，您放心……烟儿狸，你又放鹰逮我鸽子了？！"

老太太在床上坐住，烟儿狸和郭夷则也凑了进来，各找了把椅子坐了，直勾勾盯着床上的老太太和任一望。

老太太瞪了烟儿狸一眼，转脸向郭夷则道："乖宝儿，你的铺子打算卖什么啊？"

"太姥姥，我爹让我卖文玩……"郭夷则盯着脚尖，又抬眼偷看母亲。

"外孙子，是人家的，照理说，我这老太太不该什么都问，可是你是郭家独苗啊，不念书就早点立事吧。"老太太连叹几口气。

"奶奶，我跟您说啊，夷则他那店卖文玩是假，他要卖脂粉！"烟儿狸嬉皮笑脸，抬脚把春罗鞋跟踩掉了。春罗托着茶盘站在原地，气得眉头紧皱，看向老太太。

老太太嘟着嘴，"春罗，你甭理他，我待会儿收拾他。"春罗放下茶盘，趿着鞋出去了。

烟儿狸收拾了坏笑，端正坐好。

"卖就卖呗，不用偷着卖。"老太太看着郭夷则，"你爹你娘要是不同意，你就来告诉我。"

"奶奶，我们怎么会不同意，只要他踏实做，也没什么不好。绸缎铺的周大爷，那不也富甲一方了嘛。"任一望搂着奶奶的肩膀说。

"富不富甲一方的，咱倒不用，有个事儿干就不错。小家小业的，平平安安就好。夷则你过来，你新店开张，太姥姥送你个小礼。"

烟儿狸忽地站起来，"奶奶，什么好东西啊？"

"你坐下！夷则过来。"

郭夷则站起来掸掸袍袖，斜着看了一眼小舅，哼了一声，一甩衣襟，在舅舅面前迈着方步踱向老太太，气得烟儿狸张大了口眼。

"小舅气性大，你别把他气爆喽！"任一望搯了一把儿子，又伸手召唤弟弟，"烟儿狸你过来。"

烟儿狸扭捏了几下，终究忍不住也凑过来。

老太太把床头木柜打开，烟儿狸凑上去朝柜子里看，被老太太一巴掌打了回来。

老太太伸手拽出一个黄绸丝袋，慢悠悠解开丝绳，递给郭夷则，"别卖，卖了怕是要杀头，挂在店里当个摆设就好。"

郭夷则见是一柄卷轴，叫道："太姥姥给我写的店招牌！娘，我就说嘛，太姥姥身体这么好，腕子劲儿足够，您就拦着我不让要！"

任一望撇着嘴笑，又捧着老太太小脸，转过来，"咦，这老太太，不是说不写字了嘛！"

那边郭夷则大喝一声，"哎呀娘啊！"

烟儿狸不明就里，捏着卷轴上沿，探着头瘪着嘴说："奶奶，您太偏心了啊，让您给我那鹰房写几个字，差点拿拐杖把我腿打折，好嘛，给这臭小子写这么些字！啧啧！"

老太太盯着孙女，摇头道："不是我写的，我写不动啦！"又转脸看着郭夷则，"给这俩睁眼瞎读读！"

郭夷则瞪了双眼，瞅瞅娘亲又瞅瞅老太太，又看看小舅，颤了声音念道："五云金碧拱朝霞，楼阁峥嵘帝子家。三十六宫帘尽卷，东风无处不扬花！娘啊，这是大金皇帝的字！"

任一望腾地站起，"奶奶，真的？"

老太太斜靠在床上，"这有什么大惊小怪的。你家郭易辰把我写给你的纸条，让风吹到了宫里，那小皇帝不得回我个东西啊！"说完了，娘俩乐成了一团，烟儿狸不明白这中间肯綮，也跟着傻笑。

"奶奶，这真是那皇帝老儿写的，跟您写的一样啊！"烟儿狸把上沿交给郭夷则，转过身来在卷轴上细看，又嗅了嗅，"怎么和咱家六号花棚一个味儿啊？"

郭夷则指着卷轴上的几方印说："小舅你看，这些就是明昌七玺！都说有这东西，都没见过。孩儿给太姥姥磕头啦。"说完将卷轴塞到小舅舅手里，俯身跪下。

"出息！我看没你太姥姥写得好，就是装裱好些。是吧，奶奶？"一望也侧身躺下，轻轻压在奶奶身上。

"皇帝的字，一国之君写着才有味道。夷则，收起来吧，记住，不要售卖，可以传家。兹当没有嘛。"老太太说罢，眯上了眼睛。

"这好！"烟儿狸吼道，"夷则你把这一挂，旁边那些店全傻眼了，御膳房，啊不，那个书画院都得来你这儿看！"

"吃货！"老太太嗔怪道。

"奶奶，您这胳膊肘怎么往外拐啊，女生外向，大姐是他们老郭家人了。有好东西，您得可着我啊！夷则，你把它卖喽，把我银子还我！"烟儿狸推搡了外甥一把。

"舅，别急啊，我店一开张，一挂上这个，那人还不得乌泱乌泱的，你坐柜里，就等着收钱吧！"

"姐，您给评评理，我攒了四百两，可是夷则找了个太监，搞了几个方子，把这钱拿去给那阉货了，弄得我这手头紧啊。辽东来人，三枚蛋我一个没捞着，全让别人加价撬行了，说真是海东青啊！肠子我都悔青了，这要孵出来，一只小鹰就能卖四百两！"

"夷则，你怎么老从小舅那儿抠钱！"任一望坐起身，怒喝道。

"娘，我这个稳赚不赔啊，小舅那鹰不定孵不孵得出啊，孵不出腌咸蛋也没人吃啊。"郭夷则辩白。

烟儿狸怒道："郭夷则，你那破方子，真的假的都不一定呢，太监的话你也信，太监有准话儿吗？连话儿都没有！"

任一望笑得趴在床上，"你俩别嚷嚷了，吵得我头疼。烟儿狸，你没银子怎么不去找我拿？"

"哎哟，我的好姐姐，咱爹不给我钱，姐夫不给夷则钱，坊里坊外谁不知道啊。我去找您拿钱，爹不得抽死我！"

"奶奶，您说说我爹，我爹也是的，雇些小工还给工钱呢，我弟不是也去花棚搭把手吗？每次派人送花去我那儿，我一眼就知道哪些是烟儿狸打包的，那剪花儿、配花儿，就连那扎花儿，手艺好着呢，怎么着也得给点零花钱吧！"

烟儿狸悻悻道："姐，不用！我现在不只孵蛋……"郭夷则扑哧乐出声来，又被舅舅瞪了一眼，"咱爹把西厢房辟了两间给我，我请炬叔陪我一起熬鹰，熬出来的鹰价钱更好。我有钱！"

"小舅，你别急啊，那方子是宫里的，我把它推出来，肯定大卖！"郭夷则回身转向老太太，"太姥姥，他们不懂，您懂。刚才这卷轴，我舅说有姥爷家花棚的味儿，我闻着还有一股苏合香的味儿，这宫里考究，想是那皇帝用苏合香点烟制的墨。平民百姓哪用得起这个！脂粉也是。我买的三个方子，那可都是嫔妃们用的，梳头的叫绿云蜜，洗脸的叫白玉脂，还有敷脚的，叫莲香散。太姥姥，我自己先调了一盒，洗脸的……这个给您。"说完掏出一只瓷瓶，递到老太太手里。

"你还有？早上我搜出来这瓶呢？"烟儿狸瘫在椅子上问道。

"您那瓶儿是口脂，胭脂虫做的。过几天还能攒出一瓶儿来。"

老太太似乎心不在焉，"哎，这个小皇帝，让我想起个人来……"

"谁啊？奶奶。"一望扶起她问道。

"说了你也不认得。留着这幅字，应该可以辟邪吧，咱家可别再招官司啦。"老太太眼圈一红，又要掉下泪来。

"收好！你俩出去吧，我陪奶奶。"一望伸手指着门口朝两人吼。

烟儿狸巴不得快离开，三下五除二把卷轴装进丝袋。

第四回

彤管忽成贤母传　一丛香草足碍人

（一） 母姊

"慢着！都给我坐下！"周衔蝉面色阴沉。

烟儿狸知道大事不好，忙向姐姐使眼色，任一望却只是偷笑。

"烟儿狸，你坐好，我不骂你，我就嘱咐你几句。"老太太后靠，一望连忙把被卧垫在了她的后腰上。

"这些孩子里，就你和夷则是同龄人，你俩应该互相照应。你比他大一个月是吗？"

"嗯。"烟儿狸点头，看见郭夷则轻抚着黄绸卷轴正跟自己挤眉弄眼，更是气不打一处来。

"你应该比他大四个月啊，你知道吗？"

"啊？孙儿不懂。"

"奶奶，你跟他说这个干嘛啊！"一望作势捂住老太太的嘴，见她神情凝重，悻悻放下手来。

"你娘生下你就死了，你姐当时怀孕六个月了，哭得死去活来。你那时真是嗷嗷待哺，喂米汤给你，不吃，嚼了饭粒给你，不吃，让你爹去请了奶妈来，还是不吃！换了六个奶妈，就是不吃，有俩还让你给咬哭了。你姐姐说，这是不想吃别人奶，就解开衣裳喂你。"

烟儿狸听到此处，红着眼圈低了头，郭夷则过来站在一旁，轻轻搂了舅舅的肩膀。

"你们臭小子不懂，女人家，怀孕也有奶水，可是这奶水喝不得啊。女人，就像个家什……"老太太伸手指向外头，"就像你爹花棚里控温控湿的那些竹管、草帘，"又朝向郭夷则点头，"就像你爹纸坊里的那些造纸机器啊，女人有开关啊！怀孕的女子喂奶，就引发宫缩。"

任一望在一旁神情落寞，直直看着奶奶。

"宫缩知道吗？子宫啊，就是胎儿待着的地方。宫胞一收缩，孩子就待不住了。你的小外甥提前三个月啊出了娘胎，早产啦！家里头刚死了儿媳妇，我想着难道大孙女也留不住了？你爹和我商量，要把你送人。我也舍不得你，你下巴的黑记是天生的，形状都和我的一样……你姐姐扔下怀里的夷则，死死抱着你不放，说要送就送小的走。"

烟儿狸呜的一声，扑通跪在地上，郭夷则也跟着趴下。

"那以后，你就长在姐姐家。女人的两个胸啊，不一样，一边奶水多些，另一边就少些。每次我去看一望，她从来都是一手抱一个。烟儿狸！你永远在奶水多的那一边！"

烟儿狸已经泣不成声，跪着朝姐姐爬过来，一望弯下身，跪在地上，双手搂住弟弟和儿子，眼泪也扑簌簌落下来。

老太太捏起帕子抹了把清涕，陡然提高了音量，"你张嘴闭嘴，说什么四百两银子！四百两！你没见过钱啊？你的心是铁做的吗？"

老太太越说越气，伸手抓起身边的一根细棍，劈头朝烟儿狸打下来。一望听见声音，连忙回身抢在手里，细看却是逗猫的竹篾，顶端还粘了几根羽毛，不禁失笑，照着两个人的后背轻抽了几下，"边儿去，别给老太太添堵。"

一望把竹篾交回老太太，"奶奶，您错怪烟儿狸啦，他什么都可着夷则。因为夷则，他刚被拘禁了三天。他姐夫到处求人，也没捞出来，后来爹爹去找了路大人，这才放回家来啊。"

老太太一愣，"挨打了没？"

烟儿狸忙抽泣着接话，"借他们俩胆儿，也不敢打我，姐夫上下打点，我天天有烧鸡吃呢，就是惦记我那几只小鹰……"

一望又扑哧乐出声来，"奶奶，有人欺负夷则，烟儿狸把人给打了，都过去了，不说了，不说了，奶奶真乖，不哭啦哦。"

老太太也破涕为笑，"哦，都瞒着我！还说在大集上看铺子！"又挥起竹篾指着烟儿狸，"你三哥没了，大哥也跟着没了，你二哥一个月回不来一趟，你消停点儿吧！"又盯着一望，"一师他老去你那儿找钱吧？他都忙些什么呀！"

一望忙说："官场里的人，用钱的地方多，这年月不使钱，别说升迁，职位都难保！也真难为二弟了。您别管，这是我们姐弟的事儿。"

老太太长吁一口气，"烟儿狸啊，我不用你养老，也轮不到你。你从小没娘，爹爹又是个闷瓜。我看你从小孤苦，格外疼你，可是你别忘了，你和夷则貌似舅甥，却是一奶同胞啊。你今天说出那些话，你还有良心吗？你姐姐把你哺育长大，所为何来，就为了让你和夷则争风吃醋？一金国皇帝的破卷轴，你也眼馋，你可知奶奶的身家？！"

一望赶紧圆场，"奶奶，奶奶，他们本来就是小哥俩儿，跟您这儿唧唧歪歪，出去俩人好着呢，跟哼哈二将似的，我都怕这爷俩儿回头找不到媳妇，一起打光棍儿。"

老太太用竹篾指着烟儿狸，"不小了！你爹十八岁都生你姐了，你还游手好闲，成什么样子。"

见老太太缓和了语气，烟儿狸又破涕为笑，"奶奶，我那几只小鹰一卖，又是一笔银子，都给夷则，让他去孝敬那老太监，嘿嘿。"

老太太摸了他头，"一家人能有什么大奸大恶，能有什么大是大非，嘴上不好就是不好了！好好对你姐姐、照顾夷则。记住了？"

烟儿狸不住点头，朝外甥使了眼色。夷则也爬过来，"太姥姥，小舅请几个木匠做了个推车，哈哈，我扶您到院儿里，您试试。"

"哦？让我去送货啊！"老太太纳闷儿，却也由着一望搀起来走到室外。

烟儿狸和夷则早奔了出去，从厢房里抬出个物件，用粉绸子盖着，放在老太太面前地上。

烟儿狸把丝绳交给姐姐，"奶奶，我说多雕点儿牡丹啊、海水啊、寿星老儿什么的，夷则非说俗气，让人刻了小猫、知了啥的，要不然更好看！"

一望伸手一拽，绸缎哗啦啦展开，竟是一辆加了轱辘的椅子，后轮尺寸平常，前面两轮只有碗口大小，椅子上了清漆，仍盖不住黄檀的降香味道。

"本来是要贺寿时候给您，我俩一商量，还是先用着吧。"夷则伸手接过粉绸，看母亲和舅舅把老太太搀到轮椅上。

烟儿狸转身跳上椅背后的托板，弯腰捉住老太太右手，放在一个手柄上，"奶奶，这个控制方向，坐稳了您！"说完左脚点地，轮椅直溜溜朝前滑行，老太太也不含糊，捏了手柄，忽左忽右，任凭轮椅一路歪歪扭扭驶向门口。

院里站满了人——郭夷则推着母亲走了一圈，春罗和蕙卿也各试了试手，家丁们不时起哄。赵炬停下手中活计，远远看着，笑着把甬路上的小石子逐个踢到角落。

烟儿狸把袍子脱下，铺在明柱旁的台阶上，让奶奶坐了，自己跳下一级，坐在她脚下。

午后的风温和，院子里安静，一如往常。

（二） 金笼

潘守恒领着李铁戈，二人在鹰坊门前站定，看见郑雨儿和管勾拎着钥匙串飞奔过来。李铁戈道："二位辛苦啦，这小事，你们去忙吧，让郑雨儿帮我挑个笼子就成了。"

管勾怯生生盯着地面道："国舅大人，这里头都是好东西，只是，您挑的时候，盯着点儿，盘龙画凤的可别选，那叫逾制啊，别让在下难做……"

"小东西，这我还不懂！放心吧，只要不是木头的、竹子的，什么鸟笼都行，我疯了我敢用皇帝的东西！去吧，去吧！"

潘守恒又叮嘱郑雨儿几句，这才离开。

郑雨儿透过门缝盯潘守恒二人走远，李铁戈皱了鼻子左闻闻右嗅嗅，道："什么味儿这是？"

郑雨儿反锁了门，转过身来，"旁边是军器房，放着俩人头。韩侂胄和苏师旦，南边的，俩人的脑袋。嘉定和议之后送来的。在城里挂了好些天，风吹日晒，鸟啄蝇吃的，再搁那屋，是够味儿的！"

见李铁戈只顾着翻检并不答话，郑雨儿又压低声音说道："李爷，李爷！出大事了！"

李铁戈看见架上的各式鸟笼，合不拢嘴，摸摸这个，拎拎那个，"哦，你说，你说。"

"李爷，俩事儿，主上昨儿晚上见了谁，您猜？"

"谁啊？郑雨儿，你看这个怎么样？这个挺沉！"

"李爷，李爷！主上和塘花坞那老太太说了一晚上话，我在屋子外头一直听着，倒是没说那任一北的事儿，但我瞧着，他和那老太太聊得挺好，估计还真不是一锤子买卖，主上让我送了字画和一个小玩意儿给那老太太，您想啊，那老太太傍上皇帝，那还不得乐疯喽，所以，我估摸着，接下来任家怕是会有动作。得还个礼吧，这一来一往，说不定就得提到任一北那事儿，那就很可能捯到您这儿，这事儿，不能不防啊！李爷，您听我说没？"

"哦，咳，屁大个事儿，刚听说了一嘴。哦，那老太太进宫了，怎么进来的啊？路铎？！"

"不是路大人，是那老党，搞了张纸条，老太太写的，家信吧，那老太太写的字，主上挺喜欢的。不是路大人。"

"嗯，知道了，一臭种花的，能怎么样！还有啥事儿没？"李铁戈把几个鸟笼提到窗前，映着光一一细看。

"李爷，不能掉以轻心啊。那任家，从迁都开始，就在这城里。那个任孝萱也是当过官差的，朝中多少有几个熟人啊。花业行会里头，好些掌柜的都是他家的学徒呢，还有原来一起当过兵的，还有跟他学过摔跤的，抱团着呢。我听说这次大集，卖花的占了半条街，别的行会不敢和他们争啊，这伙人在中都势力不小。"

"小不小怎么的！一瘸老头子能折腾出啥名堂。别没屁拨弄嗓子，过来，看这个怎么样？"

郑雨儿摘下一架金笼，捧给李铁戈，"这不，元妃娘娘也生着气呢，任家那俩儿子一死，任家不给我们这边送花了，娘娘屋里的花是有一天没一天的。再有，咱让人在他家花圃种了些东西，您知道的啊，娘娘送给其他嫔妃的都是那玩意儿。任家估计是不知道，真要是知道了，要告一状，那还得了？！够你们李家喝一壶的。哦，对了，李爷。娘娘身边的一个侍女，叫范小舟儿，昨晚陪主上来着……"

李铁戈托着鸟笼，眼珠儿滴溜乱转，"哎呀！险！真险！那天我在我姐那儿喝酒，喝着喝着来劲了，我抓着那姑娘要上炕，哎呀，我姐劈头盖脸捶了我一顿，那个李新喜也横扒拉竖挡着！啧啧，亏得没上，这要是给破了，回头我姐夫一看，不是雏儿，啧啧，险啊！"

郑雨儿撇嘴道："哎哟我说李爷，这几年您闹大发了，搂着点儿吧。多吓人啊！"

"用你说！干好你自己的事儿得了，跟我说些有用的！"李铁戈拔下笼门上的插销，掏着耳朵说道。

"我还听说，说打南边来……"

"来个喇嘛，手里拎着二斤鳎目！"李铁戈拨弄着笼门顺嘴接话。

郑雨儿又乐又气，"李爷，您别闹，说打南边来了老道……"

"手里拎着俩啄木鸟！"李铁戈又是打岔。

郑雨儿叹了口气，"您这样我没法说啊，咱说正事儿呢！"说罢转身要走，李铁戈一把抓住他，"你说，你说，嚯，这小暴脾气！"

"不是一般老道，是丘处机，那个长春真人，这几天要和玉虚观的王处一进宫面圣。太一教的虚寂师萧志冲，听说最近也在城里。主上越来越信这几个人，主上现在，平时都穿道袍！前几天和几个大臣还说呢，要颁个什么条令给这些个道长。栖霞太虚观，还有圣水玉虚观，都加了银子扩建呢。"

"你啥意思？咱们也跟着凑个热闹？"李铁戈揿着鸟笼上的小门按钮，小门吧嗒吧嗒自动弹开，"嘿，这好！"

"哎哟，别介，那钱拿着多烫手啊！我估摸着，主上是要重用这群牛鼻子，他们啥都懂，一套一套的，什么治国安邦啊、什么养生房中术啊……他们通吃啊，赵宋那边他们也有饭吃，说是蒙古那边，那铁木真也老找他们。我的意思是，李爷您是不是先跟他们搭上，先亲近亲近？"

"郑雨儿，你可以啊，够深的！可是你想多了，姓丘的姓王的，都是我姐的熟张儿。你不用惦记这些。你看这个合适不？"李铁戈又托起一只鸟笼，递给郑雨儿。

"李爷，您是真会挑，这得有二十斤！"郑雨儿手一哆嗦，险些没接住，"您身后那个更大一些。"

"那个不行，那有龙柱。嘿嘿，行吧，就这个了，你和潘守恒说一声儿吧。还有，这两天让你爹多去趟我那儿。亏不了你们，机灵点儿啊。"

"得。给李爷办事儿，小的有福啊。"

李铁戈打发走了郑雨儿，自己托着鸟笼一路朝宣华宫走来。这鸟笼铜条编就，通体鎏金，灿然生光，托盘是整块碧玉雕成，栖杆用的是象牙，左端挂了犀角食盅，右边是敛口的珊瑚水盂，各用金叶子固定着。李铁戈越看越爱，一路上，时而托举，时而大摇大摆晃动双肩，最后索性扛在肩上，看见李新喜一路小跑过来。

"国舅爷！主上赏的？"

"那是啊。让我随便挑！我看这个不太显眼，挺低调，就它了。"李铁戈努了努嘴，"在屋里？"

"是，娘娘知道您进宫，等着呢。您这边走。"

李铁戈把鸟笼放下，绕着走了几圈，哈了口气，用袖口擦了擦提手钩，又吹了几口气。走到书桌旁，煞有介事地翻了翻书。

李师儿放下毛笔，面无表情，轻声道："真有闲心啊你！"

"姐，我看你才有闲心！那个丫头……"

"嗯，小舟儿被封承御了，我拦着你有错吗？"李师儿悻悻道。

"哼，你就不该把她搁在身边儿，那丫头多招人啊！你就是引狼入室。"李铁戈咽了口水，直起身来，摆弄一旁桌子上的花瓶。瓶子里的花已然萎顿，"都成干花了！"

"弟妹都好吧？"李师儿走过来，将那黄花从花斛里拔了出来。

"挺好，肚子一天大一圈儿，太能吃！贾妃那边怎么样？"李铁戈拽了姐姐坐下。

"我让师婆和定奴又加了些东西，糅在香里一起送过去了。"李师儿叹气道。

"那玩意儿？挺费钱的不说，也没啥用！要我说，还费这劲！你就约她逛逛园子，抽冷子让她掉水里，还费这劲！"

"这不用你管。收了你那些下三滥手段吧。小舟儿我倒是有些担心，真是按下葫芦起来瓢啊。铁哥儿，你别老琢磨着从宫里顺东西，主上有一阵子没来我这儿了，你得弄点好东西啊，我也才好说话不是。"

"弄啥啊，他啥没有啊！我托人弄了藏药，治咳嗽的，人家看都没看，扔一边儿了，我还能咋办？"

"不说这些了，让弟妹安胎吧。太医院给小贾炮制了些安胎的药，我拿了些过来，一会儿你拿走。"李师儿神色萎靡，"铁哥儿，有什么需要姐姐办的？"

"有啊，原来给你送花的任家，什么人啊，银子也拿了，弄个老太太又和我姐夫勾搭上了，不定整出什么幺蛾子来！不给你送花也就算了，真要是发现在他们家种的那草，那不坏菜了嘛！这个任家，是个麻烦。我也想不出什么办法，得拾掇拾掇。"

"嗯，知道了。来人！"李师儿轻喝一声，两个宫女开门进来，见了李铁戈，迅即低下头齐声道："娘娘，请您吩咐。"

"把那四盒芩术丸给国舅爷带走。"

（三）迷香

任孝萱进得门来，看见院子里乱作一团，不禁蹙眉。又见老太太和儿子坐在台阶上，急冲冲喝问道："奶奶年纪大了，你也不扶她坐好！"烟儿狸一骨碌爬起身来，忙跑去内室。

老太太抬头望着任孝萱，"烟儿狸说那幅卷轴上，有你花棚的味儿，怎么回事？"

"娘，什么卷轴？"任孝萱不解。

见老太太示意，赵炬走到郭夷则身边，托了卷轴过来。

任孝萱抽出卷轴，闻了又闻，连连摇头，"阿炬，你闻闻，我这鼻子，一下午在花房里熏得什么也闻不出。"

那赵炬低了头嗅了几下，"萱哥，好像真有股子味儿，丙六花房，那些草的味儿……"

任孝萱沉吟片刻，"娘，这也说得通，宫里想必是熏香，这卷轴就沾染了味道。只是……"任孝萱与赵炬面面相觑，赵炬低声道："是啊，咱家没给宫里进贡这草啊？"

任孝萱轻轻点头，"阿炬啊，上次你查到丙六那些草的名字了吗？"

赵炬面有愧色，"萱哥，找了几个老人儿问了，都说不认识，我让把式们在书上找，也没发现什么呀。混在草里喂兔子、羊，没什么异样。那个来包场的刘掌柜的，也查了，就是个开香铺。不应该……宫里的香，都是自制的，不太可能在市面上收购。"

任孝萱大喝一声，"散了！春罗，扶老太太回屋。"又转身对赵炬道，"路大人傍晚就到，让人布置吧。"墙边的几个厨子和家丁听说，飞也似的跑回后院。

天色向晚，会城门大街上的商户仍自忙碌。杨安儿站在铺面门口，抬头打量牌匾，让梯子上的伙计将匾额正了又正。黑地银字的匾上赫然两个大字"杨鞍"，夕阳映照之下更显熠熠生辉，直晃得杨安儿伸出手掌挡住了眼睛。

等到梯子撤下，店里走出一位姑娘，竟比几个男伙计还高出半头。她将一提木匣交给杨安儿，抓着他手道："哥，这是要干吗啊？不说你就别走。"

"我得过去了，差不多你们也歇了吧。明天接着拾掇，也来得及。"

"带我去吧。"那姑娘拽着他胳膊左右摇晃。

"咦！这算撒娇啊？！算了，你还是撒泼吧！松手，我很快就回。"

"这么多钱你要干吗？嫂子让我看着你！"

"方先生那边有人在城里，急需些钱用，我给送过去。"杨安儿拎着钱匣，伸手叫了驴车，直奔永乐坊。

永乐坊内有了元元馆，每到薄暮时分更是辐辏如云。杨安儿在街口下了车，看坊里灯火通明，人头攒动，不禁皱了皱眉头。向人打听了所在，按着指点走到饭馆门前。

辛秸和陆元廷正在门外守候，见杨安儿面有不悦，辛秸道："杨大哥，人多反倒安全，您别担心。"

杨安儿把一封信和一个锦囊递给辛秸，"让小朋友来拿就好，不用写信，还要什么信物啊！方先生的印章你们都给带来了？一定收好啊。咱们进去吧。"

三人坐定，陆元廷努嘴向窗边的位子，"又是那三个蒙古人……"

杨安儿道："认识？"

辛秸偷窥了一眼，"昨晚去元元馆见李铁戈，会过一面。"

杨安儿将地上木匣轻轻踢到辛秸脚下，"用吧。当心就好。"

"我们这就走，您忙。"辛秸挥手退去小二。

杨安儿不由自主朝窗边看去，见那魁梧的蒙古汉子一仰头，将一碗酒灌入嗓中，也朝自己这边看过来。二人四目相对，彼此微微点头示意。

杨安儿道："人多眼杂，二位也早回吧。"

陆元廷道："杨兄，回到南面，我们再筹措，一定尽快还给您。"

"说什么呢！这话不要再讲。还有什么我能干的，尽管招呼。只是你们要当心啊。"

辛秸沉吟道："杨兄，进城的时候，兵器都给没收了……您那儿可有……"

杨安儿叹了口气，"动这么大的手脚，也真难为你们了。刀剑藏了几把，我送到你们住处吧。我先走一步啦。"

杨安儿起身，不禁又朝窗口一望。博尔忽见他要走，也站起身来，窝阔台伸手拽了他，"做啥？"

博尔忽悻悻坐下，见杨安儿已经走出店门，皱眉道："这人看着面熟啊！"

札八儿点头道："嗯，不俗。哪里见过？"

博尔忽摇了摇大脑袋，"想不起来了，就是看着面熟。"

札八儿笑道："个子高的你都熟！你自来熟啊。那人从山东来。"

"你怎么知道？"博尔忽瞪大了眼睛问道。

札八儿伸出两根手指，指了自己的眼睛，"这就叫眼力！"

"你别吹了，"博尔忽把他酒碗倒满，"你那方眼珠子吓唬孩子还行！"

札八儿将颔下长须扭成一股，塞入领口，"嘿嘿，我听他口音是山东的。"

"这都听得到，这闹哄哄的……"

札八儿笑道："耳目耳目，耳朵不好我怎么办事！"

窝阔台伸手扳过札八儿的脸，盯着他瞳孔道："来之前我去见父汗，他让我替他多看几眼你这眼仁儿，你一出来，草原上再找不到这方眼珠子的啦。说有段日子没见你了。"

札八儿哈哈大笑，"我也想回草原啦，别急，等我去替你求亲，然后我护送那公主回咱蒙古，让大汗跟我喝顿大酒！中都的羊肉不好吃！"

博尔忽道："窝阔台，你该去了吧？"札八儿点头，从怀中掏出一枚纸卡，"啧啧，就张票，弄得熏鼻子都！你们闻闻。"

"你俩真不去？"窝阔台接过门票。

博尔忽道："乌尔汀哆我都不听，我听这黄曲儿？你去吧，我俩就跟这儿等你。都是些女的，小心，别被挠着。"札八儿嘿嘿两声，"哦，明白了，窝阔台是在等那公主的小车呢！从升王府过来，不一定走这条路啊，你还是去场子里候着吧。我没见过窝阔台这么猴儿急，你呢？"

博尔忽又灌下一碗，吧唧着嘴道："回去我得给大伙儿说说这乐子！"

窝阔台苦笑几声，整了整衣裳，"这穿着别扭。行吗？"

博尔忽道："好看，像个小白脸儿，快去吧你！"

"嘿，真来了还！"札八儿低喝一声。

窝阔台朝窗外看，正有几个家将拨开行人，护拥着一辆骡车从店前经过。那骡车前檐挑着两柄灯笼，上面正写着"升"字。

窝阔台见那公主被丫鬟陪着走到坐席前端，身边却都是些华贵妇人。他不想自讨没趣，远远找了座位，又见几个跑堂的手捧食帖站在看台一侧，伸手叫了一个过来。

"客官，您要点儿什么？"

窝阔台接过菜单，见都是汉字，不禁摇头。那跑堂的见他犹疑，变戏法一样，又递上一份图谱。窝阔台呵呵两声，翻了几页已是眼花缭乱，轻指了公主的坐席，"她们都吃什么呀？"

跑堂的点头道："您是要送人？女客都不怎么吃东西，果盘好些。"

"有劳你了，多选几种，给她们递过去。"窝阔台掏了一枚银饼塞到他手里，"够吗？"

"太多了！"

"去吧，多的你留下。"

"谢您嘞，我先给她们送，您稍绷，我也给您端个果盘过来。"

"不用，去吧。"

一份份果盘被齐齐摆上公主面前小桌，几乎筑成了一道屏风，直把她身边的一群妇人看呆了。公主身边的丫鬟问了几句，跑堂的伸手指了窝阔台这边。公主听见了，又气又乐，缓缓回头。

窝阔台面红耳赤，远远地和公主彼此点了点头，就见那丫鬟和公主低语了几句，起身过来。窝阔台坐得笔直，心跳如擂鼓一般。

丫鬟将一碟干果放下，"让你破费了。你叫什么呀？"

窝阔台如鲠在喉，结结巴巴地答道："在下从蒙古来，在集上买些货物。"

丫鬟不住偷笑，将一柄团扇丢给他，"我们家小姐说，你还是穿皮袍子看着顺眼些……过会儿这园子里就热起来了，这扇子你用吧。"没等窝阔台回过神来，那丫鬟已经笑嘻嘻走开了。

窝阔台想到自己的窘状，不禁摇了摇头。定场锣声响起，四壁的灯火渐次暗了下去，他盯着舞台，目光不由自主又落在公主的背影上。觉得燥热难耐，他解开领口，又挥了几下扇子，只觉香风扑面，连忙停了手。

总是按捺不住，窝阔台低头轻嗅扇面，不免又是一阵恍惚。借着台上的光线，见扇面上画了花丛，那扑蝶的小猫似乎瞪着眼嗤笑自己。

第五回

锦帐美人贪睡暖

假饶毒药也闲闲

（一） 锦帐

任家厅堂上摆了一张巨大的八仙桌，登闻鼓院知事路铎被任孝萱拉着坐在了主位。周衔蝉拄着拐杖，咚咚咚敲着地面埋怨道："怎么也不把陌陌带来？"

"老夫人，过几天是孩子娘亲的祭日，这阵子就躲在屋子里不见人。知道我要来，让我给您问安。过几日，让郭家少爷去接她来看您。"

"唉，可怜的闺女。我家一望也是这个年纪没了娘。让她多来坐坐，咱家人多些，热闹。"

任孝萱将路铎酒杯斟满，身侧的赵炬正在张罗上菜，见东家招呼，随即坐下。

路铎环顾四周，"一清没在家？"

"烟儿狸啊，他出去了，"赵炬看了一眼老太太，笑道，"算是负气出走。这次真是去大集上看铺子了。"

路铎见任一望满脸苦笑，"又挨打了？"

一望道："挨骂了。您来之前，我们在院子里聊天儿。烟儿狸呢，非要拉着花房的吴叔练手儿。我爹心情好，也没拦着。"

"大吴？"路铎望向任孝萱，"是您那个战场上的兄弟？"

任孝萱点头，"是，回了中都，本来我给他在宛平谋了个差事，干了不到半年，说是咽不下恶气，这些年一直在咱家花房。"

路铎摇头道："我见过，比炬兄弟还得高一头呢吧，烟儿狸敢和他操练？！"

任一望和老太太都憋不住笑，"吴叔看我爹也没拦着，就下场了，一开始俩人还客气，打着打着动真格的了。吴叔那大刀抡的，我看着都眼晕。我们老太太还叫好呢！还口口声声讨厌打打杀杀呢！"

周衔蝉见满屋子人都笑，清了清嗓子道："本来就讨厌嘛！不过他俩拼得挺好看的，我看人家大吴手下留情了，要不然掉的就不是幞头，烟儿狸那耳朵也保不住！"

见路铎惊得合不拢嘴，一望又道："吴叔把烟儿狸砍得披头散发，烟儿狸呢，本来就是个人来疯加人前疯，难得今儿老太太、我爹在旁边看着，脸上就挂不住了，又抓了一把刀，双刀！不怎么着，三下两下把吴叔裤带给挑了，我吴叔的那夹棉裤都掉地上了！弄了个大红脸……"

站在一旁的春罗、蕙卿已经笑弯了腰，赵炬接口道："大吴呢，就猫腰提裤子，烟儿狸得意啊，顺手把刀架大吴脖子上了。这不，萱哥就急了。"

任孝萱哼了一声，"没大没小！点到为止就行了，拿刀架脖子！大吴我们是行伍出身，刀上颈，那是忌讳！今天要不是路大人要来，我还骂他？！我打折他腿！"

"哎呀呀，听着就是一场激战！"路铎叹道。

任孝萱抬眼看了看老太太，"我们那拨人，大吴的身手最好，这些年武艺也没撂下，就是上了点儿年纪，要不然就烟儿狸那两把刀、那三脚猫功夫……哼，我早晚得被他气死！"

赵炬瞪着春罗、蕙卿，"萱哥，您这气性越来越大，这么爱找气生，烟儿狸不把你气死，别人也得把你气个好歹。"

任孝萱苦笑两声，将路铎面前的筷架调正，"今天只喝酒，不谈烦心事。路大人，您是百忙之身，光临寒舍，酒菜都是家常，别见怪啊。"

"哪里，孝萱兄客气了。与酒菜无关，中午在大兴府衙，酒吃得闷损。来您这儿，我轻松自在。"

"路大人，我家这小孽畜的官司多亏您照应，给您添了不少麻烦！"见路铎发愣，任孝萱笑道："咱也都别瞒着了，也没瞒住，有人嘴快，告诉老太太了！愚兄先干为敬！"说罢与赵炬、一望齐齐站起身来，各饮了杯中酒。路铎也不推辞，起身也饮了一杯。

"哪里话。别再提这茬儿。本来就是我分内之事，只是秉公办理。一清贤侄，年轻人，脾气躁些，情理之中。他也是要护着他外甥，事出有因。

去年三公子、大公子的事，我一直愧疚。当今朝中，外戚猖獗。我也曾上书，只是主上国事繁多，怕是来不及清理啊。天理昭昭，走着瞧吧。"路铎接过酒杯，给周衔蝉斟了半杯，"老太太身体一向都这么硬朗，任兄真是好福气啊。"

周衔蝉拈起酒杯，"老而不死啊，给子孙添堵呗！路大人，老太婆有点累了，我喝了这杯先去歇了，你们聊吧，当自己家。就是不把陌陌带来，让人生气，怕我抢你孩子？哪有老成我这样的鬼子母！"

众人大笑，一望嗔道："奶奶，路大人是贵客，您就稍坐一会儿呗！"

周衔蝉举着酒杯，复又坐下，看看一望又瞅瞅路铎，双眼圆睁，"路大人，说什么来着，您瞅瞅，这就跟我吆五喝六的，安排我啦！"众人又是大笑。

路铎道："孝萱兄，今年的天寿节，会城门大集规模不小啊，您这边铺排得怎么样了？"

"是啊，这几日都是阿炬在操持。"任孝萱把赵炬的酒杯斟满，示意他起身敬酒。

赵炬腼腆一笑，"萱哥是花圃行头，忙别人家的铺面倒比经管自己家的多。"

路铎道："今日宛平县的人说，官家在大集上增设了彩头，任兄可曾听说？"

任孝萱摇头不解，"怎么？会城门的集市，路大人也要参与？"

路铎道："不是参与，是去吃封口酒！"见众人愣住，路铎惨然一笑，"无奈啊。每年的大集过后，来我登闻鼓院鸣冤的都排成队。少尹怕我摘选于他不利的上报，就约我碰面。吃人家嘴短啊，不吃呢也不行。席间谈到今年的集市安排，说是撤了演武场，改成了角抵。任兄应该去露一手……"

任孝萱苦笑，"咳，露一脚还行！有单腿儿比赛，我就去试试！"众人一阵哄笑。

路铎道："今年的射柳、击球都取消了，倒是增设了锦帐赛事……"

一望道："路大人，那是个什么比赛啊？"

"一望，你没见着吗？沿街都竖起了长杆，那是要挂条幅的呀。商户尽可自制条幅，不记名，封好交到提控官衙，他们负责悬挂。锦帐上面可以发布货物信息，画画、写字都行，最后由百姓盲评，评出最佳。"

一望笑着问道："赏金多少？别不值个画布钱！"

路铎道："画布由市场提控司预备，各家商户自行拣取。赏金？你倒猜猜看。"

一望道："呦，这皇帝是真好这一口儿。头一回吧这是？猜不出！"

路铎伸出一个手指，"一千……"

"贯！"一望笑了接嘴道。

"两！银子！！"

见众人目瞪口呆，路铎又道："说是宫里特批了费用，是要让各地客商多多参与的意思吧。只是不知道这许多资费从哪里来……今年各地闹蝗灾，朝廷其实空虚得很，并没有闲钱。"

赵炬道："前几日还和老太太聊起蝗灾。您身边这位老太太，吃得不多，管得不少呢。上几个月门口常有灾民来要饭，老太太抓着人家天天问外地的灾情。"

路铎道："老太太菩萨心肠！"

"今年的灾是挺凶的，我们花房里都进了蝗虫。我放了几十只鸭子进去，吃美了，嘴也刁了，现在小米都不吃！"赵炬把面前的豆腐和老太太面前的米糕调换了位置。

任孝萱道："大人，听说是太一教的萧志冲做法，把这蝗灾给除了。那么神？"

路铎道："咳，神道设教啊。要说功用，有没有呢？应该也有。主要还是平复人心吧。各地农户已然绝望，萧道长念念咒，大伙又振作起来，扑打、垦荒、开堑掩埋、篝火诱杀，又都开始做起来，加上天气也冷了，蝗灾这才消停。有效？无效？所谓'自在人心'，也可以这么解释吧。"

任孝萱不住点头，"路大人高见啊。"

见一望痴呆呆望着路铎，赵炬道："如果蚂蚱能听太一教的话，让走就走，那也就能说，它们可能也是被太一教招来的。"

路铎点头道："嗯，炬兄明智！尽说秋虫不伤稼，却愁苛政苦于蝗！唉，各地的猛安谋克，拼了命地从老百姓手里抢地，抢了地呢又种不明白，都撂了荒。旱极必蝗！要说是谁招来了蝗灾……不敢说啊！"

周衔蝉沉吟道："秋虫不伤稼，苛政苦于蝗——路大人的新作？"

任孝萱连连点头，"路大人还说送一幅字给咱们呢！"

路铎惭笑道："写，一定写，这阵子忙于案牍，也实在是静不下来。承蒙孝萱兄不嫌弃，不日一定奉上。只是别放老太太屋里头，老人家的字好极了，她会笑话我的。"

任一望若有所思，突然回过神来，"奶奶，今儿晚上我和你睡！"

周衔蝉哼了一声，"有话就这儿说，自己没家啊，别烦我。"

一望笑道："悄悄话儿，得悄悄儿地说。"

（二） 毒株

景风门大街上人影幢幢。远处驶来两架驴车，赶车的把式牵着毛驴疾走，车旁各有两个壮汉跟随。前车不大，只容得下一人，却显得异常沉重，那拉车的毛驴行走并不快，直累得气喘吁吁。后车装满了货物，却格外轻巧，敞篷的车厢上盖着苫布，沿途散出的异香，屡屡惹得路人驻足轻嗅。

沿街的商铺正在上板，叮当咔嚓声此起彼伏，各家的伙计们嘴里也不闲着，呼喝笑骂声不绝于耳。

驴车在刘记香铺前停住。车内人掀起车帘一角向外窥视，见香铺早已关张，对赶车的低声道："去后院。"驴车随即在玉林胡同里三拐两拐，停在后门。

车中老者跳下，先是绕车走了两圈，又在胡同里逡巡了几趟，把四个跟班安置在胡同两端，和车夫耳语了几句，这才从车上拎下一只木箱。车夫伸手要接，这老者也不松手，累得龇牙咧嘴，示意车夫上前叩门。

院门咯吱吱打开，一个丫鬟提着灯笼在来人脸上照了又照，"刘掌柜在屋里等您。"这人随丫鬟进了院门，刘掌柜从室内走出，二人也不寒暄，示意丫鬟灭了灯笼，又招手叫来几个伙计，转眼卸了门槛，将院门大开。车夫赶着后车进来，将苫布扯下，趁着月色，把车上货物卸下，手递手交给香铺的伙计。这是几十捆枝叶，各用线绳捆成三道。伙计们随即将枝条运入内室。

驴车撤出，刘掌柜转身将院门锁了，又晃动几下确认锁牢了，这才连打几个喷嚏，引来人进屋。

桌边坐着位瘦小的老妇，头上发髻异常繁复，屋里虽只点了一支蜡烛，却被她满头银饰折射得一片通明。刘掌柜道："老郑，来见过师婆。"

老郑把木箱放在桌子下，喘着粗气上前施了一礼，这才一屁股坐下，"这劲费的！我听见塘花坞那姓赵的管家又在问他们种什么草，做什么香。别说，你这几个伙计嘴还真严实。"

那师婆接过刘掌柜递来的一枚叶片，用手捻了又捻，放入口中细嚼。

刘掌柜也长吁一口气，"所以我不去，见着我就跟我没完没了地问，又说花围要扩建，是要加价的意思吧。"

"加钱！不能够。种花他能挣几个钱啊，咱这给的够多了。这群钱串子脑袋。不行就换别家！"老郑听说要涨价，立刻沉了脸，"拢共就这些钱，租花棚，给花把式们赏钱，加上你这儿的工费，我哪还有赚头儿！跟那李铁戈要钱，比上巢云楼还得慌。"

"上巢云楼没看出你累啊。你家郑雨儿还好吧？"刘掌柜讪笑道。"就那样吧，伴君如伴虎啊。香呢？我带走。"

那师婆站起身来盯着老郑。她身高不足四尺，烛光掩映之下，一张老脸更显狰狞，"北国，物性苦寒，土力不足啊，这熏草……"

"师婆啊，能长成这样就不错了，您就别挑三拣四啦。按您嘱咐，鸭粪都是细筛了才施的肥。"

"苗地的鸭子，以小鱼小虾为食，这中都的鸭子比不了。"师婆将口中草屑吞下，将桌子上的香炉轻轻转动，背后的多宝格咯吱转动，墙后散出一股馥郁的香气，现出一间内室，她朝内室叫道，"定奴！拿过来。"

内室里烟雾缭绕，老郑眯眼细看了一会儿，见炉具旁转出一个眉眼乌黑的高挑妇人，托了两个盒子出来。

"李大姐，你也在这儿？"老郑明知故问，眼睛上下紧盯着李定奴的腰身。

李定奴也不答话，将盒子递给老郑。

"白色的给娘娘，这黑色的还是你用。我看你双颊晦暗，眼下青瘀。多大年纪了！也该收敛一些了。"师婆说道。

老郑面露尴尬，点头如捣蒜，忙不迭将黑盒盖子上的月牙儿铜片一按，从盒子里捏了一颗药丸咕噜一声吞了下去。

（三）真迹

送走路大人，一望来到奶奶房里。老太太已被服侍躺下，见到孙女，又坐起身来。

"你怎么还不回家？"

一望脱下罩袍，"奶奶，我说了今晚陪您。"春罗端了茶杯过来，一望漱了漱口，一转身钻进奶奶被窝，抱住老太太的细胳膊，"您说，每次见着路大人，我都心跳得厉害。"

周衔蝉闻了闻孙女的头发，"嗯。你小时候老赖着跟我睡，唉，太快了。"

一望捏了一绺头发在她脸上轻抚，又抓了她的手放在胸前，"您摸，到现在我这心还突突直跳呢。"

"路大人，清廉，是个好人啊。好人呢，都有股正气，你鬼心眼儿多，所以见着厉害的，就哆嗦。"老太太笑道。

"我爹呢？从小我就没见我爹笑过，都没抱过我，天天拉着脸，那我也不怕他！"一望自知托大，用指背儿摸了奶奶的脸，"奶奶给我撑腰！"

周衔蝉看孙女乱发横陈，粲然一笑更显明艳，收了笑容道："我的乖孙女儿，真好看，那姓郭的占了大便宜！"

"就是！我好看，是因为像奶奶呀！哼，您还记得吗？那时候想娶我的人多了！我爹半年给门槛换了两张铜皮！奶奶，您不知道吧，烟儿狸小时候还要娶我呢。"

"哼，他从小就浑！现在也傻。"

一望起身抱起猫，"我弟不傻！我就这么一个不傻的弟弟。"又捧起猫脸问道，"你的这个小老太太要过生日了，你打算送点什么呀？"

那猫被摸得闭上了眼，口中呼噜呼噜不停。

"再来一窝小猫就行！"周衔蝉接口道。

"我的祖宗啊，还不嫌多！真的，奶奶，您想要个什么？"

"我呀，你多陪我就行。"

"那还用说，以后我就陪您睡了！"

"呦，可别介！那郭易辰还不得咒我！"

"他敢！烦死他了，天天睡觉前，弄他那破算盘子扒拉来扒拉去，拽着都不上床。您还别说，现在没响声我还睡不着了。"

老太太伸腿踹了一望一脚："不知羞！"

一望正色道："奶奶，我就送您一千两吧！"

老太太撇了撇嘴，"拿钱糊弄我？少来，我不稀罕！易辰挣的也是辛苦钱，你别大手大脚。"

"奶奶，这您就不知道了，郭家纸坊体量不是最大，可是利润不低哦。这几年印钞用的桑皮故纸，一多半都是郭易辰供应的。"

"易辰是聪明人。他祖上是金国功臣，弄个官儿做很轻松。他不做官，他聪明。他不走邪门歪道，换别人早偷印交钞了。"

"一千两也不是我家的钱，我去赚了给您。"见老太太疑惑，一望又道，"银子哦。那路大人不是说有个锦帐竞赛吗？我家印坊里的画工，好些是从绛州平阳的晦明轩来的，那都是做过《赵城藏》的！每年不知道做多少书籍装帧，我让他们设计一个，挂在集市上，一准儿拿头牌！花红拿了孝敬奶奶！"

"哦，敢情！您这是没本的买卖啊。小丫头片子，没下蛋就数小鸡子！你说得就得啊？！大集、锦帐大赛是你家开的啊，哼！"

"您说的也是。不过您想啊，就那些开染坊的、偷着倒腾茶叶的、搓煤球的、烧炭的……能弄出什么来啊！"

"你真想得？"

"那还有假，刚我让夷则回家就跟画工们聊去了。明早我回去，听听他们什么主意。银子不要白不要。"

老太太沉吟片刻，翻身下地，一望也连忙跟着下来。老太太回头看见她只穿了短裤，露出两条雪白长腿，皱眉道："你什么时候脱的啊？

穿上点儿，晃眼！让人看见！"

"奶奶，您折腾什么呢？谁看我啊，半老——郭娘！"

老太太走到书柜旁，指着抽屉说："你把它取下来。"

一望拽出抽屉放在一边，见奶奶又指，伸手去空当里摸索，突然打个激灵，老太太吓得退后几步，一望哈哈大笑，"这里头有什么呀？"

"你个死丫头，吓我一跳！拽出来吧。"

一望只觉得手中有硬物，拽出来看，却是一个木匣，"嘿，这老太太，藏宝啊。"

"打开！"

木匣蒙了尘，沉甸甸的，里头又有一方铜盒，铜盒打开里头又有黑漆漆的锡盒。一望停了手，呆呆地望着奶奶。

老太太接过锡盒，取出一卷纸，将纸一层层展开，最里层是一张旧纸，纸质泛黄，纸上的钤印已然锈红，字迹不多，却是长枪大戟，倒显得纸面逼仄。

"这个你拿去，悄悄地，你亲手做。你的双钩最好。"

"奶奶，复制这个？"

"对，准保你得头名！"

"双钩填墨？"

"是啊。"

"这么一小张纸，挂上还不被风吹跑了？！"

"你傻呀？双钩之后，你再按比例放大，不就得了！"

"嗯嗯……奶奶，这什么呀？"

"你自己瞅瞅吧。说好了啊，你偷偷地描，偷偷地放大，用完了赶紧还给我！"

一望细细辨认了一会儿，低吼一声，"奶奶，这是真的？"

老太太自顾自去床上坐了，抱起狸猫，沉了脸说："那还有假！完颜璟喜欢这些。一北在的时候，跟我说过，说朝里的大臣官员们四处搜罗古董给皇帝上贡。靖康之后，大宋的内府集藏都被他们搜刮了。现在市面上能有什么好东西！咱这个，我估计他听都没听过。有一阵子，我想把这个给一北，让他也呈上去。后来我想，雅贿也是行贿，咱家不搞这一套。"

一望看了又看，小心翼翼地逐层包好，抱着木盒坐到老太太身边，"奶奶，您给我讲讲呗。"

"夺魁了再说。睡觉！"

一望又钻进被窝，双臂紧紧抱住木盒，"明儿早上我得让烟儿狸送我回去，别让人抢走！奶奶，告诉烟儿狸吗？"

"谁也别告诉。去挂的时候，你也鸦默悄声的。"

"嗯，路大人说了，各家做好后，自行送过去，他们有专人负责悬挂。"

老太太翻了个身，转过头去，"这点儿出息！刚还抱我胳膊呢，有了宝贝，翻脸不认人啊。"

"奶奶，您还有多少宝贝啊？"一望又凑了过来，朝老太太耳朵里长长呵了一口气。老太太甩开一望，捏起枕边的竹筒，欠身吹灭了蜡烛。

屋内灯火一灭，窗外的一个人影倏地闪开。屋外月光如水银泻地，照得窗棂历历分明。

"奶奶，小时候我在您这儿睡，睡不着，就盯着窗格上那些木雕的仙桃、葫芦、石榴、蝙蝠数数儿，您知道我当时心里想什么吗？"

"坏心思呗。"

"不是。我当时想回我娘身边睡。可是我爹老是不让！"

娘俩儿又嬉笑了一阵，各自睡去。

第六回

拜象驯犀角抵豪

弄影西厢侵户月

（一） 炫技

会城门外，护城河边已是人头攒动。明日十月十五，才是天寿节大集开集的日子，却早有按捺不住的百姓来街上先睹为快。

任家的铺面横跨近十丈，金字黑匾也从塘花坞暂时卸下，移来了集上。当街搭设的花架子足有十七八层，各层都摆满了盆花。赵炬走到街对面，远远看着，不时叫人将花盆摘下换上。

赵炬不住后退，身后的鞍鞴铺里走出一人，二人几乎撞在一起。赵炬连忙转身，后背却被一把扶住，"老哥当心！"

赵炬回身观看，见这店家三十多岁年纪，身材比自己宽厚一倍不止，"对不住啦，兄弟，我这儿忙乱，晕头转向的。"

杨安儿抱拳道："老哥说得哪里话，客气啦。"

赵炬也还了礼，道："借您的宝地，我站站就走。"

"不碍事，不碍事。小弟姓杨，大哥贵姓？"

"免贵，姓赵，赵炬。听口音您从山东来？"

"正是，我们小生意，家里做马鞍子的。今年和您塘花坞对面，沾光喽！"

"哪里话，山东的鞍具那是最好！"

"赵兄，我给您搬把椅子，哎呀，也别椅子了，您就坐这鞍子上吧，塘花坞指挥使！"

"杨掌柜说笑啦，我站会儿就走，您别客气。"

"我卖鞍子，人称杨鞍子，也有叫杨安儿的，赵兄别叫我掌柜的，我受不起啊。"

"鞍儿？！这中都城里，跟女尼、女道的寺观叫庵儿，我还是叫您杨掌柜吧。"

"啊哈哈，真的啊？那您随意。爱叫啥叫啥。没事儿。"杨安儿朝铺子里大喊一声，"妹子，给赵大哥端杯茶来。"

店后转出一位大姑娘，和赵炬对视了一眼，立刻低头递了茶水。轻声道："赵大爷，您是练家子吧？"

赵炬双手接过茶杯，见她不施粉黛，头发只绾了个松松垮垮的发髻，袖子捋到肘间，领口系了白手巾，活脱一个货郎，笑道："姑娘走眼啦，我这细胳膊细腿儿，搬搬花盆都喘，练家子？咱可没那能耐。"

转脸朝杨安儿笑道："杨兄弟，齐鲁之地，人物果然轩昂，令妹这个头儿，在中都也找不出几个啊。"

杨安儿苦笑，"赵大哥，愁人啊，没人敢娶啊，都二十好几啦，这天天舞枪弄棒的，来一个打跑一个！这是我四妹杨妙真，家那边都叫她四娘子。不让来，非跟我来，说要会会中都的高手，还说要比武招亲呢，你说是不是胡闹？"

"哎呀，演武场要开市了才开。四娘子可以去露一手。只是今年，我听说，不打拳了，柳也不射，只比摔跤。上午我看见一拨蒙古人，瞧那身量，还有走路那架势，估计是惯跤的。这次角抵比赛，估计蒙古人要……"

"那也不见得！"四娘子哼了一声，摘下颈中白手巾，在脸上轻抹了几把。

赵炬看她簪环首饰一概不戴，却在胸前挂了一面小镜子，不禁嘿然失笑。

"看看，这就来劲了。"杨安儿叹道。

"年轻人，心气儿足，任性使气，少不了。真要比武招亲？这些年不兴这个了……"

杨安儿连声大笑，"赵大哥，哪能呢？就是兴这个，咱也不能打架找婆家啊，那日子怎么过啊，我别干旁的了，就给他们两口子劝架吧！"

赵炬点头，"杨兄弟，你朝那边看，那位是我家掌柜……"

话音未落，只见远处人群散开，正有五匹怒马横冲过来！为首的一位黑脸大汉端坐马上，任由马蹄乱踏。赵炬见状，将茶杯塞到四娘子手里，慌忙跑到街心，正要伸手呼叫，却见那几匹马已经将地上的花盆踢成了一堆碎片。

奔马毫不减速，转眼到了近前，赵炬正要抄家伙拦阻，杨安儿两个箭步蹿到跟前，一把将他扯到路边。

花架上的花工们齐声喝骂，大吴将手中花盆扔了下来。队尾的马匹受了惊吓，长嘶一声，后蹄高高尥起，正踢在近旁的竹架上。花架上摞了近百盆花，晃晃悠悠几欲倒下。任孝萱见状，扔了拄杖连忙双手高举，勉强擎住了花架。又有花工跑过来，搭手把花架扶正了。

马上人大喝一声，"吁！"那马收了脾气，仍不住打着响鼻。

马群齐齐停住，为首的那位缓缓调转马头。

周边人群忽地拥过来，见到马上的黑脸大汉，纷纷不由自主吸了口凉气。只见这人头大如斗，一张脸好比面盆大小，右颊上有一条刀疤从鼻梁处一直拉到腮帮，幞头松松垮垮罩住头顶，几缕卷发从头巾里耷拉出来，更显面目狰狞。

这疤脸人四下观看，见没人受伤，正自拨马要走。任孝萱已经分开人群进来，深施一礼，还不及抬头，就听得人群又是一声惊呼，只觉得头顶一凉，抬头一看，却是烟儿狸从人群上空跃了过来。

烟儿狸怒气冲冲，也不搭话，抢到那疤脸人一侧，抱住马脖子，右脚轻踢它左前腿的豌豆骨，只一招侧摔，那马一头向地上栽倒。马上的人倒不慌忙，将双脚从镫中抽出，轻踏马背，飘然跃起。抽脚、轻踏、跃起，几个动作一气呵成，这人状如大鸟，随即稳稳落在一旁，又轻掸了衣襟，脸上一副好整以暇的神态。

"你只会和畜生摔跤吗？"疤脸人道。

烟儿狸笑道："是。所以这就要摔你。"

此时人群越聚越多，哄笑声此起彼伏。那人撤退几步，四个随从上前将烟儿狸挡住，其中一人尖声道："公务在身，谁敢拦阻？"

任孝萱见那些随从的衣饰，知道是宫里的侍卫。他伸手招呼赵炬，两人一起把马扶起，"耽搁诸位了，您请便。"

烟儿狸手指瓦盆碎片，一字一顿道："不——赔——我——花，谁——也——甭——走！"大吴已从花架上下来，伸手拽了烟儿狸，"小侄儿，你官司刚了，我来！"

"这小子疯了吧！"一位兵士仓啷一声抽出腰刀，朝烟儿狸迎面劈下。烟儿狸也不闪躲，迎前一步，一肘将那兵丁撞出老远。另外三人猱身而上，烟儿狸伸手从花架上抽出一根竹棍，一棍将为首的短刀打落，又一棍戳中另一人的眼眶，第三个兵丁见状要收脚，却被他一棍敲在膝盖上。那人正要跪落，疤脸大汉朝前一步，在腋下轻轻一抬，将他扶住。

疤脸人道："到此为止。散了吧。"

"我还没摔你呢！"烟儿狸将竹棍插回花架。

"你敢！"

任孝萱连忙一瘸一拐走过来，又是深施一礼道："这位官爷，老夫给您赔不是了。犬子莽撞，回头我狠狠训他。"

疤脸人见人群嘈杂，其中也不乏指指点点者，哼了一声，"是该好好管教。咱们走。"

烟儿狸绕过爹爹，伸手拦住了他，将两片嘴唇缩回口中，对着那张疤脸，慢悠悠地大喊一声，"赔！"

疤脸人侧头，仍是被烟儿狸喷了一脸口水。

人们见烟儿狸可爱，纷纷起哄。有人家的孩子没看住，蹦蹦跶跶地跑过来，将一颗蜜饯放在烟儿狸手里，又转身跑回。

"你打伤我属下，怎么说？"

烟儿狸嚼了蜜饯，朝那孩子喊道："宝贝儿，真甜！"又吧唧着嘴向疤脸人道，"瞧着没？这叫人品！大伙儿都看着呢，你要要赖皮？你们撞坏我家花架子不说，是那丘八拔刀在先！"

"小厮，你好大胆！"疤脸人说罢，蓦地一脚踹过来。烟儿狸侧身躲过，回手甩出一记鞭拳。疤脸人收回右腿，头向右微侧，左手护住面庞，伸出右臂格挡。不料烟儿狸手速疾快，化拳为爪，顺势下划，将他袖子扯下了半只。

人群中哄笑声、叫好声连成一片。那人脸色更显铁青，喝道："小子，你很想打是吗？"伸出两指，直朝烟儿狸眼睛插来，烟儿狸连忙闪身，将手中袖子正扔在他身上。人群又是一阵哄笑。

疤脸人恼羞成怒，甩掉破袖子，纵身上前和烟儿狸斗在一处。他拳法刚猛，势大力沉，起初烟儿狸还能招架，十几个回合过后，便不敢硬接，只是闪躲，偶尔回上一拳半腿。即便击中，疤脸人也不闪躲，生扛过去。

赵炬在一旁急得跺脚，"烟儿狸，摔他！"

烟儿狸正自忙乱，听到炬叔指点，精神一振，躲过拳风后，从疤脸人腋下钻过，伸手捉住了他腰带。疤脸人没料到他步速灵活异常，也不免一愣，烟儿狸左脚已插入他两只靴子中间，另一只手揪了他后背皮带，大喊一声："走你！"

不料那疤脸人竟纹丝不动，看热闹的人群也学着赵炬齐声大喊："摔他！摔他！"

疤脸人也不还手，任由烟儿狸左支右绌，脚下不动半分。

烟儿狸正自纳闷，又气又笑，只觉得后脖领子一紧，那人已将他生生提起举过头顶！

烟儿狸此前斗殴，也曾受挫，被人抓到半空却还是头一回。他只觉得天晕地转，手脚在空中抓挠，身子却动弹不得。

疤脸人见人群安静，喊道："摔吗？"

看热闹的人们面面相觑，难免失望却又是一阵哄笑，齐声喊："不摔！"

疤脸人嘿嘿冷笑，右手臂上肌肉虬聚……任孝萱连忙大喊："手下留——"

话音未落，一只水杯倏地飞过，正击中疤脸人手腕，他哟了一声，手指一松，烟儿狸已跳回地面，就地一滚，蹲在一旁，眼见着蓄势又要扑上。

投杯的正是四娘子，她走上前来，扶起烟儿狸，"还不错哦，就是劲儿小了点。姐姐教你怎么打傻大个儿。"

几个花匠听说，飞也似的抓起扫把，三下五除二把路面上的瓦砾、瓷片清扫了，又笑嘻嘻地挂着扫帚站在一旁。

任孝萱又气又乐，刚想举步朝前拦阻，被赵炬一把拽了，"萱哥，看看再说。"

"姑娘，不要动手。"疤脸人盯着四娘子胸前的铜镜。

"嗯，拳就不打了吧，下次我把我那头黑瞎子带来，让它跟你打。你用刀吧，三招之内，"四娘子伸手抽出刚才烟儿狸用的那根竹棍，抬头看了看横跨街面的牌楼，指着其中的横梁，"三招之内，你的刀会在那儿插着。"

"嘻！"人群已经把街心围得里三层外三层，连铺子外头的脚手架上都爬满了人。烟儿狸朝后面嚷道："那几位，坐稳了啊，摔下来，我也不赔！"

疤脸人抬头看了一眼牌楼，俯身拾起一把腰刀，"哪儿来的屯妞儿，不知深浅，谁要和你缠斗！"

杨安儿走过来，却被四娘子拦在一旁。她瞟了疤脸人一眼，右手托住竹棍掩在胸前，左手轻轻扶住棒身，"说好了啊，三招，就三招，刀飞上去，你们几个滚蛋！大伙儿还要做生意呢。"

疤脸人看她姿势奇特，将刀尖轻轻抬起，点头道："这是要烧香？出招吧。"

四娘子右手撒棍，左手前推，浑似不会用棍，当头朝疤脸人砸下来。疤脸人见她棍法古怪，力道却是奇快，也不敢小觑，伸手横刀一挡，随即暗叫上当！这一劈正是虚晃，四娘子知他醒悟，更不迟疑，左手将棍身下扯，右手上提，棍头变棍尾，当胸刺来。疤脸人轻喝一声，缩胸左闪，岂料四娘子手中的竹棍似乎变软，突然转向，棍头在他腕上一刺，又卷起短刀，嗖的一声甩出。惊呼声中，众人抬头看时，那刀正插在牌坊横梁上，刀身还在嗡嗡颤动。四娘子就势收回竹棍，看也不看，顺手插入花架。

疤脸人微微一愣，似乎还没回过神来。听见烟儿狸嬉皮笑脸说道："姐，真个儿！我数了一下，这是四招！"

烟儿狸此时已是披头散发，仍是嬉皮笑脸。

四娘子伸手在他鼻子上一刮，"是吗？那就算买三送一，便宜他了。"

疤脸人左手攥着右手腕，"姑娘，你的棍术，得自何人？"

四娘子伸手从架上抱了一盆牡丹，细声对烟儿狸说道："这盆送我好不好？"

烟儿狸一个劲儿点头，"打一送三！我再抱几盆给你。"

四娘子抱着花盆走过疤脸人，哼了一声，"棍法、枪法你都看不懂！我那是鞭法！没有师父，是抽俺家狗熊练出来的。"

人群中已经有好事者爬到牌楼上，摘下了短刀，扔回场地。

待疤脸人一行牵马走远，赵炬连忙上前，"萱哥，这两位的铺面就是咱对面的鞍鞯铺，这是杨掌柜，这是掌柜的妹妹。四娘子武功这么了得！今天如果没有你，我家少爷怕是要吃大亏。"

任孝萱也踉跄过来，大吴见状，连忙从架上抽出那根竹棍塞到他手里，又转身向那群花匠骂道："起哄架秧子，一个比一个来劲，掌柜的空着手，你们就看不见吗！"任孝萱照着大吴的屁股抡起竹棍，众人又是一阵哄笑，各自散去。

任孝萱向四娘子施礼，"老夫谢过姑娘。大吴啊，别臭贫了，快去元元阁备席，今晚我要请杨家兄妹喝酒！"

（二） 宴饮

赵炬带了杨家兄妹，穿过会城门，一路进了棠荫坊，一片楼群赫然在目。

赵炬道："这个元元阁，在中都是一等一的酒楼。店主姓袁，有个孪生弟弟，当然也姓袁，就叫元元阁了嘛。同乐园那边，还有个元元馆，那就是他弟弟开的。这位袁大老板和塘花坞，呵呵，略熟。因为他们两家店都要用好些鲜花，冬天也是，讲究，所以跟咱们花房往来不少。袁家家大业大，本来这元元阁要建五层，但是城里不让建那么高的楼，说是皇宫也没那么高，这才减为两层，但是在占地上扩了又扩。这元元阁平常也是满坑满谷的人啊，这几天估计更是满员。他家的酒食呢，主要是食材地道，西域的、东北的、大理的，还有好些海外来的东西，据说宫里时不时也跟他家淘换些新鲜玩意儿。"

说话间，三人已经来到元元阁前。杨安儿张了大嘴不住点头，四娘子却是心不在焉，趁二人不注意，将胸前的铜镜翻转了，飞快地照了照眉眼、齿颊。

这片酒楼共五座建筑，各高两层。五座楼三两相对，围出一块空场。场地上熙熙攘攘，游方僧人、算卦的、变戏法儿的……各色人等麋集一处，几乎比会城门的大集还要热闹。四娘子见有人卖艺，跟二人说了一句，"我去瞅瞅热闹。"随即拨开人群，看见两人正在斗剑，任凭杨安儿拉她，只是不走。

赵炬道："让大妹子看吧，不急，我家掌柜腿脚不好，过来还要一阵儿。"杨安儿无奈，环顾四周，见四座楼门口各有小厮举着木牌，等待叫号的客人。

木牌上的字板可以前后翻转，此刻全都是粉色笔迹，分别写着：燕山、幽州、大蓟、涿郡、范阳、析津……杨安儿看得不解，赵炬扯大了嗓门喊："那都是楼里的包间名字，字板反面是绿色，一绿了就是翻台了。您瞧门口这人，这都是排队等座儿的！大吴说袁掌柜给咱开了个包间！"

杨安儿再看，每栋楼的二层飞檐下都挂着牌匾，正细细辨认，赵炬嚷道："这人啊，篆书写得更好！他们袁家这不是哥俩嘛，所以啊，请人写这些匾，用的都是双数。您看这个门头上是'二分明月'，城外那个袁二老板也是五座楼，他那个也能吃饭喝酒，主要是瓦舍啊，最近那西厢弦索，就是弹词，很热闹啊，城外那个楼上写的是'二惠竞爽'。这个啊，这个是'四海承风'，城外那个是'四时充美'。再看这个，'六亲同运'，他弟弟那楼上写的是'六合时邕'！这是'八方莹澈'，城外那是'八曲风烟'！这个匾上是'十步芳草'，城外那个，我没记错的话，是'十洲春色'吧。"

杨安儿颔首道："哎呀，这中都，真是人文荟萃啊，一个饭馆儿就这样！"

赵炬道："可不是嘛，这些字都是党大学士写的。党怀英！一个老头儿，很少给店家写东西。你们山东泰山上的好些石头上的字儿，都是那老头儿写的。对了，咱们用的大钱，'泰和重宝'上的字，也是他写的。"

杨安儿不住点头。赵炬见他面色失落，觉得自己今天话确实密了些，"不说这些了，走，咱也去瞧瞧。"拉了他钻进人群，站在四娘子旁边。

场地中间斗剑的两个青年男子，正是辛秸、陆元廷。二人手中各持了木剑，木剑剑身上裹了棉花，蘸了白灰。辛、陆手中的剑并不磕碰，几个回合之后，随即跃开，却只引来稀稀落落的叫好声。看到杨安儿站在场边，二人佯装不见。

赵炬向四娘子问道："杨姑娘，你看这行吗？"

四娘子看看赵炬，轻轻摇头，"这是很高明的剑法。炬大爷，这您还看不出？"

见那俩舞剑人不住朝这边观望，四娘子喊道："嘿！二位小哥，从哪儿来啊？"

辛秸剑尖指地，看了一眼同伴，向四娘子说道："姑娘，有何指教？"

四娘子蹚入场中，从地上拾起两把木剑，将左手剑柄和右手剑尖握在一处，把左剑尖的棉球蘸了白灰，"不敢，咱们玩玩儿？"

陆元廷一愣，随即笑道："还请姑娘手下留情。"

四娘子左脚轻伸，右腿稍弯，将左手剑柄在右手剑身上滑动两次"我这可以动哦，二位小心。"

人群中发出哄笑，有人嚷道："这大姑娘手法不错哦。"

四娘子回身道："呸！浪荡儿，一会儿揍你。"

辛、陆对看一眼，说道："姑娘是要一对二吗？"

人群又是哄笑，四娘子红了脸，"这大城里都是些什么人啊，下作！来吧。"见辛秸意欲退场，不由分说，持剑便刺。

辛秸猝不及防，陆元廷连忙抖剑将四娘子这一刺架开，三人随即斗在一处。

赵炬抬眼看看杨安儿，见他不住摇头，道："杨掌柜，咱这妹妹真是好斗！"

杨安儿趁四娘子转到身边，低声道："别闹了，自己人！"

说罢拉赵炬转身向外走，赵炬被拉了个趔趄，只听得场边的看客叫好连天，不禁回头一看，只见场中三人已站在原地，各自不动，场上只有白灰飘飘洒洒，被夕照映成一朵朵鹅黄色的雾霭。

四娘子撮唇吹了一下额上刘海儿，将飘到头上的白灰吹落。随即将两柄木剑放在地面，掏出一锭银子放在剑旁，"别现眼了，回吧。"辛、陆二人呆在原地，前胸衣襟上布满了白色斑点。

四娘子走到杨安儿身边，"哥，南边的剑法，是从枪法变过来的，应该是战场上的东西。"

杨安儿默不作声。赵炬道："四娘子，你真好本领啊，这就看懂了？"

四娘子撇着嘴，"赵先生不老实！"见杨安儿瞪了自己一眼，不再说话，跟着二人进了酒楼的大门。

袁大掌柜迎上前来，四人相互施礼，赵炬道："大掌柜，这二位是山东来的朋友，今天在市上路见不平，要不然我家少爷又要鼻青脸肿。"

袁掌柜道："哦，听说了，齐鲁之地真是多豪侠啊，二位顾盼炜如，气度不凡！"又向赵炬连连点头，"炬，今儿刚起了金澜酒，你们管够！"

杨安儿见这掌柜油头粉面，衣饰华丽，顿时没了好感，只说叨扰叨扰，便抬头看那门庭，有人架了梯子正在供桌左右装上新对联，写的是：故人对酒且千里，秋色惊心又一年。

四娘子和袁掌柜点头，随着赵炬朝楼上走，无意间看到袁掌柜在赵炬的屁股上捏了一把。赵炬面有怒色，叹了口气，瞪了袁掌柜一眼。

赵炬引二人来到顶楼，小二看了看赵炬，又见杨安儿装束，也不问话，大喝一声："范阳厅，三位！"

范阳厅有人从里面挑了门帘，三人谦让了几次，赵炬率先进到厅中。见到桌旁的春罗正给三个人倒茶，连忙高声对其中老者叫道："椿大哥！"

那老者站起身来，"阿炬！怎么还这么瘦，孝萱不给饭吃吗？"

另两位中年男子也起身作揖道："炬叔，好啊。"

赵炬和任孝椿耳语了几句，转身向任巢湖、任庐江笑道："二位，怎么晒这么黑？"

任巢湖推了他一把，笑道："山野村夫，跟你们这都城里的怎么比？我看那烟儿狸洗了脸还抹东西呢！"

三人哈哈大笑，赵炬回头看见杨安儿也跟着哈哈大笑，又见四娘子面有尴尬，连忙过来引见。

"椿哥，二位贤侄！这两位朋友从山东来赶集，店铺就在咱家对面。今天烟儿狸又和人练起来了，亏得这二位出手相助！这位是杨掌柜，这位是杨家的妹子——四娘子。她手上功夫真叫俊啊！"

众人施礼一圈，任孝椿拉了杨安儿坐在身边，"二位稍坐，我弟弟和小侄子在家，换身衣服就来。"又朝春罗道，"小姑娘，你回去瞅瞅，他们怎么这么磨蹭！"转脸向四娘子道，"我们父子从山后来，带了些山货、皮子，也来凑凑热闹，主要也是看看老太太。我说在家吃饭，我弟弟非说来这儿。原来是要感谢二位，老汉我借你们的光啦。"

任巢湖道："爹，烟儿狸说，他要把老太太也给带来！"

"不能够，奶奶就烦人多。"任庐江接话道。

杨安儿不住拱手，"真是叨扰啦，这是家宴，我兄妹……"

赵炬将他按在座位上，笑道："杨掌柜，萱哥没拿您二位当外人，这才大家一起，您别客气。"

众人正听赵炬描绘下午激战，又听见小二在屋外大喊："任老爷到！范阳厅，三，啊不，四位！"

屋里人齐齐起身，烟儿狸噌地跳进来，回身对着房门弯腰伸手，捏着嗓子喊："老太太驾到！"

任一望扶着老太太进来，瞪了烟儿狸一眼，"这是外头，别胡闹！"烟儿狸做个鬼脸，撤到一旁。任孝萱也跟着进来，拉了杨安儿的手见过了老母亲。

老太太抓着兄妹的手坐定，"杨掌柜的，四娘子，老太太谢谢你们啦。我都听说了，多亏二位！我这小孙子见天儿犯浑，可是我自己都舍不得打他，真要是给人摔坏了，我还怎么活呀！"

杨家兄妹忙给老太太施礼，杨安儿看看老太太的脸，又看看烟儿狸的下巴，笑着说："看出来了，这真是一家人！您别客气，遇上这样的事，谁见了都会搭把手。那伙子人实在是太嚣张了。"

烟儿狸弯了膝盖，和奶奶并头站在一起，指着自己下巴上的黑记，笑着向低声和大姐说话的四娘子道："像吧？"

四娘子抿着嘴，"奶奶，街上人多，不敢下狠手！"众人一阵欢笑。依次落座后，已有小二一批批端上菜来。

杨安儿道："任掌柜，今天那刀疤脸儿忒的狂妄，什么人啊？"

任孝萱轻声道："殿前都点检司左宿直将军，术虎高乞。他年少时我见过他，估计也不记得我了。"

"哦。宫里可真不挑，长那模样也能当差！"四娘子道。

赵炬道："杨家妹妹有所不知，这人文武全能，战功赫赫。前年，在巩州辘轳岭，他和彰化军节度副使一起把宋军打败了。也是前年吧，吴曦被封为蜀国国王，皇帝就是派这位术虎高乞去的。回来就封了平南虎威将军。头衔一大堆呢，金帝很看重他啊。"

杨安儿道："嗯，中都真是卧虎藏龙啊！"

四娘子道："哦，还是个读书人，那么不讲理！武艺不错……能在他脸上划出刀疤，那说明还有高手？！"

任孝萱给母亲、大哥、杨氏兄妹斟了酒，把酒壶递给烟儿狸，"我在军营里待过一阵子，身边的女真人讲了些他们的旧俗。有亲人离世，苦主们会用刀在脸上割一道，叫'劐面'，是'送血泪'的意思。看他刀疤，也是伤过心的人吧。"

烟儿狸一边给兄姊们倒酒，一边撇着嘴道："对自己也够狠的！"转脸对着正和大姐轻声说话的四娘子，"姐姐，那蛮牛，劲儿真大！我是真掀不翻他！"众人又笑。

四娘子答话道："你膂力差了点儿。但也不见得，动手又不是拼身量，你跟他硬碰硬，不是傻就是蠢！我看你角抵的技法也是粗糙了些。"

屋内人一怔，任孝椿父子面有不悦，任庐江哼了一声，"也未必。一力降十会！"

任孝萱连忙圆场，"没出大事就好！"回身向传菜的店小二道，"小弟，您去忙吧，菜名儿我来报。"

小二施礼道："袁掌柜说，老夫人不爱吃这些浓油赤酱的，让人另准备了些素的，过会儿给您送过来。诸位慢用，有事儿您吼我。"

任孝萱起身，拍了小二肩头，道："有心啦！"又转身向席上众人道，"各位，我给大伙儿念叨念叨啊，别嫌我磨烦。这是猪肉盘子，知道各位不忌口，这个来中都必吃啊。这是血脏羹，大伙慢慢品，老太太和我闺女肯定不跟咱们抢！"

众人笑作一团，烟儿狸向大姐吐了吐舌头："啧啧，咱爹还会说玩笑话！"一望伸手掐了他一把，"你消停点儿！"

任孝萱又道："那大盘的，是烧肉纳葛里炖鱼，混同江那边来的鱼，咱这儿长不了那么大个儿。"

四娘子站起来细看，惊道："哇，这大！掌柜的，纳葛里是啥意思？"

"呀，这我还真不知道，一会儿小二来了您再问他吧。哎呀……这道菜您还得把我问倒喽，这叫海姑鸳鸯鸭！俩鸭子倒是好说，海姑我就说不清楚了……"

烟儿狸接口道："哎呀，海里的仙姑呗！"

任孝萱瞪了他一眼，"你爱吃吃，不吃滚回去！"

老太太笑道："报菜名你就报菜名！别跟这儿嘿唬孩子，要骂回家骂去……海姑、纳葛里都是女真话，海姑是上京那边的一条河，纳葛里就是住处的意思。"

任孝椿推搡了弟弟一把，"挨呲儿了吧！哼，也是的，要不是烟儿狸跟人掐架，我们也吃不到这么一桌好东西，心疼钱你就说呗。"

任孝萱也笑，"哎，行！踩乎我都上瘾是吧！再看这道菜——阿勒锦鸡！阿炬啊，阿勒……上回你怎么说来着？"

老太太一口茶喷了出来，"孝萱，你行不行，这劲费的！让小二进来给说说吧，大伙儿可都饿着呢。"

赵炬憋着不笑，起身道："萱哥，您读得还是不对啊，不是阿勒——锦鸡，还凤凰呢！是阿勒锦——鸡！您再读一遍。"

任孝萱一字一顿，"阿勒锦——鸡！今天怎么都跟我较劲啊！"

等众人嬉笑稍歇，赵炬道："阿勒锦也是女真话，就是上京会宁府的名字，怎么就叫阿勒锦，我就不知道了，总之啊，这是那边养的鸡……"

老太太苦笑道："哼，也是个半瓶醋！阿勒锦，名誉啊、声望啊，那么个意思。"

任孝萱看母亲面色有异，贯口一样说道："啊，这些是鹿尾浆、涨青头鹅、潜羊、蒜渍野味儿、盘酱……娘，您说几句吧，咱好开席？"

见老太太摇头，任孝萱举起酒杯，"别起身，我敬二位一杯，这傻小子不知深浅，亏得二位出手，老夫真是感激不尽啊。这酒是中都特产，雨水酿的，二位尝尝吧，你们随意，我先干为敬。"

赵炬也举杯过来，"杨掌柜，您要不拉我一把，我也被撞啦。"

杨安儿连忙起身逊谢，一饮而尽后吧嗒了嘴道："任掌柜，这酒够劲儿啊！"

任孝萱又斟了一杯给他，道："中都呢……酒很好的。南面都用温水做酒，中都用的是蒸馏办法，这是独一份！别处喝不到。南面跟这叫……"他看了一眼母亲，压低了声音道，"叫虏酒的就是这个……蒸馏法是道家炼丹用的手段，我听说啊，是太一教的祖师萧抱珍最先传给酒坊的。"

任庐江沉了脸端杯起身，向杨家兄妹道："二位侠客，我先干为敬！"又放下酒杯，目光逼人，向四娘子道，"姑娘，任家世代习跤，有机会还要向女侠请教！"

四娘子自知刚才说错了话，脸色一红，起身喝了酒，低头不语。杨安儿忙道："我妹妹跟你们家少公子估计有的聊，性子也像，沾火就着，怎么劝都不听。今天她也是侥幸……"

任孝椿跟母亲对视片刻，瞪了一眼任庐江，缓缓说道："烟儿狸啊，杨姑娘说的不错，任家的功夫确实差些火候。大伯上半年得了一本书，《小乙十三式》，咱们家祖辈儿在那上面栽了跟头。你两个哥哥都习练了，也不见长进……这回我把书给你！"

烟儿狸难掩羞臊，连忙点头给伯父斟满了酒。

任孝萱向四娘子道："姑娘，我看你枪法精熟，屋子里没外人，不知可否斗胆问一句？"

杨安儿道："任掌柜，您猜错了，咱们不是老令公后人，她使的确是枪法，但不是杨家枪。"

任孝萱若有所思，颔首道："哦！令妹年纪轻轻，有这样的功夫，实在难得，难得啊！"

烟儿狸凑到四娘子近前，看了她铜镜上的浮雕，问道："这是老虎抓老鹰吧？！"

四娘子扑哧乐出声来，拧了他耳朵，"小猫扑蝴蝶啊！彪子！"

烟儿狸嬉皮笑脸道："你这身手，太不小猫了，回头我送条虎皮裙给你！"

见任一望也是一脸好奇神色，四娘子轻声道："我娘生前用的镜子，我就挂在脖子上了。"

烟儿狸看她脸色有异，忙道："那这护心镜……护身符真好。我娘就没留下什么给我……小姐姐，这几天得空了我带你四处逛逛，完后，您顺道教我几手，好不好？"

一望道："妹子，你别教他，要不你得气死！六岁的时候，我打他，他就敢还手。"

老太太猛然道："一望，夷则干吗呢？怎么没来？"

一望呀了一声，"差点忘了！烟儿狸，夷则让你去元元馆，他和那个董解元在一起，让你一块儿听戏。"又朝着四娘子道，"妹子，董西厢这一阵很红的，一票难求，你和烟儿狸一块去玩儿吧。我儿子帮着那姓董的拾掇戏台、妆容什么的，有赠票，座儿位置也好。去看看吧。"

四娘子瞪大了双眼，用手背摸了一望的脸颊，"姐啊，儿子都那么大了？您都吃什么了？"

烟儿狸和伯伯、堂兄又聊起白天的交手经过，任孝椿讲了几句和体格高大跤手的角抵禁忌，见老母亲在一旁拉着脸，赶紧住了嘴。

烟儿狸转过脸，看见大姐正在耳语，四娘子一边看自己一边撇了嘴偷笑，知道她们定是在说自己惹是生非。哼了一声，把椅子又朝四娘子拉近了一些，"姐姐，咱不看他们那西箱东筐的，咿咿呀呀的，犯困！我有十几只小鹰，回头送你几只玩玩！"

一望拉了四娘子的手说道："怎么办啊？我那儿子就涂脂抹粉、莺莺燕燕……我这弟弟天天舞枪弄棒、骑马熬鹰！"

四娘子向烟儿狸笑道："你少惹点儿乱子吧！人呢，各走一路，也没什么不好。我可不会玩鹰，你还是带我去看戏吧，我在城外就听见人说这戏……"见烟儿狸咧着嘴点头，又说道，"真要学枪？我这个叫梨花枪。城里不让带利器，我寄存在城外头，延芳淀那边的一家酒肆。改天你送我出城，我就带你去看。"

烟儿狸连连点头，"一定送！梨花枪！这名儿可是够娘的，不过真利索！"

四娘子瞄了任庐江一眼，又道："其实枪法、拳法，兵器、手脚，一个道理，没什么难的。"

任庐江听罢眉头紧锁，再不言声。

老太太听四娘子这样说，转头望向赵炬。赵炬正忙着给客人夹菜，杨安儿面前的餐碟里已经堆满了"锦鸡"和"海里的仙姑"养的鸭子。

（三）失身

烟儿狸攥着《小乙十三式》，拽着四娘子，和众人告别。四娘子多饮了几杯，被晚风一吹不禁头晕，上了烟儿狸叫的驴车，颠颠簸簸中更觉眼皮发沉。

"烟儿狸，肩膀借我用用……"四娘子说罢歪头瞧着他。

烟儿狸略显惊慌，忙从袖口拽出帕子，铺平了垫在肩上，四娘子侧头靠在上面，合上双眼。只觉得他耸肩坐得笔直，身躯僵硬，一动也不敢动，不免失笑。再闻到他脖颈间淡淡的蜜脂味道，更觉自己浑身酥软，昏昏睡去。

郭夷则和董解元在馆外正候着，见烟儿狸扶着一个姑娘跳下车，忙迎了上来。这位董解元也不过二十七八岁年纪，鼻翼两侧的八字纹又深又直，直入嘴角，笑起来更显愁苦。

四娘子小声道："腾蛇锁唇！"烟儿狸问道："什么？"四娘子捂了嘴偷笑，继续打量董解元。他头发不密，梳了几条辫子散散垂在脑后，胡子刚刚刮过，满脸的青葱胡茬，看得出原本是一部络腮。

董解元远远施了一礼，偷眼看了四娘子，"狸少爷！花儿真好，咱舞台上，一会儿您看，那叫花枝招展，哦，花团锦簇。我听夷则说，是老太太选的花材？！"

烟儿狸挡在四娘子身前，"行了，行了，别说了，下一轮得收钱了啊，这老是赞助你们，我跟我爹没法交代！还有啊，我奶奶也想来瞧瞧，你给安排一下。"

董解元连声应承，又听见烟儿狸道："解元，这是我刚认识的姐姐，今儿下午救了我，要不然我得被掼死，你给弄俩好座儿。"

"得嘞，没得说啊，早留好了，您二位都来晚了，快进去！"

四娘子又上下打量了郭夷则，笑了说："这中都，人可真风流！这要搁在我们那儿，得天天挨揍！"

郭夷则推了推四娘子说："姐姐，您揍不过来，我们这样的太多。快走吧，正是好戏！"

四娘子被搡着进了走廊，道："你不能跟我叫姐姐！是郭夷则吧？刚才和你娘亲喝酒来着。你舅舅用的蜜脂是你调的？"

郭夷则道："是，明天一准儿送几罐给您，不嫌弃就好。咱们快走。"

四娘子进得场来，只觉得一阵晕眩。台上灯火绚烂，台上人更是衣着鲜明。舞台上不知用了什么照明，只映得剧中人光彩夺目，宛如画中人一般，一颦一笑似乎都被放大了数倍直逼眼前。被烟儿狸拉着在戏台前坐下，四娘子已是神情恍惚，只听见台上的人咿咿呀呀——

> 玉漏迟，鸳被冷，愁对如年夜。宝兽烟，萦断缕，袅袅喷龙麝。
> 暂合眼，强睡些。便会圣，怎宁贴？

四娘子听得沉醉，不自觉探出右手，捉住了烟儿狸左掌，疼得他哎哟低低惨叫了一声。四娘子转脸一看，他并没听戏，正借着壁上的灯火，右手捏着那本摔跤册子贴近了细看。烟儿狸手被死死捏住，脸上已经是疼得扭曲。

四娘子脸上报红，连忙撒了手哼了一声，咬着嘴唇继续听——

> 手把白团轻扇捻，有出尘容冶。腰肢……杏腮桃颊，口儿小，
> 脚儿弓，扮得蔚贴。一时间，暂相见，不能舍……

四娘子偷看烟儿狸，见他仍是借着微光看那册子，不禁嗔怪，"看、看、看！功夫是看出来的吗？！"

烟儿狸坐正了身子，"你又不教我！可不得自学。"

"回头再说，你先跟我听戏！"

"这才子佳人儿的，你回头往后瞧瞧，都是丫鬟婆子才看呢。"烟

儿狸回头看看后面的坐席，觉得好像所有的眼神都朝自己看过来，连忙吐了舌头转过身。

"中都真好玩儿！喂，你去过临安吗？"

烟儿狸收了书，"没去过。"看四娘子时，她已经痴迷了一般，呆呆地盯着台上的人一唱三叹——

这些儿事体难分别，如今也，待怎着？莺莺情性，那里每也悄无了贞共烈！你好毒，你好呆，恰才那里相见些！你好羞，你好呆，亏杀人也姐姐……

烟儿狸睡得正酣，随即被震耳的叫好声惊醒，看见左边的四娘子也站起身来，和众人一起鼓掌。烟儿狸抹抹口水，随着众人看向舞台。大小角色一一登场谢幕，董解元站在中间，手里捏着纸片正在致谢，依稀听到了任家塘花坞之类的语音，侧脸看四娘子时，她也正转过头看自己，双方四目相对，都不免尴尬。烟儿狸刚站起身，四娘子却坐了下来。烟儿狸正要坐下，四娘子却又站起身来。

郭夷则顺着舞台边儿溜过来，蹲在二人脚下轻声道："布景和戏服都是我安置的，能看吧！对了，解元要请咱们夜宵，袁二掌柜的都安排好了，先别走。"

袁二安排了座次，自己转到董解元身边，扯着他的袖子说道："解元啊，听说了吧，明天大集开市，今晚好些进城的客商为你这宫调都没来得及找住处！再演几天吧，票钱都归你！"

董解元看看四娘子，将袁二轻轻推开，"好说，好说，只是大掌柜让我带着人明天去他那边……"

袁二道："他那台子小啊！我自己和他说，我这就去。您几位敞开了吃喝，我留了两间房，倦了就跟这儿睡。"说完指着桌上的酒坛，"玉漪！雪水酿的，比我哥那破金澜好一万倍！"

四娘子傍晚喝了酒，又被董解元劝了数杯，更觉得浑身无力。醉眼惺忪里，看见郭夷则跟舅舅道了别，跟自己挥手。又看见烟儿狸一直捧着摔跤册子皱着眉头读，任凭身边的几个姑娘劝酒，只要是递过来的酒全都一饮而尽。等到那戏里的红娘过来敬酒时，四娘子只觉得天晕地转，轻喊了一声："烟儿狸！"一头伏在桌子上。

四娘子踉踉跄跄，感觉被人连揪带扶上了楼梯，恍惚中听见烟儿狸大喊。烟儿狸也已经口齿不清，语无伦次地叫道："扶我姐，到里头……那房，给她盖好被子……他是我二哥！怎么的……干点活儿怎么那么费劲呢，要不我去吧……我去，无情！甭和我爹说哦……那点儿钱算什么呀！我愿意……我就这么一个哥啦……我亲哥啊，他是！"

烟儿狸正在沉睡，依稀听到几声嘤咛，似乎有人在喊自己的名字，他猛地坐起身来，晃了晃脑袋，更觉得头疼欲裂。他侧耳倾听，室外只有风吹檐铃，又有牲口的粗重喘息声传进来，想是楼下挤在一处取暖的几只骆驼发出的响动。

隔壁也没了叫声，依稀有木床摇晃的咯吱咯吱声。烟儿狸闭眼细想，想起这是在元元馆，想到这豪华的馆舍，木床的榫卯居然松动，不禁失笑……又是一头跌向枕头，昏然睡去。

第七回

分明更有江湖债

多情谁写画图中

（一） 上市

　　四娘子觉得四肢酸疼至极，勉强睁开眼。听楼下已是喧闹声四起，更觉得头晕。窗帘拉得紧密，却早有阳光从缝隙里直射进来，一蓬一蓬的光线，随窗帘的颤动不住变换方向，如雾似烟，像极了昨晚舞台上的光柱。四娘子低眼看见光斑落在肩上，只觉得浑身发痒。

　　她正自陶醉，蓦地觉得床单有异，伸手一摸，竟然满手是血！四娘子呀了一声，腾地坐起身来将被子抖到一旁，自己居然一丝不挂！转头再看，只见衣衫鞋袜叠得整整齐齐，放在床脚的矮凳上。

　　她凝神回忆昨晚场景，只记得走廊里烟儿狸大喊大叫了几声，此后忘得一干二净。不禁叹了口气，四娘子踮着脚走到盥洗间，轻轻拭了身子，连忙把衣裳穿好。

　　她正坐在床头发呆，猛看见自己的铜镜搁在桌子上，铜镜下压着一张笺纸。纸上印了大红色的"元元馆"字样，又有并蒂菊图饰，上面是两行娟秀的手写小字：风不定，人初静，明日落红应满径。

　　四娘子涨红了脸，推门正要叫人，突然警醒，返回桌边再看那纸信笺，随即敛了笑容。

　　她将床单卷成一团，用枕巾包了，捏着笺纸站在门口大叫："来人！"

　　走廊尽头有个过卖快步跑上来，"姑娘，您醒了？要用些什么早点，您去楼下，还是我给您端上来？您的同伴在隔壁，要不要我叫他一起？"

　　四娘子挥手赶走来人，慢慢踱到隔壁的门口，犹豫了片刻，正要敲门，门被烟儿狸推开了。

　　"姐，您这一嗓子，吓我一激灵！没事吧？"烟儿狸睡眼蒙眬，哈欠连天，手里还攥着那本小册子。

　　四娘子心知不妙，仍是把纸递给烟儿狸，"是你写的？"

　　烟儿狸瞄了一眼，"咦！您抬举我，我要是能写这么好看的字，老太太得乐疯喽！"

四娘子哎呀一声，闭上双眼，哐当一声靠在门上。烟儿狸忙伸手扶她，不料四娘子抬手一掌，正掴在他脸上！

烟儿狸不明就里，摸着脸看她闯回房间，拎了小包裹又冲出门，恶狠狠地瞪着自己，更是语塞，不知道说些什么好。

四娘子怒目圆睁，一字一顿道："烟儿狸，昨晚在这儿过夜的事，不要和任何人说……接下来发生什么，你都不要问！"

烟儿狸只觉得汗毛倒竖，不住点头。刚要拦住四娘子问话，只见她飞也似的转去了楼下。烟儿狸更觉纳闷，走到四娘子房间，刚在床头坐定，就听见楼下传来一声惨叫。

他环顾室内，不见什么异常，只觉得床上凌乱，拽了裤子看，上面竟有洇透的血迹！

馆舍的过卖一瘸一拐又走上来，站在门边儿颤了声音问："爷，这是怎么了这是？"

烟儿狸将裤子翻过来扣在床上，"董解元几时走的？"

"董爷啊！后半夜就走了吧，他的戏班子住在那边的楼。说是要搬去城里，要去大掌柜那边。"

"说什么了？"

"哦，说了说了，留了一封银子给您二位……说是给那位姑娘。刚我拦着那姑娘，还没来得及说，被她一脚给我踹桌子底下了就！"

烟儿狸洗了把脸，把桌上的铜镜揣在怀里，随那过卖来到楼下。接过封银时，手一抖险些把银子掉在地上。他掂了掂，知道是金锭。顺手从袖子里掏出一块碎银赏了过卖，随后大踏步来到店外，扯过一匹马。

赶集的队伍络绎不绝，烟儿狸忽而路上疾驰，忽而下到路侧的渠里狂奔，却不见了四娘子的身影。不觉间已到了清晋门。

城门之下，赵炬正带队拉着十几辆车的花草往北走。

赵炬道："烟儿狸啊，早上奶奶还在生气，问我昨儿晚上你又去哪儿骚浪了！"

烟儿狸叫了声"炬叔"，欲言又止，驱马朝会城门大街狂奔过去。

大集上早已人山人海，路上的车辆行人举步维艰。烟儿狸跳下马来，找了块带"元"字的拴马石系了马，顺手拽了捆草放在旁边。

街边竖起了上百根一丈多高的木杆，上面绷满了各色锦帐，不时有行人驻足指点。烟儿狸也不停留，朝塘花坞的铺位一路疯跑过来。

郭夷则正在门前洒水，见了舅舅大喊道："这边儿，这边儿！"

烟儿狸驻足歇口气，郭夷则双手叉腰走过来，"舅，我爹分了我这间铺面，你瞅瞅，咋样？看那个——"说完指着店里的墙壁。

烟儿狸弯着腰喘了粗气，抬头看见屋里有七八台多宝格，架上摆放了瓶瓶罐罐，四壁上挂满了字画，东墙上却只挂了一幅，上面掩了黄缎子，只露出两截轴杆。知道那是皇帝的字，烟儿狸嗯嗯了几声，又是撒腿狂奔。

任孝萱正站在铺面前和几位市政司的人交谈。烟儿狸点了头，直奔对面杨家鞍鞯铺。

杨安儿走出店门，见烟儿狸满脸淌汗，笑道："呦，狸少爷，这是活动开了啊！今天又要跟谁打啊？"

烟儿狸气喘吁吁，"杨掌柜，你家姐姐呢？"

"在后边，刚回来，你进去吧。"

烟儿狸正自犹豫，只听得叮当当一阵响声，四娘子掀起铜环串成的门帘走了出来。

烟儿狸瞄了一眼，看见她眼睛红肿，不敢再看，低头道："姐……"

四娘子若无其事，微笑了说道："我们家不缺小工，快回去帮你爹忙吧。"

烟儿狸抬头偷看，见她新换了衣裳，头发只梳了一半，手里还捏着个小瓶子。

"郭夷则刚才给我的，你闻闻，香吗？"四娘子把瓶子递过来。

烟儿狸不接，反从怀里掏出铜镜放在她手里，又把那封金子放在案上，"董解元给你的……怎么办？"

"你见着他了？"

"还没。"

"哦……你去忙吧。今天不要打架，我不想动……你拿去买鸟蛋吧。"

"我不要！"

"嗯，去吧。我这儿没地方放，回头我去找你拿。别担心。"四娘子将烟儿狸推到店外。

烟儿狸将那包金子扔在柜上，走回爹爹身边。任孝萱正踮了脚朝郭家纸坊那边看，"去夷则那儿看看，怎么围那么大群人？你精神点儿！"

烟儿狸脚下不由自主，被人群簇拥着朝前走，见郭家对面的书画院展台前也挤满了人，不知谁喊了一句，这群人突然疯也似的朝郭家铺面拥过去。书画院的展台前只剩了四个小厮，还有个须发皆白的老者，手里展开了一幅画卷，张大了嘴发呆。

见郭夷则的店前人头攒动，路口的赵炬大声呼喝："借过，借过！"只是人群仍一窝蜂地扎堆过来，车队几乎寸步难行，看见烟儿狸发愣，赵炬爬到车顶大叫，"臭小子，怎么了这是？"

烟儿狸来不及反应，却听见又有人高呼，人群随即如鸟兽般哗啦啦散开，齐齐跑过自己身边，朝道路北口的会城门下去了。

烟儿狸被撞得晕头转向，看见夷则从店里走出来，衣衫不整，鞋子掉了一只，幞头披散开来，咧着嘴笑道："小舅，人太多了！"

赵炬见人群散去，忙招呼着花车过来，刚过郭家门口，又是一股人潮涌来，把郭家铺面又围得里三层外三层。

郭夷则忙朝里喊："看住了！不让靠太近！"

烟儿狸呆在原地，回过头看时，四娘子站在店门口怔怔地望着自己。

（二） 私访

潘守恒手持拂尘，皱着眉头看宫女替完颜璟换上了道袍，问道："主上，巳时，众臣要来议事啊……"

完颜璟笑道："叫郑雨儿去知会一声，今日免了。懒得废话，知道他们那些心思。"

潘守恒对郑雨儿低语几句，又听见完颜璟缓缓说道："会城门，开市了吧？"

"回主上，开了……人多，喧嚣，小人恳请……"

"当然不去！听着就闹。今日大集，人都应该聚到那边了，城里反倒清净。许久不出宫了，今儿去城南转转。你去准备车驾，不要显眼，少带些人。"

潘守恒笑逐颜开，正退了要出门，完颜璟又道："我知道一个人，今天应该也不会去凑热闹。去她家转转吧……你去带上那幅图。"

完颜璟一行车马出了玉华门，经显西门，慢悠悠来到皇城之外。平日里，同乐园人满为患，今天却格外平静，只有些中都本地的妇孺闲步其中。完颜璟掀起轿帘向外看，见随从们都换了常服，内侍们把刀藏在长袍之下，不免哑然失笑，向轿外的潘守恒道："去美俗坊，塘花坞。"

车队朝端礼门方向，不时拣了支路行走，一路和人潮逆行，人马倒也走得畅快。到了万寿寺，稍向右转，已行至任家宅门。

车队在大门口停下，潘守恒轻轻掀开辇帘。完颜璟心情大好，道："朕游兴正浓，聊几句就走，你进院请任家老夫人出来。"

不多时，任一望一路小跑出来，在门槛里深施了礼，"陛下万安！恭祝大金千秋万代、王朝永固！"此时，几个厨子、婆子也跑了出来，一起跪在屋前，春罗和蕙卿搀着老太太走到院中，

完颜璟欠身探头看了一眼，道："免礼，你是任大小姐？可否抬起

头来，让朕看看。"

任一望回头看了一眼奶奶，站起身来，待正视完颜璟时，又被阳光刺了眼睛，伸手遮了凉棚，粲然一笑，"蓬头垢服，有辱陛下清睹……"

完颜璟道："果然是画中人。郭药师家好福气啊。"

话音未落，周衔蝉已出得大门，"哎哟哟，我说今儿早晨小猫们排着队洗脸，真是来了贵客！草民敢请圣上进陋宅小坐……"

完颜璟嘘了一声，"婆婆别来无恙吧，屋里就不进了，有东西要送给你们。"说罢从窗子里伸出一柄卷轴，递给任一望。

周衔蝉道："谢圣上赏赐！上次已经顺了好东西回来了。今日是天寿节，老太婆给您贺寿啦。"说罢俯身施礼。

"婆婆不必客气，朕与您一见如故，这次的画本来就该是你家的，物归原主而已。"

"圣上，老妇有事禀告，还请赎罪则个！"

"哦？"

"前日圣上所赠御笔书法，我让曾外孙挂在了会城大集上，心想也让旁人看看真迹，请圣上不要怪罪呀。"

"哪里话！送给您了，您用它糊作窗户纸，也不关我事。"

周衔蝉朝春罗耳语了几句，春罗小跑回了院里，从老太太屋里抱出一尊汝窑瓷瓶。周衔蝉接过来，慢悠悠走到完颜璟轿旁，"民间有老理儿，不能让客人空手回去。况且今儿更是天寿节，是您的生辰。这是老身早上插的花，请圣上不要嫌弃。"

"哦？婆婆好手段！"见潘守恒接了过去，完颜璟又道，"宫里的嫔妃们也常摆弄瓶花，远不如婆婆的新鲜活泼。看这组花材，为何不用定窑？"

周衔蝉一愣，"宋宣和年间，道宗皇帝以为定窑器皿有芒，故而不用……"

"听过这事儿，前几日还和几位老臣聊起。婆婆以为所谓'芒'是什么？"

周衔蝉接过手杖，挺身道："应该是太过鲜亮吧，用老百姓的话说，就是有贼光。"任一望不禁扑哧乐出声来，自觉失态，连忙抿住嘴唇。

"其实，物无美恶，过则为患。牡丹、芍药、大丽花，适宜用定窑花斛。今早我用的是萱草、菖蒲，还是汝窑自在坦荡些。要是插梅花、枞实，破瓦罐就好啦。"

完颜璟微微点头，盯着老太太手中的拐杖，面有艳羡之色。

"我一直喜欢花花草草，我儿从军里回来后，就弄了花房。这些年，我每日插一瓶花，有些心得。一望淘换了些插花的书给我，我看了，有些时候也不以为然。花器再好，也不应当抢了花材的好。上古铜瓶当然最好，却也不免矫情。瓶子只是个容器，能容纳就好……"

周衔蝉见完颜璟出神地盯着自己的手杖，不再说话。

完颜璟苦笑，"婆婆教训的是。朕也不过就是几十年的容器……"

周衔蝉略觉尴尬，"圣上，老太婆不敢妄议，顺嘴那么一说……您一直盯着……这拐杖……"

"哦……只是想起了一件事。泰和二年十一月，皇儿弋邻百日，元妃给他办了洗儿礼，当时有位老臣，卢玑，七十岁，身体康健，就和他要了拐杖，送给我儿，图个吉利。没想到啊……"

"圣上，您若不嫌弃，这把也带回去吧，留着再有皇子出生的时候，送给他。"

"谢婆婆美意，不必了。"完颜璟又打量了任一望几眼，从腰间解下袍带，卷了几卷，又将佩玉卸下放在上面，伸手递给她，"望大姑娘，和你的祖母，有空来宫中坐坐。进皇城的时候拿着这个，让宫闱局的人去找潘守恒，他会带你们找到朕。晚上最好。"又转向老太太道，"婆婆，您刚才所说瓶花之法，朕听着很有感触。如有空闲，还请婆婆受累进宫，给后宫的嫔妃们传授花道。"

周衔蝉连连摇头，"那可不敢，我这两把刷子，自己玩玩还行……"

完颜璟向任一望道："任大小姐，下厨吗？"

一望羞答答点头。

"下次来宫里，不妨带几味家常小炒，这几年我茹素，你随意吧。你出菜，我出酒，咱们娘仨儿……"见老太太瞪大了眼睛怔在那里，完颜璟挑起双眉道，"婆婆，说娘仨儿行吗？"

"不敢不敢，折杀草民啦。"老太太不住点头。

"你出菜，我出酒，咱们小酌几杯可好？"

"谢陛下不嫌弃，您敢吃，我就敢做！您要是进院儿，我这就下面给您吃！寿面……"一望连忙深深施礼。

完颜璟示意潘守恒起驾，"任大小姐，上次的卷轴，是给你祖母的，这次的这个是给你的。你在画上，在我书房里挂了好几天了。我写了几个字在画上，你留着吧。今天算是见到画中人了，很好。哦，这一幅就不要挂在外头了。否则世人会以为，大金皇帝全和那炀王一样，放纵到民间了都。呵呵。"

潘守恒轻喝一声"起驾"，伸手拉上辇帘。完颜璟在里头又伸手拉开，潘守恒又拉上，两人把辇帘开合了数次。潘守恒叹了一声，也不再撕扯，任他在辇内外望。

见一行人马渐次隐没在丽泽门方向，周衔蝉回身道："都别愣着了，回屋吧！"

一望笑逐颜开，"奶奶真行，瞧这朋友交的！"

周衔蝉费力迈过门槛，哼了一声，"是来看我的吗？您这位画中人！"

一望咯咯连声，"快来看哦，有个老太太吃醋喽，吃孙女的醋喽！"众人哄笑，一望又道，"奶奶，皇帝长这样儿？我以为还不得白胖白胖的！他怎么老咳啊？"

"站了老半天，走不动了！蕙卿，去把椅子推过来吧。"一望扶着奶奶站在原地，又让她轻靠在自己身上。

"嗯，是啊，他那应该是心身疾病啊。怒则气上，思则气结，恐则气下，惊则气乱。这两年事情这么多，怎么能不咳嗽？我看他是惊悸卑惵啊，当皇帝是挺累人一事儿……"

"嚯，奶奶，说的就跟您当过皇帝似的！太阳上来了，就跟这儿晒一会儿吧。"一望扶奶奶上了轮椅，推到花坛边的枣树下。

"嗯，皇帝，我没当过，我们家有人当过……"周衔蝉抬头看看孙女，见她脸上笼着红晕，仍是娇羞，"嗯？'画中人！''望大姑娘！''任大小姐！'您不就是个女皇嘛？！"

一望乐得花枝乱颤，将卷轴紧紧抱在怀里，朝奶奶做了个鬼脸，"好吧，那今晚就由你这个老太太侍寝吧！"

春罗端了茶水又拎了矮凳过来，听见两人相互戏谑，也半跪了，向一望逗趣道："女皇大人，您是要坐着喝还是喝着坐，是要亲自喝，还是我们喂您喝？"

众人嬉笑了一阵，周衔蝉道："咱们先看看画儿吧。"一望把袍带放在老太太手里，和春罗、蕙卿慢慢展开了画卷。

"呀，姐姐，这真是你！啧啧，真好看！"春罗惊得合不拢嘴。

"怪不得夷则少爷也那么好看！"蕙卿叹道。

"你个大色迷！"春罗搡了蕙卿一把，蕙卿脸上一片绯红，不再言声。

"姐姐，这时候您十七八岁？"春罗问道。

"可不。就你俩这么大。"一望将奶奶的轮椅推近了些，她却并不看画，只是细细咂摸袍带上的玉佩。

春罗看看画，又看看一望，"姐，胸可比现在……"

"呸！回头你奶俩孩子试试！"一望掐了春罗的虎口一下，又抢了玉佩捏在手里，"奶奶，这可真精致！我以为女真人的玉佩都是老鹰抓小鸡呢！"

周衔蝉不禁乐出声来，"那叫鹘攫鹅！还老鹰抓小鸡！这个是透雕，活儿不错。林子是柞树，双鹿在吃……食野之苹。收起来吧。把他的题字读给我听听。"

一望正要将玉佩放入怀中，看奶奶正在坏笑，哎呀了一声，将玉佩捏在手里，瞪了奶奶一眼，念道："欢不可以黩，宠不可以专。专实生慢，爱极则迁。致盈必损，理有固然。美者自美，翩以取尤。冶容求好，君子所仇。结恩而绝，职此之由。故曰：翼翼矜矜，福所以兴。靖什么呀这是……恭字缺两点自思，荣显所期。女史司箴，敢告庶姬。"

周衔蝉听罢，苦笑了一声，"这是西晋张华的《女史箴》。这个小皇帝的父亲，名字是完颜允恭，要避讳，就少写了两笔。"

一望摇头道："那大字看不出来，这回是小字，他没您写得好！"

院门咣当一声被推开，赵炬走了进来，"呦，娘儿几个都在啊。"

"阿炬，你不在市上，怎么回来了？"

"哦，萱哥怕您闷得慌，买了这个，让我送回来给您看着玩儿。路上看见李记新出锅了果子，就顺手捎了两盒。"赵炬将一幅小卷轴交给老太太，又把食盒递给春罗。

"什么呀这是？"周衔蝉打开卷轴，见是木刻印刷的御笔书法，不免失笑，"今儿这是怎么了？就跟这《女史箴》干上了！"

一望过来瞅了一眼，笑道："爹爹哪儿弄的啊这是？"

"宫里的书画院也开了文创店，就在夷则对面。这是皇帝写的吧，就刻印了上市。大家伙儿都哄抢呢。一望你猜怎么着？今天热闹极了，先是书画院门口一堆人，看见你家夷则开了门，人都跑他那儿去了！门框都挤歪了！夷则弄了什么好东西吧？"

一望和奶奶会心一笑，道："爹爹买的这是复刻的，咱老太太手里有皇帝的亲笔书法，就是你们说的有香味儿的那个，送给了夷则，他就臭显摆，挂在店里了呗。"

赵炬道："嘿，咱这算攀上皇亲了！你们这看什么呢？"

一望抬起下颌，笑道："让我爹赶紧退货吧，一复刻的，没意思，咱这儿有真迹。您瞅瞅！"

赵炬凑近了两幅字，左看看右看看，不住点头，"这是那皇帝，又，送了一幅？"又盯着画中女子，看得出神。

老太太朝一望挑挑眉毛，又朝赵炬努了努嘴唇。春罗见赵炬看得沉醉，不由得噘了嘴，伸手把画卷折上，"炬叔，别看了！"

赵炬自觉失态，面有惭色，"哦，没什么事吧？那我就回去了。店里人少，啊不，店里人多……店里人手少。"

赵炬转身要走，只见外门连滚带爬闯进来一人，却是元元阁的领班伙计小苏子。小苏子气喘吁吁，"哎呀我说炬爷，您这腿脚可是够快的，我骑马愣没追上您！"

蕙卿倒了杯茶，递给小苏子，小苏子咕咚一口吞了，又道："谢过姑娘。我去您家铺面，任老爷说炬爷往家走了，我就追啊，眼看着人影儿，就是追不上。今天这人忒多了也！"

"苏子，有急事？"

"咳，我们大掌柜的请您今晚吃酒，让您一定要去啊。说董解元也一起。"

"哎呀，"赵炬回头向老太太使了眼色，"这，今天还真不行，我们老太太……"

老太太接了话茬："那孩子，回去跟你们老爷说，赵炬今天走不开啊，白天得照顾那铺子，晚上我们老家来了人，我已经答应让阿炬陪着。下回吧。"

小苏子面露难色，手足无措，"炬爷，大掌柜的说好几次了，每次请不动您，我太难了……"

赵炬拍了小苏子肩膀，塞了块碎银到他手中，"苏子，辛苦啦，这几天是真不行。回头我去给大掌柜的赔不是。"

那小苏子给老太太鞠了一躬，一步三回头，悻悻地朝门口走，"炬爷，我把马留给您，要您顺路到阁里，跟我们大掌柜说一声？"

赵炬略显不耐烦，挥了手，转身皱着眉头看向老太太。

老太太见来人出了门，问道："阿炬啊，是有好几次了，怎么老回绝人家啊？"

赵炬摇摇头，看了一望一眼，又向老太太低声道："老祖宗，您有所不知啊，咳，这好说不好听啊，不说了，脏了您耳朵！"

一望偷笑，催促道："说罢，免得奶奶起疑。"

老太太一脸迷惑，盯着赵炬，"这家里还有多少事我不知道啊！"

赵炬拾起老太太水杯，灌了一口，"哎呀，那袁大掌柜啊，他、他……有那龙阳之好！"

春罗和蕙卿两人不明就里，盯着蹲在地上狂笑的一望，更是迷糊。

"啊？！啧啧，那是盯上你了？！"老太太眉峰也是攒成了一团。

"说的是呗。唉。这不太羞臊人吗您说！"

"嗯，这袁大掌柜品位不错！你呢？"

"我什么呀，您还不知道我吗！"赵炬扔下小卷轴，低头瞪了一望一眼，大踏步出了院门。

"你别笑了！起来，成什么样子！"老太太向一望轻声吼道。

一望站起身来，仍是喘着气笑个不停。春罗刚要询问，老太太又道："这阿炬，四十多了，这几年还总有保媒拉纤的来，我觉得有几家那大姑娘、小媳妇儿都挺好，每次他都跟我急！"

"奶奶，说不定炬叔真不喜欢女的呢……"

"呸！任一望，你个小白眼儿狼。别人说也就算了，你自己心里也没数！阿炬七岁就到了咱家，他的心思我还不知道！"

"你……你这老太太，不可理喻！我有什么数？我没数！"一望又羞又恼，伸手把《仕女簪花图》扔在地上，转身进了屋。

春罗忙俯身拾起画卷，老太太接过来，展开了轻叹一声，"唉，欢不可以黩啊，宠不可以专……专实生慢……专实生慢……"

（三） 奸情

"主上驾临！"潘守恒在宣华殿前清声喝道。

完颜璟轻咳了几声，潘守恒上前几步，挑开了门帘。

侍女们早在廊前排成两列，李师儿屈膝施礼，"主上今日传旨概不接见，臣妾正发愁。您倒来了，仓促来不及整饬。"

完颜璟在书桌前坐下，拈起一枚玉簪在熏炉上轻敲了一下。室内清幽，叩击声虽小，却也响得悠远。

见他拈起那香炉细看，李师儿道："说是前宋的，应该还有盖子，但是司宝们怎么也找不到。说是定窑的。"

完颜璟点头，"嗯，上百年的东西，还是有芒……"

"忙？什么忙……"

完颜璟笑道："嗯，没什么。刚出去宫外转了转，突然又没了兴致。想着来你这儿坐会儿。这屋子，变样了，这么素净！"完颜璟环顾室内，更觉萧索。屋子里几乎没有装饰，青黑色的地砖显得格外生冷。

"氍毹撤了？"完颜璟问道。

"是，猫儿抓挠，索性撤了。今年冬天，地毯也不想铺了。"

"几只猫了？"

"八只。刚知道您要来，让人抱开了。"

墙上四白落地，只对着门口的墙上挂了一幅字画。地中间的莲缸里刚有荷叶探出头来，缸侧的铜炉并未生火。靠近南窗，放了一把折椅，椅脚附近的地砖上多有痕迹，想是李师儿为就日光，常将椅子挪动所致。

完颜璟四下打量，屋里的家具只有一张书桌，桌子上也只有一堆书本、茶具和零星的文房。见花觚里空空如也，完颜璟道："老潘，你去把那瓶花拿来。"低头再看这书桌，底角的横梁上担着一根拄杖，正是卢玑那一柄。完颜璟不免心下黯然，又见李师儿垂首低眉心事重重，忍住了没提。

完颜璟绕着荷缸踱了几步，见摇椅正晒着阳光，便走过去坐下。又见李师儿手中攥着本书，问道："元妃最近读些什么书啊？"

"都是些闲书。前几日从夹谷姐姐那儿死皮赖脸顺了一本，今儿早上又遣人来要我还书呢。"

"哈哈，禁书？"

"主上，臣妾有事禀告，不知当讲不当讲……"李师儿缓缓跪下。

完颜璟一怔，作势要扶，李师儿退后一步，还是跪了下来。完颜璟轻轻摇头，"师儿，朕一向喜欢你直白，呵呵，还记得当初我去教馆，张建向我荐举你吗？"

"臣妾一刻不曾忘怀，张教师教我读写，教我宫中礼仪，又在主上面前夸奖我，张先生是我恩公……所以……臣妾更是觉得难以启齿。"

"什么事儿啊？说吧。"完颜璟要从摇椅上站起来，不料坐得太深，忽然觉得浑身乏力，索性全靠在椅背上由它轻摇。

见李师儿犹豫，完颜璟又道："当时我问张建，有什么伶俐的人吗？他说，宫中教学都要隔着纱帐，看不见人，只知道有个女孩儿，回答提问嗓音浏亮，辨析事理雄辩滔滔。你我相识还要感激张建啊。"

他捏了李师儿的下颌，将她的脸轻轻抬起，"至今我还记得，你从绿纱帐里走出来那一刻……"

李师儿眼中噙泪，双手将册子呈上，"主上请看——"

"地上凉，起来吧。最近朕咳嗽不止，事务繁杂，冷落了你。起来吧……哦？！这是张建的集子。"

李师儿跪地不起，"正是，从夹谷姐姐那儿拿的。我见她正在抄写，就抢了来，差点跟我急了，我非要看，她也不好阻拦。这才带回来了。"

"这不是刊印的诗集。手抄的，初稿，大概怕传丢了吧。"完颜璟见书中夹了纸片，顺手翻到其中一页，上面写的是——

拂拂轻风漾翠澜，粉媒新扑小荷盘。

塘水涨，岸痕漫，草阁临流五月寒。

"呵呵，这位张先生怕是女学生教得太多了吧，写得这么软糯。"

李师儿并不抬头，轻声应道："这首《渔父词》是今年晚春时候，张建和夹谷姐姐在鱼藻池游玩时写的……"

完颜璟将书翻到下一枚纸签分隔处，"哦，我与夹谷青梅竹马，她从小就爱读诗。"他看了一眼书页，轻撇了嘴，抬头向李师儿道，"当时选张建做宫女的教师，是因为他笔法通俗。说得太深奥，女孩儿们哪能听得懂啊。"又讪笑道，"可是，这写得也陈词滥调了——记取明年断肠处，玉梨花底月三更。"念出这句，完颜璟又是呵呵几声，却又忍不住连连咳嗽。

李师儿忙站起身，将杯中水倒入笔洗，重斟了新茶端给完颜璟，"看日期，应该是太液池回来后的……当晚，张先生写的。"

完颜璟脸色一沉，合上书页道："不要打哑谜，有话直说！"

李师儿又是扑通跪下，"臣妾不敢……"

完颜璟不禁蹙眉，又展开册子，"你且说来。"

李师儿沉吟片刻，轻声道："夹谷昭仪与张建……行为……不轨。"

完颜璟笑道："就凭这个？夹谷雅好诗词，张建写了几首歪诗，有什么不妥。"

李师儿道："二人最近常有冶游，张教师的住处就在昭仪馆旁……"

"师儿，"完颜璟伸手挡了阳光，又合上双眼，"恍如隔世啊，你怎么也嚼起舌头了？！"

"主上，容师儿把话说完，"见完颜璟停住不动，李师儿顺着纸签翻开书页，"您请看这里——"

完颜璟睁开双眼，与李师儿四目相对。李师儿看到他目光涣散，眼神倦怠，不禁一怔，"臣妾多事了，臣妾该死！"

完颜璟举起诗册，念道："轻风一荡激，真态互掀簸。乃知求慧性，非戒定未可……湛然摩尼珠，坐受昏尘裹。"他读罢转头，挑了眉头望向李师儿。

"一年多来，夹谷昭仪信了全真，王道长给她起了道号——慧性……激荡、掀簸——不知羞耻！摩尼珠……下流！"李师儿说罢又翻到下页。

完颜璟佯装淡定，将夹页的纸条吹落，却是一首七律——

蠹树枝高茁朵稠，

嫩芭开破雪搓球。

碎粘粉紫须齐吐，

润卷丹黄叶半抽。

月影晓窗留好梦，

雨声深院锁清愁。

琼胞已实香犹在，

散入长安卖酒楼。

知道他在等自己的解说，李师儿沉吟片刻，声音细如蚊鸣，"并非臣妾探听，只是有人报与我说，夹谷昭仪……琼胞已实……有孕了……"

完颜璟叹道："朕的生辰，这也太扫兴！"

李师儿倏地落下泪来，将头伏在完颜璟腿上连声哽咽，"主上是嫌我多事吗？您在前面日理万机，后宫却出了这样的腌臜事儿。我身为元妃，怎么能坐视不管……"

完颜璟随手翻开一页，却见夹缝处又有小纸签，待读到"我诗责备春秋法，胜把君侯美处扬"时，已是面生怒色。他合了书，扶住李师儿，自己也站起身，将她搀到摇椅上。

"你哥哥，李喜儿前几日上书，请求将你们老家渥城继续扩容，将安州移入渥城县，统称新安州。已准了，就交由他去办。当地的官员，必是对你李家感恩戴德。左宣徽使李仁惠——你哥哥，确是给当地百姓带去了实惠啊。"完颜璟将诗册放在窗台上，转身走向门口，"老在宫里闷着，难免情绪不好。选个日子，你也回老家转转、散散心吧。朕还有事。"

潘守恒看完颜璟脸色铁青，不敢多问，正要扶他上辇，不料他大踏步径直朝门外走去。潘守恒吩咐起驾，自己一路小跑追跟在他身后。

　　"主上，老奴听见了……"

　　"嗯，你说。"

　　"老奴以为，让太医院派人去把脉，可知。"

　　"如果属实，又多了一位太医知道此事。"

　　"哦，是……老奴也是惊着了，那该如何是好？"

　　"你去挑一位宫女问问，最近，夹谷可有月事。"

　　"是！这就去办。"

第八回

风吹绳断童子走

君嗟柳下度吟鞭

（一） 虎狼

"掌柜，我们想和您告个假……"大吴走到任孝萱身边低声道。

"扭捏什么，说！"

"这会儿人少，哥几个想去跤场看看热闹。椿大哥他们爷儿仨早早就过去了，我们想着过去助助威什么的。"

任孝萱苦笑一声，"哼，去吧，不要生事，快去快回。"

大吴见掌柜的作势要起身，先抓了手杖递过去，嬉皮笑脸道："让狸少爷也跟我们过去吧，瞅一眼就回！"

"拦着他，别让他上场！"任孝萱说罢，长长叹了口气。

烟儿狸正倚着门框坐在马扎上，呆呆望着杨家鞍鞯店，被几个花把式不由分说，嘻嘻哈哈架着朝东走。

跤场在路口正中，四丈见方的地面上垒了土台，四边用牛皮绳拦了几道。台上有人撕扯，正是任庐江和一个女真跤手。

左边平地的跤场上有几对女毗在相扑，演的尽管都是些对打套子，但是个个扭腰送胯、娇喘连连。台上满眼都是白花花的胳膊腿儿，场下的看客也是推推搡搡，倒比主赛场的更多。右边的场地是乔扑，观众寥寥无几，两个汉子演得没精打采，也就停了手，瞟向这边的看台。

烟儿狸一行站在迎光处，只见对面的主看台打了紫罗伞盖。大吴指着对面说道："烟儿狸，你看，那是卫王，完颜永济，皇帝他叔。那边的是升王，完颜珣，皇帝他哥，不是一个妈生的。嘿，昨天打你的……踩踏咱们花的那刀疤脸，他也在！"

烟儿狸顺着他指的方向望过去，见那术虎高乞果然立在一旁，身边坐着一位虬髯大汉。卫王、升王身后各自站些女眷、家丁，家将里有的着了角抵坎肩，大多已经开裂。术虎高乞身后也有几位女真人，看着装应该是一伙猛安谋克。

任巢湖拨开人群，走到烟儿狸身边，大声道："弟，已经连挫五个人了！俩汉人，涿州卢、献台大熊，都是有一号的。还有仨女真，名字叽里咕噜的，记不住。"话还没说完，只听得人群一声欢呼，任巢湖回身一看，大叫道，"得！六个啦！"

　　烟儿狸看时，任庐江正甩开了膀子满场游走。那倒地的女真已然鼻青脸肿，一瘸一拐地下了场。

　　跤场的部署跳上跤台，大喊："西京路！任庐江！又胜一场！共计已力克六人！有迎战的吗？摔倒七人，即获今儿上午魁首！哪位上来，凑个数，成全了这位小爷的好事啊！"

　　人群一阵哄笑，任庐江更是志得意满，故意在主看台前停了脚步。他将跤衣脱下来，当风抖了几抖，一股股灰尘呼啦啦散开，正落在术虎高乞头顶。

　　术虎高乞怒不可遏，起身向身边虬髯人道："胡将军，再派个利索的吧，毙了这小子！"

　　胡沙虎苦笑了一声，"高乞，我剩这几个怕是更不成。哪儿来的这么个东西，欺负你们中都没人啊这是。高乞啊，你上吧！"

　　术虎高乞沉吟道："搁地上我三拳两脚废了他！这角抵的台上规矩太多，我……"

　　胡沙虎哼了一声，转脸向卫王喊道："王爷，您那边可还有扑手？"

　　卫王轻拈髭须，摇头道："呵呵，没什么拿得出手的。我这些家丁，玩个鞠还凑合。贤侄，你那边怎样？"

　　完颜珣撇了嘴，"胡沙虎！你们平日里打打杀杀的，怎么到了真章，全都缩了头啊？高乞，不要过谦，也别矜持啦，露一手吧！"

　　烟儿狸见那边聊得热闹，伸手叫住了正满场游走的任庐江，低声嘱咐道："哥，那小子怕是要上！昨天就是这刀疤脸，生把我给拎起来了，你小心啊。少用别子，不管用。你试试穿裆靠和坡脚！"

任庐江点头，"知道是他。哼！你看哥怎么收拾他！"说罢走到场边，蹲踞在角落的草垫上，伸手抓了一把涩石粉，直勾勾盯着术虎高乞。

术虎高乞再也按捺不住，脱了罩衫，伸手拽过一副跤衣披在身上，跃进场中。

人群突然间鸦雀无声，随即响起稀稀落落的叫好声。部署大声唱道："请挑战者自报家门！"

术虎高乞立在场中，朝部署吼了一声："去！"又朝着任庐江喝道，"来！"

任庐江低吼一声，双脚蹬地，歪歪斜斜朝术虎高乞晃过来，术虎高乞稍稍下蹲，双手一前一后护住面门，两根中指不住抖动，已是蓄势待发。任庐江见他身高臂长，自忖撕扯不过他，伸手朝他额头一晃，弯腰抱住了他左腿。术虎高乞看出他抹眉是虚晃，也不格挡，退后一步单腿跪在地上，任庐江被他拖了个趔趄。术虎高乞并不起身，原地向前一蹭，左腿跪下的同时，右膝盖抬起，正撞在任庐江肩上。任庐江连忙撒手，向后退出，一边揉了肩膀一边笑道："免礼，免礼，起来吧。"

人群中的哄笑声此起彼伏，台下的烟儿狸屏住了呼吸，身侧的伯父已是轻轻摇头。

术虎高乞见他立足未稳，随即起身直扑过来，二人摘了几次手，任庐江只觉得左臂沉重不听使唤，不自觉已被逼到角落，顺势甩出扫腿。术虎高乞弯腰跃近，伸手捉住任庐江的腿，正要抢起，任庐江双手支地也跳起身来，两条剪刀腿不住朝他头上蹬踏。术虎高乞左格右挡，脚下步伐难免凌乱。

任庐江见状，在空中扭动腰身，收回双腿，轻轻落在地上，随即抢前一步，朝他肋下就是一脚。术虎高乞见躲闪不及，索性甩掌击向他小腿。任庐江重踢中术虎高乞，术虎高乞的手掌也砸在了任庐江膝盖一侧。任庐江听见咔嚓一声，知道不妙，连退几步，靠在牛皮栏绳上。

术虎高乞神情自若，轻轻掸去跤衣上的尘灰，"还扑吗？"

任庐江朝父兄这边看了一眼，轻轻摇头。任巢湖跳到台上，把弟弟扶了下来。

部署见术虎高乞站在台上，面色凝重，自己刚要钻进场地，又爬了下来，在台下高喊："午时将至，还有上台的没？要是没有，上午的赢家就是这位爷！"见人群中并无响动，又喊道，"首日上下午各决出一名胜者，次日两名胜者，第三日上午一名，第三日下午，五名胜者争夺头牌！有应战的没？"

烟儿狸摸了摸任庐江的腿骨，轻声说道："裂了，没折。"任孝椿见任巢湖蠢蠢欲动，连忙拦住了他，"算了罢。咱们斗不过他。"

看客们见这边消停，三三两两又去女跤场上起哄。突然人群散开，吱吱吱数声尖叫，几名肩上架鹰的蒙古大汉走到场边。为首的一位满头辫发，比身边人群高出一大截。他斜披着皮袍，胸前刺了一张狰狞的狼脸，朝部署喝道："我来！"

术虎高乞定睛一看，知道是蒙古的力士，见他虎背熊腰，心下先怯了三分，缓缓说道："这里摔的是散手！"

那蒙古大汉咧嘴一乐，回头望向同伴，"札八儿，你说我上不上？"

札八儿将着大胡子，只是嘿嘿低笑，向身边人垂首道："让他上吧，要不他得憋死！"

窝阔台苦笑了几声，摇头道："哼！谁敢管你呀！你随便吧。多事！"见他鹰扬虎视，俨然一副胜券在握的架势，又低声喝道，"博尔忽！不要伤人。"

札八儿伸手朝主看台那边打了招呼，向窝阔台道："你看那边，公主也在呢。"窝阔台朝看台张望，见那丫鬟正低头和公主耳语。公主也看向这边，笑着向他颔首致意，窝阔台摘下皮帽还了一礼。

博尔忽蹲在场地一侧，双手变爪插入地面，抬头向术虎高乞道："刚你劈人家腿那一巴掌，违规啊。不就散手嘛，知道！就照你们的花拳绣腿来。"他两臂筋肉紧绷，肚腹上的肥肉不住颤动，胸前狼头刺青的眼睛时开时合，更显阴森。

台下的部署见二人迟迟不动，喊道："嘿，那大个子，这是要出恭？别拉在台上啊！"众人嬉笑声刚起，就见台下的札八儿拨开人群，走到部署身边，单手抓起他："上去废话吧你！"只一抬手，把他扔到了台上。

看客们又是哄笑，部署还没来得及爬到场边，台上的两人已揪斗在一起。转眼间台上尘土四起，博尔忽似乎迷了眼，刚要伸手揉搓，术虎高乞已经从他身后用手臂锁住了他颈项。博尔忽头颈动弹不得，只能双掌插入对手的小臂之下试图格开。术虎高乞知道机不可失，左臂勒紧右手腕，死死锁住，双腿也盘在他胯前。博尔忽被勒得不能呼吸，扑通一声仰面摔倒！

烟儿狸在台下连连摇头，"这孙子，手真黑！"

众人见蒙古大汉双腿在地上乱踢踏，以为过不了一会儿就分了胜负，纷纷起哄。台下的札八儿高声吼道："包斯，素可户！"

博尔忽听到同伴呼喊，不再挣扎，双手拄地，竟然站了起来。

任孝椿和烟儿狸对看一眼，两人都吸了口凉气。只见那蒙古大汉涨红了脸，下蹲又跃起向后重重一倒，将术虎高乞压在了身下！

如此起身倒下四五次，术虎高乞被连砸带压得眼冒金星，手臂不免松了。博尔忽猛吸口气，掰开他手肘，翻过身来抓住他双手顺势向外抡出——

术虎高乞跌跌撞撞被甩到场边，伸手抓了皮绳围栏刚要稳住脚跟，博尔忽赶上来，双脚跺地，轻喝一声："咴！"如同驱赶牲畜。术虎高乞以为他又要趁机抢攻，急忙后退，却一头跌下台，正落在烟儿狸身边。

烟儿狸伸手一扶，术虎高乞刚要借势站定，回头看是烟儿狸，怒道："不用你扶！"

烟儿狸撒手，术虎高乞扑通一声坐在地上，满脸通红。烟儿狸笑道："这回'走你'了吧！"

术虎高乞站起身，冷笑一声，将跤衣脱下，塞到烟儿狸怀里，"嗯，你行你上？！"言罢走回对面完颜珣身边坐下。

部署又跳到台上，正要呼喝，却听见那蒙古大汉说道："就比到这儿吧，昨晚上喝多了，我去再喝一坛，醒醒酒，要摔，就下午再摔！"

见那蒙古大汉要下台，术虎高乞大声喝道："壮士留步。对面的那个小白脸儿说他一招就掀了你！"

博尔忽一愣，转身走到台边，盯着烟儿狸问："小孩儿，是吗？你上来！快点儿掀我，我还急着开饭呢！"

烟儿狸摊开双手，看着伯父，"这……我招谁了？"伯父也是苦笑了摇头。只听见人群中有人尖声叫道："烟儿狸，那就摔他！"

烟儿狸探头一看，见来的是女扑手嚣二，扑哧乐出声来，"二姐，还是您上吧。"

众人见女扑手也来看热闹，不住起哄。烟儿狸解下外套，盖在她肚兜上。嚣二坏笑道："狸少爷，上吧，狠狠摔他，就像上回你摔我似的！也把他压在身下。"

人群吁了一声，烟儿狸满脸通红，伸手接过跤衣，蹿上台来。

博尔忽也是一愣，没料到他真敢上台，"你要摔？那就摔！"随即猫腰扑过来。

烟儿狸见他来势凶猛，不敢硬抗，从他左肋下穿过，博尔忽收了脚步又扑过来，烟儿狸故技重演，又从他右肋下穿了过去。博尔忽迅即转身，三扑两扑却仍是抓不住烟儿狸，索性慢了脚步，张开手臂，一步步将烟儿狸逼到角落。烟儿狸见避无可避，又见他双臂展开尚未回收，迅即抢身一步，右手抓住他咽喉，探左手插入交裆，肩胛正顶在他胸口的狼头纹身处，把博尔忽托了起来，借力旋了一圈，摔了出去。那博尔忽轰隆一声砸到场边，竟将台脚的栏杆砸断了，牛皮绳索崩散了一地。

人群已是欢呼一片。任孝椿只看得目瞪口呆，任巢湖笑道："爹，烟儿狸这招鹁鸽旋不错啊，您不是昨天才把书给他吗？"

场地另一侧，胡沙虎也站起身来喝彩，"哎，那个部署，问问，这小伙子是中都的吧？"

部署跑过来，和烟儿狸唱了个喏，"小哥，您从哪儿来？"

烟儿狸暗暗擦了冷汗，"我？"指着集市的方向说，"那边儿来的。"

嚣二带了几个女徒弟爬上跤台簇拥过来，紧紧搂住了烟儿狸，"老弟，真给姐长脸！什么时候练的这手啊？嘿，你，"她扯了部署喝道，"老谢！你是瞎吗？这位是塘花坞的少掌柜，任一清，任少爷！"

部署老谢连连点头，站在场中，高声喝道："上午赢家分明，中都塘花坞——任一爷！"听见看客们吁声一片，老谢连忙改口，"任清少！"众人听得更是哄笑一团，老谢也乐了，作势抽了自己一嘴巴，"赢家是任一清，任一清啊！各位散去，下午继续看扑！"说罢从怀中取出剪刀，伸手将围栏的牛皮绳剪了，绕成一团，交到烟儿狸手里，"任少爷，您收好，按例，胜者裁取护栏牛皮绳。后天下午，您来做对决。小子，我看你有戏哦！"

烟儿狸接过剪刀，走到主看台近前，咔嚓嚓又剪了两股皮绳，故意借了术虎高乞的座椅搭脑，将皮绳在扶手上绕成两团。走到博尔忽身边，递给他一卷，博尔忽咧着嘴大笑，"不能要，不能要，这是你的！咱们再来一跤？"

烟儿狸连连摇头，"别！刚你是让着我。"

窝阔台伸手拍了拍烟儿狸肩膀，"你很好！"

博尔忽哈哈大笑，伸手捏住烟儿狸腋下，把他举了起来，搁在自己肩上。烟儿狸趁势将一卷皮绳套在他头上，又惹得众人一阵欢呼。

烟儿狸乜斜着眼瞅了瞅术虎高乞，又大摇大摆走回伯父身边。

任孝椿看了任庐江，见他张了大嘴，一脸懵懂，推他一把，"嘿！发什么愣呢！咱小烟儿狸夺魁啦！"

（二）刺臀

任孝萱见一群人举着一架明晃晃的鸟笼，晃着膀子进了郭夷则的店，轻拽了赵炬衣角，"阿炬，麻烦进门了！我不出面了，你过去拦着点儿。"赵炬皱眉道："这个畜生！哪儿都有他。"

赵炬刚进门，就见郭夷则带着俩伙计正拦阻来人，"炬爷，这伙人要抢卷轴！"

赵炬大喝一声，"住手！光天化日的，干嘛呀这是，有事外头说！"

李铁戈转过身来，"你谁啊，大呼小叫的！"

"这位大人，有话咱们外头说，真弄坏了御笔，咱都担待不起。"赵炬佯装不识。

"嚯，拿话噎我！黑虎，走，到门外，看看这位挡横的有什么说辞。"

赵炬站在当街，看见任孝萱拄了拐踮起脚不住朝这边张望，朗声道："各位，那幅字画，是这家少爷的私人收藏，为什么要摘啊？"

李黑虎过来推了赵炬一把，"跟谁说话呢？知道这谁吗？"

"谁也不能生抢啊？还有没有王法？"

"王法？你也配！这是李爷，当今国舅，知道吗？当朝元妃娘娘的亲弟弟！我们爷说了，主上的御笔书法，从不出宫，啊，从不外流！你们怎么就给挂墙上了？一准儿是偷的啊。我们要带回宫里，你们这铺子也别开了，下午大兴府就来人，你们这是杀头的罪过，知道吗？"

郭夷则双手顶住门框大叫："胡说！这是皇帝陛下送给我太姥姥的，我太姥姥又送给我！不是偷的！"

李铁戈道："要脸吗你，太姥姥老太太的！姥姥！蒙谁啊你们！我告诉你，这幅字我认识，前几天还挂在我姐的宫里头，怎么就跑你们这儿了？还说不是偷？"

任孝萱踱了过来，施了一礼，"李大人，少见，给您问好。这是我外孙的铺面，他所说都是实情。还望李大人高抬贵手。"

"哎哟，我当是谁呢，这不是任大掌柜嘛，你们家说话也没味儿啊，我能信吗？咱们明明签了文书，任一北的事儿说好了就过去了，怎么还让你们家老太太去告御状！太不地道了吧。多大岁数了？这是要使美人计，还是怎么着！"

李黑虎和另几个家丁嘀嘀咕咕，满脸坏笑。赵炬气得直喘粗气，望着任孝萱。

"李大人，还是请您积点口德吧。家母是应邀进的宫。我儿一北的事，已经翻篇儿了。"

"能信吗？这字画我必须带走。呦，呦呦呦，这什么呀这是？"李铁戈低头看见门口的柜子里垫了软绵和白绸，上面赫然爬着几只鲜红的小虫。

郭夷则扑过来趴在琉璃罩上，"别动！这是胭脂虫。海外来的！"

李铁戈伸手唤过随从，把鸟笼接了过来。李黑虎一把拽起郭夷则甩到一边，几个人前搂后抱，郭夷则丝毫动弹不得。李铁戈掀开罩子，"这新鲜嘿，最近毛色正不好，吃了补补！"伸手把虫子拣了出来，扔到食盅里。那啄木鸟三口两口把胭脂虫吞下了肚。

郭夷则大叫一声，从人群里挣脱，伸手抄起门棍，迎头朝李铁戈抡过来，却被李黑虎一把夺下，也是当头一棒，他哎哟一声捂住头，血从指缝里汩汩而出。

赵炬向前一步，又被任孝萱拦住，"李大人，人也打了，虫儿也吃了，您几位请便吧。"

"不能够。去摘画！"

任孝萱伸出拐杖，拦住一人，那人伸手抓住拐杖，任孝萱杖头一抖，那人被点中琵琶骨，闷声退后几步。李铁戈大吼一声，从随从身上抽出一柄小刀，架在了任孝萱脖子上，"老东西，你找死？！"

送走了伯父一家回去养伤，烟儿狸被几个花匠簇拥着往回走。远远望见杨家鞍鞯店时，不免驻足，伸手将皮绳从脖子上摘下。正要过去，就听见郭夷则带了哭腔大喊："小舅，快来！"

烟儿狸透过人群，被刀光晃了眼，来不及细看，撒腿飞奔过来。到得十米开外，见有人正手持利刃胁迫爹爹，不及细问，跃起身来，连踩了几个路人的肩、头，在半空中见到郭夷则满脸是血被按倒在地，炬叔投鼠忌器不敢动作，更是毫不迟疑，伸脚踹飞了那人手里匕首。顺势一把拽过爹爹，站在一旁。

见那人也不逼近，烟儿狸推了爹爹到赵炬身后，过去扶起外甥，"怎么了？"

"舅，进来就抢字，还拿刀跟姥爷比画……你看，那鸟把我胭脂虫都吃了！一条虫十两银子啊！"

"损贼！疯了吗？谁也甭想走！"烟儿狸发狠，偷看了一眼爹爹，"今儿谁也甭拦我，就你们几个小虾米皮子还敢闹事儿！"

李铁戈揉着手腕，想拾起匕首，又怕被踢，退后了几步，朝家丁们点头。那十几个人哇哇一阵乱叫，朝烟儿狸一窝蜂围拢过来。

烟儿狸伸出右手，"稍绷！"弯腰捡起匕首，塞到夷则手里，"两只手，攥住喽！"

郭夷则正自纳闷，看见小舅将手中皮条展开，在刀刃上一划，手里有了一条三尺长短的皮绳，向李铁戈的十数位家丁叫道："别杵着了，来吧！"

李黑虎运起双拳朝烟儿狸太阳穴砸来，烟儿狸侧身一步，将手中皮绳绕在他双拳上飞快地绕了三圈，随即将皮绳引过他头颈，在脑后又打了个结。

赵炬在一旁，扶了任孝萱，大叫道："吊颈结，好！烟儿狸，捆牢绷点儿！"

烟儿狸也不言语，转身在夷则的刀刃上又是接连割了数次，如法炮制，三下五除二，将其他家丁也一个个用皮绳捆了。

那边赵炬哈哈大笑，贯口一样喊道："团锦结、盘肠结、藻井结、雀头结、金刚结、扭蛇结、双联结、鱼人结、三套结、马贼结、苦力结、缆锥索、络头结！萱哥，您看看，烟儿狸玩鹰，还真有用处！打结儿都不重样！"

李铁戈的十几位家丁在地上翻滚，只觉得越挣扎绳索拴得越紧，个个停住了不敢再动。见李铁戈向后撤步，作势要跑，烟儿狸赶上去当胸一脚。李铁戈被踹出一丈开外，嗷的一声跌在路旁的拴马石上，撞得头破血流。

烟儿狸抡起手中皮绳，一步步逼近，"谋良虎！信不信我勒死你！"

任孝萱大叫："烟儿狸住手！"

烟儿狸哪里听他呼唤，把手里剩下的皮绳全都用上，只把李铁戈捆成了粽子，又照着屁股蹬了几脚，伸手捏了他脸，紧盯他双眼，把头凑了上来……

銮铃响处，一行人马停下。只听见有人说道："任兄，好久不见啊！"

任孝萱抬头望了那人一眼，苦笑道："执中将军！"

胡沙虎翻身下马，"任兄，好威风啊，不减当年！这谁啊？跟这儿撒野！"

任孝萱赔了笑脸，"误会，误会。烟儿狸，放人！"

胡沙虎走近，大笑连声，"嚯，还当是谁，这小子是你家的啊？跤摔得是真不错！这是没过着瘾啊？！呦，这不李大人嘛！"

李铁戈被血蒙了眼睛，只觉得有人盯着自己，一片杀气腾腾，听见声音连忙大叫："胡沙虎！替我抓这小子！"

烟儿狸站起身来，"您诸位听好了啊，我不认识他们，这帮人进屋就要抢东西，把我外甥高价买的海外虫子给喂了鸟了！拿刀架在我爹脖子上！你们说该不该揍他？"

胡沙虎走过来，笑道："小伙子，这是李大人，快松绑吧，一定是误会……"见烟儿狸无动于衷，又低声道，"不要惹事，放人！"

烟儿狸哼了一声，走回郭夷则身边，"赔我外甥虫子钱，给我爹赔个不是，就放人。"

胡沙虎呵呵几声，转向任孝萱。任孝萱见状，踱了过来，从护卫身上拔出腰刀，割断了李铁戈身上皮索，垂首道："老朽给李大人赔礼，请便吧。"

李铁戈伸手在脸上抹了几抹，一把夺过腰刀，朝烟儿狸直捅过去。烟儿狸从郭夷则手中抓过匕首，站在原地，等李铁戈靠近，伸手捉住他小臂，咔嚓一声扭断了，又从他腋下钻过，捏住匕首刀刃，用刀尖在他屁股上连戳数下。

自从做了国舅，李铁戈不曾受过这等羞辱，只觉得一股热血直冲脑门，大叫一声晕头倒下。

赵炬见远处有巡逻的武卫军奔至，大喊一声："快走！"

烟儿狸伸开右手，将匕首轻轻托了放在地上，手心也有了血痕。他缓缓抬头，向胡沙虎道："这位官爷，您可都看见了，受累给做个见证，我不想真伤他。回见！"说完伸手搭上木架，腾身跳上房檐，转眼越过了屋脊。

（三） 放妻

完颜璟徒步走回庆宁殿，喘息不止。郑雨儿呈上茶水，他喝了一口却呛了，一气之下伸手摔了茶杯。

骂走了郑雨儿，完颜璟在书桌前捏起毛笔，正犹豫间，猛地又咳了一声，一滴墨落到了纸上迅即洇开。他长长叹气，又扔了笔，就听见潘守恒拖了长声，一字一顿地轻喊道："党学士求见。"

完颜璟哦了一声，略显讶异，"他不在大集上？！进来吧。"

"老臣叩见主上。给主上贺寿！"党怀英气喘吁吁。

"免了。竹溪先生，怎的这么匆忙？"

"真是奇怪……老臣从大集上来……"

完颜璟见他喘匀了气，缓缓问道："起来吧。何事慌张？"

"一大早，我和几个学生把主上题写的《女史箴》上了架，人们都惊讶得不得了，转眼就快卖空了，有人一口气买了六十套。"

"呵呵，说明朕写的还不算太差。"

"御笔啊，平时哪见得着！我正让人去书画院再取些，再请些来，不料人群忽地就散了，都拥去了对过的郭家纸坊。我也凑不上去啊，后来听人说他家挂出了主上您的一幅字！"

"哦，朕也是上午才听说。确有此事，我送了一幅字给城南任家的老太太，老太太转赠给郭家了。"

党怀英愣了片刻，道："哦，那就对了，这可真是大水冲了龙王庙，看见真迹，那翻版的就被冷落啦。"

完颜璟笑道："竹溪先生，您一把年纪，还这么好胜！"

"主上，还有奇的！那街上人群呼啦一下，又从郭家纸坊散开，去了街口的河边，您猜怎么着？"

"哦？"

"今年的会城门大集，增设了锦帐竞赛……"

"朕让大兴府责成宛平县筹办的。"

"主上圣明！"

"众议如何？有可观的吗？"

"回禀主上，毋庸置疑，锦帐是今年天寿节会城大集上最大的发明！当今中都，正是人文蔚起啊。各式锦帐自是争奇斗艳，各有可观之处，其中又有一幅，堪称殊胜！有人悬挂了一幅书法，说是——李白的。"

"哦？九尺见方的书法？用扫帚写的？呵呵。"

"老臣只是远观，也吓了一跳。不是扫帚，是双钩放大了的。"

"是哪一幅？"完颜璟抽出一册《宣和书谱》，在其中翻检。

"主上……书谱中没有。"

"嗯？你是说民间有李白书法传世？"

"老臣远远看了，诗句也是新的，前所未见啊。"

"书法怎样？"

"依老臣在内府所见，比对可知，应是太白真迹无疑。"

"嗯，写些什么？"

"正文十六字，落款八字，另有前隔水赵佶题字……"

"哦？宣和七玺都钤印了？"

"老臣眼力昏花，加之人潮簇拥，不及细看。"

"说说。"

"正文是：山高水长，物象千万。非有老笔？清壮何穷！"

完颜璟呀了一声，党怀英却愈发陶醉，"落款是——十八日上阳台，太白！隔水上的瘦金写的是：唐李太白上阳台。"

"上——阳——台！"完颜璟缓缓念叨，"竹溪先生，可知是何人悬挂？"

"问了，没人知道。今年的锦帐赛是匿名盲选。瞧今天的阵势，这《上阳台》必得头奖。届时自会有人出来认领。真迹也必定水落石出。"

完颜璟默然，将书谱插回书架。

潘守恒悄步走上前来，俯身低语了几句。完颜璟充耳不闻，向党怀英道："今日闭市后，将那锦帐暂时移到宫里来，朕要看看。竹溪先生，今晚您再叫几个人，陪朕一起品评，可好？"

党怀英和潘守恒转身离开。只剩完颜璟一人，他从书函里取出一本书，轻轻翻了放在案上，重拈了一支笔，不时轻咳两声，在那洇了墨滴的纸上空白处写道——

太白尝作行书，乘兴踏月，西入酒家，不觉人物两忘，身在世外，一帖字画，飘逸、豪气、雄健，乃知白不特以诗鸣也。

潘守恒在殿前肃立，见郑雨儿、靓仪位同监引昭仪下了凤辇，转身轻声叹道："昭仪——夹谷——面圣。"

夹谷快步走到案前，见完颜璟面无表情，也敛了笑容道："璟哥，咳嗽好些了吧？吃寿桃了吗？"

完颜璟向潘守恒道："再去安排一下。那锦帐，今晚就竖在……宣明门、仁政门中间的幕次，就在那小广场吧。党老师会带几位文士来一起坐坐。命尚食局和尚酝署也备些酒食，不要繁复。咱们也弄个仁政门大集。"

说罢放下手中奏折，捏起盒盖，轻轻放到朱砂墨池上，沉了脸凝视夹谷，"西边蒙古兵闹得厉害。如果密国公还在，朕何必操这些心！你父亲过世有六七年了吧？"

"嗯，六年了。"

完颜璟站起身，牵住夹谷的手，走到院中，又颔首向潘守恒示意，令众人在后跟随。径直朝东宫门走去。

二人走走停停，随从们听潘守恒指令，只在后方十丈开外若即若离地跟着。

"今天一直在想他。平契丹，抗南宋，你父亲是大金的功臣啊。世宗皇帝赠过金带御马给他。先皇驾崩前，曾嘱咐我要善待旧人，尤其提到了夹谷清臣。我不记得了，我只记得我数次册封他，芮国公，戴国公，最后封了他密国公，你父亲，致仕时是什么职务？"

"免了军权之后，授横海军节度使兼沧州管内观察使。之后就告老还乡了……璟哥，说到蒙古，我前几天做梦，还梦到我去了草原，同行的有好几百对儿童男童女，还有卫王家的小姐姐……"

"小姐姐是哪个？"

"卫王家的岐国公主啊，大家都叫她小姐姐，十六岁的小姐姐！很漂亮的小美人儿。"

"做梦去了草原？！找人解梦了吗？"

"没找。"

"是鸳梦吧。"

"……"

"我都知道了。你想我如何处置？"

"……"

"拂拂轻风漾翠澜，粉媒新扑小荷盘。好柔情啊。"

"……"

"记取明年断肠处，玉梨花底月三更！好风雅呀。"

"臣妾有罪。臣妾与张建只是偶尔走动，并无其他！请主上明察……"

"琼胞已实香犹在，散入长安卖酒楼。好个珠胎暗结！"

"臣妾绝无身孕啊！只求主上息怒。"

"你我从小相知……明日，你不要再住玉华宫。既然琼胞已实，你就去蕊珠宫！此后你闭锁宫门，不得出庭院一步。你兄长么查刺，你也不要见。也不必说给他听。给夹谷家留些名声吧。你去吧。"

"……璟哥，过错在我，我无话可说……只是……您要如何处置张教师？"

"张教师！呵呵，我会令他立即离京。今日是你我最后一面。"

"璟哥！"夹谷身材娇小，扑到完颜璟怀里才只到他胸口。

"还记得年少时，你我一起读书，读到唐人的《和离书》，现在想想……那时我们爱得多么徒劳。"

"璟哥！"

完颜璟轻推开夹谷，伸手折下一枝宫柳。

夹谷满脸泪痕，"臣妾有错，死不足惜，恳请主上保重。"

"你不可以死。"完颜璟挥起柳条，夹谷也不躲闪，任那柳条轻抽在自己肩上。

"柳条送给你吧。你我姻缘已尽。这就是道别了。大金建朝之初，犯罪者以柳条鞭打……"

夹谷面色惨白，却已是泪水全无。再抬头与完颜璟对视时，竟没有了歉意。

"你可还记得那唐朝的《和离书》？"

夹谷轻轻摇头。

"也叫《放妻协议》——夫妇之礼，宿世之因。累劫共修，今得缘会。恩义深极，贪爱转浓。反目生怨，故来相对。解怨释结，更莫相憎。一别两宽，各生欢喜……"

夹谷听得沉醉，却见完颜璟已转身离去。她带来的宫女正低头疾步朝自己赶来。

潘守恒碎步迎上前去。完颜璟停了脚步低声道："让李铁戈在郊外动手。"

第九回

儿童见说深惊讶　请问贪婪一点心

（一） 窃听

烟儿狸从屋檐跃下，专拣人多的地方钻进钻出。看见三三两两的武卫军朝集市方向奔跑，知道是去捉自己，心里突然觉得愧疚。又想到四娘子昨晚遭遇，更是郁闷，索性慢下脚步，跟着人群走进城来。

中都人家，平日里大都只吃两顿。这一日大集开市，大小酒楼备足了酒食，卖力招徕，午时刚过，仍有大批食客在食肆里逗留不去。烟儿狸拼斗了一上午，此时腹中空空，见会仙坊临街的秦楼里略显清静，进去找了空座坐下。小二立刻赶过来，见烟儿狸面色阴沉，调笑道："狸少爷！让人摔了这是？"

烟儿狸抬头看他，不免苦笑，"也是真怪了，摔了心里还挺舒坦，占了便宜反倒不自在！"

小二嘻嘻一笑，递上菜单，"小爷儿，您这就叫——贱！"说完袖手在一旁看烟儿狸把菜单翻来覆去地拿眼睛照，"吃点儿什么呀您？"

"别啰唆，来碗面吧。"

"吃面您去谢馆多好，咱家主要是吃菜啊！心里不痛快，小酌几杯吧？消消愁呗。"

"快去！不喝，昨晚宿醉，这还头晕呢。"

"那就更应该喝一口儿！您没听过嘛，以酒解酲！前一天喝多了，您得透透……这么着，我送您一壶酒！"

"算你狠！拿酒，挑几个快菜上来！"烟儿狸见靠窗的雅座空了一间，又道，"我去那里头，你把酒食送进来。"

"得嘞！任少爷真痛快！"

刚在单间里坐定，就看见窗外乱哄哄一群人抬着门板跑过，正是李铁戈的几个随从。听见李铁戈蜷伏在门板上不住号叫，烟儿狸暗暗发笑。他伏在桌面上，侧脸看见人群走远，这才直起身来。

小二端着食盒刚要进来，隔壁突然冲出一人，两人险些撞个满怀。

小二连忙闪在一边，喊道："郑老爷，您这是……"

烟儿狸偷眼往外看，见那位郑老爷跑到店门口，向刚跑过去的李铁戈一行大喊："李爷，李爷，东西在这儿呢！"那群随从手忙脚乱，哪有心思搭话，转眼过了街角。

烟儿狸见这人一步三回头，又走回雅间。一个女子嗔道："死老郑，您这急火火的，不是说要好好陪我的呀！"

姓郑的答道："刚过去的是李铁戈，国舅爷！我呀，一会儿伺候了你，就去见他。有东西要给他。也不知道怎么回事，他这怎么被抬走了？！"

女子道："送什么呀？这盒子装的什么呀，这么香！我隔着盒子都闻见了。正好手头没有了，分些给我嘛！"

"你知道这是给谁的？你可真敢要。快吃，吃完咱们回楼上，我慢慢说给你听噢，啧啧啧！"

烟儿狸听得腻歪，心里骂了一句"老狗"，抓起酒壶犹豫片刻，没忍住自己斟了一杯。

隔壁的女子啪地摔了筷子，"老郑！你口口声声要给老娘赎身，嚷嚷三个多月了，也没见你掏银子！要你几块儿破香，你也舍不得！信不信我去找你家那老菜皮！"

老郑低声抚慰道："别介。别生气，再气坏了身子。我还不掏银子？你非要吃烤小腰儿，你们老鸨子非不给点，带你出来，出来吃还多花我一份银子呢！别急，还差些钱，这盒子交到李大人手，我又能得一笔。过几天，我儿子在宫里又要发饷钱了，就快了，就快了。"

那女子不再言声，老郑又道："这香你不能用啊。我儿净了身，我还指望你给我再添个一儿半女呢。"说罢压低了声音，"这是送到宫里的！这东西来得不易，是在那塘花坞包了暖棚种的草，大理那边来的东西。咱要生小娃，可不能用这个……别说了，快吃吧，吃完咱们赶快回巢云楼。完事儿我还得去找李大人呢。"

烟儿狸侧耳倾听，隔壁却再不说话，只听见杯盘磕碰之声。再轻嗅几下，果然是自家花房里的草味儿，前天在奶奶送夷则的画上也正是这味道！

烟儿狸伸手叫来小二，轻声道："拿纸笔信封来。"

烟儿狸伸手入怀，只摸出一小块碎银。本想先会钞打赏了小二，再让他去送信。这才想起昨晚和那驴车车夫出手过于阔绰了……低头看见靴子里露出了脚趾，想是上午用力过猛，再细看，罩衫上也沾染了血污。回头见街对面正有一家鞋店，烟儿狸将银子递给他，"去帮我弄双鞋来，快！一尺二，驼皮的就好，剩多少你留下。"

小二乐颠颠去拎了双靴子回来，烟儿狸摊开双手，"没钱了。你去大集上我家铺面，把这封信给姓赵的管事，我在信上说了，让他给你两倍的饭钱。"

小二领着烟儿狸出了店门，烟儿狸找个僻静处，将幞头翻过来裹了，又脱了罩衫，换上新靴子。小二在一旁眼巴巴，"狸哥，皮底儿绸面儿，扔了太糟践了……缝两针还是好东西呢。"

烟儿狸将咧嘴的靴子递给他，"我隔壁坐的是什么人？"

"巢云楼的姐儿，每次都带着男的来吃饭，大名儿不知道，那些老头子都喊她璇儿。刚才那老头儿姓郑，儿子在宫里当差，小太监。哦，你二哥跟那小太监来我们这儿喝过酒呢。"

烟儿狸见小二腰间的手巾干净，一把扯了过来，围在颈上，护住口鼻。又叮嘱他几句，二人各自散开，烟儿狸顺着细巷一路朝南城疾走。

任孝萱正被武卫军问话，郭夷则头上包了厚厚的白布站在一旁。赵炬被伙计叫到一边，只见来人手里拎着靴子，递上一封信来。赵炬展开扫了一眼，看见纸笺末尾画了一张猫脸，猫嘴角有一个墨点儿，苦笑着问道："人呢？"

小二道："走了，还没结账。"赵炬回到屋里，从柜上抽了一张交钞塞给小二，"别说你见过他。"

那边武卫军散去，赵炬忙唤过任孝萱，把信展了。

任孝萱愁眉不展，看那信上歪扭扭写着：丙六花房草有毒，李戈。"李"和"戈"中间的字写了又写，最后还是涂成了墨块。

任孝萱不住摇头，与赵炬对望了一眼。

赵炬笑道："怎么着，不想要就给我，这才是好儿子！晚上我去景风门问问刘掌柜。"任孝萱道："我去。你还是去找烟儿狸吧。唉？店里怎么会有那么一大封金子？"

赵炬道："今早上烟儿狸扔在这儿的。"见郭夷则捂着头走过来，又道，"今天事情真多。刚还没来得及说，从家里回来的路上，我转弯去了趟元元阁，袁大掌柜也正被武卫军盘问，那个弄西厢宫调的董解元，被人阉了，流血过多，死了！"

郭夷则惊叫一声，"啊！谁……谁干的？！"

赵炬道："那就不知道了，说手法比宫里的刀子匠还利索！"

郭夷则在一旁不住哀叹，任孝萱道："差不多行了！你小舅还不知去向呢。阿炬，带些银钱，找到了，让他避避。"

赵炬出了门，正犹豫去哪儿找烟儿狸，郭夷则跟着出来，低声道："炬爷，去柳家看看吧。"

赵炬一愣，"哪个柳家？"

"哎呀，三舅那没过门的媳妇她家呗！"

赵炬带了两个伙计，忙不迭地朝南春台坊奔去。

（二） 遗腹

烟儿狸在柳家门前逡巡了几趟，伸手敲了院门。一个老太太颤巍巍地开门，问道："您找谁啊？"

烟儿狸知道这是柳姐的姥姥，又不知道怎么回答，张口结舌愣在原地。只听见柳姐的声音从屋里传出来，"姥姥，谁呀？"

烟儿狸连忙接话，"柳姐，我，烟儿狸。"

屋子里突然传出婴儿的啼哭声，烟儿狸一愣，绕过老太太径直走到窗前。

"烟儿狸，你进来吧。"

烟儿狸推门进来，见房梁上吊着一只摇篮，柳姐正伸手抱出一个孩子，不禁目瞪口呆。

"怎么想起来姐姐这儿了？"

"我……我打了人，街上正抓我……"

"跟谁啊？"

"就是那李铁戈！"

"除了他才好。"

"……没。我爹不让。"

"嗯。你过来，抱抱你侄儿吧。叫着'梦生儿'呢，大名还没起。"

"啊？"烟儿狸哆嗦着接过婴儿，托在手里，"这……"

"发什么愣呀。一北的遗腹子，他没的时候，我已经怀了这孩子。你三哥怕任老爷生气，想着孩子生出来了再谈婚论嫁……没承想，人就走了……"

烟儿狸低头细看那孩子眉眼，像极了三哥，不禁哭出声来，"你怎么不告诉咱们啊？"

"人都没了，我说不清，你家那边又在打官司，我怕只给你们添乱。"

"姐……三嫂！你怎么这么委屈自己啊？！"

"不委屈，等他长大了，我让他给他爹报仇，正好。"见烟儿狸不住抽泣，她接过孩子。小孩儿竟然不哭，只嘬了手指，盯着烟儿狸看。

"认识吗？小梦生儿，这是你叔，大了你和他学拳，揍坏人！"

烟儿狸抹了眼泪，"三嫂，一老一小，你这是怎么过来的呀？！为啥不跟家里说呢？"

"一北没的时候，我也没去，那时候肚子大了，怕你们看见。这几个月，扛不下去的时候，我就去你家转转……"

"等我，我回去取钱！"

"站住！我不缺钱，你哥有钱在我这儿。够花。"

"我去去就回，我哥那几个饷钱，不算钱！"

"烟儿狸，你不知道吧？那李铁戈用一北的水关洗钱，一北被拉下水，三番五次想退出，都被要挟，陷在里头出不来……所以他也有些钱，都放在我这儿。够用了。"

"不用那脏钱！"

"一北没了之后，任老爷、一望大姐来送过好几次钱，我带着孩子没法见他们，银子我也收了，够用。"

"没人知道这孩子？"烟儿狸不忍念出"梦生儿"。

"没有，今天你不闯进来，你也不知道……你去别处避避吧，这孩子闹，我也照顾不过来。躲过这阵子，你来接我，带孩子见他爷爷。"

烟儿狸站起身来，不知所措。听见柳姐说道："你衣裳破了，那边柜子里有一北的，你去换了吧。"

烟儿狸打开柜门，见几套衣服叠得整整齐齐码在一起，又不禁落下泪来。顺手抽了一件，却抖出一个方方正正的油布小包裹，烟儿狸拾起来问道："嫂子，这是什么？"

"你哥留下的，说是各路官员给李铁戈的行贿记录，还有姓李的用他水关的土木工程洗钱的各类款项。"

烟儿狸道："这不正好送官？"

"李铁戈手眼通天，仅凭小册子奈何不了他吧。我也是这阵子才想起来有这么个东西。当时我挺着大肚子，也没这心思。你拿走吧。"

烟儿狸捧着衣裳到外屋换了，将油布小包插进怀里，走到院中。

柳姥姥正在院里扬着小米，烟儿狸认出是赵炬的鸽子，另有几只是三哥生前养的，个个饿了羽毛耷拉着头。柳姥姥走过来，"是小少爷吧，听柳儿说起过你，年轻人，乖乖的吧，别老给你那老奶奶添堵。"

烟儿狸嗯了一声朝外走，看见院里的槐树杈上挂了条白布，结了死扣，日晒雨淋的，已经破损糟烂。想到三哥罹难后，柳姐不定内心受了多少苦闷，眼里不禁又是一片迷蒙。

赵炬带人来到柳家，问得烟儿狸已经离开，也不迟疑，连忙又去路家，自是又扑了个空。又回了趟家，只有任孝椿父子三人正在收拾行李，也没敢声张，悻悻回到集市。见杨家店铺正在关张，拽了杨安儿问道："杨掌柜，怎的这么早就关门？"

杨安儿朝里头努了努嘴，"我妹说不想待了。再说，今天这街上人跑来跑去的，做什么买卖啊。我们明天一早就出城。"

赵炬道："一定要走？"

"走。"

"今晚我给二位饯行！"

"中！你们掌柜的叫你呢。"

回头看见任孝萱招手，赵炬跑过来道："萱哥，到处都没有啊！椿大爷明早要走，对过的杨家兄妹明早也走，我琢磨着，要不让烟儿狸和他们出城躲躲？"

任孝萱道："是个办法，先找到再说。"

（三）　捆缚

　　仙露坊李府的院子里一片忙乱，几位郎中在树下嘀嘀咕咕，不时有用人端了脸盆跑进跑出倒掉血水。李铁戈在床上大呼小叫，几位接骨大夫合力将他按住。李铁戈嘶吼道："一群饭桶！去叫个太医过来！"

　　一位郎中道："李爷，我们几个商量了一下，您这伤不重，叫太医也是这么处理。伤不重，地方别扭，让您平躺着吧，屁……臀上的伤受压迫，让您卧着吧，肩肘、胳膊不好恢复。所以我们几个琢磨着，给您……竖起来……"

　　"让我站着养伤？！"

　　"……"

　　"我胳膊疼，屁股不怎么疼，躺着没事儿！"

　　"李爷，那屁股……刚抹了麻药，现在不疼，药劲儿一过也得疼。伤得倒是不深，但都是三角口子，平躺肯定不行啊。"

　　"怎么三角口子？！"

　　"就是说，那拿刀扎您的那个人，他不是直接扎的，每扎一刀都拧了一下……"

　　"啊！！！不弄死这小崽子，我誓不为人——"

　　李铁戈吼得乏了，眯着眼道："那就竖起来吧。几天？几天能好？"

　　"李爷，您别乱动，咱们用的金疮药也是宫里的，明后天就能走动。"

　　几位郎中招呼了家丁进来，卸了拔步床的顶棚，将李铁戈扶起立在床上，在腋下绕了绸带，一圈圈拴在床头立柱上。李铁戈又是一阵哀号，"派出去的人回来没！"

　　李黑虎小跑进来，"爷，爷，早回了，没敢进来啊。打听到了……"

　　"抓到了吗？快说！"

　　"我们打听到那小子去了南春台，我们就去了上吊的那个任一北他相好家里，那小子换了身衣服就跑了……"

"没抓着！没抓着你们还有脸回来！"李铁戈大叫一阵，又牵动了伤口，疼得在绸带中间扭曲。

"有收获，有收获。任一北那妞头藏了一本书，我翻开您瞅瞅。"李黑虎掏出个油布小包，一层层解开，举在李铁戈面前。李铁戈刚才一顿怒吼，此时在绸带中间仍然止不住晃荡。李黑虎举着册子也随着他左右晃动。

李铁戈眯着眼看了又看，只觉得头晕眼花，"你别跟着动啊！"待看完了内页，他不禁吸口冷气，又看了封面，"怎么只有下册，上册呢？"

"说是被那小子带走了……"

"真的假的？那家里还有什么人，用刑了没？"

"一个老太太，一个小小孩儿，刚要动手，门口围了一大堆左邻右舍的人，我们不好下手，就出来了。"

"废物，全是废物！不找回那上册，我把你也挂起来！"

"爷，我这就带人去找那小子。还有，武卫军的人说，他们在大集上的任家铺面里搜出了一封金锭，从封条上看，是董解元的金子。董解元，就是弄宫调西厢的那个，今上午被杀了。"

"哈，杀得好啊！这小子真是疯了！人证、物证都有，还不快去！去大兴府，让他们画像、贴告示，谋财害命！刺杀……啊不，刺伤国戚！目无法纪！祸国殃民啊他！再多想几条儿，都给他安上，全城通缉追捕！快去快去！"

"是，是。还有，门房里，有俩宋人和俩蒙古人，都说约了您，我瞧着两伙人愣头愣脑的，再不分开怕是要动起手来……"

"叫进来吧。你快去！贴告示！"

李铁戈正在呻吟，李黑虎领了辛秸、陆元廷进来。见李铁戈被白绸子捆缚在床上，全身如蚕茧一般，二人憋住了笑。陆元廷问道："李大人，这是什么做派，有什么讲究吗？"

李铁戈抬眼哼了一声，"甭废话，钱呢？"

二人将手中木箱放下，"全在这儿了，八百两。还请李爷告知，韩大人函首现在何处。"

李铁戈瞄了床头柜，陆元廷打开抽屉，取出一卷纸。李铁戈道："军器库里存着呢。这是宫城舆图，回去看完就烧了！宫里侍卫不是草包，你们挑几个身手好的。万一被捉，要是提我的名字，你们就真是傻透气了！提我的名字，以后咱就断了！"

辛秸拱了拱手，"李爷，早日痊愈，告辞了。"

李铁戈刚要打盹儿，李黑虎又将窝阔台、博尔忽带了进来。这二位见状也是一愣，随即哈哈大笑，博尔忽走过来晃了晃绸布，"嘿，中都的花样真多嘿！李大人，真会玩儿啊！"

李铁戈又是抬眼哼了一声，"带来了吗？"

"从集市上过来，没带，晚上让人送过来。少不了您的。十箱金币，铸成了这么两箱，马蹄金。"博尔忽踢了宋人的箱子说道。

"那不行！回去带钱来。"

博尔忽又过来摇晃绸带，疼得李铁戈叫苦不迭，"停停停！书架上那卷纸，看见没？中都布防图。晚上送钱来啊！"

窝阔台取了布防图，笑道："咱蒙古人不像那宋人！把心放肚子里吧。"

李铁戈见博尔忽头上围了一圈皮绳，知道是跤场上的战利品，"你站住，帮我杀个人！"

博尔忽一愣，"我没练过杀人啊……谁惹李大人了这是？"

"塘花坞任家的小儿子。估计你能收拾得了那狗崽子！"

窝阔台哈哈大笑，"他钻得太快，我们抓不住，你找别人吧。"说罢扯着博尔忽转身离开。

李铁戈在绸带当中荡来荡去，哼哼唧唧，向门口的家丁嚷道："你，你把箱子打开，哎，对，对，转一下，哎，好，朝着我，看着黄澄澄的，就不怎么疼了。"

那家丁掀开箱盖，不自禁往后退了两步，扭脸对着李铁戈道："爷，这怎么……这是银子啊！"

李铁戈从缎带里探出头来，看了又看，点头道："行！真行啊！够可以的……跟我耍赖！我给打八折，没说改成银子啊！宋人现在都坏成这样了！坏人啊这是！全是坏人……还讲不讲信用啊，良心不疼吗……你去！你进宫一趟，去找我姐……"

第十回

燕才邂逅莺相款

只疑烧却翠云鬟

（一） 艳遇

烟儿狸在街上闲逛，想不出去哪儿落脚。想那李铁戈必定遣人去家里、花房甚至郭家纸坊蹲守了。自忖去哪儿都是给人添乱，索性不想，信步顺着小巷乱走。等到抬头看见城门上的大字，烟儿狸这才惊觉，自己竟然走到了景风门，再往西走，就是二哥的水关了。

他正要转身，却见城门处密匝匝围了一群人。走过去一看，众人在读新贴的告示。烟儿狸看见自己被画了像，嘴角的黑记被放大了好几倍，不禁苦笑。又听见大家啧啧有声，细读之下，才知道董解元被杀，而且算在了自己头上。烟儿狸忙将手巾在脸上裹紧，又想起早上四娘子若无其事的模样，心里更是纳闷，低头一路疾走。

再抬头，已到了一处寺门前。这敕赐悯忠寺原本是唐太宗伐高丽之后所建，此后历代数次修葺，如今在中都城内也是香火最旺的寺庙之一。烟儿狸在庙门前找了块石头坐了，有几个老婆婆坐在庙门口，地上铺了白布，摆了些线香和蜡烛。又有两个乞丐溜达过来伸出破碗，烟儿狸自知袋里没钱，臊眉耷眼起身朝寺旁的巷子里走。

想起早些年幼，奶奶常带着自己和夷则来悯忠寺赏丁香，又不免停住脚步，琢磨着等乞丐散去，倒是可以进庙里找个角落歇着。当初，只要奶奶来上香，寺里必然出两个头陀全程陪同，倒不是看护老太太，而是担心自己惹乱子。念及此处，烟儿狸不禁失笑。有一回，他把四大金刚手里的家伙都卸了下来，手持魔礼寿的大木蛇满院子飞奔，身前身后是一群小和尚在围追堵截。夷则每次都很安静，给一枝丁香就可以摆弄半天。烟儿狸不免皱眉，想着今晚无论如何要回趟家，再瞅奶奶一眼。

忽听见身后乱哄哄一阵人声。有赶车的呼喝"借过借过"，烟儿狸连忙转身，眼见着胡同里正有一辆骡车走来。烟儿狸贴身在墙上让路，却见骡车后面又有四名武卫军东张西望。被骡车挡住去路，几个军士也不住喊叫。烟儿狸看身旁的院门都上了锁，再抬眼看这胡同，却是又窄又长。此刻狂奔，估计到不了胡同口已被捉住。他来不及细想，一勾腰，钻到骡车下，手脚攀住车舆下的横梁和伏兔，心里只盼着赶车的快让马匹过去。

不料那骡车竟停了下来，跳下一个丫鬟朝后说道："别嚷嚷了，升王府的车。"后面几个兵士立刻跳下马，带队的道："小的们眼拙。不知车里是哪位？"丫鬟道："温国公主。我们刚上了香回来。"

为首的兵士呀了一声，"我四人正在巡逻，城里有恶人作乱，现今负罪潜逃，应该还在街上游荡。这儿离康乐坊还有段路，我等还是先护送公主回府吧。"丫鬟道："随你们。别催了就好。"说罢又跳上骡车。

"不敢不敢。"那四个兵士不再言声，只牵着马跟在车后。

烟儿狸仰头看见几只大黑靴子和一堆马蹄子，不远不近地跟着，心中暗骂。只好紧紧勾住车轴，琢磨着到了开阔地界，再伺机逃脱。

车子走出胡同随即右转，烟儿狸看见那四个兵士已经上了马跟着，心里又是暗骂一阵。这一天早上狂奔、上午掼跤、晌午斗殴，他体力几乎消耗殆尽，这时贴在车底，手足并用，不免浑身僵直着哆嗦了起来。

只听见车内的丫鬟说："小姐，怎么这么抖？！"

车内两人一动不动，又似乎在私语。烟儿狸只觉得眼前一亮，心道坏了，果然那丫鬟伸手掀开了脚下的茵席，又卸下一块底板！烟儿狸瞪大了双眼，向二人示意不要出声。那公主却早早伸手捂住了丫鬟的嘴。

烟儿狸和她俩面面相觑，见那公主眨了眨双眼，轻轻摇头，伸出食指指向烟儿狸面庞，又把食指上下抖动。烟儿狸知道她示意自己摘下面罩，可是此时哪里腾得出手，只能拨浪鼓一般摇头。

那公主紧闭了嘴唇，几乎笑出声来，弯腰伸手将他脸上毛巾轻轻拨到下巴。烟儿狸又羞又恼，却也不敢撕扯。公主与丫鬟对看了一眼，又不住点头。

后边的兵士紧赶几步，走到骡车一侧，向车内的丫鬟道："姑娘，车子怎么抖得这么厉害？"

那丫鬟颤抖了声音答道："想是来的时候跑得快了，榫卯有些松了，所以车震。不碍事的。"

公主说道："丑奴，让他们先走吧。"

丫鬟探头出车帷，"街上挺太平的，你们去忙吧，不用送了。"

那领队的小校回头向同伴道："你们两个跟着公主，我们先走一步，咱们在施仁门碰。"

烟儿狸在车下苦着脸，看见公主嘴唇翕动，伸手指了指眼睛，又指指自己，又指了指外头，双手伸直，似在抓住对面人的肩膀不住摇晃。烟儿狸不免诧异，随即明白她是在说看到了自己和人角抵，连忙点头。

公主微微一笑，又动了动嘴唇，烟儿狸眯着眼，依稀辨出她说的是"再坚持一会儿，回家……"之类的话。又见旁边马蹄跟得紧，只得咬紧牙关，累得满脸细汗。

过了一炷香的工夫，烟儿狸已是头晕眼花、胳膊发麻，只觉得自己正离地面越来越近，却见车轮停了下来。马上的兵士道："公主已到府，我们还要公干，先行一步啦。"那丑奴跳下了车，许是塞了银子给他们，二人称谢而去。

门房小跑着迎出来，公主道："直接送我到房门口。"门房应了一声，和车夫合力卸下门槛，骡车在院内转了几转，复又停下。

公主道："我脚麻了，你们先出去，过会儿再把车牵走。"

丑奴催促车夫出了院门，又扶了公主下车，轻声道："出来吧。"

烟儿狸扑通一声，摔落在地，连滚带爬从车底钻出来。他只觉得腰酸腿疼，来不及开口，已被公主扯进了屋。

烟儿狸捧起茶壶，咕噜噜喝了个痛快，"你是升王的闺女？"

"是啊。你坐吧。"

"不坐，这就走。放心，我不会说你们绑架我。"

丑奴撇嘴道："呸！任少爷，你脸皮真厚！"

烟儿狸不禁纳闷，"还好，不算太厚。咦？怎么知道我姓任？"

"谁不认识你！前一阵你在街上把我们的人给打了，我们还没找你算账呢，你还敢送上门来……"

烟儿狸啊了一声，这才想起被收监前的那一仗，确是因了升王府的一个婆子。他脸一红，嗫嚅了一会儿，"等我今天这事儿过去，我再来，让你们府里的家丁轮番揍我。"

丑奴哼了一声，"今儿上午，你摔那蒙古大胖子的时候，我家小姐坐在老爷身后也都看见了的。"

"哦。我那是乱摔，蒙的。我叫任一清，姑娘……公主小姐，你、你叫什么呀？"烟儿狸大刺刺坐下，又向公主道，"要不……让她给我找点儿吃的呗？"

公主一路上憋着笑，此刻再也控制不住，伏案笑得花枝乱颤，笑得烟儿狸站起身要走。

"去给这位人质取些酒食来。"公主调匀了呼吸，向侍女说道。

见丑奴仍是磨磨蹭蹭不出门，那公主佯怒道："去呀，多拿些来。你怕他摔我？那我就真绑架了他！"

丑奴噘嘴推门出去，本想开着门，又见车夫来提车，这才慢腾腾地掩了门，仍是留了缝隙。

"我叫任一清，叫我烟儿狸也行。我不叫任志！"烟儿狸从桌上的食盒里抓了一把蜜饯塞进嘴里。

公主又咯咯笑了一阵，"烟儿狸！你看，还真像！"说完啧啧了几声，从床下跑出一只白猫，跳到她腿上。公主抬起那小猫的脸，"像吗？"

烟儿狸见那白猫鼻翼也有一块黑斑，"呀，我没它白！"

"他们为什么抓你呀？"

"我……跟人又打了一架。"烟儿狸索性把茶壶的盖子去了，把剩下的半壶水也灌进喉咙。

"你很爱打架？"

"哎，真不是我要打。有人抢我外甥的字画，还拿刀架着我爹！搁谁都得揍他！"

"就打架，还要满城通缉？"

烟儿狸抬头看了看公主，见她一脸狐疑，道："你看见告示了？"

"嗯。"

"那你不怕我也杀了你？"

"我不信你杀了董解元，你们不是朋友吗？"

"你怎么知道？"

"昨晚我在元元馆听戏来着……满场就你一个人不看舞台，哗啦啦翻书。还回头……真烦人。"

"哦，你也在啊。不爱听他们咿咿呀呀的。当然不是我杀的。"

"那你还跑？"

"都是些不讲理的呗。你别怕，吃一口我就走。还没告诉我呢，你叫什么呀？"

"晒儿。"

"啧啧！你们女真的名字越来越像汉人。叫个乌古论突合速什么嘎拉哈啊什么打呼噜啊，多好！"

丑奴拎了食盒进来，见小姐又乐得趴在了桌子上，怒冲冲说道："哎哟哟，你可真麻烦，吃了你就快走吧！"

烟儿狸把杯盘推到一边，抹了嘴，"谢了啊。就这酒太淡了！"

丑奴低喝道："白吃你还挑食！我去后厨跟人说是公主要吃东西，我怎么拿烧酒过来！"烟儿狸连声啧啧，"嚯，这小暴脾气！辣的咳嗽，淡的有味儿！您看我这么说行吗？"

丑奴看了晒儿一眼，两人笑作一团。烟儿狸被笑得不自在，"完颜晒儿嘎拉哈打呼噜！啊哈哈，我这就走……我这身上也没带……哦，"烟儿狸从内衣口袋里掏出一个小罐，放在桌上，"这是我外甥做的，送你吧。中都城里没人比他做得好。"

"什么呀？"

"胭脂。他花高价买了胭脂虫，海外的东西，我说不清，反正，别处没有。以后也不会再有。绝品！因为虫子被鸟儿吃了……"

眄儿又是一阵笑。烟儿狸又道："是的。就是抢字画的那人，看见我外甥的虫子通红的，抓了喂鸟了。你说该不该揍这个——谋良虎！"

"呦，你还会说女真话？"

"嘿嘿，就这词儿熟，我奶奶老骂我谋良虎。"

"奶奶不会是我们女真人吧？"

"不是，她就是会说一些。这几年才让女真和汉人通婚的。我奶奶都快九十了。"

眄儿红了脸道："你不要走。等天黑了再走。你是要回家？"

"没想好。那谋良虎的虎屁股被我扎了，找不到我，他不会罢手的。李铁戈！你知道这人吗？"

"哼，谁不知道他。他还有个哥。见过几面，都不是什么善类。你倦了吧，去眯一会儿吧。天黑了，我叫你，你再走不迟。"

"这、这不太好吧。我这身上……埋了咕汰的……"

"别跟我拽女真话，其实我也说不太好。你就在这儿，在丑奴的床上睡一会儿吧，晚上估计也少不了折腾。我去隔壁，你不要乱跑……对了，昨晚听《西厢》……你身边的人是谁啊？"

烟儿狸道："哦，山东大妞儿，大集上我家对过的鞍鞴店女掌柜，武艺好极了……"转念想到四娘子昨晚今晨的遭遇，又不禁唉了一声。

眄儿见他神态疲惫，再不搭话，抱了猫放在地上，伸手取了胭脂，又拈起桌上的一截竹管，站起身来。

丑奴挎着眄儿朝里间走，又回身道："你！别脱靴子。真烦人！"

烟儿狸嗯嗯两声，靠在被子上，只觉得香气熏人，眼皮不免一沉，睡了过去。

（二） 毒氛

任孝萱嘱咐了伙计一阵，和赵炬两人走到街口，"阿炬，烟儿狸能去哪儿呢？"

"萱哥，我和你一起去吧？"

"不用了，大吴陪着我就行，你带人再去找找。"

任孝萱上了车。赵炬和大吴道："景风门，刘家香铺。你盯着点儿掌柜的！"大吴坏笑着点头，指着袖口，"放心吧，打起来也不怕。"

刘掌柜见是任孝萱，连忙让座，"任掌柜，稀客、稀客！我后面有个客人，我去送了他，马上就回。您稍坐。"

任孝萱道："老夫可否在院里转转？"

刘掌柜面露难色，"任兄，小家小业的，前店后坊，就是自己家作坊。还能勉强对付呢，就是家里有几个秘方。这香坊里头都是女人、孩子，乱糟糟的，您要不就……别看了？您先喝口水吧？"

任孝萱点头道："唐突了。你快去送客吧，我就在这儿等。"

刘掌柜回到后院和师婆、李定奴低语了几句，李定奴抓了几颗熏香交到他手里。

刘掌柜走回店里，对任孝萱施礼道："任掌柜，让您久等了。"说罢走到香炉旁，背对了任孝萱，伸手作势从旁边香罐里抓取，却将手中的熏香放入香炉。

任孝萱轻嗅几下，"刘掌柜生意好啊，家母每次也是让丫头们来你家买香。"

刘掌柜从袖中摸出一粒丸药，轻轻塞入鼻孔，"令堂也用？下次让人直接来取就好。老夫人要用，我哪有收钱的道理！"

"刘掌柜事务多，老夫直说了。我家丙六花房你承包了，那些草的用途怎样？"

"任大掌柜多虑啦，就是香料呗。咱家有些秘方，用料比别人家略微考究些。那些草从南方来，别人家没有暖房，种不了。这几年，没少给您塘花坞添麻烦。"

任孝萱忽然觉得头晕，口中干涩，慢慢呷了口水，"我听说你制的香，都进了宫？"

刘掌柜不由一怔，"任兄，一定是有人胡吣！咱们民间的香方，宫里不会用的。"见任孝萱逼视，又道，"任大掌柜，是不是有人要撬行啊？也相中了丙六花房，就跟您造谣，不干不净地说我这草……"

任孝萱正要追问，只觉得眼皮发麻，唇齿间甜得发腻，眼眶一黑，刚说出"李铁"二字，再也撑持不住，一头栽在桌上。

安东门外的小客栈厢房窗门紧闭，屋内不时传出叮叮当当声。

几名年轻人在炕沿的条石上正敲打刀剑，杨安儿站在一旁道："各关卡都在严查，只能把这些家什掰弯了，掖在鞍鞯里带进来。怕是不趁手啊！"

辛秸在桌上展开了宫城舆图，持了短刀在上面指指点点，旁边的人不住点头。

他掂量了手里匕首，"杨大哥，快别这么说，您已经帮了大忙了。今晚我们就动手。"

杨安儿转到桌前，"嗯。几个人？"

"我和陆老弟，另有四人接应。"

杨安儿道："我的意思是，如果今晚得手，你们别急着出城。明早我和四娘子的车马不少，一起走吧。有个照应。"

辛秸道："那太好了。今天我去您铺面，看四娘子闷闷不乐……"

"哦，没大事，姑娘家，晴一阵儿雨一阵儿的。我这边也是忙乱，前两次见面，好些事情来不及细问。稼轩老先生仙逝，我理应前去南国拜祭，惭愧。"

"杨大哥有大事要做，不必为此挂怀。"

杨安儿不住点头，"元廷，你来中都，放翁他老人家知道吗？"

"杨掌柜，我偷着来的。他不知道，也有些懊恼。韩大人前两年新建了个园子，我祖父帮他写了两篇文章。现在士林还在嘲笑。"

"嗯，忠奸直佞，岂是些道学腐儒能明白的！对了，二位老弟，宫里高手不少，昨天在街上……"

陆元廷道："听说了，有个黑大个儿，被四娘子收拾了！哎，要是您兄妹能带我们进宫，还别说韩大人，连那皇帝的头咱也能带回来！"

杨安儿面色一沉，叹息道："元廷不必多事，只取回函首即可。那完颜璟并不昏庸，金国这几年倒比你们南面好过。真要换了人，说不定双方又要交恶。我一直忍着性子不起事，也是因为这皇帝不很差，中都的良将能臣也都还好。几位还是……不要多事。"

辛秸道："大哥放心，我们也没那本事。只是这金国杀人诛心，只想给他们个教训。"

杨安儿起身告别，"诸位小心，一定保重自己，函首……其实不要也罢……明早，施仁门内，我等你们。"

辛秸、陆元廷送走杨安儿，与另几人着了夜行衣，罩上外衫，将刀剑隐入袖口，又将行李细细翻检了，复又踢乱，这才蹑脚出了店房。

（三） 雅集

潘守恒指点宫女们抱了暖衾，向完颜璟道："主上，各国来使都打发走了。如此良夜，到底还是显得冷清了些。"

完颜璟双手握固，笑道："冷清？大集上不是很热闹。什么天寿不天寿，与民同乐不好吗？"

"是。主上，那锦帐已经挂起来了。党学士也带了人候着。灯火安置停当了，不知是否合圣意……"

"好，去瞅瞅！谁跟着？"

"好教主上清静，没有很多人，只唤了术虎高乞带了数人护驾。"

"嗯。好。今晚，让徒单张僧替了高乞。"

"主上，近侍局里公认高乞……"

"宫内护卫这等小事，张僧接过去就行。让高乞一起坐着聊聊，小子读书不少，有些见识。"

"是。老奴怕太过冷清，让教坊的人准备了几段乐舞。还有……"

"不必了，闹吵吵的。"

"那就让他们在场子外头候着。还有，近几月，那西厢诸宫调在城内备受称赞，让人去叫了，只是……"

"哦，这个新鲜，可到了？"

"诸宫调的主人今儿上午被杀了。戏班子里一团慌乱，散了……"

"呵呵，那就算了。中都的治安都这样了？！"

"武卫军正在查……说是在大集上，城南塘花坞任家的店里，发现了董解元的钱财……"

"呵呵，不会吧。任家还会在乎戏班子里那点碎银子！嗯，让小舟儿准备一下，她说她能击鼓。"

"是。让乐坊伴舞吗？"

"自鼓自舞就好了。就是看一幅字，不要喧闹。"完颜璟略微迟疑，又道，"刚刚，李铁戈派人来报，说他得到消息，今晚有人要来窃取韩侂胄的脑袋，你让点检司在军器库那边增派些人手。大金可以不要韩侂胄的人头，但他们不能来偷！"

"请主上宽心，不会扰了您和各位老师清谈。"

党怀英等人正在幕次旁指点了锦帐交谈，见帝辇出了仁政门，连忙起身恭立一旁。其时天色渐暗，宫灯陆续点亮。完颜璟下了皇舆，只见广场上竖着两根旗杆，一幅锦帐四角展开拴在杆上，正随风微微鼓动。临近旗杆顶端，各有四盏孔明灯，被细线牵了，飘在上空。灯光下射，更是照得那锦帐熠熠生辉、历历分明。

完颜璟点头道："不错啊，老潘，你做的灯火？"

潘守恒道："主上，老奴只是说了想法，造办处布置的。"

"臣等恭迎主上。"党怀英带着众人纷纷跪下。

完颜璟道："各位平身，坐吧。今日是朕的生辰……"

"吾皇万岁万岁万万岁！"

"坐吧。今年家宴也懒得吃了。上午党学士来，说市上出了这么个东西。想着叫诸位来一起品评。竹溪先生，后面几位是？"

"主上，容老臣一一介绍。翰林修撰赵秉文……"

完颜璟眯了眼定睛细看，"哦，是赵学士啊。老潘，去让人在这边打些灯火。赵学士，怎么不在定州？"

赵秉文叩谢道："下官昨日到的中都。"

党怀英道："地方官来了好些，本来都是要给主上贺寿的。"

完颜璟道："哦，都坐吧，有心啦。呦，若虚也在，来得好！"

国史院编修官王若虚上前一步，朗声道："全是党老师抬爱。天寿之夜，得以叨陪末座，下官有幸。"

"不要客气了，今晚是私会。跟会城门那个闹市相比，咱们这个就是雅集了！诸位自在一些，咱们只品诗书……"完颜璟抬头望向半隐半现的一轮满月，"只谈风月！"

党怀英拉起最末一位年轻人，"主上，这位是人称'中州豪杰'的李纯甫，年少有为。今日下午我原本让人去万寿寺请万松行秀，不巧，长老身染小恙，遂遣座下的这位纯甫来了。万松说谈诗论画，纯甫可以做他的师父！"

"哦！那朕倒要见识见识。"完颜璟盯了李纯甫道，"万松长老是世外高人，对你的评价可不低啊。"

李纯甫道："长老错爱，小子诚惶诚恐。"

完颜璟见座位排成马蹄形，向潘守恒微微颔首，选了中间座位坐下。党怀英和赵秉文分坐左右，完颜璟见王若虚、李纯甫兀立不坐，伸手招呼了二人，又道："守恒，术虎将军呢？"

潘守恒道："和侍卫军在一起。"

"让他过来！赐坐。"

术虎高乞大踏步过来、跪倒，"卑职怎敢与各位高士同座！"

完颜璟道："各位有所不知，本朝文武，人才济济，各擅所长。但要说到全能，这位术虎将军算是罕见的了。"

座中几位纷纷起身和术虎高乞见礼，李纯甫比他矮了两头不止，却生拉了他同座，众人哄笑一阵，气氛登时松弛。宫女们流水一样将杯盘酒馔端了上来，一一放入各人座前的小几。

党怀英指着锦帐道："敢请圣意裁断！"

完颜璟已经在仰头细细观看，不住点头，"竹溪先生，您先说说吧。"

"老臣以为，这是真迹无疑。试看太白书法，苍劲雄浑，却又姿态飘逸，用笔纵放自如，洒脱流畅，法度不拘一格啊。再看结体，参差跌宕，顾盼生姿，奇趣无穷！帖上诗意，正是青莲居士的豪放俊逸。这等名作，竟然不见于宣和内府的名录，着实让人费解！"

赵秉文道："党老肯定知道，《宣和书谱》并未兼收并蓄，这些年，又有不少名作浮现。"

完颜璟道："说的是啊，二位可以补写《宣和书谱》，或者干脆重作一本，就叫《泰和书谱》好了。"

王若虚道："主上明鉴。在下以为，《泰和书谱》宜尽快着手，题签也不必再写，直接用铜钱上面党老师的'泰和重宝'字样就行了。"

众人又是哄笑一阵。

"'上阳台'，这三个字，诸位作何解释？"完颜璟言毕轻咳几声，"莫非李白来过咱们西山，那时候的阳台山上，我还没建金水院、清水院，他来作甚？"座中诸人先是一愣，随即明白这是皇帝在打趣，个个随即舒坦了坐姿。术虎高乞原本局促不安，此刻也咧开大嘴狂笑，一口白牙衬得黑脸颜色更深。

赵秉文见党怀英朝自己点头，欠身说道："主上，适才我几人探讨，当是太白在王屋山所作。"

"哦？说说看。"

"开元十二年，李白出蜀，游三峡。至江陵，与道士司马承祯结识，后者对李太白极为欣赏，称他'仙风道骨，可与神游八极之表'。李太白后来被玄宗召见，是因了玉真公主的引见。玉真公主正是这位司马道长介绍给李太白的。这是题外话，只说二人交谊之深。后来，玄宗命司马承祯在王屋山修建道观，正是所谓阳台观。这位司马承祯不止道术精深，诗书画都造诣不凡，尤其擅画山水，在阳台观壁上绘制了许多画作。天宝三年，李白与杜甫、高适同游王屋山寻访司马承祯。抵达后得知，斯人已然仙逝。三人无缘与司马承祯谋面，只能观摩墙上画作。李白睹物思人，这才有了这幅《上阳台》！"

"好一段掌故啊！"完颜璟凝眸沉思。

赵秉文又道："只是，纯甫老弟不以为然……"

李纯甫清清嗓子，缓缓道："此帖确是太白所书，主上请看，帖上的收笔处一放开锋，苍茫荒率之中，又有挺秀，正是《李白墓碑》中所谓'思高笔逸'。只是，小人以为，其中'阳台'，并非王屋山之'阳台观'。"

完颜璟转身看了李纯甫，面露讶异，"思高笔逸！此等盛赞非诗仙莫属。怎么？'阳台'的意思，他们不同意你的看法？朕最见不得以多欺少，朕就支持你好了！"

众人嘻笑了几句，王若虚道："纯甫，你怎么改口了，刚才还说是伪作！"

李纯甫拱手，笑道："落款中有太白二字，古人罕有以字自称者，因此应当存疑。《远涉帖》的结尾是'亮顿首'，没写'孔明施礼'。《快雪时晴》里也是'羲之顿首'，没说'逸少鞠躬'！再说党先生，我在万松大师那儿看到您的书法，落款都是'竹溪'，或者'怀英'，没写'世杰'不是？！"

王若虚道："青莲居士是谁啊？遣词用笔一向不循故常，天马行空惯了，这个算老实的了！"

众人喊喊喳喳一团，党怀英怒道："真迹无疑！老朽有幸拜观主上藏品，见过李太白的《乘兴帖》，还有行书《太华峰》、草书《岁时文》《咏酒诗》《醉中帖》，其中笔墨与此幅别无二致。仰盼歆侧，纸短意长！但都不如这一幅精彩！"

说到兴处，党怀英抬起拐杖指着锦帐道："且看那'老'字与'台'字的两撇，逞凶使气一般，雄肆非常！再看'何穷'二字，亦收亦放，波澜层叠，浑然一体！臭小子，你要是连真迹伪作都分不清，信不信我替万松老和尚揍你！"说罢举起拐杖，作势要棒喝李纯甫，惹得众人大笑连声。

潘守恒道："还不服软！这老头儿急了，那是真动手哇，前两天就抡了我们郑雨儿一棍子呢！"

李纯甫也是大笑不止，朝完颜璟道："明昌以后，就不兴打人啦！"

党怀英笑道："你别真的假的了，说你那'阳台'，那个听着还算个见解。"

李纯甫道："好吧，那就是真的，绝对是真的！谁要是再说这帖是假的，我替您跟他急！"

见众人纷纷笑着催促，李纯甫正色道："真如赵翰林所言，此帖成于阳台观，确是一桩美谈。只是，这说法略显穿凿附会……"

完颜璟哦了一声，向潘守恒道："去请承御来，"又朝李纯甫点头，"你接着说罢。这是你们李家的事，你说了算。"

李纯甫抱拳肃立，等笑声稍歇，缓缓道："岂敢。如果把'阳台'解释成'阳台观'，那么按古文习惯，太白当写作'登阳台'，而非'上阳台'。"李纯甫稍作停顿，扫了一眼党怀英，坏笑道："厕所才叫上！"

党怀英刚要放下茶碗，听他这么说，一口水全喷了出来，"厕所，那叫如厕！"

等到众人嬉笑稍缓，李纯甫又道："'上'字另有以卑奉尊、以下承上之意，任性旷放如'谪仙人'李太白，不会使用'上'替换'登'。所以，晚辈推测，'上阳台'绝非'登阳台观'。诸位请看，前隔水上的瘦金体，题签写的是'唐李太白上阳台'。也并非以'上'为'登'，而是以'上阳台'三字为一个地理指称。赵佶不会写'唐李太白登山''唐李太白爬树''唐李太白啃蹄膀'，也就不会写上——阳台！"

见身边众人或摇头或颔首，李纯甫又道："玄宗的上阳宫在东都洛阳皇宫内苑，天宝之后逐渐萧条。白居易有《上阳白发人》一诗，说的是众多宫女被安置在'上阳宫'，相当于进了冷宫。唐人徐凝在《上阳红叶》中写道：'洛下三分红叶秋，二分翻作上阳愁。''上阳愁'说的就是冷遇。再说白乐天，他写的是'上阳人，上阳人，红颜暗老白发新，绿衣监使守宫门，一闭上阳多少春。玄宗末岁初选入，入时十六今六十'。徐白二人，诗中都用了'上阳'二字。"

党怀英时而点头，时而摇头，将拄杖在地砖上轻敲数下，似乎意在打断发言。李纯甫不为所动，"诸位硕学前辈，还请听小子谬论——同为建筑名汇，'台'可以置换'宫''观''殿''阁'！职是之故，后生以为，'上阳台'实为'上阳宫'的某处台观，或是某个休憩之所……"

"一派胡言！万松瞎了眼啊，怎么收了你这么个小徒弟！"党怀英起身，作势举拐。

"老党头儿，你敢打我弟子！我拔了你白毛！"宣明门外走来一人，由郑雨儿引了，正沿着御道走过来。

党怀英哈哈大笑，"秃瓢儿！不是说不来吗？"

完颜璟也笑道："惊闻大师有疾，不碍事吧？"

来人正是万松行秀，他双手合十道："贫僧修为不到家啊，越想越躺不住，这就过来给陛下贺寿，顺便也看看太白真迹。"

党怀英道："贺寿是假，这大花和尚就是想来蹭酒吃！"

众人各自行礼，又陪万松一起看了锦帐，分头坐了。

见范迷舟从轿中走出，完颜璟道："今夕何夕，得与各位君子开怀。那来的是承御范氏，高丽女子，能击鼓，安东那边的单鼓。先帝在时，屡屡提及此鼓，朕也没见识过，今晚大家一起听听吧，权作助兴。"

两位宫女给小舟儿披了墨绿斗篷，又在她额头覆上金铃，小舟儿接过长柄手鼓，弯腰浅施一礼道："献丑啦。"

潘守恒指挥一众内侍将四周灯火灭了，又提了灯笼过来，个个用黑纸罩住，将灯光聚在小舟儿身上，她原本身着赭黄裙，灯火映照之下，清新爽利如同一枚玉雕人像。小舟儿道："主上，各位大人，舞我跳的多些，歌子只会唱一支……"

完颜璟见她羞赧，更显妩媚可怜，笑道："那就边唱边跳吧。"

小舟儿深吸口气，将鼓交到左手，从身后抽出一根曲柄鼓槌儿，轻敲一声，随即晃动头上金铃，舒展双腿，走到锦帐之下。

鼓声渐次急促，小舟儿随着鼓点不时轻轻跃动，身上斗篷也随之上下翻跹，仿佛影子从地上站了起来与她共舞。完颜璟见她浑似一只林间小鹿，不禁看呆了。

潘守恒指使几位内侍将地上的黑罩灯笼调整了角度，小舟儿的身姿随即被放大了映射在锦帐之上。舞者灵动，披风飘逸，加之锦帐投影——

宣明门内的广场上如梦似幻，虽只是单人独舞，却让一众观者目不暇接。

小舟儿轻抚了鼓面，鼓声戛然而止！她轻启朱唇，低声唱道："啊拉赫赫呢啦啊拉赫赫呢啦啊拉赫赫呢啦赫赫呢啦——"

唱词虽令人费解，曲调却是婉转至极，伴以小舟儿的生涩口音，已引得座中人喝彩声一片。完颜璟示意众人收声，小舟儿又唱道："是什么呀？哗啦啦啦啦。是河水啊！哗啦啦啦啦。你要漂走，上浮下沉。河大水深，落魄失魂。不叫你走，你偏不留。只奴一人！独自伤心。"

小舟儿停下手鼓，款款起身，见完颜璟眼中依稀竟有泪光，其他人也是个个目瞪口呆。她回头看了看锦帐上的影子，转身向几位抱着灯笼的内侍鞠躬致谢，却也不知道接下来如何收场，只好轻吐了舌尖，偷偷又瞄了完颜璟一眼，尴尬地立在原地。

万松长吁一声，"善哉！边僻之地，竟能遗留古风。歌舞天真至此，难得，难得啊！"

完颜璟轻轻拭了泪珠，道："长老所言极是！"

党怀英向赵秉文叹道："此是《汉乐府·相和歌辞》变调，翰林以为然否？"

赵秉文点头道："党老明辨！此等国风，最是动人！"

术虎高乞向李纯甫低语道："纯甫兄，刚才二位老师说的歌辞，可是《箜篌引》？"

见李纯甫不住点头，术虎高乞高声道："小人斗胆，愿作一解。"

完颜璟听得身边人在低声议论，自己却想不起这歌词出处，"嗯。快说，朕想不起来了。"

术虎高乞向党怀英、赵秉文各施了一礼，转向完颜璟道："承御娘娘所歌，正是汉乐府名篇。据说是古朝鲜某渡口的津卒，霍利子高，其妻，名唤丽玉，所记录存留的词曲。某日，有一狂人，披发提壶，径直走入水中意欲徒步过河。其妻拦阻不及，狂人遂没于湍流之中。狂人之妻弹拨箜篌，唱曲道：公无渡河，公竟渡河！渡河而死，其奈公何？"

此时广场上夜风初起，直吹得灯影迷茫，也掀得他一头卷发更显狂乱。术虎高乞的嗓音低沉暗哑，念起诗来却别有一番慷慨。

李纯甫见他不再言声，补充道："其中又有一句'河大水深'，应是取自干宝《搜神记》中的《韩凭妻》一文。"

小舟儿皱眉道："那可不知道。从小学的就是这么唱……唱错了？"

党怀英见她懵懂可爱至极，温言道："非也。娘娘所歌，一派天然，胜过那《箜篌引》《韩凭妻》数倍不止！"

话音未落，宫墙上人影掠过，扑通通跌下四个黑衣人。其中有人倒地不起，同伴连忙伸手扶了。看见广场上灯火通明，人头攒动，四人也是一怔。

术虎高乞喝道："蟊贼！胆敢夜闯大内！"吼罢迅即起身，将座椅扶手咔嚓嚓折下一直一曲两段，几个起落，纵上前去。

三人放下同伴，朝术虎高乞扑来。高乞更不说话，将手中短棍舞得上下翻飞，待第一人赶到，左手架开他手中短刀，右手一棍正击中他颈项，那人闷哼一声，瘫在地上。见这疤脸人手速快极，其余两人吃了一惊，呆在原地。高乞却不抢攻，只一步步逼将上来。

宫墙边的护卫们见状，一窝蜂拥了过来。一个黑衣人见势不妙，将手中木盒朝高乞直扔过来，高乞用手中短棍拨开，木盒落地，滴溜溜滚出一个头颅。

两个黑衣人见四周都是兵士，趁高乞分神，不再外逃，撒腿却从锦帐下钻过，直奔座位而来。高乞气急败坏，低吼一声，将右手中曲棍朝黑衣人甩出。后面的黑衣人听见风声，低头躲过。前面的一个躲闪不及，面罩被曲棍划下。

那曲棍并未落地，却朝坐席方向直直飞了过来，众人见状一阵惊呼！不料那棍子在空中竟然转了个弯，倏地又飞回高乞手中。

完颜璟面色沉静，"诸位，术虎将军手段如何啊？"

几位文士哪里见过这种场面，个个呆若木鸡。倒是小舟儿，见两个黑衣人就在面前，快走两步奔到皇帝身边。完颜璟以为她恐慌，伸开手臂要接她入怀，不料她却停了脚步，站在完颜璟身前护住了他。

蒙面的黑布被刮掉，辛秸索性停下脚步，也不遮掩。和陆元廷各持刀剑，圆睁双眼瞪着椅子上的几人。

高乞与他二人相距略远，此时不敢妄动。几位文士彼此示意，慢慢走到完颜璟前侧，将他围拢起来。完颜璟若无其事，伸手将小舟儿揽入怀中，越看她越喜欢，在她颊上轻轻啄了一吻。

党怀英盯着辛秸，见他浑身血迹，手中剑尖不住颤抖，知他已经脱力。再看他面容，不禁一惊，低声问道："你从南面来？"

"是又怎样？"

"你可姓辛？！"

辛秸哼了一声，"奴才，你也配问？"

"嗯。老夫党怀英，请二位放下刀剑，我保你们不死……"

辛秸听到他姓名，面露诧异，仍是死死攥住手中长剑。

党怀英将声音压得更低，对万松道："故人之子！大和尚能否助他？"

万松转身看见党怀英面孔僵硬，微微点头。转头和辛秸对视，轻声道："柳树后有梯子。"说罢只动了眼珠，视线扫了地上的灯笼，又抬眼看了锦帐。

辛秸和陆元廷会意，将手中刀剑掷向人群。小舟儿正搂着完颜璟的脖颈坐在他左腿上，见刀剑一前一后飞来，速度虽然不快，却也避无可避。她高抬右腿，将剑踢飞，顺势又坐到完颜璟右腿，抬起左脚，当啷一声将刀也踢落了。广场上乱哄哄一团，完颜璟却视若无睹，只是抱住了小舟儿，笑眯眯地看她。

辛、陆更不迟疑，弯腰抱起灯笼，径直向锦帐抛去。那锦帐原本就是油布，又绘了厚厚一层油彩，只听刺啦几声，登时火光四起！二人趁机绕过人群直跑到宫柳之后，将梯子架在墙上，三步两步跃过宫墙去了。

院里侍卫乱作一团，呼啦一下将皇帝围住，又有数人拎出木桶，从门海铜缸里取水向锦帐淋去。奈何那锦帐从底部燃起，此时已烧至中段，侍卫们泼出的水到了半空随即落下，不曾碰到一丝火苗。

众人护着皇帝，一步步退到墙根，那锦帐已引燃了立柱和横梁，三根木头摇摇欲坠。潘守恒正指挥侍卫扑火，抬头看见孔明灯的细绳已然烧断，八盏灯正缓缓飞升，大声嘶吼，声音更显尖利，"快，灭了那灯！飘走了要失火的呀！"

高乞快步走到潘守恒身边，伸手拽过一名侍卫手里的铁弓，又从潘守恒身上撕下一根布条，裹住箭尖，在水桶里蘸了水，嗖的一声射出，一盏孔明灯应声熄灭，随即慢悠悠飘落！侍卫们见状，纷纷过来撕袍、蘸水、递箭。高乞箭无虚发，不一时将其余七盏灯也纷纷射落。

抛下弓箭，高乞直奔过来跪倒在地："小人护驾失职！"

完颜璟笑道："不不不，精彩至极！只是，你看看老潘！"

高乞回头，见一群侍卫跪在潘守恒面前。老潘目光涣散，缓缓道："一群小杂种！非得撕我衣裳吗？"

高乞再看他装束，浑身几乎衣不蔽体，头巾只剩一根布条，搭在肩上，下裳只剩底裈，袍子已经被撕成了碎片，布条随风轻舞，竟然平添了几分妖媚。

众人强忍住不笑出声来，又看见大批护卫奔进广场，早将场地围得密不透风，这才纷纷长出口气。

此时锦帐已经燃烧殆尽，三根木头轰然落地，火星四溅纷飞。场中人或立或坐或跪，一言不发，火光映照之下，好似剪影一般。

第十一回

肌肤冰雪薰沉水

可能余烈不胜妖

（一） 同浴

烟儿狸睡得昏昏沉沉，梦见自己划了小船，眄儿正坐在船头捧着一柄竹箫悠悠地吹了。这一刻月白风清，他摇橹摇得舒缓，突然自觉无趣，明明月影在水，自己手中的船桨却屡屡将它戳破。心想像夷则一般，也没有坏处，不动手，也不挨揍，不多嘴，少挨了很多训斥。又觉得眄儿温柔沉静，自己却轻狂孟浪，同坐一船并不合适。只听见箫声低回，仿佛是规训，又似乎带了埋怨。自觉桨声多余，烟儿狸索性停手，任由小船泊在水中。

他双手抱头，仰面躺在舱中，只觉心境澄明，再无挂碍。突然船身微晃，他展开两臂抓住船舷，心想莫非又要手足无力？如果落在车下，术虎高乞肯定假意伸手要扶，等到仰仗他，他却撤了手臂。正要和他发怒，四娘子又伸手过来抽了一个嘴巴，刚要追问，她又转回里屋，只有铜环编成的那道门帘叮当乱响。转身要走，突然整间铺面变形扭曲，变成一张床单压过来，他伸出双手撑开，外头光线清亮，却只看见床单上洇染了淡淡的血迹。床单越来越重，烟儿狸只觉得双臂酸痛！真要是一跤跌倒，车后的武卫军见了必定上来捕捉，又少不了一番打斗。念及此处，心里又烦躁起来。伏在船舷朝下看，却是两条龙游了过来，又在水里停住了，头并不探出水面，只静静谛听箫声。

烟儿狸驯惯了鹰隼，并不畏惧与畜生对视。水里的两条龙似乎在笑，全无凶恶面目。龙头上的须发随波摇曳动荡，恰似藻荇在水里舒展，略显狰狞。两条龙看见烟儿狸目露凶光，一转身潜入水底，湖里随即浪花翻涌，小船颠簸起来，却是李铁戈嘴里叼着匕首爬上船来，他一手捉刀，一手捂住了自己的嘴……

烟儿狸突然惊醒，一翻身将身边人擒住压在床上，却是那丫鬟丑奴。丑奴仰面躺在床上，手仍然捂住了烟儿狸的嘴，"臭小子，撒手！

别出声！"

烟儿狸道："你摇晃我干嘛……我能走了？"

丑奴起身道："走什么呀！刚来了一群人给老爷贺喜，院里院外都是人马……"

烟儿狸道："哪个老爷？什么喜？"

"升王啊！小王爷要办满月酒。"

"走不了你叫我干吗？好好的梦，让你给搅了！"

"呸，你这一脑门子汗，还好梦！快躲躲，升王来看公主了！"

烟儿狸不免慌乱，忙问道："往哪儿躲？"

丑奴环顾四周，"书房"两个字刚出口，烟儿狸已经一个箭步绕过屏风钻了进去，却见这书房除了书桌、书架和几个猫食盆，再无他物，又连忙跳了出来，正要发作，丑奴捂了嘴说："你也会害怕！我是想说书房没处躲！"

烟儿狸颓然坐下，"那就不躲了，他进来我就冲出去得了。"

"真是个蠢材！就想着自己！我们小姐一个大姑娘，屋子里……金屋……藏头驴！传出去还让不让嫁人了！"

"那你说，我躲在哪儿？"

"我不知道，你自己踅摸个地方躲吧，我出去拦拦，拦走了最好，拦不住，你就听天由命吧。"

院子里脚步声咚咚响起，丑奴连忙出门，行了礼道："老爷，公主正在沐浴……"

"那又怎的？我说几句话就走，前面一大堆人等着呢。让开！"

烟儿狸听见来人上了台阶，心里更是焦躁，他抬头看看房梁，却哪有房梁！从屋顶到墙上都糊了满满的帖落，上面画满了大猫小猫在扑蝶捕蝉。烟儿狸琢磨着要是自己能变成只猫钻到画里，估计那升王也不会来数数儿，也就躲过了这一劫。想到这里，自己也哑然失笑，火烧眉毛了怎么还寻思这些有的没的！再看床下，塞的全都是木箱。他连忙猫腰走到西侧房门，伸手轻推。房门在里面上了门闩，烟儿狸用力一推，咣当一声——那升王也推门进到厅中。

烟儿狸轻轻掩上门，拾起门闩正要重新插上，却发现门闩已经断了。听见一声脆响，他回身抬头一看，只见屋子正中的浴桶中，昐儿正瞪大了眼睛盯着自己。她嘴角一道口脂，几乎画到了耳根。浴桶旁边的地上，那罐口脂还在滴溜溜乱转。

昐儿伸手从浴桶边捏起一根通条，左手又抄起竹管，作势要向他掷过来。烟儿狸红了脸，赶紧低头，小声道："你爹爹……在外头……"

完颜珣进得正屋，回身又开关了几下房门，心里更觉诧异，自己并未用力，房门怎么有这么大响动。看见丑奴跟了上来，道："让人把门修修！"随即转身向书房里探视，"昐儿，爹来了！"见没回应，完颜珣踱进了书房，叫道，"别蒙我，就是不想见我吧！咦？丑奴，人呢？"

"老爷，跟您说了，在沐浴……"

"行了吧。昐儿小心眼儿，自己弟弟也要争宠？！看我骂她！在西屋啊？"

丑奴拦在他身前，"老爷，小姐她……她在洗澡呢！"

完颜珣一把推开丑奴，径直朝西房走来。

昐儿定了定神，又咬着嘴唇强忍住笑，伸手召唤烟儿狸过来。烟儿狸四下打量，见只有一座屏风兼作衣架，屏心用了琉璃，屏座也是透雕的，除了她的衣裳挂在横杆、搭在横枨上，此外更无一物！见昐儿召唤，来不及细想，三步并作两步，走到浴桶旁边。昐儿低声道："进来……"

烟儿狸见她满脸潮红，唇上刚点了口脂，更显明艳，来不及细想，抢过她手中竹管，伸腿跨进浴桶。

门开之际，昐儿伸手将他按下水面。

完颜珣见屋子里热气蒸腾，女儿确在浴桶里，也不再上前，伸手拉了把椅子坐下。

眄儿嗔怪道：“人家洗澡呐！您怎么进来了，快出去啊！一会儿我去见你！”

“不用了，聊几句就走。”完颜珣想拾起地上的口脂罐子，犹豫了一下，问道，“好闺女，今天看完角抵之后，怎么不见了你？”

“没干嘛，就去了趟悯忠寺，熏了一身烟火气。”

“哦。坊里到处是寺庙，非得跑那么远，最近街上不太平！有几天没去看弟弟了吧？”

“什么呀，出门前还去了呢！抱了一会儿才去上香的。”

“嗯。那还行。你这当姐姐的，连弟弟的醋也吃？！你是我的乖女儿，就算再生十个八个，谁也替不了你！”

“爹！你说什么呢，弟弟越多越好，急了我还能揍他们，正好没人出气呢。”

烟儿狸在水里微微抬头睁眼，只觉得双眼刺痒。原来是水面上漂满了花瓣，水里应该也混了香膏，他连忙闭上眼睛，一口气却再也憋不住，不禁咕噜噜吐了气泡。

眄儿再也憋不住，咯咯笑出了声。

完颜珣愣了一愣，“你这丫头！笑什么？”

眄儿道：“我笑你……我这弟弟的娘亲，比我大不了几个月，爹您可真行！”

“这有什么？你璟叔呢！这两天和一个宫女好上了，高丽来的，听说比你年纪还小呢！对了，眄儿，蒙古来人，想求门婚事……”

“要嫁你嫁！心怎么那么狠啊？！”眄儿抬手将铁条掷到墙上。

完颜珣作势起身，复又坐住，“我没应他啊！你急什么急！我这不来问你了吗？”

“您要把我嫁到草原上去？！我猜这家蒙古人至少有两只羊吧，换个媳妇倒是足够了！这是有了小儿子，老姑娘就赶紧打发走是吗？”眄儿看见烟儿狸在水下轻轻伸了竹管出来透气，吹出了几个泡泡，不禁失笑，正又说到外嫁，忍住了笑，突然哭出声来。

完颜珣起身踱了几步，"哎呀！我没说嫁。我就是来问问你，万一你想嫁呢，我也不能拦着不是。草原上的铁木真，有个儿子，叫窝阔台，他派人来求亲！"

"我不嫁！"眄儿伸手拍着水面，烟儿狸刚把竹管里的水吐出，又灌进了水，他在水下暗暗叫苦，连忙又把水咽下。

"我不嫁！我才不嫁什么窝窝头狗尿苔！"见烟儿狸在水下一动不动，眄儿羞臊至极，心想他肯定少不了偷看自己！伸手掬水顺着竹筒倒了下去。烟儿狸正在吸气，猛然一股水进来，连忙咕噜噜咽到肚里，瞪了眼睛就要发作，却看见对面水中的胴体，似乎笼着一层光晕，白花花晃眼。自觉下作，又连忙闭上双眼，只觉得心跳加速，闭嘴咬住细竹管大口吸气。

完颜珣叹息一声道："唉，蒙古现今不得了啊！我看就这几年。我琢磨着，和蒙古搭上，以后也好有个变通。你叔身体不好，连个孩子都没有。我不用动他，他也撑不了多久。我想着，蒙古不来挑事，皇位我才能坐得安稳。"

"哼，这是要和亲是吗？先把我送过去当人质吧！人质！！"眄儿伸腿踢了烟儿狸一脚。

"哎，你只当我没说吧。"完颜珣心有不甘，又说道，"那窝阔台也是草原上的头狼，日后蒙古国必是他主事啊……"

"我不听！"眄儿在浴桶中蹬踏扑腾，烟儿狸跟着又灌了几口水。

完颜珣见她撒泼，哼了一声，摇摇头转身离开。

丑奴连忙进屋，水汽氤氲里，见公主正羞红了脸盯着水面。

听见门声响动，眄儿嘶吼一声，一把从水里拽过竹管摔在地上，"都起开！"丑奴连声称是，忙不迭地逃到院子里。

（二） 灭迹

辛秸和陆元廷捉了两个小太监，换了服饰，趁着宫人们慌乱赶去扑火，一路逆行逃出皇宫。出了宣华门，又除了太监服饰，向南一路狂奔。二人慌不择路，只是朝着皇城的反方向疾走，路上见着巡夜的更夫，抓了细问，才知道已经跑到了城区西南的凤凰咀。

辛、陆蹑脚走到城墙根，想找个僻静处喘口气，却见地面上有一队队人影接连走过。抬头看时，竟是城墙上的兵士在往来走动。二人借着墙上火把的光亮这才发现，不远处竟是兵营！

无奈之下，见到前面有几处篱笆，来不及细看，辛秸拉起陆元廷翻身跳进花圃。

因为家中无人，任孝椿、任巢湖带了几个花匠，正在花圃巡查，猛然听到有人闯入，也不搭话，三招两式将来人掀翻。

辛、陆二人早已虚脱，再无还手之力，索性任人捆了，一路连拖带拽，被带进了一座宅院。

正房门咯吱吱推开，春罗问道："大爷，是您几位啊！奶奶问外头怎么这么嘈杂？"

任孝椿道："快请老太太歇着吧。逮了两个小贼……"话没说完，借着灯光，看见这二人身上竟有大片血迹，"说，你们什么人？身上怎么有血？！"

辛秸道："随便处置好啦。多问啥么子！"

任巢湖抬脚把辛秸踹倒，"嘿，小蛮子，还嘴硬！"

任孝椿抬手拦住，听见老太太在屋里喊道："带进来，我瞅瞅。"

进得屋内，任巢湖又是两脚，踹得两人纷纷跪倒。周衔蝉笑着说："起来！我又不是坐堂的大老爷！"说完盯着辛秸看了又看，"你这孩子，说话是哪里的口音？"

辛秸站起身来，看这老太太慈眉善目，低声道："家父四处卜居，我的口音也是大杂烩！"

"南边来的？"

"对的。"

"赶集来了？"

"嗯。"

"赶成了这副模样？"

"随你们处置！本来应该死在宫里的。"

"哦。那怎么没死啊？"

"有个……大和尚指了条活路……"

"能进宫的僧人，估计也就万松行秀了。"老太太道。

陆元廷一愣，"是他？！我祖父时常夸他……"见辛秸瞪了自己一眼，陆元廷也不示弱，和他怒目对视，"那姓党的老头子怎么说你是故人之子？"

辛秸并不接话，环顾四周道："婆婆，您这屋子清雅，您是金人？！"

老太太学了他的口音说道："对的呀。谁说金国人就一定要粗鄙呢？你呢，老太婆如果没猜错，你是辛弃疾家的孩子吧？"

辛秸扑通跪下，"老人家，您哪能晓得？"

老太太指了辛秸，向任孝椿道："一个模子铸出来的。你还记得吗？正隆六年，在悯忠寺，见过的，那就是他爹。松绑！"

辛秸道："这是陆放翁老先生的孙儿。"说罢又把刚起身的陆元廷拉着跪下。

陆元廷道："还请婆婆搭救！我们六人进宫，三人已经遇难。只有我俩逃出来，另有一人在外接应，没法子联络了。"

辛秸道："金狗无耻，太小觑我大宋，指使人杀了韩大人，又把他的头颅示众，是欺辱我大宋无人吗？！"

"所以你们来，要盗回人头？"

"金人夺取我国土地财帛无数，我们这不叫盗！"

"春罗，去让后厨准备些饭菜，不要声张。蕙卿，去取些衣裳来，看看这俩，泥猴儿一样！"

蕙卿飞快取了衣物，二人跪谢起身。陆元廷正要脱去血衣，却见肩头沾了几片叶子，伸手摘下，轻轻嗅了又嗅，不解道："婆婆，您家里的花圃？"

任孝椿道："是啊。换了别人家，你俩早被送官了。"

陆元廷捏着草叶说道："你们正经人家怎么会种毒草？！"

一个花匠走上前，接过叶片细细看了，向老太太道："老奶奶，这是丙六花房的那草……"又转身向陆元廷问道，"你认识这草？"

陆元廷道："我祖父曾任锦城参议，和时任四川制置使范成大四处游览山川。后来做了一本博物图书，记载了西南各地罕见的植株。我来金地前，在祖父身边帮他整理书稿，盯着排版、付梓。我在那书里看过这草的图样，祖父也拿了标本给我看，就是它！这草唤作薰草，有剧毒，苗地的巫师巫婆用得最多，当地土著也避之唯恐不及。怎么你家花房也种这个？"

花匠惊叫一声，"哎呀，大爷，巢湖大哥！掌柜的去了刘记香铺，就去查这草了，按说早该回了啊！"

任孝椿不禁皱眉，"你去叫几个伙计，等这两位小哥用了饭，带到花圃里躲躲。你带我去那个香铺看看。"

正说话间，院门咣当一声被踹开，众人急忙出屋，只见赵炬跑在前头，大吴抱着任孝萱快步进来。大伙儿七手八脚把任孝萱搀到屋里，这才知道，是被人用香迷晕了。

赵炬道："老太太您别担心，郎中给灌了药，过会儿就能醒过来。"

任孝椿问道："那香铺掌柜干的？"

"我到的时候，姓刘的跑了。铺子里没人了。"赵炬望着大吴道。

大吴满头大汗，"老太太，掌柜的让我在门外等他，我就在门口守着，

180

也没见有人出来啊。后来阿炬到了，冲了进去……"

那花匠道："刚才这位小哥说，草是西南的毒草，叫——薰草！"

赵炬点头，见老太太长吁短叹，道："别急，一会儿就能醒过来。"

老太太过来摸了任孝萱脉搏，问道："烟儿狸哪里去了？"

大吴见赵炬面露难色，接话道："老太太，掌柜的和阿炬都出去办事嘛，就让少爷在集上，晚上那边也得留人不是？"

赵炬看了大吴，轻轻点头道："奶奶，家里有大哥他们，不会有事，我去趟大集，叮嘱烟儿狸当心。"

时值天寿节大庆，宵禁暂停，虽是夤夜，街上仍然人潮熙攘。赵炬骑马重又来到刘记香铺，他记得抱着人朝外跑的时候，伸腿关了院门，此时院门却又大敞四开。他伸手在地上拣了瓦片，扔到院里，听着里头没有响动，这才进院，直走到正房，却见桌上竟然伏着一人！

赵炬近前一看，那刘掌柜浑身血迹，已经断了气。赵炬再看地上，横七竖八的血脚印到处都是，应该是一群人砍杀了刘掌柜。再看他脚下的钱柜，箱盖丢在一旁，墙上的幕布被撕得乱糟糟，应该是行凶者撕了帘幕裹了金银逃跑了。赵炬正自讶异，突然看见桌子后面的书架咯咯吱吱转动起来，他连忙向后跃开，挨窗靠了，拉过布帘一角盖在身前。

书架转动，暗室里散出香烟。赵炬不敢呼吸，透过窗帘看见里头走出两个妇人。高个儿妇人道："师婆，这是怎么回事？老刘不是叫咱俩在里头等着吗？怎么又带人回来？怎么又被他们杀了？"

师婆道："李铁戈定是要灭口，让他回来找出咱们一起杀了。刘掌柜翻出了金子，那伙人见钱眼开。刘掌柜以为不说出咱俩下落，他就不会死，没想到还是被杀了。定奴，咱们得走！那个老郑也知道这暗室。"

李定奴道："师婆，铁戈不会杀我们。您和我去找他。"

师婆道："薰草的事怕是藏不住了，为了保住他姐姐，他什么都做得出！"

"那老郑也得死？"

"不管他。咱们走。"

李定奴见师婆转身，嗖地从袖口抽出短刀，架在她颈上，"和我去见铁戈吧。我是他表姐，他不会动咱们。我答应过他，不让你投靠别人。"

师婆呵呵低笑，转头望着李定奴，神情绝望至极，突然张嘴吐出一团浓雾。李定奴自知不妙，手里却没了力气，摇摇晃晃跌在地上。师婆讪笑几声，转身出了房门。

赵炬听她出了院子，伸手撕了布条，把李定奴牢牢捆住。听见门外一声马嘶，知道是那师婆骑马走了。他伸手试了试李定奴鼻息，已然气若游丝。赵炬再不敢停留，跳到院中大口吸气。

想到烟儿狸不知去向，又想到刚才那巫婆的毒雾，赵炬不禁懊恼。他盘腿坐下，闭目养神了片刻，再轻轻晃头，自觉无碍，起身拽了两把门锁，走到院外将门锁了两道，随即迈步朝开阳西坊的路家赶去。

路铎听说消息，立刻起身，叮嘱了管家几句，那管家飞也似地跑出门去。路铎拉起赵炬道："阿炬兄弟，不要惊慌，咱们走。大兴县靠不住，我差人去刑部喊人。你先跟我去那香铺。咱们先守住现场。如果照你所说，香铺里有暗室，定是加工那薰草的地方。此事曝光，李铁戈脱不了干系。烟儿狸的事也就好办了。快走。"

二人刚绕出巷口，就听见警报声四起，声音由远及近一路传过来。大路口一侧望火楼上的灯笼全数亮起，再看景风门内，已经是火光冲天。路铎叹道："唉，烧了！"

李铁戈正在床上站着打盹儿，李黑虎和几个家丁推搡着李定奴走了进来，"爷，我多了个心眼儿，放火前，我们又进屋瞅了一眼。果然，这娘们儿正在地上打滚儿。说是那个老妖婆跑了。"

"奴姐啊，你怎么能让别人把你捆上！"

李黑虎听见李铁戈喊这女人姐姐，连忙上前解开她腕上布索。

"铁哥儿，你是要连姐姐也烧死吗？"

"不能够，我是让人去带你俩回来，我这儿多安全啊。铺子是肯定要烧，塘花坞任家如果抓到把柄，肯定要告状！留着香铺，那不是给他们留证据吗。"

"算你有良心！我劝那老太婆留下，她不干，朝我吐了口烟，我就晕了……"

"甭担心她，她不会多嘴。估计是跑回西南了。你不是说她把本事都教给你了吗？"李铁戈坏笑道。

"本来以为是的，没承想她还藏了一手……不知道藏了几手呢！"李定奴走到床前，仔细打量了李铁戈，学了他口吻道，"老弟啊，你怎么能让别人把你捆上？！"

李黑虎抢答道："胳膊断了，屁股又被扎了几刀，躺着也不是，趴着也不是，就只能站着……挂在床上……"

"你们几个，出去！"李铁戈嘶吼了几句，又牵动了伤口，疼得龇牙咧嘴。

李定奴道："弟啊，你打算怎么安排老姐呢？我就知道你不会伤我，姐可是你第一个女人啊……"

"停停停，打住！别提这茬儿！本来我就恶心着呢。那时我年纪小，是你霸占了我！无耻啊！"

"恶心？那桃红就不恶心吗？老郑、老刘、你爹，她跟谁没一腿！"

"李定奴！再跟我提这个，我让你活不过今晚！"李铁戈盯着李定奴，又干呕了一声道，"就跟我这儿待着吧，这儿最安全。任家能弄明白那个草，也能知道有你这么一号人，你出去就是找死。踏实待着吧。"

"嗯，到底还是铁哥儿知道心疼人。老姐也不是白吃饱。我给你念叨念叨，去去晦气。除了祟，免你以后再受刀剑之苦。一会儿，你就可以躺下了。"

"真行？那群草包郎中，我要拿大耳刮子贴他们！"李铁戈嚷道。

李定奴翻了白眼，从袖口抖出一片黄纸，用小刀挑了，在烛火上点着，绕着床铺疾走，口中念念有词，"你家有鸟，一脚上天，一脚下流；你家有猫，面生黑花，白尾在后；邪祟污秽，肋生双翅！血光之灾，快快飞走！"唱罢，将纸灰一口吹飞，又弯腰在地砖上胡乱划了几刀。

李铁戈撇嘴笑道："老姐，这都什么呀，听着瘆人！"

"哼，你没事了，下来吧，可以躺下了。以后呢，刀啊、剑啊，什么兵刃都伤不了你！"

"真有那么神？"

"那老妖婆还是有些手段的。你得空和师儿说，要怀上孩子，要让其他妃子失宠，就带我进宫去，我给她禳解禳解。"李定奴一边说一边爬上了床。

李铁戈吓得脸色惨白，"姐，姐！不要啊，当年年纪小，咱可不能啊，猪狗不如啊……"

李定奴哼了一声，伸手割断他身上白绸。李铁戈一头跌在被子上，挣扎了几下，腾地坐起身来，"嘿，真神！啧啧，屁股不疼了嘿。"

（三） 有约

又被踹了一脚，烟儿狸顶了一脑门子花瓣，慢慢把头探出水面。见盹儿正气冲冲瞪着自己，自觉理亏，闭着眼不再和她对视。

"睁眼！"盹儿低吼道。

"不睁。一直闭着呢。"烟儿狸止不住大口喘气。

"别装了！你肯定看了！"

"嗯，"烟儿狸微微点头，"就看了一眼，水里渍泥太多，看不太清。辣眼睛！"

"你真是个谋良虎！"盹儿一条手臂挡在胸前，腾出一只手照着他头拍过来，烟儿狸见状，连忙低头又钻进了水里。盹儿不敢扑腾水花，压低了声音说，"你出来吧，我不打你了。"

烟儿狸又探头出来，也是一脸无奈，"今天我欠你的，以后你有事找我，我绝不推辞。你先泡着吧，我得走了，一会儿不定又谁进来。那竹棍儿是干吗的？没它我得憋死。"

盹儿神情黯然，盯着水面的花瓣，"有扶桑国的人来贺喜，带了两根竹子来，说是做洞箫最好，我要了一截，正在收拾，你就进来了……"

"我有支好的，改天送你！你爱吹，我就让你吹个够。你坐着别动，我这就出门。"烟儿狸站起身来，跨步迈出浴桶。

哗啦啦水花四溅，水位陡然降低，盹儿连忙把肩膀缩到水里。烟儿狸在浴桶边回身盯着盹儿道："事情才刚开始。我都记着。我说真的。"说罢拔腿就走。

盹儿探头道："你还会来看我，对吗？"

"我要出去躲一阵，事情消停了，我再回中都。我都听见了，你……你要不愿意，就先别嫁给蒙古人。"

盹儿眼圈一红，"你过来。"

烟儿狸不由自主又走到浴桶边，却见盹儿缓缓站起身来……她肩头沾了几片花瓣，更显得肌肤粉嫩。烟儿狸不敢乱看，只盯着她双眼，目不转瞬。

眄儿伸手取了衣衫，披在身上，把头靠在烟儿狸胸口，轻轻说道："水里的花瓣是从你家买的……"

烟儿狸浑身僵硬，一动也不敢动，呆呆望着浴桶里的各色花瓣随着水波上下浮动，然后渐次停住。

眄儿抬头在他嘴唇上轻轻啄了一下，"抱我！"

烟儿狸只觉得太阳穴如被重击，双颊滚烫，再也按捺不住，伸手把她托起抱进里间的卧房，轻轻放在床上……

路铎和赵炬一路小跑，奔到香铺时，左邻右舍已经把火灭了。那边大兴县的几个管事正在录制口供，看见路大人，忙跑过来施礼。

"路大人！您辛苦。这房子烧落了架，里头有个人也烧焦了，街坊们说是这家的刘掌柜。"

路铎看看赵炬，赵炬忙问："就一个人？！"

那小校看看赵炬，不解地问道："这位是谁啊？你是希望多烧死几个？"

赵炬噤声，路铎道："这是塘花坞的管事，他家掌柜今天在这香坊遭了暗算。"

那小校道："被烧死的这位刘掌柜，口鼻里没有灰烬，应该是失火前已经死了，骨头上有多处刀伤。好在还有一封遗书。路大人要过目吗？"

赵炬摇头道："怎么可能，这么大的火，一封信还能不烧没了？！"

小校瞪了他一眼，又指着地上的焦尸，轻声道："大人，信上说……塘花坞的掌柜逼他研制毒香，他死命不从，这才结了冤仇。"

赵炬侧耳听到，大喊道："笑话！这么拙劣，傻子都看得出来，这是嫁祸，这是陷害！"

路铎取出信纸，扫了一眼，笑道："这位刘掌柜倒是淡定，真有此事，他不想着逃命，还有空儿写正楷遗书。这位刘掌柜店里的过往税单，转运司应该都有笔迹，取来对照一下吧。这个不足为凭。"

见小校无奈，路铎道："这是你们县衙的事务，老夫不便多嘴。赵炬，你把你知道的来龙去脉和他说说。"

路铎拉过小校，和赵炬走出人群。赵炬将薰草、制香的事和盘托出。路铎道："小兄弟，这里水深，你们要周全一些。这个薰草做的香，到底有何药效？刘掌柜身后有什么人主使？这香铺里的手作、技师哪里去了？这些还需要调查。如果香进了宫，事情就大了。李铁戈李大人还算好办，如果有娘娘裹挟其中……一会儿刑部也会来人，你尽快报给侍郎大人吧。任家只是种植草木，被蒙在鼓里。这位刘掌柜应该是熟悉内情的人，现在也被灭了口。任家无非损失些钱财，并不想惹上官司。刘掌柜背后的人物怎么查，查到哪儿，慎重、慎重啊！"小校点头称是。

路铎和赵炬告辞出来，路铎道："兄弟，回去告诉任掌柜和老太太，不要担心。这是李铁戈狗急跳墙。他们不敢声张。你们也不要抓着不放。这小管事，一会儿一定会去找李铁戈，李铁戈现在应该也是热锅蚂蚁，消息很快也会传到宫里，我猜，元妃那些香也就不会再用了。这事也就算过去了。"

赵炬道："大人，还有一事，今天烟儿狸把李铁戈打了……"

"听说了。董解元的死，他也是疑犯。"

"李铁戈拿刀架着萱哥的脖子，又要抢东西，烟儿狸就急了。被通缉呢。"

"唉，任家和李家这梁子算结下了……你想说什么？"

"嗯，路大人，您觉得，我去见见李铁戈可好？现在出了薰草的事，和烟儿狸打人的事，抵消了呗……"

"不妥。李铁戈是乱咬人的主儿，你去只会让他更提防。他上门还好，你去不合适。"

"听路大人的。通缉告示上还说那个董西厢是被烟儿狸杀的——这又是诬陷！"

"说在你家柜上发现了董解元的财物。"

"他演出场子里的花卉都是塘花坞的，怎么能没有银钱往来！武卫军说董解元是上午被阉杀，上午烟儿狸在跤场跟人掼跤来着，成百上千的人都看着呢，满城都是证人！"

"哦，那就好。也不要担心，中都还没到指鹿为马的地步。烟儿狸现在哪里？"

"一直没找到。"

"让他躲躲风头也好。"

门房进来，看见李铁戈斜坐在床上，惊讶了一声，"大人，您怎么没竖着……宫里的郑雨儿来了。"

"让他进来。表姐你别走，你坐着。"

郑雨儿进得室内，看见李铁戈头上、臂上、屁股上缠了厚厚的绷带，不禁失笑，"听说您受了点小伤，我来看看，给您带了几瓶金疮药。"

"郑雨儿啊，你有事儿吧，直说！"

"大人，宫里的教师张建，行为不端，被主上驱逐了，现在住在施仁门内东来客栈。潘大人让我给您带个口信儿……"

"小事一桩，我派几个人去。"

"主上，啊，潘大人的意思是，张建被勒令明天出城……让您在郊外动手。不要声张。"

"哎呀，我这手脚现在不方便啊。一个教师，搁平时我吼一嗓子他就得吓尿。这样吧，我安排几个得力的，你去回老潘，让他放心。明天那教师从哪个门出？"

"这几天出城只让走施仁门。"

"行吧，我让人今晚就去盯着。张建？是教过我姐的那人？"

"正是。"

"犯什么事了？"

"小的不太清楚。"

"你来得正好啊。薰草的事，漏了。"

"啊？！"郑雨儿吓得站起身来，"这可怎么办？"

"坐下！多大点儿事，慌什么！那个任孝萱去香坊问，刘掌柜一看这事儿盖不住了，你还甭说，这老刘扛事儿，点把火，把房子烧了，自己也死了。算是畏罪自杀吧。"

"李大人，小的应该怎么办？"郑雨儿吓得嘴唇直哆嗦，一边说一边望向李定奴，眼角眉梢都是求饶神色。李定奴上下打量他，见他眉目如画，几乎看得呆了，随即摇头道："哎，可惜啦。"

李铁戈瞪了表姐一眼，低哼了一声，"花痴！"

郑雨儿不知道这位大姐话里有话，吓得浑身筛糠。

李铁戈一张脸被勒得扭曲，笑起来更显瘆人，"你回去告诉我姐，香先别用，毁了吧。还有，告诉你爹，也别畏罪自杀，把嘴闭严实喽，也别被——畏罪自杀。"

"那是那是。只是……那任家，抓了把柄，不会挑事儿吧？"

"他敢！人证、物证都没有了。哦，人证，你爹算一个，你要让他闭嘴。我这位大姐也是人证！"李铁戈瞪了李定奴一眼，"任家不敢乱说乱动。还有什么事儿？"

郑雨儿胸口起伏，偷瞄了一眼李定奴，见她仍直勾勾地盯着自己，"哦。今儿傍晚，宫里进了一伙儿小贼，要偷韩侂胄的脑袋……"

"怎么样了呢？没让他们得手？"李铁戈欠身道。

"死了几个。有俩跑到广场上，正好主上和几位老臣在看锦帐。亏得术虎高乞，要不然真要出大事啊。"

"嘿，高乞这小子，真有运气啊！又露脸了吧，我姐夫这回赏他什么啦？"

"没有，高乞从来不要封赏……"

"去，那是要憋个大的，我还不知道他！你刚才说锦帐，什么东西？"

"今年大集上有锦帐竞赛，其中有一个极品，说是李白的书法，前所未见。老党就挪到了宫里，主上特喜欢。"

李铁戈转头看着李定奴，"李白？姓李……是咱亲戚吗？"

李定奴皱着眉头若有所思，又轻轻摇了头。

郑雨儿苦笑道："唐朝人，大诗人，杜甫他们一拨的……死了好几百年了。锦帐只是个放大的，那幅字必是有原作，就在这中都城里，只是不知道在谁家。"

"哦。死了啊。写的什么呀？"

"我离得远，没看清，只知道都跟那幅字叫'上阳台'。"郑雨儿伸出手掌，依次弯曲了三个手指。

李铁戈怪笑连声，"上阳台！哼，要晒被子、晾屁帘儿？！"

李定奴走过来坐在他身边，媚笑着掐了李铁戈一把，"铁哥儿，阳台咱没上过，还记得咱俩下菜窖吗？"

李铁戈哭丧了脸，"老姐，我求求您了，咱不提这茬儿行吗？郑雨儿啊，咱们也不能不防，你和任家那老二，叫什么来着？还算熟吧？"

郑雨儿道："任一师。入宫前，我和他一起在大兴府学念书来着。这两年见得少了。"

"嗯。你顺道去水关一趟，跟他说说，让他劝劝他爹，别惹事，大家都省心。跟他说，事情办好了，我推举他做个都水少监，从五品哦。他那破水关关长，没油水！"

郑雨儿告辞出来，看到家丁领了一个身穿夜行衣的人慌慌张张进来。那人见到郑雨儿服色，也是吃了一惊。

赵炬垂头丧气，刚进了院子，就看见西屋里人头攒动。任巢湖开门叫道："炬叔，快来！"

赵炬进屋，看到任孝萱已经醒转，软塌塌坐在床上，春罗正拿了白粥喂他。又见老太太、任孝椿坐在旁边，刚要开口，被人从后面推了一把。

回头一看，却是杨安儿笑眯眯地站在身后。

"杨掌柜，太不好意思了，有点忙活，本来说今晚给你践行！"

杨安儿道："践啥行！过一阵我们还回来。家里的事，我也没帮上啥忙。"

老太太招呼二人坐下，轻声道："杨掌柜，老身有一件事相求。"

杨安儿连忙起身施礼，"您尽管吩咐！"

老太太看了一眼任孝椿，道："本来不必麻烦你们兄妹，只是他家的庐江也受了伤，明早他们爷们儿藏着人出城实在是不方便。"

赵炬瞪着眼摊出双手，又轻摇了头，看向任孝萱。任孝萱只是苦笑，示意他不要作声。

老太太又道："今天花园子里进来俩人，应该尽快出城。孝椿他们的车马、货物都少……不好掩藏。"

杨安儿道："婆婆拿我当自己人就对啦，明早我也正要接上几个人，一起出城就好了。这阵子进城费劲，出城应该容易。"

"杨掌柜，我看你遇事沉着，不像个普通商贩，想来想去，就把你请来说说这事儿。我也不能瞒你。这两个人是南面来的，去宫里办点事，没办成，同伴也死了好几个，说还有个望风的，也不知去向。他俩浑身是伤，刚从宫里逃出来，现在，在咱家花圃里藏着呢。"

杨安儿惊叫了一声，听见老太太说道："不是咱们怕惹事，只是他们不应该在城里久留。"见杨安儿面色有异，老太太又道，"杨掌柜如果觉得不妥，尽管直说。只是替老太太保守秘密，我就感激不尽啦。"

杨安儿道："啊，您别多虑，婆婆有命，哪有不从的道理。"

"忠良之后，不该就这么丢了性命啊。"老太太叹了口气。

杨安儿道："敢问婆婆，二人可是姓辛、姓陆？"

屋里人面面相觑，老太太道："正是！你认识他们？"

"不敢相瞒，杨安儿也参与了此事。"

听他说了来由，老太太问道："哎哟，你和令妹，武艺都那么俊，为什么不一起进宫呢？”

杨安儿道："我与辛、陆两位老弟见解不尽相同，对于那韩侂胄，我没甚好感。此人好大喜功，不比岳武穆岳老爷。我与南朝官吏一直有往来。在山东，我们兄妹已经招了些兵马，只等时机成熟，立刻起事，与大宋军队里应外合，不愁灭不了这金国。韩侂胄远非最佳人选，所以我迟迟没有动手。这次来中都，我自有观感，金国现今仍算得上国富民强，否则也渡不过今年夏天的蝗灾。此时，机缘还没到。我不想和那韩侂胄一样，无事生非！一将功成，死伤遍野……万不得已，不该有战事。兵乱一起，最苦的还是小老百姓。"

老太太听到此处，慢慢站起身来，又慢慢跪下，"杨先生，请受老身一拜吧！"

杨安儿哎呀一声，连忙扑通跪下搀扶住她。

施仁门内的东来客栈，门外密密麻麻停满了车马。四娘子点数了一遍，吩咐了车夫们几句，刚要转身进院，却见车后转出一人，锦袍皮靴，脸上裹了绯红手帕。这人将手帕掀起露出下巴，正是烟儿狸。

四娘子正纳闷，烟儿狸拉了她快步走进店房，"姐，明早我跟你们出城。"

"你从哪儿来啊？怎么这身打扮？"

"全城抓我，我在别人家躲了半宿。袍子湿透了，跟人借的。我去了你家店面，看见正在装车，就偷偷踪着跟过来了。杨大哥呢？"

"去你家了。应该快回来啦。"

"我本想回去一趟，又怕周围有人设伏，想想还是找你们吧。"

"只要了三间房，我再去订一间吧。"

"别！免得店家起疑。我去和赶车的兄弟们睡就好。我……还想和你……聊会儿。"

四娘子抬头凑近了，几乎和他鼻尖相对，"别问。明天出了城再说。

我累了。"说话时，眼睛里已是泪光盈盈。

烟儿狸几乎闻到了她眼泪的味道，几次欲言又止，还是问了出来，"姐，董解元……"

"……一，我不喜欢他；二，他说只是喝醉了酒……"四娘子后撤几步，靠在墙上，伸手把铜镜从颈上取下。

"啊！……今晚我也遇到了一个女孩儿——"

四娘子闭上双眼，声音小得几乎听不见，"然后呢？"

"然后，我、我也喝了些酒。"

"你喜欢她？"

"嗯。"

"你会娶她吗？"四娘子又把铜镜戴好。

"会。"

四娘子低头盯着烛火，眼泪扑簌簌掉下来。烟儿狸过来坐下，伸手扶着她的头轻轻搁在自己肩上。

四娘子哇地哭出声来，"那就娶她吧，你要好好待她。"

烟儿狸鼻子一酸，也落下泪来，转头轻轻吻了四娘子头发，"昨晚，如果是我，你会阉……你会杀了我吗？"

四娘子收了哭声，转头盯着他，"杀！杀你两次！杀你一千刀！"

烟儿狸不住点头，"一千刀！那可够疼的。"

"出去躲一阵，再回来，风头过了，快点娶那姑娘吧，不要让她伤心。"见烟儿狸一脸苦相，四娘子捏了他脸道。

"不好办。有个蒙古王子，他爹是铁木真，也要娶她。"

"什么王子王孙，管他真的假的，追风赶月别留情！"

烟儿狸见她又是一脸凛然，站起身来说道："姐，你歇着吧，我去候着杨大哥。"

四娘子拉了他衣襟，"抱我！"见烟儿狸退缩，又道，"就抱一次，最后一次！"

烟儿狸如呆似傻，只觉得今天云里雾里，真如同做梦。四娘子伸手搂住他脖颈，伏在他胸前嘤嘤地哭出声来。

第十二回

孽子孤臣气如缕　疏疏芦苇旧江天

（一） 出逃

卯时一到，施仁门嘎吱吱打开，门内外早已排满了车马。城门管勾站在门楼上，打着哈欠道："今儿这是怎么了？怎么出城的也这么多！这才第二天啊。"

出城的车辆排成两行，杨家车队一侧是十多辆蒙古车队。烟儿狸躲在鞍鞯中间，透过缝隙朝外看。那个身形庞大的跤手正和同伴在车边嘀嘀咕咕。四娘子换了红色短袄，她眼睛红肿，和杨安儿低语几句，又不住向城内的方向观望，继而转身朝自己走过来。

四娘子来到车边，轻声道："我哥说，那边有几个人，昨晚就在院子外头转悠。你认识他们吗？"

烟儿狸顺她手里马鞭的方向看，正是李铁戈的一群家丁。

"姐，应该是来抓我的。"

"那就怪了，是要等到城外再动手？"

"嗯，估计是要下死手。"烟儿狸笑道。

"不能吧。就那么几头烂蒜！"

杨安儿走过来，"妹子，你去迎一下，他们来了。"

四娘子走过蒙古车队，那博尔忽人高马大，看见四娘子走来，闪到一旁，仍是只有一条狭窄的过道。博尔忽说起话来瓮声瓮气，"姑娘，过得去吗？"

四娘子点头微笑，侧身穿过。博尔忽哈哈大笑，"呦，这么瘦！跟我回草原吧！天天有肉吃！"

四娘子回头瞪了他一眼，博尔忽连忙用手捂住脸，从指缝里偷瞧，惹得身边的伙伴和杨家车夫们一阵哄笑。

任巢湖跳下马来，和四娘子耳语了几句，引了车辆过来。见那蒙古车队阵仗整齐，不禁暗暗叫好，弯腰在自家车轮下上了轫。

烟儿狸看见大伯坐在马上，任庐江从身后的骡车里探出头来，正和那蒙古大汉怒目而视。

博尔忽道："你看什么？又不是我摔的！我还替你摔那女真了呢。你得请我喝酒！你弟呢？你弟还摔了我呢，他也得请我喝酒！"

众人又是一阵哄笑。队伍交了通关文牒，守门的兵士查点了人数，又来验货。管勾手里捏着清单，向窝阔台道："你们带了……我看看，嚯，带那么多金银珠子，怎么就买这么点儿东西？钱都花哪儿去了？"

窝阔台拈出一袋银子，塞给管勾，"给弟兄们买酒吃吧。我们那些钱都花了，花哪儿去了，你去问问你们城里当官的吧。"管勾嘿嘿一乐，拍了拍窝阔台肩膀道："那可不敢问！行了，出城吧。"

博尔忽道："你们中都啥都好，我倒是想整个搬走，搬不动啊！"管勾道："那就常来啊。走吧走吧！"

管勾溜溜达达到了杨安儿车队前，杨安儿也塞了一锭银子，"请大人验货吧。销路不好，拢共卖出去十副马鞍子！还不抵租金呢。算了，回家喽。"管勾抬头看了看车辆，只见货车上的鞍鞯一个压着一个、一排挨着一排，摆得端端正正，皱眉道："是啊，生意不好做啊。老几位，出门吧。"

任孝椿下了马，迎到管勾面前，偷偷塞了东西。

"呦！花儿不错啊。"

"长官，都是木本的，天冷啦，到家估计也都败了。回去暖房里养着，明年拾掇拾掇园子。"

"车里坐的什么人？"

"咳！犬子。拦不住，看人家角抵，非要上台，让人给摔得五迷三道的，腿折啦。"

管勾掀开车帘，见任庐江斜卧在凳上，腿上绑了夹板，笑道："啧啧，咦！这是何苦！你们几个，上车，瞅瞅那些花儿！"一群小校蹦上车厢，在花丛里蹚了几遍，又扑通通跳下车，震得花瓣落了一地。

烟儿狸从缝隙里外望，四娘子面色雪白，兀自站在城墙影里，一袭红袄和漫地的落花在灰蒙蒙的城门下显得艳丽异常，却也让这喧嚣多了一丝冷清。

一群乌鸦在城头呆立，哇哇几声怪叫，随即向野地散去。晨光如同宿醉未醒，人群不约而同地安静下来，随着车辆各自缓缓出了城门。

博尔忽跨着一匹乌黑大马，踢踢踏踏跑到杨家车队旁，和四娘子并排前行，"姑娘，您贵姓？"

"起开！烦人！再跟这儿起腻，抽你你信吗？"四娘子停了马，盯着博尔忽。

"嘿嘿，这么泼！谁敢要你！凑合着嫁给我得了！"

杨安儿赶上两步道："壮士，您有所不知，舍妹已经许了人家，请自重。"

博尔忽红了大脸，"呀，那可真对不住啦！咱们以前见过？你看着眼熟。"看见杨安儿目露凶光，不禁吓了一跳，笑道，"兄弟，别气别气，我没别的意思。走啦。"见杨安儿仍是盯着自己，"咱不多事，您车上有人，还是快走吧。"

杨安儿道："哪有什么人！您请回吧。"

博尔忽驾马走到烟儿狸车旁，用马鞭敲了敲鞍鞴堆，小声笑道："袍子都露出来啦！哈哈！"说罢呼喝一声，直奔先行的窝阔台追去。

烟儿狸听他这么说，低头一看，偷偷将袍子一角拽回来。四娘子走到车侧，笑道："彪子！"

杨家的车夫越走越快，已经赶到了队伍最前头。任家车队居中，两个车把式护着任庐江的骡车，蒙古车队落在了最后，不紧不慢地走着。

烟儿狸觉得憋闷，向外头的四娘子道："姐，没事儿了吧，我出来吧。反正那大个儿也看见了。"

四娘子刚要应他，就见后面嘚嘚嘚跑来一队人马，正是昨晚在客栈里探头探脑的那伙人，忙道："猫着吧。再忍一会儿。"

烟儿狸朝后细看，见李铁戈的家丁们各携长枪短刀，来势汹汹，顺手将早上杨安儿给的小弩捏在手里，活动了手脚，觉得并没麻木，心里踏实了些。这群人马却不停留，从车队旁掠过去，径直朝前去了。烟儿狸觉得纳闷，四娘子道："不是找你的！"

"那可能是要找那几个蒙古人。"

"你别动，我去前面看看。"

四娘子连连加鞭，却见那一行人收了速度，不远不近地跟着前面的三个人——那位人高马大的蒙古壮汉不知什么时候也跑了过去，他身边另有一位同伴，胯下的一匹红马比他的黑马还要高大！另一位是文士打扮的中年人，骑着一头驴，夹在两个蒙古人中间。三人高高低低并辔而行，四娘子从后面看上去，差点笑出声来。

四娘子不禁赞叹蒙古骏马，心里想到这两天的遭遇，觉得那蒙古大汉也算憨厚，正要赶上去宽慰他几句，就见更远处迎面跑来一匹马。

马上的人身着官服，见着那一行三人也并不下马，收了速度道："张教师！您这是去哪儿啊？"只见那骑驴的人连连摇头，和他低语了几句，二人随即拱手而别。那逆行人重又驾马扬鞭，待看到李铁戈的一群家丁，双方纷纷都下了马。四娘子也停了马，任它俯首啃食路边枯草，自己侧耳细听。

那来人道："嘿，你们小哥儿几个哪儿去啊？"

李黑虎道："姚大人，二爷让我们去办点儿事。"说罢凑到他耳边嘀咕了几句，又朝前面的三个人耸耸眉毛，"这不，有俩轱子在，不好下手。您怎么一个人？"

那姚大人回头看看骑驴的人，笑道："自作孽啊。说起来，和咱们两位老爷，和李家也算有旧啊。咳！哦，大爷一家人刚从新安州回来，昨儿到延芳淀已经晚了，就住了一宿，想着今天进城。孩子们小，还在睡。

大爷让我先赶回城里。你们再往前走应该能碰上。"

李黑虎道："城里也一堆事儿呢，有人把二爷给扎了，我们收拾了这个，也得赶紧回城去对付那个行凶的小犊子。"

姓姚的转头看见一行车队络绎不绝，皱眉道："怎么这么多人？"

李黑虎道："出城的。小事情。您快回吧。他就是个教书的，不费事。"

姓姚的道声辛苦，上马走远了。

四娘子也翻身上马，快跑几步，赶上了前面三人。博尔忽见她上来，又红了脸道："姑娘，咱给您赔不是啦。非得抽个嘴巴子才解气啊？"

四娘子撇嘴道："别说了，不至于！蒙古那么大，还找不到媳妇儿？非得来中都大撒网！"

窝阔台打量了四娘子，笑道："博尔忽，眼力不错啊！"

四娘子盯着他座下红马，探身摸了马鬃，"马儿不错！"

博尔忽越发脸红，向四娘子道："姑娘，你不知道啊，我们这位老大，来中都求亲，那个王爷一大早派人来说，同意了婚事。我一想我也得找一个，就跟你逗了几句……"

窝阔台向四娘子一阵大笑，"姑娘，博尔忽是我草原上响当当的人物，要不，您再考虑考虑？"

博尔忽推搡了窝阔台一把，怒道："人家都嫁人了，你别胡呲！"

四娘子道："想娶媳妇，也得好好找啊，又不是买马买驴。"

骑驴的正是张建，苦着脸抬头看了三位，道："一见钟情也是有的，只是，最后都成了一面之缘。情不知所起，一往而深哉。"

博尔忽和四娘子对视，两人不约而同撇了撇嘴。窝阔台想到在城里瓦舍的邂逅，不住点头，垂首向张建道："张先生所言极是。刚才咱们说的，你意下如何？不着急，慢慢想，到了前面的延芳淀，你回我一声就行。那之后，我们就直往北转了，不能陪护你啦。"

四娘子不知道他三人此前说了什么，向窝阔台轻声说道："后面那伙人怕是要对这位张先生动手，正嫌你俩碍事儿呢。"

窝阔台和博尔忽调转马头，博尔忽喝道："咹，你们几个？回去吧，别送啦！"说罢和窝阔台一起哈哈大笑。一番呼喝吓得李铁戈的家丁停了马，愣在原地。

四娘子笑道："哎哟，你这傻大个儿！嘴上也没个把门儿的！算了，当我没说。咱们各走各的。"

张建见四娘子走远了，叹息一声道："唉，我在宫里也有二十年了。说是让我回乡，到底还是要在路上处决我……"

窝阔台在他驴背上轻抽一鞭，"张教师，要我说，您别纠结，跟我回草原得了。咱大蒙古国不会这么对人！您还没说为啥出城？"

张建道："不提也罢。二位请先走一步吧，免得一会儿他们上来，殃及无辜。"

博尔忽道："这说什么话？！我就看不得欺负人！有我在，谁也动不了你！你可知你身边这位是谁？跟了他，没你坏处！别想了，跟我们一起走吧。"

张建又是一声哀叹，再也不作声。窝阔台示意博尔忽不要聒噪，二人仍是护着张建前行。

四娘子行到李家家丁身旁，李黑虎嘴里不干不净，看四娘子闲庭信步一般经过，更是气不打一处来，握住刀柄正要抽出，再回身看看后方车队，骂了一句，又将刀插回鞘中。

杨安儿迎上来，"妹子，怎么啦？"

四娘子道："没事。不是说还有两个宋人吗？"

"老太太还是怕连累咱们，就搁在任家车里了。到了前面，再上咱们的车。"

话音未落，就听见前面的那群李家家丁大声呼喝，各自取了刀枪弓箭，朝张建三人冲去。却见博尔忽回转马头，从背上慢悠悠抽出两柄弯刀，连人带马，铁塔一般站在路中，大喝一声，"哒！就这么几个人？不够打啊！啊哈哈，一起上来吧——"只一声吼得一伙人连连后退，更有人吓得从马上摔了下来。

窝阔台叫道："各位朋友，刚出城就动手不好吧，几位再忍忍，我们去前面候着。"说完弯腰从驴背上抓起张建，如同拎了一只小鸡仔，轻轻放在自己身后，"您抓稳喽。"又朝博尔忽喊道，"驴上的行李，你带着，前面等你们。"说罢双腿一夹，那红马驮了两人，竟然轻松异常，一声长嘶，四蹄如飞，转眼消失在尘雾之中。

杨安儿兄妹看得呆了，那群家丁手持弓刀立在原地，不敢上前。博尔忽竟然哼起了小调儿，将刀入了鞘，伸手摘了驴背上的行李，褡裢一样扔到肩上，朝窝阔台追去。马速也是奇快，但和那红马相比，慢了不知多少。

李黑虎带着一群喽啰，进也不是，退也不是，回头看见三列车队正在驶来，几个人嘀咕了几句，将那驴牵了，纵马朝前赶去。

一个家丁上下打量那驴，终于没憋住，"虎哥，完事咱把这驴卖了吧？前面那些镇子都吃驴肉，配上炊饼，老好吃啦！"

李黑虎抡起马鞭当头抽下，"吃货！瞅这点儿出息！卖，都卖，把你俩一块儿卖喽！"

（二）　变节

赵炬远远看见车队出了城，回到家里报信。见任孝萱正坐在一边看老太太插花，刚要坐下，就见春罗跑进来，"奶奶、老爷、炬叔，二少爷来了。"

任孝萱哼了一声，"大清早的！让他进来吧。"

任一师和祖母、父亲请了安，又和赵炬拍拍握握，"昨晚宫里的郑雨儿找了我。"

赵炬道："那小太监和李铁戈走得近，你甭理他！"

"炬叔！什么太不太监的，说得真难听！人家找我也是好心。听说了那个草的事，跟我说了几句……"

任孝萱怒道："一丘之貉。你都结交些什么人啊？！"

"爹，他们没别的意思。就是让我劝劝您，说草的事儿，就别没完没了啦。烟儿狸不是把人也攘了嘛，都别计较啦。"

任孝萱喝道："滚！十天半月不回来一趟，回来也没一句正经话！"

老太太清了嗓子，"孝萱，你喊什么呀！让孩子把话说完。"

任一师坐到奶奶身旁，笑道："奶奶，我呀，事情太多！一北在水关出了事儿，我不得给人弄利索了嘛。别让人笑话咱们家不是？"

老太太道："昨天他们用香，差点儿把你爹毒死。你知道吗？"

任一师惊叫一声，"哎呀，这不知道啊！爹您没事吧？"

"有事儿指望你！你连哭丧都赶不上！"任孝萱站起身来要走。

"孝萱，你坐下！一师，那郑雨儿怎么说？"

"就说握手言和吧。要不两败俱伤，都不好。"

赵炬道："老二，他们太欺负人啦，什么就握手言和！烟儿狸平白无故就扎他？那李铁戈拿刀架着你爹脖子！把你外甥打得头破血流，都不算了？！"

任一师哼了一声，站起身来，走到门口，"炬叔，您就别跟着瞎掺和啦！还嫌事儿少啊。”

任孝萱怒不可遏，抬手把拄杖扔了过去，任一师闪身躲过，“爹！李铁戈是国舅，咱就别跟他较劲啦！好好过日子不行吗？！”

“你滚！你去跟李铁戈叫爹吧。你不用回来。”

“哎哟喂，您是我亲爹！可是您偏不偏心？一北在水关出了那么大事，他自己作的，您给他花了多少银子？我呢，我调去水关，帮他收拾那烂摊子，我想往上挠扯挠扯，有人管过我吗？！”

赵炬见老太太铁青了脸，又见萱哥伸手去拿杯子，连忙将任一师推到屋外，“一师，你快走吧。事情怎么办，老太太和你爹会想个办法。你犯不着胳膊肘往外拐。真出了事，你才知道家里人才是……家里人。”

任一师伸手拍了拍赵炬肩膀，“炬叔，刚才我话说得不好，您兹当我放屁！银子，我过一阵给你送过来。”

赵炬道：“一师啊，拿着用吧，我哪有钱，那都是你爹的钱。你是真不明白还是假不明白啊。还有啊，那几个花匠，你就别再找他们了，都老的老、小的小，哪有闲钱啊。差不多得了。免得他们背后还得讲究你爹。”

“炬叔，您别生气。我知道了。对了，烟儿狸哪儿去了？”

“他……我找了一天也没找着。”

“李大人……李铁戈可是表态了，只要咱家不提草的事，他们也就过了。犯不上让烟儿狸东躲西藏的吧。您说是不是这么个理儿？炬叔，您再回屋劝劝，我走啦。”

任一师出了院门，径直朝花圃走来。几位花把式见了，纷纷躲在花丛后头。

“躲什么呀？都看见了。”任一师讪笑道。

“二少爷，您来了？”大吴起身打招呼，另几位花匠也纷纷站起身来。

“不就那几两银子嘛！说话就还给各位……”任一师眯着眼，细看墙上字迹，"咦，这谁写的字啊？"

"哦……那还真不知道！这谁呀这是，写的什么呀，你们几个知道吗？"大吴问。

见众人摇头，任一师盯着白墙读道："'遗民忍死望恢复，几处今宵垂泪痕。'呵呵，字儿不错啊！谁来过？"

花匠们你看看我，我瞅瞅你，又是纷纷摇头。

任一师见墙上墨迹未干，也不多问，抬腿进了花房。大吴忙跟进来，见任一师原地打转，盯着每堵墙看，赶紧快步走到床边，伸脚将床下的血衣又朝里头踢了踢。

任一师若无其事，走出花房，"几位老哥，前一阵子手头紧，这才觍着脸跟各位倒个短儿。今天有事来得急，没带银子。吴叔，你选个人，跟我回去，把钱带回来。"

大吴和几个人喊喊喳喳了几句，低头和任一师出了花圃。

任一师道："花房离了你不行吧？换个人跟我去！"

大吴道："完事我就跑回来，不耽误事。"说着扶了任一师上马，自己一路小跑，紧跟不舍。

跑到仙露坊的牌楼，大吴累得已是上气不接下气，挂着膝盖抬头问道："二少爷，咱这是往哪儿走啊。"

任一师下了马，把缰绳交到大吴手里，"看着马，我进去说几句话。"大吴抬眼一看，门楣上赫然写着"李府"二字。

任一师进了内院，见一高个疤脸大汉正出得门来，屋子里李铁戈大喊一声，"高乞兄，得空再来啊！"

任一师看他服饰，连忙低头侧立在一旁。等那人走远，这才进了房门。

李铁戈侧身卧在床头，嘿嘿了两声，"任大人，事情怎么样啊？"

"下官给李爷问安！家父……不会再纠缠此事。"

"那就对啦。看见了？刚才那个，术虎高乞，主上身边的红人啊，昨晚要是没他，宫里不定怎么着呢！就这，也得溜溜地来看我。明白吗？"

"都是李大人名望好！"

"嗯。事情办得不错。要是搁以往我那脾气，非把你那弟弟剥了皮不可！想想，吃亏是福啊。我一国舅，跟你们屁民斗个什么劲啊！"

"李大人，大人大量！"

"你呢，年轻轻的，不想再往上走走？"

"下官才疏学浅，不敢妄想。"

"话也不能那么说。文人有文运，做官有官运，耍钱有赌运。运气来了，挡都挡不住！跟对人，才能步步高升啊。宫里有个凤凰的故事，听过吗？"

"没……不曾听说。"

"说有一回啊，当今皇帝，当然还有我姐姐，元妃嘛，一起在宫里听戏。俩戏子对话，说：'中都飞来了凤凰，这凤凰是个好事儿啊！'另一个问：'怎么就好事啊？'那戏子说：'向上飞，就风调雨顺；向下飞，就五谷丰登；向外飞，就各国来朝啊；向里飞……'你猜怎么着？"

任一师俯首道："下官不知……"

李铁戈撇了嘴道："向里飞，就加官晋爵啊！这还不明白吗？"

任一师匍匐在地，道："还请李大人费心栽培，下官一定……心向李妃。"

"呵呵，那就对了。你去打听打听，从宫里到大兴府再到外路，哪个官员跟我李家没关系啊？！当然，要想有前程，你自己是不是也得拿点东西出来……"

"请李大人指点。"

"我看你这人靠谱！我和你弟弟任一北以前也很合得来。小伙子很机灵，有本事，话也不多。出了那么档子事，那是意外，谁也不想。啊。也可能是天意！偏偏赶在那天下大雨！这可不就是天意？任一北这是要给你腾位子啊！我听说啊，他手头有两本小册子，上面记了些账目……

是我让他记的，拢共两本，我这儿有一本，还有一本啊，我估摸着在你弟弟那儿，你去找找，帮我拿过来。"

见任一师犹豫，李铁戈又道："哦，不是在任一北那儿，是你那老弟，扎我屁股那小子。说是他去任一北的姘头，啊，相好的那儿，把那本册子顺走了。你把它取回来。哪天交给我，第二天我让你上任！昨儿晚上我和郑雨儿说，要给你个都水少监做做。你把册子拿来，也别少监了，才是个从五品，我直接让你当都监，正儿八经五品！"

任一师五体投地，"李大人栽培，下官感激不尽！这就去办！"

"这就对了嘛。做官，不能只盯着眼巴前儿，目光！目光你懂吗，看远点儿。刚才这个术虎高乞，封赏一律不要。你以为他傻？他是要，怎么话说来着，要图个远大！这不，昨晚救了皇帝，今天出来还在揸摸那俩刺客。他是聪明人，在地方上找人，光凭武卫军那群怂货不行！他也得来问我。哼！"

"敢问李大人，什么刺客？"

"说是城门上都贴了，你没见着？俩人，南边来的，一个画了像，另一个蒙了脸。"

"南边来的？可受伤？"

"别问这么多了！你把册子帮我拿来就是大功一件了。"

任一师低头沉思片刻，猛然说道："李大人，下官可能知道这俩刺客的下落！"

"哦？你说说。"

"下官不知确切下落，但门外有人替下官看马。请李大人派人把他抓进来拷问，必定可知线索。"

"当真？你去西院避避。等我把人抓了，你再出门。"

任一师叩谢了，正退步要出门，听李铁戈又道："一师贤弟，地上那箱子你打开，拿一锭走吧。"

任一师再谢，掀开箱盖，不禁眯上双眼，探手捏了一锭马蹄金出来。

（三） 乱战

延芳淀前，芦苇长得铺天盖地，在秋风中飒飒作响，正有苇农将成船的苇子卸下。

岸上的两个孩子绕着苇垛疯跑，继而又在草堆上跳上跳下。在一旁守护着的两个丫鬟，袖着手哈欠连天。那男孩捡起两根芦棒，递给妹妹一枝，两人各自攥了芦棒当作刀剑，奶声奶气地喊叫、抽打。

烟儿狸正看得出神，却被四娘子拎着耳朵拽到了车外。回头见大伯家二哥也从车厢里钻出，又猫腰掀起车厢底板，随即又有两人跳了出来。烟儿狸正要过去问话，被四娘子推着进了席棚。

店家走出门来招呼，心里不免纳闷，不晓得还不到晌午怎么来了这么多客人，见众人直奔店门，连忙高声叫道："各位客官，对不住啦，店小，内屋已经被人占了，先来后到，怠慢您几位啦！"又看了一眼四娘子，"大妹子，是你！你存的东西都好好的，在那边的仓房里，我给拿过来？"

四娘子道："您费心了，我自己拿就好。"

李黑虎一伙已经占了另一侧的桌子，正不住朝这边打量。烟儿狸学了博尔忽的腔调喊道："哎，就这么几个人啊！不够打啊！一起上来吧！"

那几个人也不搭话，伸手叫了店家过去。跟店家耳语了几句，店家连忙朝后院跑去。

四娘子从仓房里出来，肩上扛了一柄大刀，刀锋用锦袋裹了，右手抓了一个细长的布袋。走到杨安儿身边，将大刀噗的一声杵在地上。

杨安儿正盯着酒馆门前的对联，见那两块木板上写的是"野火攒地出，村酒透瓶香"。摇头向烟儿狸道："中都什么都好，就是酒不管够，咱们喝点儿吧。"又招手向店小二喊道，"上两坛酒先！"

四娘子嘿嘿笑了几声，又把手中布袋当嘟扔在桌上，"烟儿狸，就是这个。"

烟儿狸解开布袋，顺手抽出一对儿镔铁短枪，见每把枪不过腰刀长短，问道："这乌黑油亮的，叫个梨花枪？"

"嗯，"四娘子接过短枪，将枪尾轻轻对撞，两把枪咔嗒一声连在一起，"这就成了长枪。"

烟儿狸把枪接过来，轻轻拧开，原来是几道榫卯和螺纹将枪尾绞合在一起。枪杆只如拇指般粗细，只是靠近枪尖处渐渐加粗。又看见手握处有两个暗钮，问道："这俩是干吗的？"

四娘子贴了他耳朵道："按了，就有梨花啦。"

博尔忽在屋里听到喊声，走出店门，朝烟儿狸大喊："嘿，是你小子！学我说话！你怎么出城了？跤场那头牌你不要啦？"

烟儿狸站起身来，"来吧，哥们儿，坐我们这儿，一起喝几口！"

博尔忽走过来，见四娘子以及昨天跤场上见过的几人坐在一起，道："又见着了啊！我得进去，你们随便点，吃的喝的，再多要些，打包路上吃。统统我来交钱啊！我叫博尔忽，有事就叫我哦。"

烟儿狸道："你很有钱啊？"

博尔忽一怔，大脸一红，"我啊，我还行，我不稀罕那玩意儿，我也不想有钱。给你们结账足够啦！"又指了四娘子，"你啊，你得多点些肉啊，你多吃肉！瞧你那脸，都没血色儿了。"说罢又进了屋。

烟儿狸再看那伙人有恃无恐，又见店家从后院领了几人出来，竟然个个身着盔甲。那几个军士和李黑虎低声聊了几句，一股脑儿又奔后院去了。

烟儿狸叫过店家，问道："官军怎么回事？"

"哦，有大官儿昨晚上住我这儿。本来是要进城的，带着孩子呢，走走停停，玩玩闹闹的。"

四娘子道："什么大官儿？"

店家道："没敢多问。应该来头不小。你想啊，出门带一百多个军卒，那官儿小不了！"

四娘子和杨安儿对看一眼，起身进了室内。烟儿狸见状，也跟了过来。

经过那匹红马，不禁呀了一声，伸手在马脖子上摸了一把，只觉得手里黏腻，低头一看，果然掌上一片殷红。

博尔忽站起身，对四娘子道："姑娘来了，坐这儿一起吃吧。"

"别客气，我来是想说，外面那伙人有帮手，一百多当兵的。"

张建坐在桌旁，原本就垂头丧气，这会儿更是心如死灰，"几位壮士，不必流连。不才已经很感激了。"

博尔忽道："哎哟，我说你这位张先生也真是的，管他多少人，你先吃饱，要死也得饱着死啊！"又朝烟儿狸道，"兄弟，你能帮我对付几个人不？"

烟儿狸吧唧着嘴，"二三十个差不多，再多有点困难。"又亮了手掌，朝窝阔台说道，"你的马？汗血的呀！"

窝阔台站起身，"是啊。你喜欢？"

烟儿狸啧啧连声，"这院里的马加一起也不如您这匹！"

博尔忽笑道："窝阔台，送他得了！回去我和那傻小子说，他不能埋怨你！"

烟儿狸和四娘子听见窝阔台的名字，都是不免一愣。

窝阔台看了一眼博尔忽，向烟儿狸道："你喜欢就应该送给你，但是不行，这不是我的马，是草原上一个小兄弟的马。他也是你们汉人，知道我要来中都，怕有事，就把这马借我了。有借有还，不好意思啊。有空你去咱草原，我再找了好马给你。"

烟儿狸笑道："大草原的老爷们儿是真仗义！我不夺人所爱，这大马也只有你们这身量的骑才好看。我呀，骑驴就行！"说罢拉起四娘子，随着杨安儿走到户外。

屋里的张建也站起身来，缓缓离席。

一位军曹绕过门廊走到杨安儿近前，指着屋子里道："老哥，我们要这里头的一个人。你能袖手旁观就最好。"

杨安儿道："军爷客气了。我们不想生事。我也有事相求。"

"哦？说。"

杨安儿指着烟儿狸，"我队里的小兄弟。我看你们那边的几位一直横眉竖眼的，你跟他们说说，不要跟我这小朋友为难。动起手来，都麻烦。"

那军曹走过去，和李黑虎以及另几位家丁耳语了几句。李黑虎一副混不吝的架势，不情愿地向杨安儿点了点头，再看到张建走出门来，带着人呼啦啦过去将他围住。

屋内的窝阔台大吼一声跳了出来，家丁们连忙拽着张建朝院外疾走。窝阔台挥刀正要赶上，却见对面站了一群拉弓的兵士，只得停住大喝一声，"怯薛！孛罗忽勒！"

博尔忽听见呼救，急忙钻出店门，突然直直站住。他转身合上店门，后背上赫然插了两支箭。

杨安儿抬头一看，见房檐上已有一群弓箭手探出头来，顺手从桌上抓了两个盘子扔了上去，朝四娘子喝道："仓房！"屋檐上随即箭如雨下。

杨安儿、四娘子从侧门冲进仓房，回头看不见烟儿狸，透过门缝看到蒙古人已和一群军卒战成一团，远处的任孝椿、任巢湖护住自己家车夫、任庐江和辛陆二人，也被团团围住。

店门口的博尔忽找了根木头顶住木门，又转身朝这边看了看，"那个大姑娘，没事吧？"见这边没有响动，仍不忘把手里的牛肉塞到嘴里猛嚼了几口，又探手去后背拔箭。他肩宽背阔，连够了几次却摸不着，索性转身在墙上一蹭，那两支羽箭应声而断。这才回手抽出弯刀，大踏步朝仓房走来。

四娘子大喊："小心，房上！"博尔忽转身朝向屋顶，退向仓房。他五大三粗，竟能将两柄弯刀舞得滴水不漏，房上射来的箭噼噼啪啪居然都被他打落。

杨安儿架了矮梯，到窗口外望，见烟儿狸把桌子掀倒，躲在后面，桌面上已经是密密麻麻的箭矢。又看他掰下了一条桌腿,一点点将地上的两柄枪拨到身边,杨安儿低吼:"躲好!"

博尔忽背靠仓房木门叫道:"里头的,让开!"说罢用力一靠,只听见一声巨响,两扇门被撞得飞了进来。杨安儿拾起一扇扔给博尔忽,道:"你护着她!"自己托起另一扇木门,走到门外,飞步朝烟儿狸跑去。

双枪快要到手,烟儿狸突然听见背后有孩子啼哭,回头一看原来是卸芦苇的船家见有人开战,划船向湖里跑了,只剩下那两个丫鬟护着孩子孤零零站在岸边。烟儿狸转动桌面,不时调整方向,滚到丫鬟身边,让她俩抱着孩子蹲在面板后面,五个人挤作一团,丝毫动弹不得。

杨安儿见他躲得严密,再看任家父子和辛秸、陆元廷抵挡得左支右绌,自己的六个伙计也被乱箭逼到了车后不敢冒头,那边的几个蒙古人也施展不开,当即扛着门板站到院子中间喝道:"谁是管事的?孩子在岸边,不要放箭!"

屋檐上果然收了弓箭,远处的刀兵也渐渐停息。不知从哪儿疯也似地跑出一个婆娘,口中呼天抢地,却被几个丫鬟拦住。屋后随即又转出一个五十岁上下的男子,身着便装,面庞清瘦,嘴角不住哆嗦。

杨安儿道:"阁下何人?我等无意卷入战局,实属无奈。岸边有两个孩子,弓箭可不长眼啊。"

那人随即被几个兵士护住,清了清嗓子说道:"把孩子送过来,免你们一死!"

杨安儿道:"那位张先生如果犯了法,自有官府拿他。大晴白日的,就随便抓人,这是哪里的王法!"

"我是大金宣徽使李仁惠,奉旨击杀钦犯!谁敢胡来!"

杨安儿道:"这样僵持,不是办法。李大人将张先生交给我们,我让湖边的兄弟送回你的孩子。咱们各走各的。"

李仁惠回头和身边人耳语了几句,那军曹朝家丁喊道:"把姓张的押过来!"那伙家丁已经吓得面如土色,正不知所措,听见号令,连忙抓着张建衣领，推搡着站到李仁惠身前。

李仁惠道："湖边的那位，咱们一起放人。我数一二三，张建往你那儿走，你让孩子往我这儿来！"

四娘子和博尔忽也移到场中，硕大的门板只遮了博尔忽半个身子。博尔忽朝烟儿狸喊道："那个人太坏！你别听他的。小娃娃到手，他们还要射箭！"

烟儿狸在桌板后喊道："博大糊涂，别让乱箭伤了孩子！换人吧！"

四娘子叹了一口气，悠悠地道："哥，把枪递给我。"博尔忽见杨安儿递了两把细枪过来，道："这能用吗？你使我这刀！"四娘子接过枪，笑了将刀推还给他。

见张建已经走到场中，烟儿狸催促两个丫鬟抱了孩子出来。她二人早已吓得脸色惨白，孩子更是哭得上气不接下气。

李仁惠的婆娘拉起孩子，被几个丫鬟簇拥着跑向后院。博尔忽哎呀一声，果然房檐上又是嗖嗖嗖一阵箭雨下来。杨安儿三人挪动门板朝大车那边跑过去，烟儿狸也滚动桌面。只听见连声惨叫，张建已经一头扑倒在地，后背上的箭簇如同猬刺一般。

那百十个兵士训练有素，霎时间分成三股，一股和李家家丁护住李仁惠，另一股与几位蒙古人厮杀，第三伙人迅即将任孝椿等人团团围住。

杨安儿冲入战阵，手起刀落，咔嚓嚓砍了数人。博尔忽也如虎入羊群，杀得兴起。四娘子却步履蹒跚，旁边有人挥刀砍下，她侧身躲过，却一头栽到烟儿狸身边。

烟儿狸正把短箭装进弩匣，诧异道："姐，你怎么了？"

四娘子将双枪连成一杆，递给烟儿狸，说话已是有气无力，"早上吃了药，浑身没劲儿，你去吧。小心点儿。"

烟儿狸道："哪儿都不去，我护着你。"还不及起身，见有人挥刀扑奔过来，烟儿狸将枪尖竖起，正扎在来人小腹，右侧又有一人一刀砍下，烟儿狸也不拔枪，直接甩出枪尾刺中他臂膀，随即轻扭枪身，将长枪拆成两柄。

四娘子喘了粗气，"嗯，不错。你去吧。不要按钮，混战，用不上。"

烟儿狸笑着正要询问，就听远处任巢湖大叫一声，"二弟！"却是任庐江单臂挥舞朴刀不便，被人砍得血流如注，几个兵士在地上拖了他，直拽到墙角的李仁惠身边。

李仁惠抢过卫士手中的短刀，大叫道："都给我杀了！"随即一刀插入任庐江胸口——

任孝椿望见儿子被杀，怒吼连声，舞着哨棒冲向李仁惠。屋顶上又是嗖嗖数箭，尽数射在任孝椿前胸、小腹。

烟儿狸见伯父倒地抽搐，默默将枪交到左手，从地上拾起弓弩，站起身来慢慢抬手。四娘子要伸胳膊阻拦，却连抬手的力气也没了。只听嗖的一声，弩箭正中李仁惠眉心！

杨安儿大吼，"都住手！"提刀转身走到院中，扶起把椅子坐了。众兵丁一见长官中箭倒地，纷纷停手。

任巢湖扑到父亲和弟弟身边，抱住两具尸身号啕不止。烟儿狸将四娘子扶到杨安儿身边，也过去跪在伯父身旁。

博尔忽走到杨安儿身边道："他家死了两个人，还有仨人，还有俩南方人，病秧子一样，都不能打。你家的兄弟没了俩，还有四个。我那儿十个兄弟，死了仨，伤了四个，能动手的，算上我俩，还有五个。还打吗？剩下那些金兵，我去把他们都砍了吧？"

杨安儿见几个李家家丁和府军抬起李仁惠走向后院，其他兵卒也不过三十几人，各自握了兵刃向后撤退，道："算了。留些人，他们也好护着孩子回城。"

第十三回

世间荣落私情尽　不关贻祸自蛾眉

（一） 访医

杨安儿低头见妹妹面色惨白，额上冒出豆大的汗珠，嘴唇更是全无血色，走到烟儿狸身边，伸手摸了摸任孝椿父子的脉搏，说道："二位，节哀吧……任少爷，四娘子不太好。"

烟儿狸起身跑过来，连问了几句，四娘子只是紧咬嘴唇，双手紧紧按住小腹。

烟儿狸俯身将她抱起，走到店门口，一脚踹飞了顶门的柱子，又踢开房门，闯进店里大叫道："店家！店家！"

那店家和几个小二正在柜台后躲着，听见喊声，渐渐探出头来，"小爷儿，您怎么说？"

"你这儿可有郎中？"

"那可没有……"

"哪儿有？！"

"那得去镇上。往南十里，漷阴。沿着水边走就是。"

烟儿狸抱着四娘子重又出门，向杨安儿道："杨大哥，这边儿您盯着吧，我去镇子里。"

博尔忽和窝阔台低语几句，走过去牵了红马过来，"小子，你骑这匹去吧！"窝阔台也走过来，从怀里掏了皮袋子，系在烟儿狸腰间。博尔忽抓住烟儿狸两肋，抱孩子一般将他二人放到马上，回身照着马屁股就是一巴掌，那马呶了一声，蹿了出去。

烟儿狸将四娘子抱在身前，只觉得她浑身颤抖，腾出一只手扯下坎肩盖在她身上。见她仍是打着寒战汗出如浆，正要哄她，她竟然笑了。烟儿狸道："前面就看到人家了，再忍忍哦。"弯臂将她抱得更紧。

那红马四蹄如飞，转眼已奔入市镇，烟儿狸喝住一人问道："大叔，家里有人生了急病，哪儿有郎中？"见那人抬手指了方向，也不听他说话，直奔街心而去。

延芳淀此时一片寂寂沉沉，任巢湖收了哭声，和众人一起将尸首抬上马车，指着浑身血迹的辛秸、陆元廷道："杨掌柜，那二位交给您了，我先回坝上。我留匹马，烟儿狸回来，您告诉他追上我。"

杨安儿道："逢此大难，您多保重吧。要差人回城告诉一声吗？"

任巢湖道："不必了。刚才我看后面那伙人已经往城里走了，他们进了城，消息也就传开了。是祸躲不过。你们也多保重。"

杨安儿道："我叫个伙计，还是回城告诉任掌柜一声，也好有个准备。您这一车花，我那边一车鞍鞯，那边还有蒙古车队，都是惹眼的，这几天出城只能走施仁门，他们很快就能查出咱们底细。"

任巢湖轻轻点头，不再答话，辞别杨安儿，和两个车夫转道向北驶去。

杨安儿见他低头鼓捣了一阵，又从车里抓出一只鸽子，撒手放上了天，不知他搞什么名堂，也不好追上去再问，回身喊出店家，"不关你们事，取几把铁锨来。店里的损失，一会儿我赔你。这些当兵的，先这么着，官家会有人来善后。有人来问，请您实话实说，我们这群人无意间卷入乱战，也都死了伙伴。"杨安儿把铁锨递给自己的伙计，"那俩兄弟就葬在这儿吧，咱们暂时不能回家。"又回身向窝阔台道，"你是窝阔台？"

窝阔台正扒下博尔忽的外套，拔出他背上箭头，低头用嘴喈了脏血出来，听见杨安儿问话，张开血盆大口道："我是。"

"你那边的三个人怎么办，一起葬了，还是运回草原？"

"都是我部下，死在哪里就埋在哪里！你知道我？"

"铁木真……大汗的儿子，听说过你不少事儿……你脖子上的疤，当时是这位博尔忽替你喈的血吧？"

窝阔台和博尔忽双双一愣，博尔忽道："哎呀，咱们这么有名啊！"他哈哈大笑，牵扯了背上肌肉，伤口里又滋出血来。

杨安儿去车上取了钱袋，哗啦啦倒在桌上一堆银子，招手让店家取了，又向窝阔台道："耽误你们了，我妹妹……"

窝阔台道："小事，我们也往北走，正好一起等着他们回来吧。你们现下不该再回老家，不如去草原上转转。你的一车马具，就当帮我送货到草原吧。我十倍给你价钱。"

杨安儿道："路上再说，我想护送任少爷先去他伯父家。"

众人清点了人马，各自在芦苇荡边站了。杨安儿和窝阔台念及刚才的一场血战，不禁心惊，彼此只微微点头，相对无言。只有博尔忽若无其事，自顾自在寒风里裸了上身，找了把三条腿的椅子重又坐下。他抱起酒坛，咕咚咚喝了一气，反手将剩下的半坛酒一股脑儿倒在了后背箭伤处。

郎中给四娘子服了药，走到厅里对烟儿狸道："小两口儿闹别扭了？"

烟儿狸摇头，"怎么说？"

"你娘子用药过量，我问了她，说是今儿早上连喝了六服药，那药劲儿大啊，那是三天的量，一口气喝了还得了？"

"什……什么药？"

"我看了她口袋里的药方，牛膝、水银、榆白皮……都是堕胎的药，年轻人啊！……你别杵着了，进去吧！"

烟儿狸眼中含泪，将系在腰间的皮袋解下塞到郎中手里，"大叔，我们什么时候能走？您再给开些药，我带走。这都给您。"

"哪用得了这么多，留着钱多给你娘子补补身子吧。我看她脉相，没有身孕啊？这几天别太劳累就好了。"

烟儿狸进了里屋，看四娘子头上紧缠了布带，把两只圆眼几乎勒成丹凤眼。四娘子挣扎着爬起来，"我好多了，咱们快回吧！"

烟儿狸知道拗不过她，转身向郎中要了床棉被裹在她身上，又俯身将她背起，用腰带连人带被一起捆在自己身上。

四娘子伏在他后背上又掉下泪来，"好烟儿狸，我就哭这一回！"

烟儿狸拎了板凳，踩着上了马，"你傻吧！哪有吃那么多药的啊！"听见四娘子反倒越哭越大声，只好宽慰她说，"不哭了啊，咱们回去。这附近不能多停留。冷了就告诉我。"

那红马此番不再狂奔，跑得又快又稳，不一时奔回酒肆。杨安儿、博尔忽早整顿了车辆，候在路边。烟儿狸正要叫人拎把椅子过来，却见红马咳咳叫了两声之后慢慢跪了下去，他回身将四娘子身上棉被解开，抱着她顺势下了马，再轻轻放在车上。细看她，脸上已有了些许血色。

四娘子挣扎着要起身，见博尔忽正拎了羊皮袄过来，连忙躺下蜷作一团，"不要！不要！膻烘烘的！"

博尔忽低头闻了闻羊皮，"挺、挺好闻的啊。"

烟儿狸抢过皮袄，盖在四娘子身上，这才牵了红马交给窝阔台，"兄弟，谢谢你啦。"

窝阔台迟疑片刻，伸手接过了缰绳，"日后你来草原！我找了好马等你。"

杨安儿和辛、陆二人低语几句，递给他二人两套衣裳和几锭银子。有伙计从辕上解下两匹马，又从车上卸下两副鞍蹬装备了，他二人翻身上马，头也不回朝东疾驰而去。

杨安儿道："任少爷，我们先不回山东，和窝阔台同路走一段，也好有个照应。先送你去坝上你伯父家。"

烟儿狸一愣，向窝阔台道："你叫什么？"

窝阔台点头，"孛儿只斤·窝阔台！"

烟儿狸道："是你和升王府求婚？"

博尔忽道："嘿，你知道的还真多！所以嘛，和咱们回草原躲躲吧，你是中都的，算娘家人！"

烟儿狸摇头道："再说吧。"转身把双枪交给四娘子，"收好啊。"

四娘子仰头躺在车上，看天上白云舒卷，地上风吹芦苇，窸窸窣窣声听得人耳痒。她连声叹气，向烟儿狸道："你别太伤心。舞拳弄棒的，都免不了死在争斗里……到了坝上，我教你使这枪。你那么机灵，一学就能会……刚才在镇子上说的不算啊，我可能还得哭一回！"

烟儿狸骑马走在她车边，低头看她蜷在博尔忽的皮袄之下，不禁苦笑了两声。再想到伯父、堂兄惨状，又念及幼时和三哥在山后滑雪遇险，幸亏伯父一家搭救，登时红了眼圈。

（二） 祸胎

任一望见爹爹屋里有生人，伸手叫了赵炬出来。赵炬和她嘀咕了几句，一望转身进了东屋奶奶房里。老太太挥手让春罗、蕙卿出了屋。

"望，你那锦帐怎么样？"

"说是昨晚被移到宫里了，宫里又闹刺客，一把火给烧了！老太太，我答应您那一千两，要不算了吧？"一望苦笑道。

"谁指望了！唉，我正后悔，咱们多这事干吗你说说。你不看着店，你来有事啊？对了，听蕙卿说，夷则受伤了？"

"哦，正要和您说。他没事，陌陌陪着他在店里。有个事儿，我想还是告诉您……"

一望走到奶奶身边，伸手把花瓶里耷拉的花枝扶了扶，就见门帘掀开，春罗带了两个年轻女子进来，"奶奶，这位小姐要见您。"

眄儿弯身施礼，又向一望点头道："您是大姐吧？"

一望看她装束华丽非常，愣了一愣，"呦，这谁家的姑娘啊？"

眄儿羞红了脸，"见过奶奶、姐姐。我从升王府来，我叫眄儿，这是我的丫鬟，丑奴。"

"你是……升王的闺女？！"老太太惊得目瞪口呆。

"是的。"眄儿又看着春罗和丑奴道，"丑奴，你去陪这位姐姐聊一会儿吧。"

一望道："哎呀，奶奶，您那猫儿今天又洗脸了吧？快坐吧，眄儿，您来……有事？"

眄儿看床头、地脚、窗台上趴的都是猫，也不禁好奇，伸出双手，口中啧啧有声，叫了那只黑嘴白猫过来。见老太太笑眯眯地看自己，将白猫抱在怀里，点着它的鼻头道："你像个小偷儿……昨儿晚上，烟儿狸和我在一起。"

老太太大惊失色，"啊？不是说他昨晚上在大集上守着铺面吗？！

怎么都骗我啊，我有那么糊涂吗！"

一望牵着眄儿坐下，"好姑娘，他这会儿在哪儿？"

"昨儿后半夜走了，说是去东城的施仁门和几个朋友碰头，要出城去山后躲躲。"

"哦，那你都知道了。奶奶，我正要和您说……"一望走到老太太身边站住。

"烟儿狸欺负你了？！"老太太盯着眄儿问道。

眄儿低头红了脸道："是我愿意的……"

一望道："奶奶，昨天烟儿狸把李铁戈给打了，把屁股给人扎烂了。城里嚷着要抓他，就跑了。眄儿，跑去了你那儿是吗？"

"是的，路上有武卫军，就藏在我车下……跟我回了家。"

老太太怒道："这个谋良虎！"见眄儿低头偷笑，又道，"孩子啊，我这小孙子，老是惹事！你不知道他啊……"

"奶奶，我们说了半宿话。我俩都说好了。我来看奶奶和大姐，没有别的意思。"

"嗯。那你怎么就自己来了？和你爹娘都说了没有啊？"

"我娘三年前就没了。今儿早上，我和我爹又吵了一架，我就来了。"

"哎哟，别吵啊，好好说呗。既然你们俩要好，那当大人的，也未必拦着。我这大孙女，嫁的也算是高官之后，我们家也没想攀高枝儿，好了就好了呗。现在不是让女真和汉人通婚了嘛。"

"有蒙古王子求亲，我爹他答应了……"

老太太哎哟一声："那可不好办了！一望，我这脑子乱，这怎么个事儿啊这是，你说说，怎么办？"

"奶奶，炬叔刚跟我说，大爷和巢湖、庐江、烟儿狸他们早出城了。这一去，不定什么时候能回来。眄儿啊，这事儿确实头疼。"

门外一阵嗒嗒的拐杖声传来，任孝萱道："娘，我们进来了啊。"说罢引了赵炬和另一人走到房中，指着那生人道，"娘，这位是杨掌柜身边的人，出了城又跑回来给咱们报信儿。阿炬早前收到巢湖放来的鸽子，我还不信。可这位兄弟来了，确认……"

见赵炬示意自己，一望坐下，轻轻搂住了老太太的肩膀。

"说大哥和庐江……没了。"

老太太啊了一声，仰身朝后躺去，一望一把搂住，眄儿也连忙过来扶住。老太太嘴唇翕动，说不出话来，脸上已是老泪纵横。

任孝萱向眄儿微微点头。一望已是满脸泪痕："这是升王府的公主，昨晚和烟儿狸在一起。"

任孝萱长叹一口气，扶了老太太道："娘，他们出了城。李铁戈派了家丁要追杀一个宫里出来的人，在延芳淀，大哥、杨掌柜他们就和官兵打起来了。"

老太太呼吸急促，一望抚了她后背，"爹，不就是几个家丁吗，怎么还有官兵？"

"李铁戈他大哥，李喜儿，现在叫李仁惠，带兵回城，就赶在一起，动起手来。李仁惠杀了庐江，你大伯赶过去，被乱箭射了。"

赵炬洗了毛巾敷在老太太头上。老太太缓缓睁开眼道："孝椿啊！"

任孝萱道："巢湖带着尸首回坝上了，杨掌柜告诉说让咱们提防李家报复。"

老太太和眄儿异口同声，"烟儿狸呢？"

赵炬道："烟儿狸也去了坝上，杨掌柜兄妹也去了。"

"烟儿狸……也杀了人……"仁孝萱欲言又止。

老太太凝眼望他，就怕他说出人名。任孝萱嗯了一声，"烟儿狸射死了李仁惠。"

老太太不住点头，"冤家啊……"伸手叫眄儿坐在身边，抹了眼泪道，"好闺女，那臭小子，如果有命回来，你要是还想和他在一起，我就去你们家，和你爹求亲！"

眄儿道："我爹说，要送我去草原……成亲。"

老太太握着眄儿的手，"你们好了？"见眄儿低头不说话，从腕上摘下镯子，套在她手上，"好了就好了！这算是我替我孙子给你的信物。不是老太太教你坏，你不想嫁蒙古人，谁也不能逼你！"

任孝萱道："娘，什么时候了，还说这些！我这就赶去坝上，送我哥哥和庐江一程。"

眄儿道："伯父，带上我吧。"

任孝萱道："姑娘，别说了，不合适！"

老太太坐起身来，摸了眄儿脸颊，正色道："我就不信了！除了那个丫鬟，还有人知道你来吗？"

任孝萱道："娘！"

"你住嘴！一个李仁惠，杀了就杀了，便宜了他们。有什么好怕的，一件事一件事地办！眄儿，你和那丑奴先在我这儿住下。"

屋子外头，一个花匠隔窗嚷道："掌柜！吴大哥和二少爷去拿银子，好半天了也没回来。我们也不敢去问啊。"

任孝萱向一望和眄儿道："那，你俩先陪着老太太吧。"

老太太道："你，别去坝上。家里不能没人。那边暂时没事。"

任孝萱点头，拉着赵炬出了门，"拿什么银子？"

"萱哥，老二到处借钱，跟咱们几位花把式也都拿了钱。"赵炬见花匠支支吾吾，挥手让他回去了花房。

"阿炬啊，你去一师那儿看看，把大吴带回来。如果他那儿没钱，你从账上提了，赶快还给大伙儿。"

赵炬赶到任一师住处，没找到人，又到水关问了，得知他去了南春台。赵炬心中疑惑，却也直奔柳家而来。

刚到巷口，一群鸽子飞过来落在脚边，赵炬咕咕几声轰走了，抬头就见任一师被柳家老太太拦在门外。老太太见赵炬过来，大声向任一师说道："二少爷，您回吧。姑娘都挺好的，不见人。任老爷和你大姐来过几回，也都没让进院子。"

任一师道："我就是来看看弟妹，又没别的事。不是院里有什么见不得人吧？"

赵炬一把拽过任一师，向柳家老太太点头道："婆婆，给您添麻烦了，您请回吧，我们这就走。"又抓了任一师肩头，问道，"老二，你几个意思？你想干吗？"

任一师摆脱了赵炬，翻身上马，"炬叔，您现在管得真宽！"

赵炬牵马跟上，又拉他问，"人家姑娘家家的，你就要闯进去，合适吗？"

任一师扯了缰绳，低头道："炬叔，不是我说您啊，您是真不拿自己当外人啊。差不多得了，真以为是根葱啊！"

赵炬摇头道："我只问你，大吴和你出来拿银子，人呢？"

任一师道："拿了银子就走了，我哪儿知道啊！"

"大吴为人我太知道了，他要是拿了银子，不可能不回花圃！一师，你爹让我问你的！我问了你媳妇，说你根本没带人回家拿钱。你水关的几个人也说你没带大吴去过。你告诉我！大吴在哪儿。你说了，这事儿还有缓。"

"不说你能怎么着？"

"那你跟我回去，你去和你爹说！你爹、你奶奶正伤心，你大伯和庐江今儿上午死了。你还要再添堵吗？"

任一师也是一愣，"怎么死的？"

"李铁戈他大哥李仁惠杀的。"

"啊？！然后呢？"

"没有然后。你告诉我大吴在哪儿？"

"哎呀我不知道，你该问谁问谁去！你别踪着我。"

赵炬无可奈何，见街上人多，也不好生拉硬拽，只好不远不近地跟着任一师，一路走到了仙露坊李铁戈院门口。

任一师和门房说了几句，径直进了院。赵炬在门口逡巡，依稀听到院里鬼哭狼嚎，细听了，正是大吴在喊叫。门房过来阻拦，赵炬一猫腰闪过，闯进院来。

大吴被扒了上衣，绑在游廊柱子上，身上已是鞭痕累累，地上潴了一大汪血水。正有人提了水桶过来洗刷。

赵炬大喝一声，几个家丁直扑过来。赵炬大喝道："任一师，你滚出来！"

李铁戈听见院里喧嚣，和任一师两人走出房门。

"你可真行！你怎么进来了！"任一师向赵炬吼道。

李铁戈嘿嘿怪笑，"哟，这不任孝萱的家奴吗？您来了！捆上！"

赵炬道："且慢。我家花把式怎么了，要李大人您私设公堂？"

"呵呵，都招了，这不给他洗洗身子，正要给你们还回去呢。"

大吴抬起头来，"阿炬啊，我实在撑不住了，你骂我吧。"

李铁戈道："算了，别捆了。这位阿炬，你来了，正好，你把他带回去吧。你们走快点儿，兴许还能赶上武卫军去你们花圃抓人。"

"凭什么？"

"凭什么？！就凭你家私藏钦犯！刺杀大金天子的人，你们也敢留？！塘花坞真是疯了。"

"你还是人吗？"赵炬哼了一声，双眼直勾勾地盯着任一师。

李铁戈道："你消停点儿！这位任大人，很快就是都监，正五品，以后你得跪着跟他说话！你喊什么喊！"

赵炬上前解下大吴，背在身上，快步朝院门走去。

李铁戈喊道："甭着急，跑也没用。证据你是来不及销毁啦。"

见赵炬跑出了院门，李铁戈笑逐颜开，对任一师道："你呢，又是大功一件啊。"

任一师弯腰回话，"都是李大人审讯有方！"

"嗯。你小子靠谱。你估计那俩人还在你们家藏着吗？"

"血衣已经换下，应该是跑了。"

"那也没事。消息我是传到了。抓不抓得到人，那是他们的事儿啦。"李铁戈迈步上台阶，任一师见他扯动了胯骨，疼得龇牙咧嘴，忙俯身托住他臂膀。

"任都监，做事做人呢，你还要多和我学学。你看这一条消息，我给了武卫军，他们就去抓人了。也告诉了内府的术虎高乞，昨儿你在院里见着的那个，他会上报给皇帝，我在皇帝那儿又得一好儿。"

"李大人睿智。"

"哈，还没完呢。我也把消息给了宋人，他们是刺客的同伙啊，到处找不着那俩人。你来之前他刚出门，看见这堆银子没？给银子，我才告诉他们人在哪儿。"

"李大人这是一石三鸟！"

"嗯。学着点儿吧。都监的位子都给你准备好了，就看你的了。那个小册子找到了没？"

"刚还在查访，下官一定尽快。"

"是要快点儿啊。不能让官位等你啊。抓紧吧。"

任一师服侍李铁戈躺下，又得了一锭银子，喜滋滋出了门。就见几个家丁翻身下马，连滚带爬跑进院子，口中大喊："李爷，不好了，大爷没了！"

庆宁殿内，傅大政德把头叩得捣蒜一般，"小人罪该万死！任凭处置！唯愿主上息怒。"

潘守恒侧立一旁，低声向完颜璟说道："主上，也亏得政德在场，老奴听说，是他飞也似地一头扎到水里，这才把贾妃救到岸上。当时身边都是些宫女，都吓傻了。要不是政德，后果更不堪设想啊。"

完颜璟点头道："嗯。太医院怎么说？"

潘守恒道："元妃娘娘遣了李思忠过来，说胎儿无恙。贾妃也安好，只是受了惊吓。"

完颜璟眉头紧锁，"天气转冷，怎么想起去水边转了？"

傅大政德道："元妃娘娘和贾妃用了午膳，说阳光正好，就携手去了鱼藻池，元妃说她们要说些私密话，小臣不便在左右，就远远跟着。见娘娘和贾妃二人上了水边石级，小人呼喊她们下来，可是已然来不及，贾妃失足……"

"元妃呢？"

"娘娘也是大惊失色，蜷伏在地上……小人将贾妃推送上岸后，元妃娘娘才回过神来，仍是瑟瑟发抖。"

"哼，莫非真是天意？！老潘，你让人把水边石级上的苔藓都铲了吧。政德，你将功折罪，这次饶了你。以后，贾妃的行迹，你说了算。再出乱子，你就自裁吧。"

傅大政德叩头谢恩，浑身滴滴答答地出了殿门，又回身向潘守恒拱手道："谢潘大人代为开脱。"

潘守恒道："你是该加点小心，目前就这么一位怀了龙胎的。看好贾妃，你立大功。出了乱子，你就等着掉脑袋吧。"

傅大政德点头称是，又道："潘大人回护，政德没齿难忘。只是，有些事，不知可否和您叙说……"

"嗯。小声些。"

"刚才和主上，我几次想开口，怕又是杀头的罪啊……我在远处看得清晰，是元妃催促贾妃下了石级，贾妃脚下一滑，元妃并没拽她，反而松手……"

"政德！你还嫌事儿小！"

"所以要听潘大人指点。"

"这些话，不要再说。你是老实人。不要牵扯太多。好些事，咱们做下人的，看着了也要装作没看着。主上明鉴，自有判断。"

"潘大人高见……这一阵子，元妃送了些熏香给贾妃，说是安胎的。

今儿早上又让李新喜急火火地把香料都拿走了。此事也让人费解。"

潘守恒见他浑身湿透，脱下罩衫披在他身上，"起风了，你快回去吧，看好贾妃。"

潘守恒回到殿内，向完颜璟道："主上，刚才小忠子来，还说……元妃娘娘伏案痛哭。"

"事发突然。估计是吓着了。"

"小忠子还说……元妃娘娘的兄长，宣徽使李仁惠，今天中午在郊外遇刺！"

"哦。从新安州回来的吧。什么人这么大胆？敢杀朝廷命官。"

"回主上，是城南塘花坞的少爷任一清。"

见他连连摇头，潘守恒又道："昨天，李铁戈在大集上也被刺伤。"

"何人所为？"

潘守恒沉吟不语，完颜璟笑道："也是这位任一清？！呵呵。真是天敌！让李铁戈办的事怎样了？"

"因为被任一清刺伤，所以李铁戈没能亲去。李铁戈并未差人进宫汇报进程。我得到的消息是，他派了家丁一路尾随张建，到东郊外延芳淀才下的手。"

"了结了？"

"了结了。张建被李仁惠卫队射杀。"

"怎么这些事裹在了一起！"

"正是。李铁戈的家丁尾随张建到了延芳淀，不料塘花坞任掌柜的兄长和侄子，以及伤人逃脱的任一清都在现场，又有一伙蒙古人以及另一伙商队，和李仁惠部下冲突了。双方各有损伤。李仁惠杀了任掌柜的一个侄子，任掌柜的长兄也被乱箭射死。任一清就射死了李仁惠。"

"嗯。好一场混战。被你说得更乱。你去李家悼祭一下。按抚恤的规章就好，不必过分。这几年，李仁惠在新安州搜刮了不少。追逃的事，让刑部处理吧。杀人偿命，但也不用株连。李铁戈伤势怎样？"

"他，都是些皮肉伤。并无大碍……出了这些事，李铁戈必定……刑部各级官员，与李家素来交好……"潘守恒欲言又止。

"你去说与刑部知晓，让登闻鼓院，让路铎参与进来。协同会审，查明事实。国家自有法度。不可偏袒。这其中的张建，按下吧。"

"是。这就去。主上如此照拂，任家真是有福！哦，党老来过，上了折子，说《上阳台》的真迹还在查访中。"

"查访这种事，李铁戈做起来会更快。算了，不急，锦帐评比是明天吧？"

"正是。明天自会水落石出……引进司来人说，高丽的使团来贺寿，这几天一直求着要面圣。"

"来了什么人？"

"说是要进献些武士，三十六个人。供主上驱遣。"

"宫禁、宿卫、警严，这些事从来不用外人。我写几个字，你拿去给引进司，赏来人些财帛。他们愿意四处转转，就多住些日子。宫里不用他们，呵呵。"

（三） 迁居

李师儿伏在枕上痛哭不止，李铁戈劝慰道："姐，现在就咱们俩了。你得保重身子。咱们想个辙吧。"

李师儿道："我没心思，大哥死得太冤了。你手下的人全是废物！杀个张建还要大哥的人出手？"

"姐，这样，大哥算是为宫里的事没的。抚恤赏赐肯定少不了。"

李师儿抓起枕边书，一把朝李铁戈扔过来，李铁戈低头躲过，又牵动了屁股上的伤口，疼得直喝牙花子。

"张建和夹谷的事，是我告诉你姐夫的。张建因此出城。因为不好明着动手，就派了你去。你又派了一群蠢材，搭上了大哥的命！"李师儿越说越气，索性坐起身来，四下环顾，没找到什么趁手的东西。

李铁戈见她又要扔东西，慢慢朝门口挪步。见她把腕上的玉镯摘了下来，李铁戈哎呀一声，抢身到床边，一把夺下了镯子，"多好的东西！打我能解气吗！起根儿上说，都是因为塘花坞。他家那小子不伤我，我就能亲自带队，就不用这么费劲。"

李师儿见他躲到门口正试着把镯子往手上套，摇头叹道："张教师被贬，是因为我说了他们的脏事儿。他出城，我就死了哥哥。这是报应？"

"姐，别这么说。我觉得这事，你还得和姐夫说。咱哥这叫为国捐躯，为的是要杀那张建。小媳妇儿偷人，他一当皇帝的不好张扬。咱们替他平事，他得替咱报仇不是？我要是把张建的事传出去，他这皇帝可太没面子了。"李铁戈把手指攒成鸡爪，镯子仍是戴不进去，急得满地打转。

"我自会和他说。你不要急着动手。逃犯总归是要官府去缉拿才好。你那些家丁也太饭桶了。郑雨儿跟你说了没？"

"怎么回事？"李铁戈伸手抓了一块丝帕，紧紧缠了左手，试着塞进手镯。

李师儿看他急得脸上冒汗，哼了一声，道："高丽来了一群武士，被宫里辞了。你去笼络一下，也好随时使唤。"

"行！姐啊，我想着，带人直接去坝上，把姓任那小子杀了或者捉回来。"李铁戈扔了手帕，从抽屉里翻出一瓶蜜脂，厚厚涂在手上。

"不妥。你让新安州出些人马，不要张扬。刑部那边，我去打招呼，任家必须灭门。咱们不能在中都还留着冤家。薰草的事，推到他们头上！还有你说的私藏刺客，事情怎么样了？"

"武卫军去了要抓人，没想到术虎高乞也去了，拦着没让动！我也纳闷儿。"李铁戈见姐姐意欲下床，连忙背过身去。

李师儿道："术虎怎么得到的消息？他跟着掺和什么呀？"

"我……我告诉他的。我想着他肯定跟我姐夫说，是我查到了刺客藏身的地方。"李铁戈双手沾满了蜜脂，果然把镯子套过了近节指骨，推到了掌指关节处，却再也推不动了。

"他最近和任家走得近，咱们姐弟难道要栽在这小河沟里？"李师儿起身绾了头发。

"不能够！没理由。宫外的事，你别操心。这点事儿我还办不明白？宫里怎么样？贾妃肚里那孩子到底掉了没有？"李铁戈蹲在地上用力，左手手指勒得没了血色，他右肩高耸，一张长脸憋得通红，镯子还是套不进去。

"嗯，孩子没了。我和她说了，她吓得要死，同意了。"

"那个高丽小娘们儿呢？她别再怀上！"李铁戈气急败坏，想把镯子戴到右手。

"知道了。张建的事情不能那么想，是你办得乱七八糟。这样下去，你姐夫还能信得过你吗？街上出了个李白的书法，这事儿你知道吧？"

"不就上阳台晒被子什么的嘛！知道。"李铁戈站起身来，镯子卡在左手关节上，套又套不上，取又取不下来。

"你去找了来，送给他。也算个像样的东西。你那些来路不明的咳嗽哮喘药，省省吧。去忙吧。我再去嫂子家看看。你这就去来宁馆，还是会同馆，我忘了，去找那些高丽人。"

李铁戈嗯了一声，"下来吧你！"他右手用力，只听嗖的一声，随后叮一声脆响！却是他双手黏滑，拽了那镯子下来，又脱了手，镯子飞到墙上断成了几截。

赵炬在街上拦了一架驴车，把大吴放在车上，"吴大哥，让你受苦啦。你身手那么好，他家那几个家丁怎么能抓住你呢？！"

大吴披着赵炬的夹袄，仍是瑟瑟发抖，"我没想到啊！客客气气地让我进院儿，我以为要还钱呢，用大网把我套住了就……"

赵炬点头，"掌柜的说，一师从你们几个手里拿的钱，一会儿从柜上支了，加倍给你们。我直接送你回家吧。你好好养伤，对外不要说了。我和萱哥给你告几天假，这袋银子你先拿着，晚上我再让春罗拿了给你送去。"

大吴带了哭腔说道："阿炬啊，打得太狠了！我实在扛不住啊。你说说，我一家老小，我真要被打死了，他们娘几个怎么办啊！"

"难为你了。回头我替你出气。"

"出啥气啊。二少爷那毕竟是二少爷。再说，阿炬，你可别跟李铁戈斗气啊！"

"家门不幸。这事儿才刚刚开始。吴大哥啊，你跟萱哥出生入死，也好些年了，掌柜的待你不薄。你多担待吧，家家都有愁事。你快养好伤，花圃那边还指着你多照应呢。"

"炬啊，你细胳膊细腿儿，你还不如我能扛呢，你可别犯傻啊。还是等小少爷回来再说吧。"

"家里的事你知道的不少。刚才他们打你，没都说吧。"

"打死也不能说啊！我就说有俩人藏在咱花圃，我说老爷也不知道，那俩人拿刀逼着花匠，大伙也不敢不让他们猫着啊。"

"嗯，很好。他们打了你，以后也不会找你麻烦了。不该说的就别说。对谁都不好。"

赵炬让驴车把大吴送到家，自己一路狂奔跑回美俗坊。任孝萱正跪在院里，老太太坐在轮椅上生气。一望叫道："炬叔，当兵的刚走，差点儿把我爹抓走。刑部的人也来了，让我爹自己去一趟。"

赵炬走过去一把拽起任孝萱，听见老太太苦笑道："炬，咱家这次，可能躲不过去啦。"

赵炬道："别怕，有我呢……船到桥头……"

话音未落，门房跑过来塞给他一个布袋，"快脚信差送来的，啥也没说，只说让您亲手打开。"

赵炬掂了掂，从袋子里抽出一个油布小包，一层层掀开细看。老太太见他慎重，问道："阿炬？"

赵炬指示了门房和丫鬟们散开，挥着手里的信笺道："老太太、萱哥、一望，好事儿！烟儿狸出城前让人送来的。这个册子是一北留下的，上面都是账目，是李铁戈通过水关工事收受贿赂的明细。只是没有人名儿。这也够李铁戈喝一壶了。"

任孝萱道："阿炬，先别急，留着。他家大势大，靠这个还扳不倒他。杀了咱家两人，烟儿狸射死他哥……这梁子算解不开了。"

赵炬把账目册子递过来，任孝萱细细翻看，道："这是上册，还应该有下册。下册应该都是名字，上下对照，才是往来明细。"

赵炬又把烟儿狸的信交给老太太，"老太太，还有好事儿，烟儿狸说，一北有后啊，一个男孩儿，柳姑娘自己养着呢！"

任孝萱和女儿伏在轮椅旁，一起读了信。老太太又叹又笑，道："阿炬啊，老天待咱们不薄！你和孝萱快去，带些银子，让大柳儿好好的。事情能过去，咱再把她娘俩接回来。孤儿寡母的，真不容易啊！"

赵炬见掌柜的往里屋走，连忙拦住，"萱哥，您在家，别再有什么事。

我去就行。"

任孝萱也不阻拦，赵炬径去屋里拿了钱，包成两个褡裢，走到院中，朝任孝萱道："老二没把钱还给大吴，大吴气出了病。萱哥，您安排人把银子还了吧。坝上那边，有话，就写个纸条，把巢湖带来的鸽子放走一只就行。"说罢出门直奔柳家。

柳家的老太太开了门，见是赵炬，道："赵管家，您有事儿？"

赵炬道："婆婆，我家掌柜、老太太都知道啦。让我来安置三位。"

柳婆婆道："啊呀！不用安置，我们娘仨儿挺好的。"

"暂时不能接三位去家里，家里出了些事情。我们老太太的大儿子今上午在郊外被箭射死了，一个孙子也被杀了。"

"哎呀，不是小少爷吧？"柳婆婆惊得连连后退。

"不是。但小少爷也杀了人，最近官府查得紧，小孩儿回去别再吓着。让我进屋和柳姑娘说几句吧。"

赵炬进屋抱起孩子，不禁落泪。外面窗台上的一群鸽子，也止了咕咕声，侧脸向屋里瞧。

赵炬叹道："一北和我最亲啊！我的鸽子就认他！"

柳姑娘道："炬叔费心啦，我们在这儿挺好的。您看了孩子就回去忙吧。"

"不行。老二和那李铁戈在一起了，我没和掌柜的说。家里已经焦头烂额了。老二少不了来骚扰你。烟儿狸把你给他的小册子给了我。怎么只有上册？"

"哎，我只顾着哭，疏忽了。我以为烟儿狸都拿走了。后来李铁戈派人来搜，又搜出了另一册。"

"下册在李铁戈手里？"

"嗯，他家丁抢走了……"

"嗯。你们收拾一下，我在院里等。我带你们去个安稳住处。"

"炬叔，不用了吧？"

"用。咱们保住一头儿是一头儿。"

赵炬两肩各扛了褡裢在车侧疾走，不一时来到元元阁。袁大掌柜正在楼下迎了李铁戈一行入内，转身看见赵炬，笑盈盈走过来，"阿炬，不请你，你倒来了？"

赵炬道："老弟，借一步说话。"

赵炬拉了袁大掌柜到车旁，掀了车帘给他看，"兄弟，这些年没少让您费心，只是……"

袁大掌柜看见车内的妇孺，不免愣神，"你呀，你就是太矜持！这谁家娘们儿孩子啊？"

"并非我故意推脱，实在是……您瞧，车里是我相好的，有了孩子。我得顾着不是。不好意思带回任家，让我们老太太和掌柜的笑话我。过一阵我置办了房产，我再接走。这个你拿着，她们仨的吃穿用度。"

袁大掌柜叹了口气，道："阿炬啊阿炬！行吧。你甭跟我客气，钱你拿回去，这俩半人我还养不起吗？"

"不能那么说，给你添麻烦了。我尽快。兄弟，你给哥哥留点脸，别传出去。"

"放心吧。我还就怕你真的是个冷淡的人。有情有义，算我没看走眼。我腾出两间好房，僻静的，你别担心了。"

赵炬将两个褡裢挂在他肩上，"刚才进去的是内侍局李大人？"

"是啊，请一群高丽人吃饭。三十多人！今儿我要亏大了，这主儿吃饭从来不掏钱。还说不让带刀进城呢，这可好，那伙子高丽人一人身上两把！"

第十四回

豪夺锦标天下闻　难得难持劫数长

（一） 豪夺

李铁戈半躺在车里，伸手拨开车帘，见到洒扫街道的杂役们纷纷停了手中活计，低头靠墙站着，不禁心情大好。李黑虎上前几步道："爷，前面转弯就到了。"

"任家那边有什么动静？"李铁戈干笑了两声。

"昨儿晚上，刑部把任孝萱带走了。听说只是审问，没用刑，关着呢。"

李铁戈撇了撇嘴，不住摇头，"刑部的谁在审啊？"

"小的不知道，说路铎也在。"

"跟他有屁关系！"

"据说是宫里指定让路铎跟着掺和。"

"我这姐夫是真向着任家啊。一会儿进去，看我眼色，该砸就砸，该打就打，必须问出个眉目来。"李铁戈眼珠滴溜溜乱转。

李黑虎伸手叫过车后的四个高丽武士，"李爷有话，一会儿看各位本事哦。"

领头的大崔向其他三人耳语几句，四人彼此点头，并不答话，只是伸手握紧了腰间佩刀。

李铁戈一行在市政司门口下了车，李黑虎踹开了门撞到院中，侧门中走出一人吼道："什么人擅闯官衙？"

李黑虎白了他一眼，喝道："叫管事的出来！"

那人道："我就是，你们有什么事？"

李黑虎打量了他衣服、腰带，撇嘴道："你个臭八品！你嚷什么呀？少府监李大人在外头，要和你们问点事，出去迎吧。"

那府官略显慌乱，急忙回屋叫出几位同僚，齐齐整理了官服，走到院外，向着马车拜倒，"李大人，下官大兴府衙市政司知事彭克钢及都孔目官四人，给李大人行礼啦。"

李铁戈稍微坐直了身子，"辛苦啦，各位。我来和你们请教点儿事。"

"不敢不敢，知无不言。"

"锦帐评选是你们在做？"

"正是，下官正在做初评。今天下午，府尹大人邀请了八位翰林来市政司，一起审定。"

"嗯。那个《上阳台》有戏吗？"

彭克钢一愣，"回李大人，呼声极高！"

"都烧了！还极高什么呀？"

彭克钢回头看了同僚一眼，"李大人一定有所耳闻，那幅锦帐，天寿节当晚就被移至宫中，下官听说主上对它也是青眼有加。虽在市上只悬挂一天，但坊中人大有登泰山而小鲁、除却巫山无云之誉……"

李铁戈翻了白眼，"别跟我酸文假醋的，说人话！《上阳台》是哪家商铺送过来的？"

"这个，下官并不知道。此次是盲评……就是发放的锦帐布料以及送来制作好的成品，都不记名……"

"你们这管束也太松散了吧！哦，谁想来谁来，那不乱套了！"

"此次共发放锦帐一百二十幅，也有后来的没拿到。制作完成后，送到市政司的时候，也都捆绑了，确实不知道哪一幅是哪一家做的。"

"油嘴滑舌！如果《上阳台》得了第一，我说是我做的，也行？"

彭克钢谄笑道："李大人，街上的锦帐大多数都有商户的印记，大都和各家所售产品有关，比如果脯商家在锦帐上画了食盒，饭馆酒肆画了菜品、窖藏等等，大多数一目了然，类似冒领的情形，不太可能……"

"我问你上阳台，你说下菜窖！我问你城门楼子，你说胯骨轴子！"

"哦，《上阳台》有别于他者，制作者必定要出示原件，才可确认锦帐的归属。"

"嗯，是这意思，所以我亲自来跟你们讨教啊。帮我查查，《上阳台》是谁家做的？"

"不敢隐瞒李大人，下官几个人刚才还在署里剖析，也是一筹莫展，啊不明就里，啊不，一头雾水……丈二和尚摸不着头脑……真的不知道是谁家。"彭克钢连用了几个词，越说越直白浅近，仍怕触怒了李大人。

李铁戈瞪着彭克钢，怒道："那你说，我怎么能找到这家？"

彭克钢道："大人，今晚评审过后，明日真相自会大白天下……"

"用你说！等到明早，我现在来干嘛！"

彭克钢身后的一位孔目官匍匐上前，低头道："李大人，下官有些线索，但也只是揣测……"

"说！"

"此次锦帐选材油布，意欲于油布上彩绘出古纸的纹路、色泽，很费工夫，再加上要在锦帐上复原原作，想必是先用双钩填墨之法，再加以放大才行。中都城内，有此种巧作者，无非是文房店，抑或是古董铺子，许是装裱作坊也未可知。"

"这还算个有味儿的，接着说！"

"天寿节当天，那锦帐一亮相就轰动了，下官也很好奇，想着目睹原作，就去挨家逐户问了。有商户确实制作了锦帐，但一眼就辨得出，都画了笔墨纸砚之类在各家的锦帐上。另有几家，并未参与竞赛。下官平日与这类店铺走动甚多，应该不会和我有所隐瞒。"

"绕了一圈，你到底想说什么？"

"排除了大多数商铺之后，下官推测……"

"听着都累！别啰唆了！"

"下官推测，郭家的百纸坊嫌疑最大。"见李铁戈皱了眉头，那孔目官又道，"且不说他家的画工、印匠数目众多，有此制作实力；而且，天寿节前一日的晚上，下官带衙役们值守，来送锦帐的人中有一女子，几个衙役见她孤身一人，纷纷上前帮着从车上卸下锦帐。那女子给了衙役们赏钱就走了。后来衙役们闲聊，说是百纸坊的老板娘，姓任，年轻时更有姿色，美艳绝伦啊……"

李铁戈哼了一声，"我呸！你们这些个臭衙役都想些什么呀！没见过娘们儿是吗？"

"李大人教训的是，都是些俗人，见来了女子，少不了调笑几句，又见她出手大方，大伙儿就多聊了几句……"

李铁戈向彭克钢道："你觉得他说的对吗？"

彭克钢叩头不止，道："下官并不在场，不敢研判。"

李铁戈啐了他一口，"你呀，你这个糟老头子，你狡猾得很啊。还有别的线索吗？"

几个人跪在地上，嘟囔了几句，一齐道："没有啦。"

李铁戈伸手叫过一位武士，又从脚下钱箱取出一枚银条，"大崔，把这银子切了，分给他们几个吧。"说罢顺手将银条掷出，那大崔抽出短刀，唰唰唰唰挥了四刀，随即插刀入鞘。那条银子叮叮当当落在地上，均匀分成了五块！彭克钢几人见了，伏地跪谢不止。

李铁戈也感惊讶，"大崔，好刀法啊！真有你的。"

大崔口音生硬，"李大人，过奖啦。"

李铁戈一行调转车头，家丁在前头快跑着引路，向铜马坊郭家而去。

宣阳门又名丹凤门，是中都皇城的南门，门分三座。金人尚白，居中的门板上因此浮雕了银龙，四只金凤则绘在了两侧的门上。六扇大木门的表面，竖向凿了若干沟槽，都刷了银粉，晨曦映照之下，当真是艳光四射。路人在门前经过，门上的龙凤似乎也跟着游走飞动。

任一望摸了门钉道："炬叔，这东西真挺神的，那年上元节，我们一群姑娘来摸门钉，之后就遇到了易辰……"

赵炬环顾左右，道："是吧，都说神。"

任一望知道话密了，低着头默默走到车旁，再不言语。

俩人已在宣阳门外守了一宿，此时仍然不见人出来。赵炬跑去捧了几个馒头回来，见一望跳到车辕上不住瞭望，道："不用站那么高，先下来，垫巴一口儿。"

一望惊叫道："有人出来了！"

赵炬走近宫门，透过门缝看见千步廊里走着一群人，正是任孝萱被刑部的人带了出来。赵炬大喊："萱哥，这边儿呢！"

侧门吱嘎嘎开了一条缝，任孝萱侧身走了出来。一望赶过来，上下打量，带了哭腔道："爹，没伤您吧？"

任孝萱苦笑，"那任家的命也太不值钱了，三条才能顶一条？"

赵炬抓了他臂膀，"哎呀，没事就好！老太太估计也一夜没睡啊，快回家！"

"什么呀就三条，我大弟、三弟也得算他们李家头上！"一望说道。

任孝萱呵呵几声，推开赵炬递来的馒头，"想喝酒！"

"大早上的，喝什么酒啊，咱快回家！"

任孝萱推了一望上车，"好闺女，你回去告诉老太太，没啥事儿。爹关了大半宿，心里不痛快，我和你炬叔去吃口东西，吃完就回。"

赵炬连连摇头，"回家吧，回去我陪你喝。"

任孝萱跟车夫耳语了几句，那车夫扬起鞭子，向空中甩了一声，骡车踢踢踏踏走远了。赵炬伸手拦了架驴车，扶任孝萱坐了，笑道："萱哥，那就喝点儿吧。要吃点什么呀？"

"让那驴顺腿儿走吧，走哪儿算哪儿。"

"那就遛遛。事情怎样？"

"多亏路大人，要不然真得把我下狱啊。"

"陌陌是好姑娘，这事消停了，咱们该尽快把夷则的亲事办了。"

"是啊。刑部问我烟儿狸下落，你知道的，我也不会说瞎话啊，我实话实说呗，说在山后他伯父的牧场。估计这就派人去抓了吧。"

"萱哥，你传书怎么说的啊？"

"没说什么，巢湖不会让烟儿狸在坝上停留，估计再去别处躲呗。"

"那两个宋人，问了吗？"

"问了，我只说咱家又不是皇宫，有人偷着进来，咱也不知道也管不了不是。"

"嗯。薰草呢？"

"没问。我也没说。"

驴车沿着宫城城墙，一路向北行进，吱吱呀呀走进了会仙坊。

赵炬看见路边的过卖挥手，认出是给烟儿狸传信的店小二，叫车夫停了车，和任孝萱走入秦楼。

那小二前几日收了赵炬赏钱，这番更是热情，指着临窗座位道："二位老爷，那天您家小少爷也坐在这儿，您看这间可好？一会儿太阳上来，暖烘烘的。"

二人坐下，叫了几道菜，赵炬把酒杯斟满，任孝萱接了，"阿炬，要是没有你，我这瘸腿真是跑不过来啊！"

"咳！说这干嘛！"

任孝萱连灌三杯，"家里这么多乱事儿，真是难为你了。好儿一个没捞着，麻烦倒是一堆。"

"那也是我家。"赵炬把酒壶拉到自己一侧。

任孝萱道："阿炬啊，昨晚上我想了，烟儿狸要是能躲过这一劫，当然最好。他回来，我把花圃一拆两半，你一半，他一半，你们自己经管去吧。我也干不动了。"

赵炬正要咽下，一口全喷了出来，"萱哥，你这是要留遗言？！"

任孝萱叹了一声，"老大、老三都没了，老二我不想管他。烟儿狸要是能经管那半个花圃，照顾老太太、他那几个嫂子，绰绰有余。你呢，你该找个人了，这几天你就去，趸摸个宅子，大点儿。房钱，老太太早给你备好了。说办就办，你得有个老婆，生一堆小崽子，管他成不成才呢，养了再说。就这一辈子，别苦了自己！"

赵炬放下酒杯，"赶我我也不走！再说，烟儿狸偷我那么多鸽子喂小鹰，花圃啊，给他一垄都多！"

两人嬉笑了几句，任孝萱正色道："你的心思，老太太和我都知道，当初我俩都同意，一望这丫头太倔啊……"

"萱哥，八百年前的事儿，您提它干嘛呀。现在我羞臊死了，当时我也算年轻吧，不懂事儿。搁现在，打死我也不能张那嘴啊。"

"嗯，都是缘分，不说了，不说了。找个人，成个家！烟儿狸要是回不来，这家都是你的！子债父偿，我要是没熬过去……你照顾老太太我最放心。"

"有个事儿我还是告诉你吧。"

"你还有事瞒我？！"

"嗯。柳姑娘和孩子，还有她家那老太太，我给换了个地方住下了。"

"哦？那院子也挺消停的啊。"

"老二和李铁戈混在一起了……"

任孝萱嘎巴一声将手里杯子捏得粉碎，"孽子！我扒了他皮！"

赵炬和小二要了毛巾给他包了手，"五十多岁了，怎么还这么暴躁。本来真不想告诉你啊。"

"从小我就知道，这混账东西就是一官儿迷！"

"一北那两本李铁戈的账簿，一本在咱手里，还有一本被李铁戈派人从柳姑娘那儿抢走了。我估摸着，李铁戈想拿到咱们那本，老二在帮他找。我怕他天天去滋扰柳姑娘，孩子那么小，我就给换个地方住了。"

"嗯，稳妥就好。"

"别担心，好着呢。过了这阵儿，我再接回咱院儿里。"

（二） 赝品

李黑虎一脚把纸坊的院门踹开，看门的老者吓得抱头蹲在地上，"您找哪位啊？"

"让姓郭的出来！"

"我们老爷在集上呢。"

"谁在家，都叫出来！"

一个丫鬟从正房里走出来，也吓得浑身筛糠，嗓音只如蚊鸣，"回大爷的话，我们掌柜在大集上，夫人在花圃陪老太太，少爷去哪儿了不知道啊……"

李黑虎道："大集上那个锦帐是你们家做的吧？原作在哪儿，我们带走。私藏重宝，这是杀头的罪过儿！"

"奴婢听不懂您说的！"

李黑虎招呼了门外的几个家丁，"进去，搜！"

门房和丫鬟撤到一边，几个家丁闯进各屋，翻箱倒柜。有人捧了卷轴出来，有人抱了书箱出来。高丽武士簇拥着李铁戈进了院门。

一个家丁展开了卷轴，李铁戈贴近细看，只见画上是一个妙龄女子，画面上另有题字若干，问道："这什么呀这是？"

门房抬眼看了，"这是我家夫人，年轻的时候，的画……"

"呵，啧啧啧啧，难怪！她人呢？"李铁戈满脸涎笑。

"在娘家陪老太太。昨晚都没回来。"

"多大岁数了？"

"七十二啦。"

"我没问你！我说画上这个小娘儿们，多大岁数？"

"哦哦，十七八岁吧。"

李黑虎过来一脚把门房踹了个趔趄，"老梆子！刚还说有个少爷呢！听不懂人话？爷问你这画上这女的现在多大岁数？"

"三……三十多岁。"

见几个高丽武士不住偷笑，李铁戈也乐了，牵动了头上伤势，伸手捂了，笑道："这个是李白画的吗？"

"啊？"门房纳闷，"应该不是的，是宫里的画师画的。叫不叫李白，就不知道了。"

李黑虎走到近前，轻声道："爷，《上阳台》啊，说就是几个字，毛笔字，没有画啊。"

另几个家丁把书箱放在地上撬开，取出一摞摞纸笺，抖了问道："李爷，这里头都是字儿啊！"

门房偷眼看了，低声道："那是我家夫人和她祖母往来的信件……"

李铁戈煞有介事地接过几张，翻来覆去看了，叫道："傻吧你们，唐朝的李白，这纸能这么新？！一点儿常识都没有！再进去找！"

李黑虎带了人又呼啦啦散入各房。李铁戈领着四个武士在院里闲逛，大崔不住地啧啧称奇，"大人，院子，大，很好很好！"

李铁戈撇了嘴，"一破卖纸的，住这么大院子！回头你们看我怎么收拾他！"

李黑虎抱了柳条箱跑出来，兴冲冲喊道："爷，这个估计是！"

李铁戈踱过去，见是一个衣箱，里面放了内衣，他伸中指挑出一件乳白真丝短裈，放在鼻前嗅了又嗅，"嗯，香！原味儿的，给你吧。"说罢将短裈一把扔到门房头上，门房不敢触碰，由着短裈盖住半张脸，惹得一群人荡笑不止。

李黑虎从箱子里拈出一个卷轴，展开了递给李铁戈，又指着卷末的"太白"二字道："爷，这应该是署名！大二日！"

"大二日？！是李白的外号？"

见随从们也是一头雾水，李铁戈骂道："天天除了吃就是喝，不学无术你们！"伸手叫过门房，"你！认字吗？你过来看看！"

门房挣扎着站起，仍是不敢摘下头上短裈，透过真丝看了书法，道：

"嗯，不是大二日，应该是——太白。李白，也叫李太白。"

李铁戈哈哈大笑，"得！就是这玩意儿。咱们走吧！"

门房伸手要拦，被一名武士又推了个跟头。

李黑虎抽出腰刀，把院里的荷花缸敲得当当响，又指着门房和丫鬟道："老老实实待着！这是公务，你们院儿里头藏着国宝，信不信我把你们全带走下狱？"

听丫鬟哭啼啼说完，任一望回到屋里，"夷则，你和陌陌陪着老太太和眄儿。我回家去看看。若是你姥爷他们回来，你让炬爷去咱家找我一趟。"

"娘，有什么事儿吗？我和您一起吧？"

"你留下，家里也不能连个男的也没有。"

老太太道："你慌里慌张的干什么呀？"

一望道："奶奶，那李铁戈刚去了纸坊，抢了东西走了。"

"这也欺人太甚了吧！抢什么啦？"

任一望呵呵了几声，一脸坏笑道："随他便，爱拿什么拿什么。"

任一望也不急着出门，让夷则去抱了花篮进来。老太太也从炕上下来，带着几个女孩儿剪枝、插花。

赵炬扶着任孝萱推门进来。见俩人脸上一片酡红，老太太道："哼，心真大。喝美了这是！"

任孝萱扑通坐下，嘿嘿道："娘啊，阿炬刚带我去看了我小孙子，虎头虎脑的，好玩儿！"

老太太放下手中剪刀，"挺好的？壮实不？"

赵炬道："可乖了！见了萱哥就往怀里钻！"

一望道："我也带奶奶去看看！"

赵炬连忙伸手拦住，"别别，别去，我给换了个地方，过两天就接回来啦。"

一望道："换地方干吗呀？"

任孝萱道："你也不去和易辰看着铺子，跟这儿躲清闲！"

一望道："正说呢，刚李铁戈去了纸坊……"

"怎么了？"

"没怎么的，拿了点东西走了，把门房和丫鬟们吓唬了一阵。"

"萱哥，我和一望回去看看，之后我去集上。你跟家歇着吧。"赵炬眉头紧锁。

"嗯。有点上头！阿炬啊，你看看有鸽子来没有？"

赵炬去鸽棚转了一圈，回屋道："没来信儿。我放一只过去再问问。"

任孝萱右手支腮，靠在桌上几乎就要睡着，迷迷糊糊中应了一声。

李铁戈一行出了铜马坊，直奔宫城而来。到了应天门，留下李黑虎陪着几位武士，双手捧着卷轴，连跑带颠进了庆宁殿。

完颜璟正与完颜匡议事，见李铁戈笑逐颜开，道："铁哥儿？有事？过来吧。"

李铁戈叫了声"定国公"和完颜匡打了招呼，弓着腰站在一旁。

完颜璟道："家里出了事，你不在家里待着？"

"家里都安排好啦。得了个宝贝，要献给大金主上！"

"什么呀？"

"《上阳台》！"

"嚯，哪儿弄的呀？"

"李铁戈一出手，就知有没！请主上御览过目。"

完颜匡笑着推了他一把，"铁戈大人，只说御览就行了，不用再说过目。"

潘守恒接过小卷轴，和完颜匡两人小心展开，完颜璟惊叹了一声，"铁哥儿，哪儿得来的？"

李铁戈见他惊喜，上前几步道："嘿嘿，查这个还不容易，半个时辰都不用！铜马坊的郭家纸坊。"

"朕问你怎么得到的？"

"我去了，说明利害，他们就上交了……"

"胡闹！你抢的？"

"没抢，根本就没动手。"

完颜匡老眼昏花，贴近了卷轴细看，"哦，这就是那《上阳台》啊，这几日大伙都在说这个……主上，老臣想拿到门口阳光底下，再过个目看看。"

见完颜璟点头，潘守恒也憋不住乐，捧着卷轴走到门口。完颜匡道："潘大人，举高点儿，哎，再高点儿，别动别动！"

完颜璟向李铁戈道："别人家有好东西，你去央求着看看也就算了，你怎么能抢呢！强盗？"

"他们愿意献到宫里来……"李铁戈支支吾吾。

"就是人家愿意，也得藏家自己献过来啊。你就这么给拎过来了，成何体统？"完颜璟见完颜匡皱着眉头绕着卷轴游走，又道，"定国公，哪里不对？"

完颜匡刚要回话，远远看见党怀英从泰和门进来，在殿前探头探脑地张望，忙伸手叫他，"老党，你快过来！"

完颜璟走到门口，也迎了日光打量卷轴，见它纸色陈旧，点画分明，却比锦帐上的笔触又凌厉、生动了数倍。

"老党，你掌掌眼，这个——对吗？"完颜匡捻了白胡子问道。

党怀英见是小尺寸的《上阳台》，来不及和完颜璟行礼，捧着卷轴看了又看，又放到面前闻了又闻，和完颜匡对视片刻，摇头道："双钩填墨，不是原作！"

李铁戈道："老党！啊党先生，可不敢乱说啊！这上面写着呢，这不大……大白！李白又叫李大白嘛！"

完颜璟向党怀英点头道："确凿？"

党怀英道："不敢欺君！"

"李大人，这是仿作，用的老纸，手艺是真好！"完颜匡背手走到李铁戈身旁。

完颜璟笑道："呵呵，李铁戈啊，还说不是抢的？若知道要拿给朕看，郭家怎么可能送给你个假的！"

"真没抢，我就是那么一说，他们就给了我这个……"

"谁给的？"

"门房……和一个丫鬟。"

"哼，赶紧给人送回去。不要再拿人家东西。多事吧你就！"

"是，我这就还回去……主上，我哥……那杀人犯还在坝上，我想带人去捉回来……"

"哼，那家不是也死了人吗？"

"那不一样！刁民，死有余辜！我哥是左宣徽使，天子钦命的官员。击杀朝廷命官，应当灭门！"

"哟！李大人这是要逼宫？"完颜璟连声咳嗽。

李铁戈一跪到地，"卑职万万不敢！只是我兄长太惨了啊。"

"此事自有刑部秉公办理，李铁戈，你想干吗？！"

潘守恒探脚轻踢李铁戈靴底，道："主上，铁戈丧兄，情不自禁。"

李铁戈叩了一头，爬起身来伸手夺过卷轴，向党怀英、完颜匡哼了一声，走了出去。

李黑虎兴冲冲迎上前来，满以为又要被夸赞几句办事得力，没料到主子劈头盖脸把卷轴摔了过来，"废物！弄了个假的！"李黑虎拾起卷轴，打开看了又看，"写着太白呢……太黑了吧！"

李铁戈劈手夺过，恨恨地撕成几段，"敢蒙我！走，大集上抓那姓郭的去！"

（三）　劫宝

　　赵炬刚到大集西口，就见大吴一瘸一拐跑过来，忙问道："你不跟家养伤，转悠什么呢？"

　　大吴哭丧了脸道："阿炬啊，活儿这么多，我跟家待不住，就来铺子看看，正赶上那李铁戈把郭掌柜又给抓走了，你说说！"

　　赵炬听大吴乱七八糟说了一遍，说李铁戈带人砸了郭家铺子，自己带几个人过去理论，又被李家的府兵痛殴一顿，郭易辰让他回家报信，之后被李铁戈带走了。

　　赵炬道："为啥抓人说了吗？"

　　大吴道："没听明白，说什么锦帐，上什么阳台晾什么假衣裳什么的……"

　　赵炬点头道："你能扛住不？"

　　大吴道："天天挨打，也不知道疼了！"

　　赵炬道："你回去看着铺子，我回去和老太太、掌柜的商量办法。"

　　赵炬赶到郭家，叫了一望奔回美俗坊。在卧房里叫醒任孝萱，一起到了老太太屋里。

　　任孝萱听一望说完事情由来，道："娘，事已至此，没有别的办法了。我和阿炬去李家要人。您把那件原作给我吧，我拿了去交给李铁戈。"

　　老太太道："唉，怀璧其罪！也只能这样了。"说罢走到书柜旁。

　　任一望快步挡住柜门，"奶奶，不行！原作不能给他，让他去皇帝面前邀功？我拿了，我进宫，亲手交给那皇帝。"

　　老太太点头，"一望说的也在理。李铁戈一肚子脏心眼儿，他可能是要拿这东西取悦皇帝，之后他再提要求，估计更要对咱们不利。"

　　任孝萱道："手里没东西，我和阿炬去找李铁戈，拿什么说事儿？"

　　"嘿，这是个僵局啊！"老太太见一望眼中含泪，抬手摸了摸她的面颊。

一望道："爹，想不了那许多了。就是不能给他！我进宫献了《上阳台》，和皇帝说，李铁戈屡次三番找咱们麻烦，这事儿只能从上到下了。你们也不用去李铁戈那儿，你们等我信儿。我不信皇帝真是个睁眼瞎！"

任孝萱道："炬，确定人被带到李铁戈那儿了？"

"是的，不会送到狱里。他肯定是要让咱们拿着东西去换人啊。"

"爹、炬叔，你俩先去李铁戈家要人！我这就进宫。"一望道。

老太太瞪了她一眼，"别忙，再捋捋。他俩去李家，空着手，那夯货怕是要恼羞成怒。你去了宫里，呈上原作，你能张嘴就告御状吗？刚献了东西，就夹带着要这个那个的，菜市啊？讨价还价的！"

"哎呀奶奶，那您说怎么办？"一望急得不住跺脚。

"孝萱，你和阿炬先去李家，看他态度。他毕竟是国舅，如果给了他《上阳台》，能把事情泯了，咱就送给他。如果不依不饶非要鱼死网破，一望你再进宫不迟。"

旁边的眄儿和路陌一起站起身，路陌向眄儿道："眄姐姐，你先说。"

眄儿道："奶奶、伯父，我父王和那李铁戈素有往来，我想回去和我爹说说，让他和李铁戈……"

老太太道："不行！你回去，怕是走不出来了。"

眄儿道："我能回去，就还能出来。"

一望道："好眄儿，你爹没有理由掺和这事儿。"

眄儿道："姐，那也要和我爹说，这事情要让人知道，满城风雨才好。不信他李铁戈能一直跋扈！"

老太太道："眄儿不要走。"又指了任孝萱道，"按我说的办，你俩先去吧。一望坐下！陌陌，你有话说？"

路陌道："老祖宗，我想回家去和我爹说说。"

任孝萱道："陌姑娘，别说了。今天，要不是你爹，我出不了刑部。事情一个接着一个，你爹不好老是罩着任家，他那么多同僚，让人背地里说闲话。我这是什么人家啊，尽给人添麻烦。"

老太太伸手按下路陌，"你俩就在这儿陪着我。春罗啊，去让后厨备饭！夷则，你去集上，把铺子都关了吧。"

赵炬道："老太太，那幅字咱谁也不给，根本不是这字的事儿。"

老太太盯了赵炬道："嗯，也是。字儿的事再说吧。你们快去李铁戈那儿，免得易辰受苦。"

见爹爹和炬叔走到院外，一望示意眄儿和路陌："去歇一会儿吧，开饭我叫你俩。"眄儿和路陌穿过院落，在烟儿狸鹰房前站定，二人耳语几句，眄儿叫来丑奴，三人一起出了院门。

一望扶老太太坐下，"奶奶，别急，您先躺会儿。我还是觉得应该把原作交到宫里，咱们应该先走一步！"

"嗯，你差个人，去宫外。玉佩在身上吗？"

"在呢。"一望掏出玉佩。

"差个人，拿着玉佩，去宫门外，让人禀告皇帝，请他派人来取《上阳台》。咱不自己送。"

"奶奶，咱娘俩儿真是一条心！"一望看奶奶脸色转好，在她额上亲了一口。

"别贫嘴了，谁跟你也没外心！"

任孝萱和赵炬在仙露坊碰了一鼻子灰，怒气冲冲回到家，一进门就听见老太太高声喊叫，"大傻妞儿！你怎么能放眄儿回府？他爹袖手旁观不说，姑娘也留不住了！"

任孝萱进得房来，"娘，李铁戈不放人，让拿了《上阳台》去换人！"

老太太道："那咱们该怎么办呢？阿炬啊，眄儿回了升王府，估计肯定是扣下了。升王府你可有熟识的人？能扫听扫听不？"

"拐弯能找到人，我这就去。"赵炬道。

任孝萱道："娘！没名没分的，用什么名义跟人要人啊？那是人家的闺女！"

"没说要人！问问，别苦了那姑娘！我孙媳妇儿那是，谁也不能动她！"老太太道。

一望道："爹，我让人去了宫里，应该很快来人。奶奶和我想着，把卷轴给李铁戈，他也还要咬人，不如直接献给皇帝，咱也没有附带要求。总之不能便宜了姓李的。我看那皇帝是个明白人，听天由命吧。"

赵炬喊道："不可以！"

老太太摇头，"炬啊，我的话你也不听？"

赵炬道："皇帝和咱们走动再多，也算不上亲近，李家那是生过皇子的啊。"

门房慌慌张张跑进来，"掌柜，门外来了军马，就上回那个脸上有疤的，说是来接老太太和大小姐进宫！"

赵炬叹道："也罢，我去趟升王府。一望你路上多照顾老太太吧。"

老太太让一望取了卷轴，春罗、蕙卿取了棉服，给俩人披上，一起走到门外。

术虎高乞翻身下马，深施一礼，"叨扰啦，主上命我接任老夫人、郭夫人二位进宫。"

老太太道："辛苦了，术虎大人。您受累，我把卷轴给您，替我家呈上就好。"

"不可……恕难从命。主上命我恭请二位进宫。说是您家的东西，应该由您二位亲手带到宫里。"术虎高乞又向一望施了一礼，"您是任大小姐吧，主上命我将这玉佩还给您，请收好，以备不时之需。"任一望接过玉佩，放入怀里，抬头看见他脸上的刀疤，觉得也不似那日在元元阁里众人描述的劈面那么恐怖。

术虎高乞见她盯着自己，黑脸泛了红晕，"请二位移步上车吧。"

老太太点头，看半条胡同都是人马，问道："这么多人啊？"

术虎高乞苦笑，"是。小人胆怯怕事，唯恐护送不周，让您见笑。也是个仪式的意思。"

老太太道："上次大兴府来人，查什么刺客，多亏术虎大人周旋，老太婆谢谢您了。"

术虎高乞掀开轿帘，"老夫人您不必谢我，当时是主上遣我来的，是我分内之事。"

待老太太和任一望登了车，术虎高乞招呼队伍后边的一位武官上来："张僧贤弟，我在车右，你在车左，咱俩服侍！"

徒单张僧松开马缰，探手从背囊里取出一副流星锤，攥在手里，"术虎兄，放心吧。回宫！"

一行人转上丰宜门大街，沿路直奔宣阳门。队伍前有兵士喝道，行人呼啦啦散开。术虎和徒单人高马大，不时环顾，街边商户有探出头来窥视的，见了他二人面目，纷纷躲进店内。

行至龙津桥，队伍突然停下，一名侍卫从队伍前头慌慌张张跑过来，向术虎高乞道："大人，前方有人拦截！"

术虎高乞和徒单张僧相视一笑，道："多少人？"

"一个。"

徒单张僧哈哈大笑，"够胆！让他过来吧。"

那侍卫跑回队伍前头，引了一人过来站在车前。术虎低头看他细细瘦瘦，只是着了黑衣，蒙了面，身上并无兵刃，讶异道："阁下好大胆子，埋伏了人？"

那黑衣人道："没有。"

徒单张僧听他声音沙哑，知道是嗓子里含了东西，讪笑道："前面就是丹凤门了，我呼哨一声，你知道会奔出来多少人马吗！想要什么？"

黑衣人道："不想伤人。让车里人把东西给我。"

术虎高乞向侍卫道："给他刀。"

几名侍卫会错了意，抽刀扑上来，黑衣人身形闪动，举手之间，几个侍卫已被点中穴道，呆立在原地。

术虎高乞翻身下马，"手法不错！全真的？我与贵教玉阳真人交好，你是他座下的？"

黑衣人摇头，"不想伤人。"

徒单张僧提了流星锤跳下马，"术虎兄，不劳你费神，我来料理他，你们先回。"说罢舞锤过来，那黑衣人也不回身，在锤头轻轻一拨，锤头调转击向徒单张僧。他连忙收回铁链，却被黑衣人赶上一步，一指点中锁骨，闷哼一声倒在地上。

术虎高乞脱下长袍，搁在马鞍上，"嗯，那么长春子是你什么人？"

黑衣人摇头，伸手示意他不要上前，自己一步步走近马车，伸手掀开车帘。

术虎高乞夺过一把长枪，朝黑衣人后背分心便刺。黑衣人微微侧身，用手背将枪杆压在车辕上，随即又抬起右手，左手在枪杆上轻轻一弹，术虎高乞哇了一声，只觉得一股劲力顺着枪杆直传到胸口，喉咙里一团腥膻拱上来，忙屏气将血气咽下，虎口更是一麻，撒手松开枪身。

黑衣人转身凝视术虎高乞，摇头示意他不要上前。术虎高乞弯腰捂着胸口，低声道："阁下武功，我生平未见！伤我可以，不要加害车里的人！"

话刚出口，他只觉得喉咙一热，呼地吐出一口鲜血，浑身晃了几晃，随即摔倒在车旁。徒单张僧刚活动了手指，胳膊仍是抬不起来，见状也不敢再动，双目圆睁，摇头制止了拥上来的护卫。

"不要运功，静养片刻即可。"黑衣人说罢，转身又掀开车帘，从老太太手里夺过卷轴，纵身跳上近旁屋顶，几个腾跃，转眼间已是踪迹皆无。

徒单张僧跌跌撞撞起身，伸手扶起术虎高乞，"大人啊，大人！"见他悠悠醒转，又问道："这什么人啊这是？"

术虎高乞目光呆滞，只是摇头，颤了声音道："天啊！"

侍卫们一拥而上，术虎高乞连眨双眼，定了定神道："不要慌张。他无意伤人。张僧，你送她二位回家。我进宫面圣，领受责罚！"

妇人孩子们呼天抢地，杨安儿拉了窝阔台走到院中，"兄弟，这边的规矩，人死了要停灵几天，我的意思是，各位不要耽搁了，早些回草原吧。"

窝阔台点头道："是啊。明早我们起程。中都一定会来人抓他，要不你们……都跟我走吧？"

杨安儿道："阁下一片好心，都懂。这次我们就不去草原了，马鞍子这次不能给你，我另有用处。任少爷跟你们走倒是最安全……咱们还是听他意思吧。"

烟儿狸走出门来，脸上涕泗横流，"杨大哥，您说我怎么办？"

杨安儿道："怎么办？让人先给咱准备些吃食呗。"

叮嘱了几句前来帮工的山民，烟儿狸伸手拨弄着兵器架，"我死，全家才安宁。可是，我还不想……"

四娘子走过来道："死能解决的，就不用死。"

博尔忽站起身，"是啊，人命呢，又金贵又不金贵。树朝上长，叶子朝下落，死不用着急！小兄弟，你好好想想。"

"这一路狂奔，红马都累了。我们歇一宿，明早动身。任少爷，和我去草原避一阵吧？"窝阔台道。

烟儿狸道："您好意，我心领了。做不到。城里我奶奶、我爹、我姐，还有嫂子们，不定在经历些啥，我不能在外头躲清净。我得回去。"

四娘子朝哥哥连使眼色，"烟儿狸，大丈夫屈了才伸，你不用回去送死，死了也未必能把事情了了。"

杨安儿道："任少爷，人马从中都过来，他们路径不熟，找到这边怎么也要两天，你时间足够，别太逼着自己。"

院里的鸽群呼啦啦振翅盘旋，却是迎了一只鸽子落了下来，烟儿狸伸出手臂，任那鸽子落在掌上。他从细竹筒里取了纸条，见众人盯着自己，道："说家里还好。估计也是拿话宽绰我。"

任巢湖出门来到院里，"烟儿狸，这边的后事我安排。明早你送两个嫂子和孩子逆行回中都。告诉奶奶，这辈子有我叔和你们，下辈子我们再伺候她！"

杨安儿过去拉住任巢湖的胳膊，欲言又止。窝阔台向博尔忽道："唉，原来天下都一样的。"

博尔忽道："窝阔台，让我陪这小子进城吧，过两天我再追你们！追得上的。"

烟儿狸道："这是家仇！哥们儿，你别搅进来。"

窝阔台道："博尔忽，你和我回去。中都的事，迟早。金国欺负草原不是一天两天了，此仇必报！只是不在这一时。"

四娘子望向哥哥，见杨安儿面无表情。她顺手抄起双枪，拉了烟儿狸朝外走。

拽着烟儿狸走上草坡，四娘子道："这次回中都，够你受的。我想把所有都给你，可是我没有了。我就把枪演给你吧。你就要临阵，你和那李家人也必有一战。我说，你记着，所有人都可以死，你不可以！能护着就护着，护不了，你也尽力了，自己要活着，来山东找我……我们。"

烟儿狸道："姐姐，我对不起你，我不该带你去看那宫调！我不该和术虎打架！不该把铺子设在你家对面……"

四娘子并不理他，抬起双枪道："你看，枪就是臂膀延长——"四娘子用双掌大鱼际和食指捏住双枪，其余手指如同鱼尾般摆动。

"我看你左手灵巧，所以这双枪对你不难。你不要使它俩，你就当这枪是你手指，你长了长长的指甲。你仇家是你爱人，你要伸手轻抚她们，枪就听你的话。"四娘子枪尖朝上，指掌间似乎捧着一张脸，手法极是温柔。

"我娘早早去世了，只留下了一对儿峨嵋刺，我嫌它太短，就让人另做了这枪。也不过是手里的针线。"烟儿狸见双枪递来，连忙后退，只觉得身上一冷，耳边只听得一阵蚊鸣，低头看见上身衣衫已被刺出若干孔洞。四娘子后撤，前胸起伏不止，又将双枪紧贴双颊，"梨花——一会儿我再演给你。"

烟儿狸只觉得风从衣洞里吹进，不禁打了个寒战，见四娘子又步步逼近，自己忍不住连连后退。

"你记着，你要刺谁，你可以恨他，但你用枪，你要善待它，因为它不是指甲，是利器！所以你抚摩他们，你就刺痛他们。你和战场的对手要眉来眼去，你不要看他们兵刃，你只看他们眼神。你爱护他们，所以你伤害他们，除此之外，不能更快！"

四娘子言罢，抖动双枪。烟儿狸只觉得漫天都是枪尖，一层层朝自己笼罩过来，待定睛细看，却只是一个枪尖，直奔眉心刺来。烟儿狸啊了一声，仰面躺倒，却见四娘子右手枪尖朝上，左手的枪尖已顶在自己咽喉。

烟儿狸和她凝视片刻，只觉得嗓子一哽，胸腔里一片灼热，伸出右手，绕过她脖颈，将她拽到胸前。

四娘子扔了双枪，扑在他身上，幽幽问道："我脏吗？"

此时晚霞漫天，东零西落，像无数片无穷大的锈红缎子。远处正有哭丧声不绝于耳，烟儿狸只觉得所有念头如一群灰鸽子般倏地飞走，双手用力将她抱紧，"可以一起喜欢两个人吗？"

四娘子伸出右手，探出拇指按住他颈上天突穴，"别人可以，你不可以！"言毕将拇指下撤至胸口，随即将手指舒展，盖住他左胸，用手腕太渊穴遮住他天池穴。

烟儿狸只觉得二人心动、脉搏汇为一处，更觉得耳边草莽呼啦啦伏在地上，天上云彩一停一顿，恰似血脉涌动，不可断绝。

博尔忽举了火把，拎着酒壶一路哼唱着过来，待看到四娘子和烟儿狸时也不禁呆了。

草场上正是日落时分，黄昏影里，两人相互依偎，身边插着一对儿短枪，枪尖一侧冒出火花，亮闪闪仿佛焰火升腾，又好似两树梨花飘坠。

人影、枪身、火光——在余晖里迷离而清晰。

第十五回

岂是轻身探虎穴

欲饵丹砂化骨飞

（一）只身

完颜珣面色阴森，几位家将默立下手，厅内燃了十数支巨烛，火苗跳动不止，却不旺盛。完颜珣看得心烦，向身边的两个儿子道："守忠，你去看看，玄龄那边怎么样了。守纯，让人换了灯火！"

话音未落，门帘掀开，一阵冷风吹进，厅内蜡烛忽地尽数灭了。一个高大身影进了厅堂，手里抱着一个孩子。

来人见屋内漆黑一片，放下孩子，伸手掏出火折，将身边蜡烛点着："升王爷，末将有事求您。"众人这才看清，来人却是术虎高乞。

家丁将蜡烛换掉，摆了五六盏灯笼进来，室内重又明亮。完颜珣眯上双眼，伸手叫了孩子，"守礼，来爹这儿坐。"完颜守礼爬上爹爹膝盖，小声道："父王，高乞叔叔被人打了！"

高乞惨笑道："王爷，今下午我奉命去城南取点东西，带了五十个兵士，张僧也在，有人拦截，只使了一招，张僧被点了穴，我吐了血。"

"哦？什么人？！"

"黑衣、蒙面，不知道是什么人。用的似乎是全真的武功。不敢断定。王爷，府上出了这样的事，本不该来骚扰，只是这劫匪手段太强。他抢走了给主上的东西，我担心他一旦进宫，怕是没人挡得住。"高乞捂了胸口，连咳数声。

"高乞啊，我这儿的家将你也知道，十个八个的加一起也不是你对手。你和那人对阵，尚且如此，我派几个人去也没用啊。你内侍局的人手不够？"

"王爷，下官知道，太一教虚寂师最近在您府上，所以……下官斗胆，想请元通大师进宫护驾几日。"

"哎呀，不巧，萧志冲刚走啊。说是要和全真的两位道长见面。"

"恳请王爷体谅！"

"主上让你来的？"

"不是。"

"哦。那确实走了。给孩子看了病，一个劲儿摇头，说是毒性太大，入了心脉，无计可施啊。"

"王爷，下官带了一个人，在前院。这位师婆是苗地来的，最善用蛊、解毒，让她给小王爷看看？"

"啊？好好，快，带我见她！"完颜珣站起身来，将完颜守礼交给身边人，随高乞穿堂过院走到前厅。

高乞拉了一位矮小的老妇道："王爷，这位是仡米师婆，在我家门前驻足，赶上贱内这一阵腹痛，师婆给禳解了几句，竟有奇效！下官听说府上出了这样的事，就请师婆过来看一看。"

完颜珣见她形貌丑陋，微微蹙眉。高乞道："王爷，石中有美玉之藏……"

完颜珣点头，"嗯，有劳师婆。幼子中了毒，众医束手！如能治愈，我必赏你。"

师婆并不答话，随人去了。完颜珣道："高乞老弟，有心了。萧道长还在我府上，只是这几日闭关清修，嘱咐我不要打扰他。刚才不是故意搪塞，老弟莫怪。"

高乞道："不敢不敢，这些神仙我哪里请得动，有劳王爷了。"

完颜珣道："丢了什么东西？"

"大集上有一幅锦帐，我们去取了原作……"

"哦，《上阳台》。"

"正是。"

"主上没降罪你吧？"

"没有，只是命我继续查访，寻回后物归原主。"

二人正在对谈，就听见外头一阵慌乱，门房急火火跑进来禀报，"王爷，公主回来了！说是从悯忠寺上香回来的。"

完颜珣正要细问，眄儿带着丑奴已走进客厅。

完颜珣怒目而视，厉声喝道："哪里去了？"

高乞站起身来，走到完颜珣身侧，轻拍了他后背，"王爷，您不必动怒，年轻人，贪玩呗！"

眄儿向高乞颔首道："叔叔好，眄儿给您问安。"

完颜珣叹道："你弟弟中了毒，你跑出去连个信儿都没有，你是要急死我呀！"

"啊？！我说两句就去看他。爹爹，我有事求您……"见完颜珣闭上双眼，面色略有平和，眄儿又道，"爹，我去了塘花坞任家，和他家老太太住了一晚。"

高乞不禁哦了一声，完颜珣道："高乞老弟，你可知道，任家的一个小儿子把李仁惠杀了。"

高乞点头道："听说了。"

完颜珣见女儿并不惊讶，问道："哼，现在任家有了死罪，你怎么还走到他家了！"

眄儿道："死不死罪，那得刑部核了案才有定论。我要求您的不是这事儿。李铁戈处处刁难任家，他抢了任家大小姐的藏品献去了宫中，结果是个赝品。恼羞成怒，竟然去百纸坊把人家掌柜的抓了，说是拿真迹换人！这还是天子脚下吗？"

完颜珣看了高乞一眼，"就一幅破字，闹得满城风雨！这些事我管不了，自己府里的一大堆烂事还不够我操心！"

眄儿道："好！你不管，你自己去草原吧！"说罢转身就要出门。完颜珣大喝一声，让几个家将拦住眄儿，又叫了几个婆子，连拖带拽送回了后院。

高乞正要解劝，完颜珣道："见笑了，家丑啊。"

高乞道："小孩子脾气，过几天就好啦。"

"你随我去见萧道长，我请他去护驾的事记得和我弟……和主上，说一声儿。"

"那是必然。"

周衔蝉和孙女下了车，让门房捧了一封银子放在车上。徒单张僧惊魂未定，仍不住四望，老太太道："官长，请回吧，你们也查访查访，我们也想想办法。受累啦。"

徒单张僧迷迷糊糊点了头，垂头丧气带队走了。一望扶着老太太进了院，"奶奶，那蒙面人？"

老太太道："嗯，是挺怪的，蒙面也就算了，眼睛还用黑纱罩上！"

一望道："当时我搂了您在怀里，他伸出手指示意我不要动，我觉得……"

老太太拦住她话头，"是吧？当真奇怪，除了李家，咱好像没什么对头啊！能是谁呢……阿炬，你回来了？昕儿那边怎么样？"

赵炬正从鹰房里走出来，上前几步道："哎呀，被软禁了呗！您也别担心，那是他家女儿，还不至于受苦。"

"哎呀，我看那孩子铁了心跟着烟儿狸。她爹又要把她送草原上去，这要想不开……啊呀呀，可怎么办啊？"

一望道："《上阳台》被人抢了！"

赵炬道："哦？没伤着你们吧，人没伤就好。什么人？"

"不知道。炬叔，我想去李家要人。"

"他要是想放人，萱哥和我去的时候就放。现在真迹也丢了，李铁戈一定也得到消息，你还是甭去了。我估计，这么一闹，皇帝知道真迹丢了，也要派人搜查。李铁戈自讨没趣，押着易辰也没用，也就放回来了。"

"阿炬说得有理，你别去，别再把自己搭上！"老太太连连点头。

"嗯。炬叔，您照顾奶奶吧。我心里不踏实，我回去看看夷则。"

一望走出院门，叫了车夫，一路驶向李府。

李铁戈正把胡沙虎送到院外。二人又聊了几句，李铁戈让人拎了木箱递给胡沙虎手下。

见李铁戈目送来人远去，任一望跳下车，"李大人！"

李铁戈回头不便，慢慢转了身子过来，不免一愣，随即笑道："呵呵，送上门来了！嗯嗯，养得真不赖。"

一望道："李大人，《上阳台》丢了，宫里也在派人查访。东西不在我们手上，没法给您，请您放人吧。闹大了对谁都不好。"

"哦。来吧，请进，我不是不讲理的人。咱们屋里聊。"

一望只身随着李铁戈进了院子，李铁戈示意众人不必进屋，几个高丽武士嬉皮笑脸地站在厢房屋檐下观望。

李铁戈见李定奴还在房中，叫道："老姐，你也出去吧，我和客人说几句话。"

李定奴上下打量任一望，一屁股坐下，又捏起一柄毛笔、小刀，用刀背作了直尺，在账本上画线，"你们说你们的。"

李铁戈眉毛一竖，"换个炉香。出去！"

李定奴嘴里叽里咕噜念个不停，在熏炉里添了一枚香，甩手离开。

李铁戈道："任大小姐，说说吧，怎么回事？家里搁那假字画，成心捉弄我是吧？"

一望道："那不叫假的。我双钩临摹了原作，这才能按比例放大到锦帐上。之后就随手放在屋里了。"

李铁戈拉开抽屉，抓了一把虫子投入鸟笼里的食盅，趁着转身把一枚药丸塞入舌下，"我当个宝贝似的，拿去给我姐夫，挨了顿呲儿！都是拜你所赐啊。"

一望道："下次，再有这事儿，我在上面写上字——'假的，不要给你姐夫'。"

李铁戈嘿嘿一笑，厉色道："你弟杀了我哥！"

一望道："你哥杀了我伯父和堂兄！"

"呵呵，那两条贱命能抵得上我哥？我哥是宣徽使，你知道宣徽使吗？你知道我姐是谁吧！"

"是谁都跟我们没关系！"

"真是泼辣！我喜欢！"李铁戈走过来，伸手摸向一望脸颊。

一望只觉得鼻腔里一阵甜香，恍惚中看见自己竟然要伸手握住他的手！连忙上下牙用力咬了舌尖，嘴里一股血腥涌起，头脑登时澄明，知道是中了迷香。再看他正嘬着嘴凑上来，一望一巴掌将他胳膊拍开，"李大人，不自重吗？！"说罢一口血水唾到他脸上。

李铁戈在脸上抹了一把，见口水里还有血色，伸舌头在手上舔了又舔，"嗯，原味儿的，好吃！自什么重啊！上午看你那小内裤，我这脑袋到现在都迷迷糊糊的。从了我，你下床，我放人！"

一望骂道："去你祖宗的，李铁戈！你非要作死是吗？！"

李铁戈一愣，这十多年自己都被认成了祖宗，家里老祖宗更是一直安好，没料到今天这位破口大骂，倒也觉得新鲜，又涎了脸道："什么祖宗不祖宗，跟我使劲就行！"说罢卸下右手绷带，耸身向任一望扑过来。

任一望侧身躲过，环顾四周，从桌上抄起小刀，左手勒住他脖颈。李铁戈只觉得喉咙一紧，涨红了脸，"大妞儿，舒服，你再挺胸，舒服！"

任一望不敢停留，推着李铁戈走到院中，叫道："都给老娘滚出来！让他们放人！"

一群高丽武士从厢房里钻出，十数个家丁也从前后院奔过来，见李铁戈被挟持，纷纷吓傻了眼。

李铁戈觉得脖子上火辣辣，不敢低头，借着灯火，眯了眼看见前胸上似乎血迹淋淋，叫道："臭娘儿们，你松开！"

凉风扑面，任一望精神一振，笑道："你放人！"

李铁戈大叫道："快快，还愣着！去放人啊！"

大崔作势转身要往后院走，突然扬手，任一望只觉得右腕一阵刺痛，呀了一声，手里的小刀当啷掉在地上，低头看时，却只是一枚骰子。又觉得一阵风起，那武士已纵身扑过来。

一望情急之下，伸手探入怀中，摸出那块完颜璟赠送的玉佩，重又顶在李铁戈脖子上，"都别过来！"说罢拖着他缓缓走向门口。

李铁戈只觉得脖子上冰凉凉一片，以为又是利刃，伸手指了大崔道："你要害死我？快去放人！"

几位家丁去后院提了郭易辰出来，任一望见他耷拉着头，满身血渍，是死是活还不知道，只觉得眼前一黑，更捏紧了玉坠，深深抵住李铁戈的脖子，"扶上车去！"

众家丁扶着郭易辰，绕过任一望。经过妻子身边时，郭易辰哼唧了一声，任一望正退过门槛，听到他声音，脚下一个趔趄，拉着李铁戈向后摔倒。大崔一个闪身，已经跃到面前，伸手拨开她手臂，将李铁戈抢了过去！

郭易辰龇牙咧嘴，眼皮却也只是睁开一条缝隙，哑声喝道："你快走！"

任一望就地一滚，见李铁戈已被护住，郭易辰也被撕扯回去，自觉无望，转身朝巷口跑去。车夫正调转骡车，恰好把院门挡住，院内一阵忙乱。

大崔和几位武士看了李铁戈伤势，随即跃上门楼，见任一望已然跑远，跳下将车夫一脚踢翻了。

李铁戈被李定奴抹了药，拉了哭腔道："还说我刀枪不入，这是怎么回事？！你们那些什么瞎话，都是骗人的！"

李定奴阴笑道："活该！"

"没一个好东西！都骗我！"

"你还没刀枪不入？你没受伤，就是被什么戳了脖子，你动弹动弹，疼吗？你一大老爷们儿，连个小娘们儿也拿不住。我看她也不比我年轻！"

李铁戈听说，左右晃了晃头，觉得只是火辣辣，伸手摸了脖子，确实不见血迹，"老姐，我真没受伤？"

"那还有假！早就说了，刀剑都伤不了你。"

李铁戈捏了把镜子，仔细看了脖子，笑道："呵呵，真没事嘿！我这脸上怎么回事？"

李定奴斥道："活该，让你长长记性！那娘们儿挠的！指甲又不算铁器。"

李铁戈气咻咻道："把姓郭的押过来！"说罢从地上捡起绷带，让人把郭易辰按在椅子上，左手用绷带在他颈上绕了一圈，"都他娘欺负上门了，不勒死你，难解我心头之啊啊啊啊恨！"

李铁戈转到椅背，将绷带绕在手上，后背顶住椅背。郭易辰伸腿扑腾了几下，脸憋成了紫色。李铁戈转过身来再看时，见他目眦欲裂，已然断气。

一望拣了小巷，一路逃回任家院子。赵炬又把老太太按住坐在床上，见一望衣衫不整，问道："妹子！……一望，你还是去了？"

"嗯。"

"易辰怎样？"老太太探着头问。

"活着。浑身是血！"一望低头啜泣。

"李铁戈没伤了你吧？"

"没有。他院里有一群高丽人，我本来架了那厮往外走，又被抢回去了。"

老太太起身，掰开一望右手，见是完颜璟送的玉佩，苦笑道："呵呵，我这大孙女啊，胆儿真肥！你用这么块儿玉，就要劫李铁戈？！真当是老鹰抓小鸡啊？！"

一望惨然一笑，"炬叔，这下惹急了李铁戈，他不会……"

赵炬道："老太太、一望，听我一次吧，先别动，等等。萱哥也是这意思。我去放个鸽子，给烟儿狸他们捎个信儿。此时，一动不如一静。老太太，您要带话吗？"

老太太摇头道："让他们别回来，咱们都保不住了，总得留个活口儿吧。只是可怜了柳姑娘和那小孩儿啊。让谁照顾她们啊！盼儿也是个可怜人儿啊！"

赵炬道："您放宽心，不至于，什么年月了，还不至于来连坐、灭门这一套！您和一望，是皇帝来探望过的人，谁敢动你们！一望，你把玉佩收好。我去放个信儿，再去升王府转转，看有没有消息。还有啊，如果老二回来，什么也不要和他说。"

"咱家一师有什么不对吗？"一望不解。

"回头再说。不要理他就好。你踏实待着，李铁戈不敢过来。他肯定也忙着去坝上抓人。"

赵炬安抚了二人，叫了两个丫头来到院中，"蕙卿啊，你提盏灯笼去郭家……算了，春罗，你去郭家，让夷则带人看好院子。蕙卿，你去元元阁，找袁大掌柜，就说我让你去的，请他带你见三个人。家里的事别说。看了就回来，晚上告诉我那仨人怎样了。"

赵炬转身进了鹰坊，取了账本，重又来到老太太屋里，"一望，这个，我刚又看了。一北的字好，我写字不成。你照着这字迹抄写一份，越像越好。就按照这本子模样装订。抄了就留在这桌子上。这原件，你帮我放回鹰坊，藏好。放在装兔肉干的筐子里头。"说罢转身出门。

一望见老太太倚着枕头发呆，给她盖了被子，拣选了纸笔，伏在案上逐页誊写。

（二）化骨

入夜，李府前灯火通明。李铁戈引了六位武士出门，家丁将行李、干粮挂上马鞍，李铁戈道："几位壮士，辛苦了，事情办妥了，回来我给你们每人置办一栋大宅子！"

那六人作揖谢了，李铁戈又道："跟着胡沙虎，路上要听他的！"几个人点头，纵马离开。

李铁戈转到院里，对李黑虎道："这大帮人，胡吃海塞的！你让那些个准备准备，留几个在这儿，把其他的带去桃红院子里，再加个厨子。府里人来人往的，让人看见我养了一群高丽人，多别扭。"

李黑虎应了，"爷，那姓郭的尸体怎么处理？"

"怎么处理？你问我！老法子，你去吧。"

"定奴大姐说她能把尸体化掉，神不知鬼不觉……"

"你们随意吧，稳妥点儿。叫大崔陪我去巢云楼。"

"爷，他不熟啊，我陪您去吧？"

"叫大崔出来！你忙完这边去找我。"

李黑虎喜上眉梢，转身叫出大崔，"崔大侠，你跟着李爷出去一趟。美差哦！"

李黑虎留下六名武士，遣人带了其余的高丽人去了桃红的院子。听了李定奴指挥，命几个家丁抬了郭易辰的尸身和一口陶缸走到后院的荷花池畔。

"大姐啊，您看看，这都几月份了，咱这花儿还开着呢，多艳！肥料足啊！"

李定奴笑道："哼，你怎么不说味儿大啊！你们的法子太阴损！"

"嘻，您就别笑话我们了！以后都听老姐姐的！麻烦您快点儿，我还得赶过去陪二爷呢。"

家丁们将尸身放在池塘边，李定奴用丝帕捂了口鼻，拽过身边陶缸，用勺子舀了药粉，均匀撒在尸首上，又让人把尸身翻了个，也细细撒了药末，指了死尸道："推下去吧。"

李黑虎把头缩入衣领，低声问道："大姐，池子里还有鲇鱼呢，别给毒死啊？"

李定奴道："废话！药粉沾了血才有效，入水化得更快，鱼不打紧！"

"得嘞，快推下去！"

郭易辰的尸首甫一落水，池塘里即刻噼啪作响，不住有气泡咕嘟嘟涌上来，转眼间，水面上已是烟雾弥漫。

李定奴道："你闻闻，有味儿吗？你再看看那鱼！"

李黑虎近前两步，把灯笼探近池面，看见水里游鱼自在荷叶下穿梭，并无异样，正要夸赞，只觉得池面闪过一道黑影。他不及起身，就听见身后闷哼几声，扑通通有人先后倒地，自己脖子一紧，被人在颈椎上戳了，一头伏在岸边，再也动弹不得。

那人道："做什么！"

李黑虎看着水面，见倒影里蹲着一个黑衣人，左手捏了李定奴手腕，正望向自己。他颤抖了声音道："没……没什么，看鱼呢。"

那人又伸手在他后颈一点，"捞上来。"

李黑虎觉得浑身血脉通畅，伸手要拔匕首，却被一脚踹入池塘。

他落入池塘，噼里啪啦扑腾了一阵，呛了几口水，趁着月色，看见双手、身上并无不适，站直了身子朝岸上喝道："你找死啊？"

那黑衣人动也不动，却听得李定奴气若游丝地说道："黑虎，把人捞上来，快！"

李黑虎扯下两片荷叶裹在手上，在水里摸到了郭易辰的尸体，轻轻抓了推到池边。见黑衣人兀立不动，李定奴的叫声却越发凄厉，他自知没法抵抗，一咬牙，将尸身从塘里拱到岸上。

黑衣人低头看了一眼，向李黑虎喊道："你上来！"

李黑虎哆哆嗦嗦爬到岸上，又低头看了自己，除了湿漉漉之外，并未受伤。再看地上郭易辰的尸首，皮肉已然溃烂，脸上和肋间更有白骨露了出来。

黑衣人道："你，站到缸里。"

李黑虎见几个家丁僵直了躺在地上一动不动，知道逃跑无望，迈开双脚踩进陶缸。缸里原本还有半缸药粉，扑的一声飞溅出来，李黑虎下半身早已湿透，那药粉沾了水，呲呲声不绝。李黑虎闭眼不敢低头看，大哭道："大哥，饶命啊，大爷！"

黑衣人见药缸旁边血水遍地，料他不敢妄动，也不理他，牵了李定奴朝前院走来。

"阁下是什么人？要干什么呀？前院有几个丫头，都比我新鲜粉嫩啊！"李定奴颤声叫道。

"母狗！李铁戈在哪儿？"

"他，他刚和几个高丽人出去了。我不知道去哪儿了啊。"

"带我去他屋里。"

李定奴觉得黑衣人不再用力，自己半扇身子重又有了知觉，指着高丽武士的客房，"那是他房！"

黑衣人却不走近，松了手，任她在院里站定。自己走到院门，从里面把门闩了。两个门房刚要开口，那黑衣人闪电一般拂手，将二人戳倒。这才回到李定奴身边，李定奴又要大叫，却只是张了嘴，发不出一点儿声音。

黑衣人走到房前，喝道："出来吧！"

见那房中毫无响动，黑衣人伸手掀开棉帘，只见一道寒光闪烁，他身形一矮，倏一下跃到李定奴身后。李定奴瞪大双眼，只看到一把匕首迎面飞来，惊叫一声只待等死，却见那黑衣人一只长长瘦瘦的胳膊从自己身后伸出来，在刀身上轻轻一弹，短刀叮一声坠地。

呼啦啦一阵响动，屋子里跳出六位武士，右手攥着长刀前伸，左手短刀护体，一言不发，齐齐向黑衣人逼近过来。

黑衣人绕过李定奴，向那六人道："不想伤人。和你们无关。让开。"

一位武士道："李大人，他，不在。你，谁？"

前院正房里跑出一群丫鬟，护着一个妇人和两个孩子，看见院里阵势，惊得一动不动。

黑衣人道："你们回屋。不会有事，"又向高丽武士道，"上来，快点儿。"

六个武士彼此示意，慢慢散成半圆阵势，也不迈步，只一脚一脚在地砖上磨蹭着向前挪近。

黑衣人哼了一声，伸手折了一根树枝，将枝丫掰下。回身看见李定奴手里还攥着铜勺，伸手取过，捏在左手。

高丽武士见他转身，后背全是空当，低声怒吼，抡刀直扑过来。黑衣人身形后仰，树枝伸出，刺中一人手腕，随即又在他臂弯一点，那武士一声不吭直直摔在地上。

黑衣人转过身，左侧有刀刺到，他挥起铜勺磕在刀身，那人啊了一声，长刀脱手而出。黑衣人扔下手中树枝，探出拇指，在他脖子一侧轻轻一摁。

另外四个人愣在原地，黑衣人更不犹疑，幽灵般转了一圈，只听见噼噼啪啪几声脆响，他伸手扶了四个人，一个一个轻轻放在地上。

李定奴站在场中，想叫却叫不出声。六个高丽人躺在地上，瞪大了双眼，不知是慌是恐，月光直射入他六人眼中，映得眼白光闪闪一片，越发显得惊悚。

黑衣人重又捏住李定奴手腕，"哼，这点儿诡计！"

李定奴只觉得骨髓里似有亿万蚂蚁狂噬，望向李铁戈的房门，"那一间，那一间！"

黑衣人把李定奴放在圈椅上，自己环顾四周。

"你这人，我认识你！"李定奴瘫在椅子上，低头偷偷把领口的布纽咬下含到嘴里，"你把面纱摘了，过来让我看看。我就什么都告诉你。"

黑衣人哼了一声，蹲下身来，与李定奴贴面相视。李定奴正要张口，却被黑衣人一把捏住了嘴唇，"我问，你点头或者摇头，要快，慢了你就被自己呛死！"

李定奴本想吐出毒烟，此刻憋在嘴里，只觉得口舌麻痒，连忙吞到肚里。

"李铁戈去哪儿了？"

李定奴摇头。

"钱都在这屋子里？"

李定奴点头。那黑衣人松开手，李定奴连忙吸气，不吸气则已，吞了几口气更觉得口中麻痹，咽喉、食道已然开始痉挛。

见李定奴盯着床下，黑衣人弯腰拽出了四个箱子。李定奴痛痒难耐，在椅子上挣扎不已，轰隆一声滚落在地。

黑衣人上前将她扶起，见她面色诡异，摸了她脉搏道："帮我写个东西。"

李定奴瞳孔散淡，只一个劲儿摇头。黑衣人将手掌贴着她背心，李定奴干呕了几声，张嘴吐出黑乎乎一团。那药丸在地上滚动，兀自冒烟不已。李定奴呻吟几声，随即浑身瘫软，蜷在地上不住翻滚。

黑衣人轻吁了口气，摇摇头，任她在地上扑腾。他将四个箱子一一搬到院中，又从侧院牵来马车，将箱子装上。转身进屋时，看见李定奴已经口吐白沫，只是四肢仍不住抽搐。

他将桌子上的书札拾起，粗略翻了一遍，取了其中几册揣到怀里，再将其他书本一股脑儿扔进火盆。那边李定奴只是偶尔抽搐，等她最后蹬踏了几下，看到纸张燃尽，黑衣人起身走到后院。

李黑虎呆呆站在桶里不敢动弹，黑衣人扔了几块瓦片，李黑虎探出脚来，一一踩了。

黑衣人道："你要活命吗？"

"嗯嗯嗯。"

"一个时辰之内，你把地上这人葬了，葬在城北义冢，竖一块无字碑，碑上刻一个星形……不，刻一只眼睛。之后，你到会城门外等我，我给你解穴，否则你必死无疑！"黑衣人说罢，在李黑虎前胸一按，李黑虎只觉得心口闷热，"爷，一个时辰，您一定去啊！"

黑衣人道："一个时辰，会城门外。"李黑虎忙不迭地跑去前院取了帆布，回到池塘边包裹死尸。

黑衣人随即走回前院，见院里的六个武士仍是躺在原地。有人手指不住颤抖，努着劲还要伸手抓取身旁的刀，不禁呵呵了几声，赶了马车走了。

任一师敲了半天门，仍是没人应答。看四下无人，他将灯笼放在地上，退后靠墙站住，深吸几口气，快跑了几步向木门撞去，咣当一声，他自己跌在门前，木门却是纹丝不动。

哎哟着爬起身来，他趴在门缝往里瞧，只见院里一片漆黑，落叶散落一地，并无人迹。又低头看见两根木棍在门里牢牢撑住，不禁骂了几声。又去墙边找了些砖头垫在地上，踩着砖双手搭住墙头，就要翻身上墙。

一条腿刚搭上墙头，就见巷子口踢踢踏踏驶来一驾马车，他连忙跳下来，吹灭了灯火，一猫腰躲进旁边人家的门洞。听见那车停在柳姑娘门口，又迟迟没有动静，任一师只好转身悻悻离开。

在胡同一阵乱走，任一师越想越气，在路边找了酒馆坐下，胡乱灌了一壶酒。小二刚端了菜上来，他腾地起身，扔下一把铜钱，咬牙切齿朝花圃疾走。

（三）食色

一望从鹰房出来，见春罗、蕙卿端了饭菜进了老太太房间。她正要吩咐蕙卿去纸坊看看，却见任一师怒冲冲闯进来。

"老二，你干吗呢？跟谁呀这是？"

"我饿了！"

"饿了就吃饭呗。走吧。奶奶也正要吃饭。"

老太太见任一师进来，哼了一声，"真赶点儿嘿，专逮开饭时候来！蕙卿，去添双筷子来。"

任一师也不说话，大咧咧坐下，抓起大姐的筷子，从汤里捞了几片腊肉，一起堆在饭碗里，吭哧吭哧三口两口吞了。

"几天没吃了这是？！"一望盛了半碗汤递给他。

任一师又是吸溜溜喝了，放下汤碗道："奶奶，你们都干了些什么事儿啊？烟儿狸的事还没弄明白呢，又上什么阳台！家里事儿还少吗？"

老太太盯着他大嚼一通，本就心烦，听见他这么说，更是怒不可遏，伸手抓起筷子，迎头扔了过来。

任一师起身躲过，"老太太！您打我有什么用啊！"

一望拉了二弟，"老二，你有事没事？没事就回吧。家里够乱的了，你去忙你自己的吧。"

"姐，你怎么这么说啊。我回来就是……咱们一块想个办法嘛！"

"任一师，你滚出去！"老太太怒吼，蕙卿忙伸手扶住她肩膀，拍了后背给她顺气。

"现在，也就我能想出个办法。烟儿狸，自己躲清静去了！我爹，就跟我耍威风，见着外人跟什么似的……大姐，我听说你去李府闹了一通，闹出什么了？裹乱！"

蕙卿扶了老太太进里屋坐在炕沿，老太太气得连咳数声，"一望，别拦着他，让他走——"

一望苦笑道："老二，你说吧。"

"李铁戈，人家犯不着和咱们小老百姓过意不去啊。本来也没什么大事，杀人偿命。又不是咱家让烟儿狸去杀的他哥，烟儿狸平时咋咋呼呼的，一人做事一人当呗。这会儿怎么没能耐了，跑什么呀？！"

一望道："你说。"

"那事儿咱不用管。咱也管不了。刑部管，肯定去坝上抓人啊。抓了就下狱呗，这事就结了！"

一望道："你说。"

"王子犯法，还与民同罪呢。烟儿狸杀了人，那他就得伏法！"

"你说。"

"姐夫那边……你说说你们都办些什么事儿啊！把那字画给我，我去交给李铁戈，不就把姐夫带回来了嘛。这倒好！"

"你说。"

"我说什么呀？字画呢，给我！我去把姐夫带回来。"

"字画丢了。你说。"

"我……那我也没办法！丢哪儿了？"

"你说。"

"姐！还让我说什么呀，我没话可说了！"

"臭小子，我让你滚，你听见没有！"老太太挣扎着要起身，蕙卿不敢用力撕扯，大喊："姐，姐，你快来！"

任一望白了二弟一眼，伸食指点了他脑门，"老二，你真行！"说完连忙转身进屋。

任一师连连摇头，叹了一声，正要出门，低头瞥见桌子上的册子，抓起来细看，正是那上册账本！他喜不自胜，连忙塞入袖口，笑呵呵向里屋喊道："好奶奶，别生气，二孙子就快出息了啊，给您买好吃的！"说罢跑到院里。

赵炬推门进院，险些和他撞个满怀，"老二，你又惹老太太生气！"

任一师瞪了他一眼，飞跑出了院门。

"李爷，姑娘们可都想死你啦！"巢云楼的老鸨推了一个年轻女子进了房间。这姑娘并未浓妆艳抹，只着了浴袍，头发松松垮垮绾了个髻，更显清丽脱俗。

"呵呵，凌婆子！你最想我，是吧？"李铁戈道。

"想！哎呀，李爷，您可有一阵子不来了。这几位爷看着面生啊。"

"哦，海外的朋友。怎么酒上来了老半天，菜还不来？"

"李爷！这不来了嘛。刚才问您，你说不乐意看斗茶。我也不得意那些个玩法。有些酸溜溜的翰林，没见过世面，来了非要看姑娘们弄那些！李爷，咱们有新鲜玩法儿，我留着呢，特意献给李爷，管保您满意。呵呵，脱吧。"

那凌婆让姑娘脱了衣裳，大崔推开怀里的女子，盯得目不转睛。

凌婆打了个响指，屋外走进一位白发老者，手里捏了短刀，直唬得李铁戈一愣，"这要干吗？"

"瞧好了您！"凌婆转身向那老者和女子笑道，"好好伺候李爷，这可是咱家财神爷！"

老厨子身后又闪进几个八九岁的小女孩，手上端了食盘，托着鲜鱼生肉。那姑娘赤条条伏在案上。一个女孩儿在铜盒里盛了冰块，在她肌肤上方两寸处不停移动。老厨子在口鼻处围了帕子，跪在一旁，细细脍了肉片，在她后颈、肩胛、臀腿各处依次放了，又在腰窝处放了酱醢，轻声道："各位爷，请慢用。"说罢带人退到门外。

李铁戈呵呵几声，"这个是真新鲜，嘿！"

凌婆道："可不，这是从扶桑传进来的吃法！在南边，最近可是盛行呢。"

大崔拈起筷子，不知如何下手，"这姑娘，也能吃吗？"

凌婆道："李大人，您看啊，这位就叫'迷箸'！这位大爷，您胃口也太大了吧！这美人儿上午才收进来，你要是想吃，那得问问李爷给你出钱不？"

众人一阵哄笑。李铁戈皱眉道："楼下什么人，这么闹？"

"李爷，您认识的呀，宫里那个小太监郑雨儿他爹！"

"哦，叫他上来见我！"

"得嘞，您几位好好饱饱眼福、口福、艳福……"

"别啰唆，下去！"

李铁戈和小崔同坐一侧，大崔伙同另三个武士绕着女体品咂。见小崔身边的女子拉着脸，李铁戈道："姑娘，你多陪他吃酒！他放不开，你还放不开吗！把他伺候好了，爷多多赏你！"又向大崔叫道，"嘿，你侄子还是个在室男？"

大崔连忙快嚼几口，咕哝道："李大人，他什么？"

李铁戈笑道："什么都不懂！我问你呀——他还是个童男吗？"

大崔无心理会，"哦，我也不知道，哎呀，你们自己查查就好啦。"

李铁戈和其他几个女子笑成一团，一个姑娘伸手拽住小崔，"真是小公鸡？姐姐们来替李大人查查！"说罢伸手将他袍子掀起，另几个姑娘也爬过来，上下其手，将小崔裹腿解下，摸了他膝盖道，"蒙谁啊！这颜色儿跟锅底一样！"

大崔见侄子满地打滚，几个姑娘拉了他不放，嘿嘿笑道："哦，是的，他少年人，不懂男女之事。"

李铁戈道："少年个屁，波棱盖儿都黑成那样了！"

"哦？他蹴鞠、射箭、单膝跪地，就黑了的。"大崔道。

小崔捂着肚子，正被几个姑娘骑在身下调笑。李铁戈瞥见他座位上落了一封信，信封上竟然印了坐龙纹样，知道是宫里的东西，心下纳闷，顺手抓了塞到怀里。

凌婆来到楼下，趴在门上侧耳听了一会儿，只觉得诧异，室内鸦雀无声，伸手轻叩了房门。屋里脚步迟疑，老郑把门开了条缝儿，"凌干娘，什么事儿？"

"怎么这么消停？"

"怎么说？"老郑面如死灰。

"睡着了？老郑你可真行，跑这儿睡觉来了？！"

"快说，什么事儿？忙……忙着呢！"

"楼上让你上去。"

"谁啊？没工夫！"

"哼，你还真得上去！去了你就知道了。"

"我收拾一下，就上去。"老郑哐当一声关上房门，又在里头闩了门。凌婆讨了个没趣，撇撇嘴走了。

老郑不敢回身，由着身后人推了自己，重回到案前，正要开口，又被那人点了穴道，说不出话来。蒙面人道："写！"

老郑提起笔来，在纸上又写了几行，停下笔来，苦着脸向蒙面人点头又眨眼。

那蒙面人拈起读了一遍，"就这些？"

老郑又是拼命点头，回脸看了一眼璇儿，见她僵在床上，表情痛苦，自己更不敢乱动。

蒙面人将纸张叠好，放入袖口，"不要怕，不伤你。"言毕伸手在他左耳下轻轻一按，"一盏茶，你可以上去了。"说罢掀开窗棂，一闪身不见了踪影。

老郑看得目瞪口呆，挣扎着要起身，却只觉得浑身瘫软，一头栽到座席上，和那璇儿四目相对，面面相觑。

李黑虎蓬头垢面，浑身尘土草屑，急火火赶到巢云楼。凌婆和他调笑，他劈头盖脸回骂了几句，径直上了楼来。推开房门，见高丽人都已醉倒，李铁戈正抱了一个女子嬉闹，叫道："爷，家里被连窝端了！"

李铁戈伸脚踹了大崔，自己也爬起来喝道："什么就连窝端了？"

李黑虎抄起酒壶，咕噜噜灌了半壶，"去了个人，蒙着脸，三下两下把大伙儿都干倒了，又让我去把姓郭的埋了，还点了我的穴，说是一个时辰不找他解穴我就死了……"

"人呢？"大崔舌头已然不听使唤。

"让我在会城门等，哪有人啊，诳我！我还多等了半个时辰，差点儿冻死我。我没死，就赶紧跑来报信儿了。"

"我的人呢？"大崔问道。

"还你的人！都是绣花枕头，人模狗样的，动起手来全趴窝！我出门的时候都在地上躺着呢！"

"家里人呢？"李铁戈喝道。

"我抱着那死尸往外走，听见前院屋里哭哭啼啼，他没伤人。"

"没伤人？那我的人躺地上？"大崔又问。

李黑虎瞪了他一眼，"点穴！一堆大草包，什么都不懂，除了吃就是喝，这才几天，两头牛让你们烤没了！还跟这儿蒙事！"

李铁戈一顿乱踹，踢醒了另三个高丽武士，披了衣裳正要出门，却见楼梯上老郑歪歪斜斜跑上来。李铁戈正要找人撒气，一脚踹在他胸口。

老郑惨叫一声，咕噜噜滚到楼下。楼下正有人喊着"李爷"朝上跑，被老郑的肉身子撞了个趔趄。那人气喘吁吁地抓着楼梯扶手站稳，"老爷……那婆子……定奴大姐，死了！"

"别人呢？"

"人没事。就抢了一驾马车……还有四个箱子！"

李铁戈大叫一声，"不要脸！杀人，还抢钱！不要脸啊。"回头指着大崔道，"都出去找，找不着，我还给你们买宅子！阴宅都不买！"

第十六回

谁舍尘身石骨巅　地上声喧蹴鞠儿

（一） 谶纬

坝上高寒，前一天晚上只下了零星小雪，次日清早却已是洋洋洒洒。

博尔忽走出院落，趴在雪地上打了几个滚，又大吼几声，惊得马匹不住踢踏。

窝阔台在众人陪护之下走出院门，"各位留步吧，不劳远送。"

杨安儿道："王子谬爱，在下还有些事要办，山高水长，咱们有缘还能再见。"

窝阔台道："雪里埋不住珍珠！虽然世道自有天数，但是该做的事也不要迟疑，干就是了！"

杨安儿道："谨记阁下良言。"

窝阔台翻身上马，回首向烟儿狸道："朋友，来草原，我给你好马。还有，有仇就报，给他们个教训，也给旁人个教训。再有，中都必是我的，咱们有言在先，不欺辱你们居民！我进城之日，你家是我的座上贵宾！"

烟儿狸点头，"和你道谢……日后不会道歉，有些事不是针对你。"

窝阔台一脸诧异，听见任巢湖道："家里遭遇变故，照顾不周……"

窝阔台正要话别，博尔忽已抬手在马屁股上拍了一掌，那红马一声长嘶，朝蒙古车队疾驰而去。

烟儿狸扶住马镫，杨安儿上了马，烟儿狸道："我和巢湖大哥商量了，这次我不和你们走。让您费心啦。"

杨安儿和妹妹对视一会儿，"那你保重吧。有事到山东找咱们。你也是我座上贵宾！"

任巢湖赶上前来，"杨掌柜，和您相识，是我的福分。"

杨安儿道："兄弟，昨晚咱们说的，还请你记着。既然你们兄弟打定主意，我也不好勉强……君子报仇，十年不晚，再说不用等到十年，指日可待！在中都城里，我与神医张易水问过了，他说那皇帝活不过这个冬天。"

任巢湖道："我家祖母对您评价极好，我也羡慕杨兄您的抱负，如果能够鞍前马后的一起做些事，也确实不枉这一辈子，只是现在我家遭难，我俩如果一走了之，中都我叔叔那边必定也是家破人亡。"

杨安儿仰天长叹，"二位是否可以先躲避几天，我派人去山东带队过来，咱们就在这坝上候着官府来人，再厮杀不迟！"

任巢湖盯着烟儿狸，"昨晚我本想求杨掌柜把你和你嫂子、几个孩子带走……"

烟儿狸道："我也和四娘子说让她替咱照顾嫂子、孩子……"

"多说无益！咱们都别纠结。这事儿搁谁家也不能就这么缩着头。两位嫂子和孩子我们带走，你俩去讨个公道吧。不管结果如何，二位不要担心，人我带走了，就是我的家人！"四娘子道。

任巢湖挥手，让家人们进了院子，向杨安儿道："杨兄，您是做大事的人。我知道您的心思，但不能再给您添了牵绊。家里没别的，昨晚我把牛羊作价，兑给旁边几家牧场了，这半车银子是他们凑的，你带上。坝上的马好，咱家有二百多匹，我让几个兄弟都圈了过来，随你送到山东。你有大用处。那几个兄弟轻手利脚，没有拖累，愿意跟着，还请你收留，如果想回来，麻烦您给个盘缠……"

杨安儿沉吟片刻，"马我自己带走，你的兄弟你自己带着。我留给你两个好手，他俩身上功夫好些。中都那边，任掌柜家还有我一个兄弟，他应该直接回山东了。你们事儿办利索了，就来找我！不多说了。"

他向几个伙伴点头，其中俩人径自从车上取出朴刀，去院门口站了。

四娘子解下颈中铜镜，挂在烟儿狸胸前，"早想给你，留个念想吧……你家的……炬叔，很不平常。你多留心吧。"

烟儿狸一愣，点头道："各位，路上珍重，咱们后会有期！"

杨安儿一抖马缰，奔到队伍前。四娘子飞身上马，从后背抽出双枪，枪尖指了烟儿狸眉心，"咱们——此生别过！"

烟儿狸心下黯然，正要说话，却见四娘子将两柄黑枪掷了，扎在自己脚前雪地上。再抬头时，她已纵马一路追了上去。

四娘子赶到哥哥身边，杨安儿摸了她头，"想留下，就去吧。"
四娘子道："哥，我已失身。"
杨安儿勒住了马，"你说什么？"
"不是烟儿狸。是别人，我杀了。"
"昨天你是服药自尽？"
"不是，我怕有了孩子，多吃了些药。走吧。"四娘子回身看烟儿狸还伫立在原地，又有两人赶了马群上来，用手中马鞭照哥哥胯下的马臀轻抽一下，二人并辔而行。

"那晚上，我和任家老太太聊到大半夜。完颜璟活着，咱们暂且不动。他没了之后，下一个皇帝不知道是谁，如果那些猛安谋克还抢汉人的耕地……如果年号里有'安'字，那就真到我杨安儿的时候了，那就是天意，咱就起事！"

"哥，除非你打到中都，否则我不想再来。"
"我看那任家少爷，对你也……"
"露水情缘！他……他已有婚约。"说罢，四娘子左右挥舞马鞭，转眼跑过山坳。

完颜守纯把房门敲得山响，屋内仍是毫无动静。完颜珣伸手拍了完颜守礼的后背，"你去门口喊姐姐出来。"完颜守礼嘟着嘴道："父王，姐姐为什么生气啊？"

完颜珣道："你一小孩子，问那么多干什么！去，叫姐姐出来。"
完颜守礼拉开二哥，在门口叫道："眄姐姐，父王让你开门。"
屋内脚步声细琐，却是丑奴回话，"王爷，您放心吧，公主都好……就是不吃东西。"

完颜守礼叫道：“奴姐儿开门，我也还没吃，我想进来陪姐姐吃。”

犹豫片刻，丑奴把门开了个缝，完颜守纯闪身要进，丑奴死死拦住他，轻声道：“枕头旁有剪刀！”

完颜守纯再不敢硬闯，完颜守礼不过十岁年纪，人又纤弱，从丑奴腋下钻了进去。

完颜珣怒道：“守纯，走吧，不吃饿死她算了！”

完颜守礼见姐姐侧卧着，拈了块果子也坐到床上，吧唧吧唧大声嚼起来，笑道：“姐，吃一口啊，到了草原上天天啃牛肉干，脸都嚼大了！”

眄儿扑哧乐出声来，转身抱住弟弟肩膀，“守礼，你心疼姐姐吗？”

“嗯。”

“姐姐想走！”

“去草原？”

眄儿伸手在他头上弹了个凿栗，“过会儿你把后院的院门给我打开，把门房支开。”

“姐，爹得打死我！”

“那还说你疼我，替我挨打，疼一下都不行！”

“这几天小弟弟生病，咱爹着急上火的。你先别动，有个老巫婆来给弟弟瞧病了，如果治好了，爹一高兴，咱们都求他，你就不用上草原了。”

“小屁孩儿，哪有那么容易。玄龄怎样了？”

“小脸儿、小屁股都是黑的，也不哭。”

眄儿呀了一声，落下泪来，“你快吃吧，咱俩去看看。”

完颜守礼一口吞下糕点，兴冲冲拉起姐姐，直奔前院。

完颜珣和几个家将正在厅上，看见守礼拉了眄儿穿堂过院，心里不免一动，向完颜守忠道：“那师婆怎么说？毒从何来？”

“她将幼弟臂上的手镯除了，说是用药物浸过，有毒。”

完颜珣叫道：“守纯，去拿礼单，查查谁送来的！”

“刚才已经查过了，但是不合情理……”完颜守纯嗫嚅道。

"说！"

"永济……卫王爷！"

完颜珣站起身来，在厅中踱步，一脚踢翻了香炉。那香炉的顶盖是个黄铜兽首，跌落在地上骨碌碌乱转。完颜守忠连忙俯身将香炉扶正，拾起兽首放在炉上，喃喃道："猰犴踢不得啊。"

"老东西！前几年，皇叔、王爷挨个儿被剪除，要不是我替他美言，让你璟叔把他外放，他能活到今天？！"

见父亲暴怒，完颜守忠道："父王，此时此事，需要慎重。即便下毒，也不必如此明目张胆。礼单上写得清楚，谁会撅了屁股让人打呢？！"

完颜守纯道："不如我们先等等师婆那边，如果很快痊愈，咱们就当这事没有。万一……疗效不如所望，咱们再去跟那窝囊废问个明白。"

完颜珣听两个儿子在身边又絮叨了一阵，正要坐下，见守礼拉着姐姐，仡米师婆尾随在后，一起进得厅来。

眄儿道："爹爹，我惹您生气，是我不好，您打我吧。"

完颜珣点头苦笑道："唉，我就你这么一个女儿！爹疼你，他们仨绑一块儿也不如你，家里有事，你偏挑这时候作！"

眄儿抽泣了道："师婆，您给我爹说说吧。"

师婆缓缓上前，完颜守忠连忙拉了椅子给她。见升王朝自己微笑点头，她又慢悠悠坐下，眯着眼睛打量了厅中诸人，道："王爷，您可知我从哪里来？"

"术虎将军说是大理，苗地？"

"是，那是老奴的故里。我在大理，也曾是宫里的群医之首。不提啦。我被李铁戈请来中都，原以为他是个有心气的人，后来发现不过是个宵小之徒。后来我跑脱，早听说术虎高乞深得大金皇帝信赖，就在他家门口谋了一面，一见之下，不如闻名。"

"哦？师婆来中都，莫非有所谋划？"

"不敢，不敢啊，只想找个明白人家，做个下人就心满意足了。"

完颜珣和三个儿子彼此对视，问道："来我这里并非为我儿诊治？"

师婆笑道："万事皆有机缘，我这不就来了吗？"

完颜守纯皱了眉头，"我听着怎么……是你下的毒？"

师婆连连摇头，向完颜守纯叹道："二王子你心思机巧，用的不是地方。望之不似人君。"

完颜守纯怒道："要你点评！"

完颜守忠示意二弟坐下，"婆婆，这些都是后话，还请您给咱们说说病情。"

师婆又是一阵摇头，向完颜守忠道："大王子，你遇事果断，分得清缓急，却也不是帝王之命。盈缩在天，强求不来的。"

完颜守忠面露尴尬，点头道："婆婆慧眼明鉴，还请说说病情病理。"

"孩子中毒，毒从手镯上来。赤子欢喜散，药水浸过，无色无臭，中毒并不痛苦，所以不易发现。此毒险恶，走心经。小王爷好福气，中都城内就有解药，只是不方便获得啊。"

完颜守纯又腾地起身，叫道："婆婆尽管说，就算是各王爷的心肺，我也取得来！"

"那倒不必。薰草虽是剧毒，却最是克制欢喜散。我从南方带来几株，在塘花坞种了，只是现在应该拔除了吧。"

眄儿道："我去要！"

完颜珣道："不用你去！"

师婆道："必是公主去。"

完颜守忠不解，问道："请婆婆明示！"

"昨晚我向天祷祝，得了神谶，小王爷的毒只能由公主来解。我刚只说了解药。剧毒之物，还需冲喜之法。"

见父子几人面面相觑，师婆又道："嗯。适才，公主告诉我，她要远嫁蒙古。这样，小王爷的病也就全好了。"

完颜珣目瞪口呆，望向眄儿，见她垂首低眉，"乖女儿，你不要骗爹爹！”

眄儿道：“爹，我想了一夜，任家少公子杀了人，必定伏法，否则他家里人不得安生。即使死罪免了，也是有案在身的人。我又何必苦苦守着他，和他一起抬不起头来！如果知道外嫁是要救我弟弟，他也会同意的，也不会怨我。”

完颜珣跳下椅子，一把将眄儿搂入怀中，带了哭腔道：“好女儿，你要什么，跟爹说！”

“您去跟璟叔说，免了任家少爷的死罪吧。”眄儿已经泣不成声。

完颜珣一愣，“好，好！我这就去说！”

眄儿推开父亲，向两位哥哥点头道：“哥，你俩陪我去塘花坞吧。”

见三人离开，师婆惨笑道：“真是人各有命啊！容老奴斗胆说一句吧，如果我有这样的女儿，也不至于流落在这北国。”

完颜珣拉了守礼到怀里，脸上乐开了花，“师婆真神人啊，以后您就在我府里住下，我让您应有尽有。”

师婆道：“王爷您有天子之相！”

“哦？我哪有……说说看。”

“第一次见面，我不敢确定，等到见到这位守礼小王爷，确定无疑。”

“你的意思是……”

“假以时日，王爷您必成一国之君，这孩子也会是天子！只是……”

“什么？”

“他身子孱弱，性情孤绝……”

“那就有劳师婆也帮着调养调养吧。”

守礼被师婆盯得心里发慌，挣脱了父亲，“您二位聊着吧，我去看看小弟弟。”说罢跑出厅堂。

（二） 献祭

完颜珣带着两名家将直奔宫中而来，远远见着郑雨儿，连忙拦住，问道："可在殿上？"

"升王爷，不巧啊，主上刚起驾，这会儿应该出了宫城了。"

"又去私访？去哪儿了？"

"卫王府球场改建已毕，来请主上去开球。没请您？说是请了几位王爷啊。"

完颜珣沉思片刻，"术虎将军也跟着去了？"

见郑雨儿点头，完颜珣重又上马，直奔卫王府。

衣锦坊卫王府外围了层层府兵，间杂着几个宫里的侍卫。众兵卫见了升王，纷纷让路。卫王府的家将迎上前来，"给升王爷问安，小的正要去请您。"

升王哼了一声，"前面引路，我有事禀报主上！"

那家将吐吐舌头，带着他朝里走。进了场内，完颜珣不由得一惊。围墙已然拆除，球场更显通透，铁栅栏外站满了人群，俨然集市一般。

看台中间，支着一柄黄罗大伞，大伞左侧李师儿在座，右侧是一绿衫妃子，看装束应该是新封的承御。大伞周边，各府的王爷、王妃们已然正襟危坐。

完颜珣见座上各位衣冠鲜明，自己只着了常服，正犹豫着要不要入场，却见术虎高乞大踏步走过来，"升王爷，不要见怪啊。卫王要请您，我说您家里小王爷身子略有不舒服，您正劳神焦虑，就没去请您。"

完颜珣脸上一红，看了一眼领自己进门的家将，"待我回府换了朝服再来面圣！"说罢转身要走。

高乞一把拦住他，"您看，跟您招手呢，就是主上让我来接您的。"

完颜珣向看台点头，连忙整了衣冠，随他走上看台，在大伞旁单膝着地，"主上，愚兄不知有此盛典，失礼！"

完颜璟拉了他手，笑道："珣哥，来得正好。朕想着开了球，就去你府上看看小侄子呢。"

完颜珣起身道："不敢有劳圣驾。"

完颜璟道："行了，别说了，坐下吧，一会儿和朕一起上去开球。几个太医回来说药效不太好，朕知道最近你操心上火。既然来了，就踏实坐着，难得出来一趟。烦心事先放一放。"

完颜珣向二位皇妃行了礼，又和各王公打过招呼，谢了座，被完颜永济拉了坐在完颜璟身后。

完颜永济道："吾睹补，我听说了，怎么回事？大集第一天，咱俩还一块看掼跤来着。"

完颜珣面无表情，"满月，本想请各位王爷喝顿酒，谁料孩子就中了毒！"

"哎，吃什么不对的东西了？孩子嘛，都少不了染个小病，好了就更结实。你，还有麻达葛，小时候也病恹恹的，先皇和你父王也是急得满嘴大火疱！你起痘疹，我到处找望月砂，太医也是真古怪，非要刚交配的黑兔子！麻达葛小时候高烧不退，我去找金汁，非要十年的，谁家把尿放十年啊！啧啧，现在，你瞅瞅，你们哪个不是膀大腰圆的。别着急，上京那边有句老话，说，是儿不死……"

完颜永济自知失言，指了球场道："贤侄，我把围墙去了，搭了这铁围栏，着实花了我不少银子啊。"

完颜珣道："王叔，您说的那句老话还有下一句，是财不散！今日主上龙颜大悦，您这点花费很快就回来。"

完颜永济面色赧然，"我是寅吃卯粮啊！可是就好这口儿，真是没办法。现在场上的那伙人是东瀛来的，来贺天寿节，就留下了，蹴一场。说是在他们本国的蹴鞠竞技赛上屡屡夺魁啊，是他们平安宫里的，是宫廷队。据说前一阵去了南国小朝廷，在临安，把他们的齐云社踢得找不着北啊。后鸟羽来国书，请求与大金蹴鞠交流。主上命我组了队伍，咱们这几位都是各地选上来的，脚法还都不错，就是合练的时间短了点儿。"

完颜珣道："宫里的球队，怎么不用？"

完颜永济悄声道："这几年，主上心无旁骛，不太待见这些玩乐啊……"

完颜璟转身道："你们俩就嘀咕吧，朕都听见啦。"

见身后两人大窘，李师儿回首道："主上前几年下诏让各地猛安谋克少蹴鞠，多练兵，是怕女真耽于游乐。"

完颜璟望了她一眼，点头道："争胜之心，并无不妥。卫王叔改建了这球场，也是个与民同乐的意思，有心了。这东瀛队胜券在握啊！"又回首道，"珣哥，你和镰仓幕府素来友善，他们今年只送来几条鱼，什么意思啊？"

话音未落，东瀛队又将球踢过风流眼，队员们欣喜若狂，继而列队口中呼喝，连声做起劈杀姿势，惹得铁栅栏外的看客大骂，更有人把围栏晃得咣当当直响。完颜永济站起身来，低吼道："倭奴，忒也猖狂！"完颜珣讪笑道："赢球庆贺，有何不可？"

完颜璟示意卫王坐下，问道："比分多少？"

完颜珣接话道："陆、壹！此是中场休息了，瞧这态势，两刻之后再上场，很快就拾比壹！"

完颜永济道："还没终局，谁能断定胜负！"

完颜璟见他二人动怒，笑道："咱们赌球吧。"

完颜永济连连摆手，"主上，不赌了吧，看个乐儿。今天主要是请御驾来开球。这蹴鞠就是垫场，小打小闹，不赌啦，不赌啦。"

完颜璟道："不！要赌。你们俩下个注吧。卫王叔赢了，球场改建的费用去宫里提。珣哥赢了……珣哥？"完颜璟转头问，"珣哥，你想要什么？"

完颜珣道："赌球是赌球，但不敢有求！"

"你来不是有事吗？无论何事，朕允了你便是！"

完颜珣脱口道："我赌东瀛队赢！"

完颜永济拍了大腿道："你这……你何必长他人志气！那我就偏赌大金中都队！"

完颜璟道："'苟投足之有便，知入门而无必。'珣哥，看场上比分悬殊，朕就押——中都队。下半场定会扳回比分。"

完颜珣面红耳赤，叫道："麻达葛，你和我一起啊，选东瀛呀！"

李师儿也觉得不解，轻轻捏了他的手指。完颜璟连咳几声，又哈哈笑道："不。朕就和卫王叔一起，要赌，就赌个刺激悬疑的。"

高乞站在过道上，听了三人对赌，心下不免焦躁，正要下场去斡旋。衣襟却被范迷舟拉住，回头看见她浅笑了贴近完颜璟耳畔说道："主上，臣妾这几天不好……"

完颜璟脸上讶异，转身道："怎么？"

小舟儿道："我说不舒服，如果舒服，我去踢！"

"哈哈，朕以为你只会击鼓！对了，锦帐雅集那晚，你踢飞刀剑那两脚确实不错。你还有多少能耐，一起使出来吧。"

"我说真的。我在高丽，宫里，是女队的场上校尉呢！"

"嗯。那天晚上，你一个人把前面几个宫女都给撞倒啦。"

"说真的！我看他们……"小舟儿遍指场上队员，"脚法都很臭！"

众人又是哄笑，李师儿厌她献媚，哼了一声，轻拍了前面几位王爷妃子，齐齐转身出去了。

小舟儿撇了嘴道："主上，我能让中都赢！"

高乞忙问："承御娘娘，怎么说？"

小舟儿见完颜璟无动于衷，哼了一声，拉过高乞轻声道："去找高丽使节，武士里有一位小崔，带他来，让他替场上的球头。我看那球头也还好，那就让那个球头站桌球的位置。你再让人把球杆加高，风流眼勒紧，小小的！"

高乞听她安排得头头是道，不禁惘然，抬头又望向完颜璟，见他微

294

笑了点头道："那就快去吧，死马当活马医。"

小舟儿抓了完颜璟右手，放在自己小腹道："说得真难听，什么死啊活啊的，看着吧。"

高乞低声嘱咐了徒单张僧，见他直奔场内而去，自己也冲到场外，翻身上马，又牵了一匹，频频加鞭，一路朝李府狂奔。

周衔蝉听说眄儿到了，慌忙迎到门外，拉了她手，见她脸上泪光盈盈，不禁眯眼苦笑道："谁说，谁说就不是天生的一对儿呢。"眄儿轻轻扳过她肩膀搂在怀里，道："本来就是的呀。"

老太太抹了眼泪，"越老越没出息啊我是，前前后后这孙子媳妇也不少，我这心里就惦记你，比惦记那谋良虎多！"又指着旁边的一望道，"拿她换，我也不带眨眼的。"

"真能换，我也不眨眼！"一望拉了两人往院里走。

老太太停住脚步，"眄儿啊，外头那都是谁啊？"

"不碍事，我两个兄长。"

"哎呀，那快让人家进来啊。你父王……"

"奶奶，不是这事儿，您进屋，我和您说。大姐，任伯伯在家吗？"

"在啊，我去叫他。"一望连忙跑回前院。

任孝萱和赵炬进了屋，见眄儿坐在床上，老太太和一望各拉了她的手，正在说话。任孝萱道："眄儿姑娘，你……都好吧？"

眄儿要站起行礼，被老太太一把拉下，"快说，快说！你爹怎么说？"

眄儿苦笑道："奶奶，怕是要让您失望……"

"他不同意？！"老太太一愣。

"是我。我——想去草原。"

老太太一脸茫然，随即定了定神，摸了她头发，"也对啊，我家那熊孩子……"

赵炬道："姑娘，你家小王爷病情好转了吧？"

眄儿向赵炬微微一笑，向老太太道："奶奶，我还有两个弟弟，一个十岁，一个刚满月。最小的这个中了毒，有个婆婆说能治，但是得用您家花圃里的薰草。"

任孝萱惊道："阿炬，都拔了吧？"

赵炬道："萱哥，别慌，我、我还留了一畦。"

"怎么留了？"

"我想着……留个证物。"

老太太叫道："留着好！快去，快去，拔了给姑娘带走！"

赵炬点头，向眄儿道："姑娘，你说的婆婆，是苗地来的？"

眄儿点头，"正是，炬叔您怎么知道？"

"哦，顺嘴一问，没事没事。"

"一望，你去倒杯茶，孩子这嘴唇儿都没色儿了！那你爹他到底怎么说啊？"老太太追问。

眄儿轻靠在老太太肩上，"奶奶，给我弟瞧病的婆婆说，除了用药，还要冲喜。"

"呀，那也不一定非嫁去草原啊！"

"奶奶，我也想去……"

"傻孩子！就是不嫁烟儿狸，你也可以嫁别人啊。蒙古兵心狠着呢，我听说，打下个城，就烧杀抢掠的。蛮横。"

"我去草原，我弟弟病就能好。我爹爹就开心，我求他了，他也答应我了。"

"答应什么呢？"

"他答应我了——我嫁去草原，他就去和我叔叔求情，让他赦免烟儿狸。"

"哎呀！"老太太大叫一声，"造孽啊！姑娘，你别这么着。那臭小子杀了人，该伏法就伏法呗，你不用管他。人就一辈子，你不能苦了自己！"

"我不苦啊，我很开心。要是我出了事，烟儿狸也会想法子救我。"

老太太抱住眄儿，两人哭作一团。赵炬见状，轻轻摇头，转身出了房门。任孝萱扁着嘴，欲言又止。一望端着茶碗，眼泪滴答答落在水里。

眄儿扶起老太太，拉了被子垫在她身旁，自己站起身来，向任孝萱跪下。任孝萱抛下拐杖，一把扶了她起来。

"伯伯！姐姐！"眄儿破涕为笑，"还有您这个老太太！你们要答应我，烟儿狸回来，不要告诉他这些。"

任孝萱道："姑娘，真的不能这样啊！"

"大姐，他们都糊涂了。他们也不懂，您肯定懂！"

一望拉过眄儿搂在怀里，道："嗯，我懂！"

"姐，一定不要告诉他，我不想他活着也不开心。我没和我爹说——到了草原，我也不活了。拿我一条命能换烟儿狸和我弟弟两条命，值了。"

"傻姑娘啊，咱们再想别的办法。这都什么事儿啊！"老太太抓起床头的手炉砸到妆奁上，当的一声，手炉滚落在地，炉里的炭灰纷纷扬扬。妆奁上的大铜镜被砸出了凹坑，凹陷旁的细纹哔哔剥剥向四处裂开，直裂到镜面边缘，又发出咔嚓几声脆响，惊得几只小猫纷纷跳开，腰身几乎弓成了半圆。

眄儿盯着光线里的炭灰缓缓飘散落定，"不想了。让烟儿狸快娶个新娘子，就能快忘了我。卫王爷家有个小姐姐，从小我俩一起长大，她漂亮，性子也比我好。有一回我俩一起看戏，她跟我说，她喜欢烟儿狸。我今晚留封信给她……烟儿狸要是娶她，我心里好受些。"眄儿伏在一望胸前，听见她心跳如同擂鼓，大哭道，"姐——"

一望的头轻搭在眄儿肩上，默不作声，盯着老太太，眼泪却更是夺眶而出。

任孝萱道："好闺女，任家对不起你！我不会让那臭小子得了这么大便宜！他活着就是给人添乱！我这就让阿炬飞鸽传信，让他在坝上死了算了，咱们都一了百了！"

眄儿扑通跪在任孝萱脚下，哭道："伯伯，其实是烟儿狸……是任家救了我弟弟和我啊。"

一望放下茶碗连忙回身，却一把抓了个空，眄儿已经飞奔到院外钻进了马车。赵炬和两位花匠早把薰草装到完颜守忠车上，完颜守纯正担心妹妹不出门，见她上了车，连忙指使车夫速速离开。

一望扶着奶奶追出院外，只看见两个男子向赵炬挥手作别，眄儿的车早已转出了巷口。

（三）逆袭

场上正有十数位女子表演白打，完颜永济见完颜璟看得哈欠连连，上前道："主上，秋风寒凉，还请移驾到室内稍坐。"

完颜璟见小舟儿看得兴起，挥手道："就坐着吧。好久不在外头晒晒了。"

小舟儿叫道："主上！演滚弄的那个，很好的。快看啊！"

"是吧？"

"我看比刚才踢球的还好。女子踢得都好，男的踢得都不好！"

完颜璟呵呵笑道："是啊，母系的时候也少有战事！"

徒单张僧指挥人将球网中间的风流眼缩了又缩，又一声令下，兵士们齐刷刷跑出。惹得小舟儿大笑，"玩球，又不是行军，这太正经啦。"

完颜珣听她评价场上军卒，探身说道："娘娘，高丽那边也踢？"

小舟儿佯怒道："当然踢啦。转花枝、大出尖都不踢，没意思，都踢全场，至少，是踢花心。我们体力很好，很能跑的。"

完颜璟道："小舟儿啊，你说的那个人脚法很好？"

小舟儿伸手捂住他嘴唇，"嘘，等一下就知道啦。"

见完颜璟不以为然，凑近他耳朵道："王韺，高丽国的国王，还赏过他金牌呢。"

"哦，那么厉害。"

李师儿和各王爷的嫔妃重又回到座位，见小舟儿和完颜璟如胶似漆，不禁面色一沉，"主上，什么时候开球啊？"

完颜璟道："还有半场，结束了就好。"

小舟儿大叫一声，站起身来。只见术虎高乞带了一人进场，那人也正不住往看台上瞭望。小舟儿推了完颜璟一把，"就是他！"

小崔原本正在屋里翻腾行李，被术虎高乞叫住，身边没有通译，两人比画半天，也没说明白。李铁戈不由分说，托了他上马，这才一路跑来。

进了球场,知道是要竞技,当下也不推辞,伸手接过球头的幞头,缠在头上。那球头见来了外援,心里好大不愿意,气呼呼站到一边。

高乞煞有介事地嘱咐了小崔几句,又伸手捏了他嘴唇,示意他不要出声,只管踢球。小崔不住点头,又偷眼朝看台上望。

高乞见卫王急匆匆跑下看台,示意观众不要起哄。众人安静,完颜永济将球队叫到场边,低声道:"才半场,你们给本王输了五个球!这位高手,是主上派来的。不要多问,也不要别扭,站好自己的位置,各自把球颠利索了,好好喂给他。主上和升王对赌了,主上赌——你们赢!"

中都的队员原本蔫头耷脑,听到此处个个打起精神。完颜永济吼道:"不能输,也不敢输!这就对了嘛!上半场踢的什么呀?一个一个的,都不如那好娘们儿!守家在地的,你们输了,还要脸吗?龙颜大怒,你们还想玩球?玩球儿吧!往赢了踢,赢了我赏是小事儿,御赐的东西够你们八辈子用了!"

中都队员们大吼几声,顿时神气完足。见球杆升高,风流眼缩小,东瀛队原本觉得纳闷,再看到中都队员一个个上蹿下跳,更是一头雾水。

完颜璟正在咳嗽,冷不防被小舟儿把手帕抢了,看她手捏锦帕跳到椅子上不住挥舞,也不禁乐出声来。

李师儿哼了一声,"大金的承御,成何体统!"见完颜璟不作声,悻悻闭了嘴,探头和几位王爷嫔妃喊喊喳喳。

笛声鼓声一阵狂响,两队互换了场地,由上半场的负者领球。

小舟儿手搭凉棚,指着场边的木桶,问道:"主上,那是干什么?"

完颜永济刚跑回看台,气喘吁吁地答道:"哦,那里头是白灰。输了,就抹脸上。"

小舟儿回头看向完颜珣道:"王爷,一会儿,您抹吧!"

完颜珣苦笑道:"我倒是想抹。"

完颜永济不住点头,"可不只是白灰啊,还有鞭子。输了的队,队长要挨鞭子。姑娘,啊不,娘娘您看,在那边挂着呢。"

小舟儿眯了眼细看，呀了一声，"那么粗！不要打死？！"

众人哄笑之际，场边更是欢声雷动。东瀛队开出大脚，中都队的散立见球来得凶猛且带了旋转，不敢托大，老老实实探出脚尖将球卷住停稳。听得场外叫好声不绝，散立得意扬扬，抬脚将球颠到膝上，稍作停顿，转身传球给右竿网。右竿网挺胸停球，任它从心口滚落至脚背，抬腿又将球传给左竿网。

时值正午，两根球杆的影子正映在侧面，球网近处的两队球头，背对对方场地，决计无法通过网影判断上方球网所在。左竿网和右竿网两位队友的站位及彼此传球极是重要，二人间距和球网的宽度一致，二人距离头挟和正挟的距离也正是球头距离身后头上球网的距离。

小崔侧耳细听，心中默默计数。此时球已传到枭球脚下，那枭球也不停顿，抬腿将球踢到半空，大叫："小子，看你的了！"

小崔垫步拧腰，高高跃起将球顶在头上，并不炫技，任它跌落至膝盖前，挥起右脚，只听砰的一声，球高高飞起，直直穿过风流眼。

场内外欢呼声此起彼伏，小崔见队友雀跃，知道已得一分。他并不转身，猫腰从胯下向东瀛队扮了个鬼脸，又惹得场边人一阵哄笑。

完颜璟与卫王对视片刻，各自长吁一口气。完颜珣道："王叔，我先去抓把白灰吧。"

完颜璟笑道："不急，这才一个嘛。真要输了，莫非朕还得抹白？"看台上一片欢声。却见场下的小崔走到本方后场，将球在地上稳稳放好，盯着对面的场地扫了一眼，后退几步，一阵疾跑，大脚将球从网下踢了过去。

那球起初飞得笔直，划过半空时竟然不住拐弯，飘飘悠悠向后半场落去。按蹴鞠规则，接发球之际，接球方只有散立一人可以首次触球。那东瀛的散立跑到后场，眼看着球从上方落下，低头看了边界，又与几个伙伴嚷了几句，见同伙一致首肯，站在边界处并不出脚，只等球出界以便直接得分。不料那球划出一道带钩般的弧线，落地前居然微微回旋，正砸在线内！

东瀛队员呆如木鸡，直勾勾瞪着铁栏上的比分牌变成了陆比叁！

小舟儿狂呼乱叫，突然啊了一声，慢慢出溜到座位上，双手捂了肚子。完颜璟身边众人连忙围过来，潘守恒拨开众人，扶她走向后院。小舟儿却停了脚步，向完颜珣道：“珣王爷，多抹一些哦！”

完颜璟看得起劲，见众人慌乱，侧头对李师儿道：“师儿，你陪去后院看看吧。”

李师儿起身离开之际，场下又是一片欢腾，却是东瀛队忙中出乱，发球直接出了界，中都队又得一分。

中都队的枭球正要发球，小崔又走过去，轻拍他肩膀将他推开。也不助跑，伸腿就是一脚，这次却是一个低平球，在地上朝对方直滚过去。东瀛的散立不敢小觑，待球到了脚前，拟用双脚将它盘起，不料那球在脚下突然弹起。散立躲闪不及，被球直击鼻梁，直撞得眼冒金星，他立足未稳，球已然落地。

“六！六！六！”场内外一片呐喊声中，东瀛队将球发过半场，中都队员依次传球，小崔一记倒挂金钩，球又是直直穿过风流眼！

完颜璟道：“珣哥，说说你有什么事？”

“主上，这、这……我输定了！”完颜珣面有愧色。

“你输了，朕也会答应你啊。你以为卫王叔如果输了，朕就不拨给他费用吗？”

完颜珣脸上通红，“主上，您请先观赛！我的都是小事，别扰了您兴致，不急，不急……”

小崔再度发球，此次东瀛队的球头和散立对调了位置，球头的身手毕竟优于原来的散立，却也是手忙脚乱接住了，别别扭扭依次传给同伴，无奈队友们也都来不及调整，等到传给站在网下的散立时，场边的笛声已经响起。见进攻时间所剩无几，散立更是慌乱，胡乱踢出一脚，竟然踢跐了，偏又击中自己队长的小腹，那球头不好意思揉捏，只疼得他蹲在地上扭动身子。

铁栏外的看客们大笑不止，竟有人从栏杆上越过，脱掉外衣裸露了上身，疯癫一样在场上绕圈飞奔。

徒单张僧正在场边巡视，见状几个箭步奔过去，一个扫堂腿将那人撂倒，一把抓了扔到场边。两名府兵连推带搡，将闹场的押走了。

场外观众欢笑不止，大伞下的完颜璟却若有所思。

小崔此后更是使出浑身解数，回旋踢、凌空踢甚至脚后跟竟然也进了一球。东瀛队已是兵败如山倒，勉强接了球，要么踢在球杆上，要么高度不够，下半场竟然只得了一分。此后鼓声响起，随即笛声婉转，宣告终局。中都队共得十二分，领先了东瀛队五个球。

完颜永济勾了腰过来喊道："主上，群情激昂，愚叔斗胆，敢请主上入场颁奖，之后就是开球啦。"

完颜璟微微一笑，伸手拉了升王，"珣哥，和朕一起吧。"

所有人望向看台，看见皇帝起立，更是叫好声不绝。完颜璟在欢呼声中走下看台，正要入场，听到身后人群呼啦啦闪开，回头一看，却是小舟儿跑了过来，李师儿在她身后伸手抓了个空。

小舟儿跑到完颜璟身边，"我也要上场！"

完颜璟见她面色苍白，低声道："没事儿吧？"

小舟儿道："没事，就是肚子疼了一下。要怎么赏我啊？"

完颜璟牵着她的手走到场中，双方队员纷纷跪倒。高乞让人抬了装满白灰的磁州大缸过来，完颜璟伸手指蘸了。场内外登时肃静，几位东瀛队员知道难逃其辱，匍匐向前，跪在完颜璟脚下，纷纷闭着眼抬起头。

完颜璟突然转身，在完颜珣鼻子上点了一下。完颜珣一愣，看台上、铁栏外笑声一片。

徒单张僧取了鞭子过来，双手呈上。完颜璟笑着提起鞭子，并不抽打那东瀛球头，却朝卫王抡了过去！

完颜永济不敢躲闪，傻愣愣看见鞭梢飞来。不料完颜璟在空中抖动手腕，鞭子抽在球杆上，发出一声脆响。完颜璟掷下皮鞭，道："今日竞技，跌宕起伏，精彩至极。没有输家！"

场内外又是一片欢呼，东瀛队员叩头谢恩不止。完颜璟又道："如果有错，"他手指完颜永济，"就错在卫王！"场内外突然之间鸦雀无声，完颜璟笑道，"他家的球网太高了！"

见看台上观众纷纷起立喝彩，场外看热闹的人群一齐抓了铁栏杆晃得山响。完颜璟向两队队员道："你们都有赏，去，谢过看客吧。"主客两队手拉手先往看台去施礼，又转到铁栏边，栏外众人纷纷伸进手来……

完颜璟抬头望着高处的球网，又盯了天上流云，低下头打了个喷嚏，"珣哥，王叔，朕有话对二位说。"

二人单膝着地，听完颜璟说道："咱们大金皇室，不比那南面的赵宋庸人，不可以互相猜忌。珣哥，你觉得王叔会送有毒的手镯给你家小娃娃吗？"

完颜珣大骇，"主上！"

"什么有毒？"完颜永济更是听得云里雾里。

完颜璟道："是否有小人从中构陷，日后再细察吧，先救孩子才是要紧事。病急乱投医可以，出了事怨天尤人就不对了！"

完颜珣不住点头，"愚兄急昏了头……谨遵圣嘱！"

完颜璟向卫王道："王叔，明日遣人去宫里，提了场地费回来。"

完颜永济连忙跪倒谢恩。完颜璟又道："朕说了，没有输家。珣哥，说说你来有什么事吧。"

完颜珣赧然道："主上，美俗坊塘花坞任家的小儿子，在郊外与宣徽左使府军冲突，其伯父、堂兄死于当场，那任家少爷怒不可遏，乱战当中射杀了李仁惠……"

"你说。"

"愚兄斗胆，跪请主上赦免这任家小子……"

"呵呵，珣哥，你现在操的心不少啊。"

"主上，我府中……您的小侄儿可否痊愈，性命全系于此！"

"哦，这中间又有何关联？"完颜璟低头沉吟。

"家事琐碎，一言难尽。不敢打扰主上兴致……容愚兄日后细细禀报……"

完颜永济五体投地，"主上，恩准了吾睹补吧……"

"哈哈，好，朕准了。高乞，你去和刑部说，朕赦免那小子。李、任两家，不许再就此事纠结。也告诉李铁戈，让他消停消停。"

小舟儿捏了完颜璟手指，怒道："他是个坏蛋！"

完颜璟转头道："谁？"

小舟儿噘了嘴，又凑到完颜璟耳边嘟囔了几句，完颜璟皱眉道："色胆包天！"

第十七回

访旧有情书数行 溅雪奔雷怒未休

（一） 胎息

李铁戈在左右掖门中间走了几个来回，垛楼上的兵士见了，嚷嚷着要送个板凳下来，李铁戈高喝道："忙你们的，帮我看着点儿，进来了喊一嗓子！"正说着，楼上兵士忽然噤声。

李铁戈见帝辇进了宣阳门，连忙迎上前去。见了圣驾，李铁戈跪在御道边，叫道："主上，卑职有事禀报！"

完颜璟拨开车帘，看了一眼，沉了脸色道："庆宁殿。"

李铁戈站起身来呆立路边，见帝辇过去，抬头向随后的高乞道："术虎将军，比赛怎么样了？"

高乞抱拳道："那小高丽技艺超群，多亏李大人借人！"

李铁戈道："不敢这么说，本来就是来觐见的，我看他们闲着没事，就叫去家里住几天，咱大金对来使一向热情……人呢？"

"张僧送他回您府上了，主上必有重赏啊。"

"什么赏不赏的啊，咱不奔那个！给大金争光最好啦。我姐……元妃娘娘在前车？"

"主上和承御范娘娘在辇上，元妃娘娘，您看，过来了。"高乞指着后面低声说道。

李铁戈回头看见姐姐的车辇缓缓绕过宣阳门，司乘和侧行的宫女个个没精打采，他怒气冲冲赶上前去，"嘿！掉腰子了？没吃饭啊都？机灵点儿！"

李师儿听他呼喝，探出头来，"铁哥儿，你上车来吧。有事？"

李铁戈看看前车已经走远，再不迟疑，一勾腰钻进车内，"姐，任家那小子的事，我想和姐夫说说。让我过会儿去庆宁殿见他。昨晚上……我屋里进了人，老姐死了！"

"报官了？"

"报什么呀。抢走我四箱金银！四箱啊！吃个哑巴亏。"

"你差不多得了！定奴老姐本来也有案底，按下吧。"

"姐，不说这个了，怎么那个范小舟儿跟我姐夫坐一块儿了？"

"嗯。还咳嗽着呢，也不闲着。今天他开心，那丫头叫来个人，蹴鞠就赢了。"

"知道，高丽的，在我院里，术虎要人，我就做了顺水人情，这小崔还真长脸！"

"哦，是高丽人啊。怪不得。"

"姐，我带给你个东西，我觉得这小崔可能有点事儿，我从他口袋里顺出来的。用的是宫里的信封、信纸，写的都是高丽字儿吧，缺胳膊少腿儿的，我更是一个也不认识啊。"

李铁戈从怀里掏出信封，却带出一个小册子，啪啦落在李师儿脚下。李师儿俯身拾起，随即被李铁戈一把夺了回去，又顺手把信封塞到姐姐手里。

李师儿道："什么呀？还要瞒着我。"

"哎呀，你看这干嘛！就是个账本。任家那老二给我的。你别管。你看信吧！"

见信封上确实印了坐龙云纹，李师儿点头道："你下车，去尚书省找个译史，叫习礼吉思，带上一起来我宫里。"

李铁戈跳下车，李新喜和李思忠过来奉承了几句，各得了银锭，乐滋滋追上车辇进宫了。

李铁戈进了尚书省通译馆，众官吏见他进来，更将脑袋埋入书堆佯装不见。

李铁戈环视一圈，呵呵两声叫道："有喘气儿的吗？出来个人！"又自言自语道，"哎呀，忘了名字了！"

一位老吏过来深施一礼道："李大人，少见。您是要找人？"

"废话！你以为我来借书哇？哎哟，这可麻烦了！元妃娘娘让我来叫个人……"李铁戈敲着自己的脑袋，皱眉道，"名字是四个字儿，啧啧，我给忘了。有四个字儿的没？"

老吏道："有——很多。"

"那可坏菜了。你把名册拿来我看看——念了给我听！"

老吏从架上取了厚厚一本花名册，苦了脸道："大人，可否记得哪怕一个字？"

"说忘了嘛，记得一个字那就不叫忘啊！你这老头子哪儿来这么多废话？！"

"下官只是想尽快找到人。"

"好像，这个这个这个，这个名字里好像有个什么什么什么丝！"李铁戈一拍脑袋，"对了，什么丝！"

"敢问李大人，要翻译哪国文字？"

"这还分？哦，高丽的！"

"哦！"那老者将名册放回架上，叫道，"马庆祥，来见过李大人！"

"不是马庆祥？是什么什么什么丝！"

"马庆祥，又名习礼吉思，他通晓大金语、契丹语、蒙古语、西夏语、花剌子模语以及高丽语……"

"啊，那行！那就这个香辣鸡丝吧，人呢？"

那老吏又呼喊半天，才从后室转出一人，俯身道："小吏马庆祥，见过李大人。"

"早说马庆祥不就得了？！还鸡丝！"李铁戈盯了他面目细看，道，"回回啊？"

"正是。"

"跟我走吧！"

李铁戈引了马庆祥来到宣华宫中。见礼毕，马庆祥接过信笺，双手捏了，双臂伸直，远远地看了。

李铁戈走到书桌旁，打量桌上文玩，远远地向马庆祥嚷道："嘿，我说马鸡丝，你什么毛病？人家都贴近看，你……你这什么造型？"

"老朽眼睛不好，近了反倒看不清。"

"花样真多。说说吧，这信上写的什么啊？"

"哦，老朽，高丽语不甚了了……"马庆祥嗫嚅道。

李铁戈伸手将一对鎏金犀牛镇纸揣入怀中，问道："什么鸟？"

马庆祥改口道："高丽话，下官不甚精通啊。"

"放屁，不是说你会好几国话呢吗？！"

李师儿瞪了李铁戈一眼，摇头道："先生，上午还听主上说起你，说给各国的回书最后都是您润色的。怎么这么会子工夫就忘了？但说无妨，与你无关。你来我宫中，别人也不知道。说吧。"

马庆祥砰的一声跪下，低声道："说不出口啊。"

李铁戈嘿嘿了几声，"别卖关子啦，说得我更想听了。快说！"走过去将他手中信纸取下，放在地上距他三尺处，"这么远看得清吧？"

见元妃笑了看着自己，马庆祥清了清嗓子，吭吭哧哧说道："这是宫里的一位叫小舟的人写的，应该是写给情郎的，说不要着急，先在中都住下。这位小舟姑娘说，她会慢慢说服主上，让使团进宫，这样才好日日相见……"

"哇！呵呵，细细说来！"李铁戈满脸奸笑。

"还有……说每每忆及蹴鞠场上，不免心绪动荡，宛如小鹿乱撞，总是挂肚牵肠……哎呀，都是肉麻的话，老夫实在是难以启齿！"

李铁戈乐得满地转悠，拉了马庆祥道："老马，真有你的！是这高丽话原来就写成了顺口溜，还是你给翻成了顺口溜啊？"

马庆祥一张老脸涨得紫红，"这……一不小心顺口就溜了，押了韵。"

元妃点头道："收信人叫什么呀？"

"没说姓氏，起首是——兴愍。"

李铁戈道："对！小崔，好像是叫崔兴愍！就今天去完颜永济院子里踢球那个啊。"

李师儿道："铁哥儿，还不快赏马先生！"

李铁戈在怀里掂量了好一会儿，这才拈出一小块儿银子，扔在地上，"这活儿多好，撒泡尿的工夫，就拿银子！"

马庆祥叩谢了元妃，并不取过碎银，起身抱拳道："谢过李大人。在下孤身一人，吃住都在尚书省内，不需要银钱。"

李铁戈打趣道："这好！你用不着钱，那把俸禄都存我这儿吧？"

马庆祥道："在下老家那边不太平，乡间多有幼童失怙。这些年我把攒下的钱都捐给了当地的十多户穷苦人家。现今，书箱里总还有几十两。您和我去取，还是我给您送到府上？"

"这老头儿有点儿东西！十几两，就想贿赂我，要升官？"李铁戈扑哧乐出声来。

马庆祥一脸不解，惶惶望向元妃。李师儿笑道："那就请马老师回去公干吧，有劳了。今天的事，不要说与别人。"

见马庆祥小跑出了门，李师儿道："铁哥儿，他人憨厚，你怎么还和他闹！如果官吏都是他这样的，大金基业说不定真能万年长青。如果都是你这样的，估计也就再挺个十年八年吧。"

"姐，我也没干过坏事啊！我是你弟啊，你还这么说我。"

"镇纸给我留下一个。去吧，怎么还不去庆宁殿？快走吧。"

"信我带走？"李铁戈从怀里掏出一枚镇纸，扔在桌面上。

"你别管了，我自有用处。"

李铁戈赶到泰和门，郑雨儿迎出来道："李爷，任家老太太和她孙女儿在里头呢，谈得挺热乎！"

李铁戈一脸讶异道："怎么回事啊？当她家花棚子了，想来就来！"

"还吃上了，和主上一块喝小酒呢。"

"娘的，这家人怎么脸皮这么厚啊！"

"李爷，我爹那么大岁数，您下脚倒是轻点儿啊！"

"别磨叽！我还就不信了！"

李铁戈蹑步进了殿内，听见里头欢声笑语，偷眼看了，见那老太太与皇帝对坐，任一望的身影正和屏风丝绢画面上骑马的女人合为一体。

李铁戈眉毛拧作一团，低声道："卑职——李铁戈——求见主上！"

"进来吧。"完颜璟放下酒杯，轻咳了几声，"哈哈，婆婆，对头来啦！"

李铁戈上前跪倒，"不知主上有访客，冒失了。"

完颜璟笑道："你来，坐下。你抢人家的李白真迹，人家来这儿告状了哦。你不抢，她们娘俩的宝贝就不会在路上被人劫走。换句话说，这一切都是你造成的。朕要给你们化解化解，行吗？"

李铁戈迟疑了不敢上前，偷眼看那老太太正轻抿酒盅，任一望也不抬头，面无表情。

"铁哥儿，别端着了，过来坐下。"

李铁戈见她二人随意，也不再犹豫，搬了把鼓凳坐下。却见那老太太捧了酒壶，取了空杯子斟满放到自己面前。

"李大人，我什么都没说。你能想到的，我什么都没说。"一望盯着李铁戈说道。

"本来也没什么好说的。说什么呀？说你弟杀了我哥？！"

"见面就掐，真是冤家！朕也就是顺嘴一说，我要真知道怎么解怨释结，和那赵扩也能坐在一起斗茶艺、行酒令啦。"完颜璟连咳数声。

李铁戈哼了一声，偷眼飞快看了一眼任一望的前胸。完颜璟看在眼里，笑道："铁哥儿啊，范承御跟朕说，你侵扰过她？"

李铁戈一愣，伸手抓起酒杯一饮而尽，"她胡说！小舟儿……承御娘娘……她记差了吧。哼，她还有事儿呢，我都不好意思说。"

"过去事已过去了——"完颜璟指着老太太的手杖，一望捧起来递给了他。

"婆婆，任大小姐，李铁戈！"完颜璟摸了手杖细看，又道，"过去事已过去了，不要纠缠了吧。今日朕很开心，看了蹴鞠，一波三折。又上马开了球，一年多了，头一次上马，还是马上的感觉好啊。朕意已决，三位听好！"完颜璟见老太太低头不语，向任一望道，"你弟弟的事，我赦免他！"又向李铁戈道，"你听见了？"

李铁戈站起身，退后一步扑通跪下，"主上，那小子杀了朝廷命官！"

"要你教我！"完颜璟脸色一沉，李铁戈连忙伏在地上。

"李铁戈，最近你都做了什么！真以为我只有你这么一个耳目？两家都有逝者，还要怎的！你擅闯郭家，豪取强夺！刑部成了你们家的衙门？要不是有路铎在，你们还要把周婆婆一家老小灭门吗？！你哥李喜儿这些年贪了多少钱！一个新安州就够你们家几辈子花销了吧？敢情朕这江山是给你们兄弟开的银铺吗？史上外戚专权的事还少吗，你是要我做那些昏君？回去！把郭掌柜放了！"

李铁戈战战兢兢，仍不忘白了任一望一眼，"已经放了……应该已经到家了。"

完颜璟向老太太道："朕赦免你孙儿的死罪，他是否有命回来中都，还要看他造化。"

一望瞪大了眼睛望着皇帝，完颜璟摇头道："这位李大人，可了不得！他能动用官军，去坝上捉人啊。李大人！胡沙虎已被朕遣回西京路，你和他那么要好，要不你也去吧？当个钱粮官，你挺合适，战事起了，你那么爱打架，你就上场拼杀……"

"主上，铁哥儿知道错了，知道错了……"

"你出去！"

李铁戈连忙起身后退，一转身肩膀正撞在屏风上，他右臂本就受伤，这一撞又牵动了伤口，不禁龇牙咧嘴。回头看见座上三人正在讪笑，却是他正站在画面上一名马卒旁边，画中马卒在寒风中瑟缩，和李铁戈的扭曲脸孔相映成趣。李铁戈又羞又恼，跌跌撞撞疾走到殿门外，被凉风一吹，不禁打了个寒战，低头再看前胸，已经被汗湿透了。

完颜璟捧了手杖道："婆婆不要担心，胡沙虎临行前，我已勒令他，不必戮力捕捉你家孙儿，做个姿态就好啦。应该无差。"

老太太这才抬起头来，眼中含泪，"谢主隆恩！谢圣上体谅，老妪我……感激不尽！"

"这是张瑀的画儿吧？"一望仍在盯着屏风，不住偷笑。

完颜璟略显惊讶，"郭夫人知道他？"

一望回身浅笑道："当年那李朋正画我，张瑀去了画室。说他要制作一幅《文姬归汉图》，苦于找不到蔡文姬面目。让我做几个表情——假装有风雪吹脸，又要眯上眼睛，又要演目光灼灼什么的……"

"哦，真是，朕也觉得这画上的蔡文姬似曾相识……"

老太太回头又看了看，向一望道："你还得意呢，这是丑化！"

一望道："可不。我看张瑀面貌可憎，就说，我又不是戏子，干坐着我还行，您说那表情，又眯眼又瞪眼的，太难拿，我做不来！他就又看了一会儿，就走了。奶奶，您细看，这眉眼，还是我！只是他使坏，给我画这么胖！"

完颜璟哈哈大笑，"这幅就别给你家了，就留在这儿，朕也好时时见到任大小姐芳容。"

一望红了脸道："这不是芳容，这是方脸！"

老太太道："您这位皇帝啊，心真大！在屋子里怎么挂这个啊？这说的是归汉的故事啊。难道不该画昭君出塞吗？"

完颜璟连咳数声，"世易时移，文姬的故事早就该重写了。婆婆您没听说？这几年，国家闲暇，廓然无事。很多南面的汉人纷纷迁到大金境内呢。"

"'国家闲暇，廓然无事'——这是世宗《斑斓乡》里的诗句。您的祖父，被南边的朱熹称赞是'小尧舜'啊，确实是难得的好皇帝。"

完颜璟轻轻颔首，甚是得意。老太太又道："圣上您也非常不错啊，海陵的时候，我就来了中都，亲眼见证中都这些年的变化，到您这儿，正是渐臻佳境啊！"

"谢谢婆婆夸奖！每次见您，都有好事发生。适才，你们进门前，太医来报：承御范氏有喜啦。"

老太太和一望一齐起身道："贺喜！"

"那这柄手杖，就留给……朕吧？！"

（二）遇刺

小舟儿见李师儿下了车驾，连忙迎出门来，弓身道："给元妃娘娘问安。不知道您要来……"

李师儿见她脸色绯红，眼角眉梢都是笑意，道："我来给你贺喜啊！"

小舟儿攮了她，"您都知道了？"

"好事也传千里啊！"

李师儿在室内坐定，见墙角放着一个皮球，笑道："怀了龙种，可不能再这么上蹿下跳啦。身为皇妃，还是要庄重、矜持一些。"

小舟儿道："是。在您宫里时，和小姐妹们有说有笑，日子过得快，很快活！现在，不太好玩，憋闷得慌！"

李师儿向李新喜和几个宫女道："你们几个，出去吧！"

小舟儿见她面色突然凝重，也坐直了身子，听她问道："今日在卫王球场，那个小伙子，你们早就认识？"

小舟儿不免一惊，"嗯，在高丽宫中……认识的。"

"是叫崔兴憨吧？"

"哦？是的。"

"是奔你来的？"

小舟儿起身走到墙角，将球拾起，背对着李师儿道："他们一群人，来中都，是要做宫中的护卫。主上说不要。"

"本宫问你，这位小崔的事。"

"他们就去了铁戈大人家，您知道的。"

"呵呵。你过来，看看这个。"李师儿取出信封，轻轻放在桌上。小舟儿怀里抱着球，听见窸窸窣窣的纸张声音，一时竟不敢转身。

李师儿道："夹谷昭仪的事，你听说了吗？"

小舟儿缓缓转身，偷看了一眼桌上信封，"小舟儿不明白。"

"她和宫廷的一位教师，书信往来、诗词唱和，就干出了腌臜事儿。

腌臜事儿你懂吗？"见小舟脸色发白，李师儿又道，"他们俩成了一对狗男女！现在，昭仪被打入冷宫，那位教师死在郊外了。"

小舟儿手中的球掉到地上，弹跳了几下，缓缓滚到李师儿脚下。殿门的门槛已被卸掉，她轻踢了一脚，那球直落到台阶上，咚咚咚滚到院里，又滴溜溜乱转，噗一声落入御沟，被水冲到了墙角。

小舟儿缓缓跪下，"娘娘，我和小崔只是认识，只是同乡。"

李师儿右手按住信笺，抬起中指，用指甲套轻叩信封，"信上的口吻，可不只是认识啊。十二的晚上，主上才幸了你，今儿十八，怀得够快的呀！"

小舟儿双目呆滞，盯着李师儿的指甲套，抽泣道："元妃娘娘，小舟儿说的都是实话。主上知道，那晚之前，奴家还是……处女之身！"

"哼，东洋诸国的房中秘术，此种奇技淫巧比比皆是。丹波康赖就是你们东洋人吧，他的《医心方》在中土也有流传。什么石硫黄、鲤鱼鳔、鸡冠血，哼哼，这些玩意儿蒙得了谁！"

"娘娘，小奴冤枉啊。"小舟儿泪如雨下。

"你冤不冤枉，我说了不算，主上自有判断。"

"娘娘！小舟儿对天发誓——"

"天会信，你觉得天子会信吗？这种事，谁都知道，宁可信有，不能信无啊！"李师儿摘下护指，轻轻放在信纸上，"玳瑁的，留给你吧，前些年我有身孕的时候，主上送给我的。一众嫔妃看到了，也央求着让造办处做了一批。主上大怒，圣意觉得戴了这护指，人就懒散，全都销毁了。现在宫中只有这一枚。当时，主上跟我说，说怀了孩子，事情要轻拿轻放，手爪子不要伸太长，不要事事都想着出头。我看你指甲也留起来了，你用吧，保护好你这娇嫩的小手儿吧。"

"还请娘娘告诉小舟儿，怎么办？"

"一切都听我的？"

"嗯！"

"你好好安胎。我让大喜子随时来问你孕事。临盆前，我会派个稳婆过来，你听她的就好。"

"嗯。"

李师儿把信塞入袖口，"这个，我先带走了。你听话，这信就一直
在我手里。乱说、乱动、乱抓挠，我也就只能呈给主上了。"

"小舟儿都听娘娘的，安排。只是……"

"哦，是担心小崔吗？过几日让他离开中都就是了。竞技场上，他
给中都争了脸面，放心，不会动他。再说吧。"

任家院里，众人欢欣鼓舞，只任一望坐在鹰房前闷闷不乐。赵炬刚
放飞了鸽子，转身道："一望，不用急，说放回来了，那咱们就等着。
萱哥出了刑部，不也是心里闷损，非拉我喝酒嘛！可能是有熟人找他，
易辰就去吃酒了。烟儿狸他们也很快就能收到信儿，我让他把信给官兵看。
估计也就罢兵了。这事儿过去，一天两天的，就到家了。"

老太太被春罗、蕙卿推了，正在院里晒太阳，向这边道："一望，
你别拉个驴脸，过来陪我！"

一望道："炬叔，不知怎么的，昨晚上开始，我这眼皮就一直跳！
您看看，现在跳得越来越厉害，我这半边儿脸都跟着直抖！"

"你那是没睡好，去吧，去老太太屋里打个盹儿。"

一望刚起身，就见有人慌慌张张跑进院内，打量了众人，向任孝萱道：
"您是任掌柜？"

任孝萱点头道："您是谁家的……"

"我是路府新到的管家，陌小姐让我来！我家老爷在家门口被一群
人刺了！"

一望惊叫一声，问道："伤了？"

那人颤了声音道："是，正昏迷！"

任孝萱向赵炬道："阿炬，你带老太太跟上，我和一望先走。快快！"

任孝萱被扶上马，任一望已经加鞭跑到了前头。任孝萱问那门房，"郎

中怎么说？"

"失血过多，没了神志！正在救。"

"何人所为？"

"一群混混。老爷刚下车，那伙人就上来一顿乱砍，要不是车夫趴在他身上护着，路老爷早就没命了……车夫没了……"

"寻仇？"

"这城里城外谁不知道我家老爷的为人，没仇家啊！"

"报官了没？"

"大兴府衙、警巡司都来了人。现在忙着救人，有人去宫里报了，应该会派太医来吧。"

远远看见路府门口围了大群看客，任孝萱跃下马来，大叫借过，一瘸一拐地跑到门口。地上的大片血迹已然干涸，地上另有一人，已被麻布盖了。

任孝萱刚跨进院门，一股刺鼻的焦味儿扑面而来，知道郎中正用烙铁烧焦伤口，不禁皱了眉头，向管家道："快去！买些生血来！"

管家道："什么血？"

"都行，牛血、羊血、猪血，什么都行！快去！"

管家飞跑着去了，门旁一位老者拉住任孝萱道："嗨，这位大兄弟，我就住界壁儿啊，家里有只羊，管用吗？"

任孝萱连连鞠躬，"有劳老丈了，还请牵来，我十倍给您！"

那老者摇头道："人命关天啊！"

任孝萱站在院内，竟然浑身发抖，不敢向正房走近。又听得一声女子尖叫，再也按捺不住，咬着牙进了房门。两位太医正捏着烙铁，铁上滋滋冒着青烟，屋里人各个呆立，再看床上，却是一望将路大人抱在怀里，左手捏开他嘴，右手端了碗正在喂他。

任孝萱看女儿左手腕上鲜血淋漓，又见路陌卧在夷则怀里，刚被另一位太医掐了人中，正悠悠醒转。向太医问道："先生，怎么说？"

那太医放下手中烙铁，"身上的刀伤没有大碍。只是右手手筋、右脚脚筋都断啦。接不上，只能上了刀尖药，再用这热铁封口啊。"

"辛苦二位啦，我让人去取血了。"

"哦？您看这位！"太医指着任一望，"我只说了一嘴，我说要尽快补血，她抄过剪子就在自己腕子上割了……您姓任吧？"

"啊，正是！"任孝萱听见他说出自己的姓氏，不禁一怔。

"得有三十多年了吧，当年令堂请先父去给您治伤……"

"令尊是梁老先生？！"

那太医点头道："当时，你的脚筋不是也断了嘛，因为没接上，先父深以为耻啊……您和路大人有旧？"

"咳，路大人仗义执言，否则我已家破人亡啊。"

"主上让那郑雨儿传话，跟我们几个说，救不活路大人，让我们也死在外头！真不知道什么人这么黑心啊，对路大人下这狠手啊！"

旁边一位着了官服的人过来拉了任孝萱，"您是任掌柜？"

"正是。"

"还请借一步说话。"

任孝萱往外走，又停住脚步，向梁太医道："先生，性命无虞吧？"

"嗯，止了血，命是保住了。"

"右手还能用吗？"

"写字是不行啦，轻抓、轻握还行，拿筷子也得费点劲啊。右脚估计也得……瘸。"

任孝萱长叹一声，"梁太医，您费心啦。"

任孝萱到院中，那人低声道："我是大兴警巡司的管勾，刚您说路大人帮了您家什么忙？"

"不敢相瞒，犬子失手杀了人，路大人和刑部一起料理此事。对方先杀了我家两人，家兄和一个侄子。今天得了圣谕，犬子已被赦免。此事，定是路大人从中仗义执言。"

"对方可是……近几日城中盛传的左宣徽使被杀一事？"

"正是，李仁惠，他先杀了我兄侄。"

"哦。我们先去门外勘察现场，您如果想起什么，尽管来衙里。"

"有劳各位！路大人是中都城里尽人皆知的廉吏，您看看这院子，多憋屈，还不如我这个小商贩家里宽敞！朗朗乾坤，天子脚下，竟然当街行凶……"

"知道了，分内之事。您进去吧。"

任孝萱刚要进屋，却见邻居的老者抱了只小黑羊过来，个头儿比猫大不了多少。任孝萱宽慰了他几句，劝退了。这才扶着门框又进了屋里，见路陌已经醒转，仍是饮泣不止，"陌姑娘，太医说了，没有性命之忧，你别再哭出个好歹！夷则，扶她回房吧，这边我和你娘盯着。"

赵炬跳进室内，"萱哥，老太太，她、她不敢来！"

任孝萱道："那也是。一会儿你回去告诉她一声，人保住了！"

赵炬连连点头，看见一望腕上鲜血兀自汩汩而出，她又用茶碗接了，又递到路铎口边，不禁呆了，默默走到院中。

梁太医又开了一堆方子，有人忙捧了跑出门去抓药。梁太医向任孝萱和路陌道："别担心啦，我不走，我就跟这儿住下，什么时候路大人能上朝了，我蹭他车，再回宫。"

路陌号啕一声挣脱了夷则，扑到一望怀里。一望猝不及防，手里高举血碗，将她父女齐齐抱住，眼泪这才夺眶而出，"好孩子，不怕不怕哦，咱是一家人！"

任孝萱也是老泪纵横，伸手拉了梁太医走到院中，鸡啄米一样点头道："梁先生，人心不足啊，敢问——右手可还能调理？"

梁太医摇头道："凶手是成心的啊。他脚踝还有缓，手是废了。我看他伤势，行凶者也不是要置他于死地，否则，有砍手剁脚的工夫，够死好几回了。这是寻仇啊。"

任孝萱道："唉，路大人是当今少见的诗书大家，前几天还答应我，说是要赠一幅中堂给我家……"

"唉，甭想了，不过也未必，手上功夫也可以移到左手嘛！"

赵炬道："萱哥，是那孙子干的？"

任孝萱又是叹息连声，郭夷则从屋里走出，拉了赵炬向院外边走边说："炬爷，您快回去跟老太太说一声吧。"

赵炬点头，"让那太医赶紧给你娘也止血啊。"

郭夷则拉着他走到大门外，"炬爷，我想了想，只能跟您说啊……"

"哦？"

"我和陌陌在院里听见这外头大呼小叫，跑出来时路叔叔已经在血泊里了，管家也跑出来，把路叔抱回屋里，我看行凶的人撒腿朝远处跑，就追到巷子口。有人牵了一群马，那群人就上马走了。"

"嗯，之后呢？"

"那牵马的人也走了……"

"之后？"

"那牵马的人，我看见了！"

"谁！"

"是……我二舅！"

赵炬长叹一声，皱眉道："好孩子，不要和任何人说！记住了？"

"嗯。我也不知道怎么和他们说啊！我二舅和路大人怎么会有仇？"

"不要说！这些事咱们慢慢再算账。听话，去吧，看好陌陌姑娘。快去让人给你娘止血！"

赵炬拨开人群，翻身上马，踢踢踏踏出了巷口，只觉得视野蒙眬，抓起袖子抹了抹眼睛，却是满手泪痕。

任孝萱将花坛边的泥炉引了火，又去后厨拿了瓦罐细细洗了又洗。梁太医站在一旁叹道："人做不好的事，心里就会过意不去。可是畜生就不会啊。"

"我家的事，也是给路大人添麻烦了。我家也有个小畜生啊。"

"受人恩惠，知恩报答，是所谓良知。还是您任掌柜仁义啊。"

"惭愧啊。前几年令尊仙逝，我曾去悼祭。当时，去府上吊唁的人多，就没去和苦主说话。现在想想太失礼啦。先父也葬在西山，这些年每到清明去上坟，我也去梁老先生墓前磕头。"

梁太医不住点头，"有心啦。多少事，需要回避啊。任掌柜，家父在世时，跟我说过，他治刀伤，国内称第二，没人敢称第一，但是对于你的伤势无能为力，只能保住性命……"

"留得贱躯，已是感激不尽！"

"我父亲说，"梁太医压低了声音，"战场上的刀枪创伤，大多凌厉，要么死，要么活。只要止住血，无非也就是留几道疤痕，不至于残疾……路大人身上的伤，不同，是锯割所致。筋肉已经划烂啦。"

"畜生！"

"任掌柜，家父和我说过，从您脚上的伤口看，应该也不是战场上拼杀所致。当年……您是自戕吧？"

任孝萱一愣，瓦罐坠地跌得粉碎。

"您动手自伤，想是也心内纠结……"

任孝萱点头道："梁老先生慧眼！不敢相瞒，家母送信到大散关，让我万万不可率军屠戮宋人，我……只能自残。"

（三） 雪战

任巢湖进到草棚，伸手拍了拍身上积雪，"烟儿狸，爬犁在院里了。听我的，实在扛不住，你就带着你嫂子和孩子们从后山走。下坡，他们估计追不上你们，走哪儿算哪儿。"

烟儿狸放下黑枪，将桌上粉末包好，放入袖口，"大哥，有消息？"

"嗯。"

"怎么说？"

"在咱山下的院儿里驻扎着呢，五六十人。估计是等雪小点儿再动手吧。"

"他们知道咱们在这儿？"

"问了旁边的牧民，应该是知道在山上吧。亏得咱们没回中都，否则他们在来路上就碰到咱了。"

烟儿狸摸了摸小侄子的头，"哥，找个兄弟，让他带了两位嫂子和孩子们先走吧！"

"不！咱们说好了的！青贮窖里有雪板，你去挑一对儿。有两年不滑了吧，还行吗你？"

烟儿狸道："不行也得行。大哥，炬叔的鸽子捎信来说，那皇帝已经赦免了我！都跟我回去吧。何必守在这里。"

任巢湖道："李仁惠死了，不解我心头恨！你大伯、你庐江哥不能白死，今天来几个我毙几个！那李铁戈来了才好，一南和一北也能瞑目了。"

烟儿狸道："炬叔来的信上还说，我爹把左右的院子都买了下来，跟我回去吧。咱们一家子在一起！"

任巢湖道："行啊。收拾了这群人再说！"

烟儿狸见说他不动，转身出门。几个伙计正扛了铁锨走上坡来，道："狸少爷，都弄利索了，来多少，陷他多少！"

烟儿狸道：“各位兄弟，能扛过这一劫……”

一个伙计脱了皮袄，摘下围巾擦了前胸后背，“狸少爷，说什么呢，管保让他们有来无回！他们要找死，打上门来，那咱就成全他们。几个虾兵蟹将，跟咱这儿不好使！”

这几个人说笑了几句，去火坑里拽了烤羊出来，又踢雪湮了木炭，几个人就着一壶酒，站在雪地里大嚼。

烟儿狸叹息一声，走到青贮窖旁，顺手抽出一副雪板，拂去落灰，看见雪板上歪歪扭扭刻了“北”字，不禁眼眶湿了。又拽出自己那一副，在脚上比了一下，已经小了很多。他将雪板插回架上，伸脚踏在一北的雪板上，轻声道：“三哥，护着咱们啊，护着嫂子和孩子们。护我回去，我还得看你儿子呢。”

一位牧民呼喝一声，将一只羊腿扔过来，烟儿狸抽出背上黑枪，用枪尖挑住，坐在草堆上啃了几口。低头看见颈中丝帕显眼，伸手扯了下来，在怀里又掏出一块玉牌，放在唇上亲了一口，再用丝帕把玉牌包好，塞进胸口内衣里，祷念道：“眄儿，你也保佑我哦。”

此时天色向晚，雪势渐小。任巢湖走过来，伸手递给他一块白布，“披上！”烟儿狸接过系在肩上，就见山下跑上一人喊道：“巢湖！人来了！”

二人迎上前去，问道：“多少人？”

那牧民道：“先头有六个人，还有一伙儿，慢腾腾跟在后边，不知道怎么回事。”

任巢湖道：“炬叔捎信来说皇帝老儿赦免了烟儿狸，估计官兵也收到消息了吧。前面六个上来得快？”

牧民道：“是啊，看着像海外的，都拿双刀，一长一短。”

烟儿狸道：“两伙人一前一后，咱们的地窖子还有用吗？”

“嗯。上山的路只有这条，前面的人踩了，里头全下了倒刺，后边的人应该不敢妄动。这群孙子，够贼的。”

话音未落，远处传来一声惨叫。任巢湖跳上爬犁瞭望，"这几个爪子还真利索，掉下去一个，五个人过来了！兄弟们，迎敌！"

烟儿狸翻身上了棚顶，"后边有几十人，停脚了，正在后撤。"

几个牧民呵呵几声，放下手中刀枪，扯过身上长弓，上箭扳弦，在雪地里半跪了一字排开。

高丽武士又惊又气，呜哇哇叫了一阵，见这边又摆出了阵势，连忙散开，蹚了雪慢慢逼近。听得箭声嗖嗖，高丽武士奋力用刀拨开，纷纷躲在树后不动。烟儿狸伸手抓了个空，箭囊里已经再无一箭，他将小弩挂在腰间，从背后抽出短枪。

一个牧民抄起长矛，高声喝道："放箭护我！"说罢纵身跃下，枪花还没抖开，却是一声尖叫，已被树后蹿出的一人砍倒。那人将短刀插在牧民背上，扶起尸体当作肉盾直冲上来。

其他牧民见状，扔下弓箭，各持刀枪上前阻击。树后几个人怪笑连声，纷纷闪出身来，从侧翼包抄过来。

任巢湖拨开死者，挺枪便刺，那高丽武士顺手从死尸背上拔出短刀，就地滚开之际，已在他腿上划了一刀。任巢湖低头看见腿上已是血流如注，大叫："兔崽子！"二人随即缠斗在一处。

叮叮当当的兵刃磕碰声此起彼伏，惨叫声也是不绝于耳。烟儿狸刚刺伤一人，回头看其余的几个牧民已尽数被砍倒，只有杨安儿留下的两人还在勉强撑持。任巢湖扔了手中长枪，将对战的武士掀了个跟头，又赶上踢飞他手中两把刀，伸臂将他举了起来，然后高抬膝盖，正要撞向那人脊椎。

烟儿狸见杨家的伙计也中了刀，正要奔过去援手，身上白斗篷却被树桩挂住。伸手解脱的当儿，却见一个高丽武士拽出弓弩，远远瞄准了任巢湖。烟儿狸大叫："哥当心！"任巢湖听他呼喝，转过头来。那人已扣动扳机，只听噗的一声，一支短箭正从任巢湖太阳穴贯入！

任巢湖双臂一软，那被他举在半空的高丽武士跌到雪地上。任巢湖眼皮急眨，愣了一愣，伸手抓了左太阳穴的箭头，向烟儿狸喊道："走！"说罢一把将短箭拽了出来。

他左手持箭，头上血喷如瀑，腾腾腾上前几步，伸箭去扎地上的那个武士，那高丽人也是呆了，连滚带爬朝后退，任巢湖再也撑持不住，扑通一声摔在那人双脚之间，地上的雪随即洇成一片殷红。

不远处的杨家伙计发出两声闷哼，被一个高丽武士按在地上抹了脖子。烟儿狸要抵挡其余三人，又要防备另一人伺机放箭，更是手忙脚乱。

草棚里的妇孺听见惨叫，连忙出门上了爬犁。任巢湖的老婆、孩子在爬犁上号啕不止，任庐江的媳妇拾起马缰连声呼喝烟儿狸。烟儿狸手里双枪乱舞，扯了嗓子大喊："别管我，走！"

见爬犁还在迟疑，他左枪挡住来刀，右枪插入雪中，挑起一张断弓，顺势朝马车抡了过去，正落在马蹄子旁边，烟儿狸大吼一声，"驾！"那马受了惊吓，又听见一声喝令，咴咴几声，翻蹄亮掌朝向山后奔去。

烟儿狸偷眼望去，见那几十名兵士又爬了上来，却只在远处观战。他不敢恋战，虚晃一枪，左避右闪钻到草料堆旁跳上雪板，双枪支地，一弯腰，嗖的一声冲向山下。

那四个高丽武士也看傻了眼，待回过神来，烟儿狸已冲出老远。高丽武士们跑到青贮窖旁，抓了雪板也踏了上去，向身后兵士叽里咕噜喊了几句，也朝山下俯冲而来。

烟儿狸眼中含泪，只听得耳边风声呼啸而过，透过雪雾，依稀看到了前方狂奔的爬犁。正要转过山腰，猛听得耳边弩箭破空的声音，连忙弯腰，右手伸枪将来箭拨落。稍一停顿的工夫，为首的高丽武士已经赶到，烟儿狸双膝弯曲，坐在雪板上，身体后倾几乎躺在地上，左手持枪插入雪地撑住身子，右枪从左腋下伸出，正中那人右肋，随即轻轻一抖，那人一声惨叫，连人带板滚落山崖。

烟儿狸正要调整身姿，听见身后又是嗖的一声，他来不及起身就地一滚，一只弩箭正射中右脚下的雪板。此时又有两人踏着雪板挥刀赶到，烟儿狸转身急停，伸腿将其中一人绊倒，趁他在空中翻落立足未稳，一枪贯穿了他胸口。那人立在原地，低头看见半截枪身从前胸透出，兀自发呆，烟儿狸绕到他一侧，伸手抓住枪尖拔了出来。另一人脚下功夫娴熟，一矮身从烟儿狸身前窜过，烟儿狸双枪护体，还是被他反手一刀劈到了前胸。

叮的一声，那人收刀，疾驰而过直追爬犁而去。烟儿狸低头一看，羊皮坎肩的左胸已被他划开，丝帕和玉璧都被斩成了两段。烟儿狸啊了一声，正要起身，却见后边一人里倒外斜赶来。这人又要持弩，又要提刀把控方向，不免左支右绌。

烟儿狸将双枪插入雪地，伸手拔下雪板上的短箭，摘下弩弓，搭箭在弦，砰的一声，那人应声倒地，在雪地里滚出老远，一头撞在树上，抽搐了几下再也没了动静。

烟儿狸将玉璧和丝帕重又掖好，爬起身来，到他身上摘下箭囊，连忙猫腰加速，把手中双枪当作了雪杖，一路俯冲下来。

前面的高丽武士已经抓住爬犁，正探刀向后座上的女人颈中抹去。怕误伤孩儿，烟儿狸不敢操弩，双眼里几乎瞪出血来。眼见着前方林间雪地已经到了尽头，拉爬犁的马儿一阵乱叫，接连打了几个趔趄几乎摔倒，却是向左急转进了树林。

爬犁急转，激起一团雪雾，呼啦啦向后飘过来。那高丽武士几乎被急转的爬犁甩了出去，他左手紧抓爬犁座位后的扶手，身体已然腾空。雪雾扑面而来，烟儿狸也不免脚下踉跄，又听见咔嚓一声，右脚下的雪板先前中箭，现在断成了两截。

烟儿狸抬脚将剩下的半截雪板甩飞，右脚搭在左板上，双腿向下一蹲，身子陡地腾空，并未随着爬犁转弯，却在榛莽丛上空跃了过来。

高丽人回身见没人赶上，也长吁了一口气。见前方再无急弯，他呵呵了两声，提刀又要砍下。猛听见空中呼啦啦一阵疾响，抬头看时，正是烟儿狸双手持枪从天而降，他身后斗篷迎风猎猎作响，好似一只白色大鸟当头扑下。

烟儿狸飞也似下落，在空中伸出右枪轻点卡簧卸去脚下雪板，左手探出，一枪正中那人背心。

他双脚踏牢在那高丽武士的雪板上，回手将双枪在后背上插好。那人死不瞑目，左手抓了任巢湖媳妇的肩膀，仍不撒手。右手长刀还举在半空。烟儿狸也抓住了爬犁扶手，将他手中长刀卸下，塞进大嫂手里，又取了他腰中短刀，掖在怀里，抬脚将他尸体踢到雪地上。

见孩子们哭作一团，烟儿狸道："不哭不哭！叔叔在呢。"

任庐江的媳妇已是面无血色，双手牢牢抓着缰绳，"烟儿狸，咱们还能活吗？"

烟儿狸只觉得浑身打战，牙齿咯咯作响，"嫂子，别怕……有我呢，能活……我养你们一辈子！"

"山下，不远……是我娘舅家，咱们去躲躲？"

烟儿狸手扶爬犁，回头看看并无追兵，抹了额上冷汗，伸手到怀里摸了断成两块的玉璧，大口喘道："好。歇个脚，咱们就回中都！"

第十八回

情人邂逅此相逢　束书携剑定前非

（一） 夺亲

丑奴进到屋里，轻声道："小姐，都在门外等着了。"

眄儿将铜镜倒扣在桌布上，拈起烟儿狸给的那瓶口脂放入袖口，缓缓起身，"都什么人？"

"王爷、少王爷们、家将们，术虎将军刚到。那个大胡子蒙古人一早就带了俩人等在门外了……"

"守礼呢？"

"一直在哭。"

"你去让人把他拉开。"

"是……老爷说该起程了。"

"我去看看玄龄，就走。"

丑奴走到院外，和完颜珣说了，又叫了两个丫鬟，一起连拖带拽，把完颜守礼哄到侧院。

眄儿看过了幼弟，见他面色重又红润，转身向乞米师婆道别。

师婆道："今天一大早，你父王让我课一卦，我推说非我所长。公主，你此去，路上恐有变化。我不知你心意如何，能和我这老婆子说说吗？"

眄儿接过她递上的木匣，"师婆费心了。这什么呀？"

"靖康的时候，大金从赵宋宫里抢了很多公主，轮番糟蹋，有一位帝姬，谷道破裂而死，很是凄惨。公主这次远嫁草原，和那宋国帝姬不同，却也不能不小心。如果不堪其辱，可以吞了这些药丸，我用蟾毒和苏摩调制的，可以解忧、致幻……外嫁的事，你心里不要怨我。是我救了你，也说不定。"

"多谢师婆赐药。我收下了。"眄儿看见二哥已经在门口逡巡，拜别了师婆正要出门，又听见她悠悠说道，"眄儿公主！狗跳芦笙，牛死犁破——万事都有解脱的办法。你不必轻生啊。"

眄儿向她笑了一笑，转身出门。

完颜珣难掩喜悦，笑着迎上来，"眄儿，早早上路吧，时辰正好。等玄龄痊愈，爹就去草原上看你！"

眄儿见府门外大大小小停了十几辆车，道："不用带这么多，让那蒙古人带着我就行。"

完颜珣跟在女儿身后，"那怎么行！如果不是这么急，爹早就去宫里报喜了，我升王府嫁女，至少也得操办一个月！爹送你到城外，你大哥送你到草原。"

眄儿听见守礼在侧院里踹门大叫，连忙钻进车里，丑奴赶过来，车队直奔北城而去。

车辆穿过通玄门，完颜珣驻了马，向队伍前的接亲人道："火者，小女初次远足，沿途还要多加照拂哦。"

札八儿道："升王爷，说的哪里话，尽管放心，这是我家王妃了，在下怎敢稍有疏忽！"

完颜珣道："事发突然，我就送到这里，让我儿守忠带着家将护送尔等。我这就和尉官、术虎将军一同进宫面圣。只等这边一切妥当，我必定去蒙古，与铁木真亲家大醉一场！"

札八儿从笼中取出一只小鹰，上了眼罩，递给完颜珣身边的术虎高乞，施礼道："王爷请回吧，守忠王爷和随从自然也是我们草原的贵宾，窝阔台必定多请他们留几日，您也不必担心。如要传话，把书信塞进小竹筒，拴在这鹰爪上，放飞即可。"

完颜珣一愣，"哈，草原上送信都用苍鹰？"

札八儿道："蒙古所在偏僻，地广人稀，交通不便，空中多有鹞隼，用鸽子、黄雀捎信，总是被啄杀！所以就用这小鹰传书啦。这是前几日，窝……我们草原上来人，留下了三只，我留了一只在馆驿里了，手头只带了两只，以备路上及时与窝阔台通信。这只，还请升王爷留用，有事就放飞。"

众人正在话别，猛听见城门内喧嚣四起。眮儿听见有人大喊姐姐，连忙从车上跳下，只见一群家丁护着弟弟赶过来。

完颜守礼扑到姐姐怀里，哭道："姐，带我去吧！"

眮儿搂了他，也不住流下泪来，"孩子话！你也傻吗？"

完颜珣过来要拉起三子，却被他甩开。札八儿示意车队先往前走，完颜守礼见他要走，冲上前跳起来一把抓了他长须，再不撒手，叫道："你这个糟老头子，你坏得很！"

札八儿身材高大，完颜守礼抓了他胡须，脚下也就悬了空。札八儿又气又乐，也不敢乱动，叫道："好娃娃，撒手吧，别摔着。"

完颜守礼抬头看他，只见他双目圆睁，瞳孔竟是方形！吓得一哆嗦，连忙松开了手。札八儿转身离开，完颜守礼站在原地，气吁吁地大喊，"大胡子，长大了我定要与你开战！"

札八儿听了，停住脚步，回身朝他一笑，完颜守礼又被吓了一激灵。

眮儿弯腰亲了亲他面颊，"弟弟乖，回家去吧。"

完颜珣刚拉过儿子，却见一人拨开人群，走到眮儿身边。眮儿一见，又哭出声来，"炬叔！您来送我！"

赵炬环顾了众人，宽慰她说："公主，别哭，这是喜事儿！"他将手中鸽笼递给丑奴，伸手叫了完颜守礼道，"孩子，你隔几日可以到塘花坞找我，我把鸽子给你姐姐，她到了草原，有信捎给你，鸽子就会飞回我家。记住了？"

丑奴听他这么说，带了哭腔道："他们说鸽子在草原上飞，会被鹰抓住吃了。"

术虎高乞臂上的苍鹰，听见咕咕声，左右转头，突然一声尖唳，直奔鸽笼扑过来。赵炬抬手低喝一声"咄"，那鹰只觉得一股疾风迎头拂过，急忙收翅，重又落回高乞臂上，身上羽毛已乱作一团。高乞见它鹰喙似有歪斜，伸手拨了，不想那鹰又是一声惨唳，伸出尖嘴在他手上啄了个口子。

高乞面露尴尬，笑骂道："扁毛畜生！不识好歹。"

札八儿目睹此景，走上前来，向赵炬道："你是何人？"

赵炬抬头白了他一眼，向晒儿道："这一走，天各一方……有事儿就给……炬叔捎个信儿吧。"说罢转身离开。

赶了一夜路，烟儿狸在马上东倒西歪，回身看见二嫂目光呆滞，手里仍紧紧捏了缰绳，神色极是可怜。他回马走到车前，"嫂子，您再进去眯一会儿，我来驾车。应该不会有人追上来啦。"

烟儿狸将马拴在车后，扶嫂子上了车，车上的大嫂和四个孩子睡得正沉。他把皮袍脱了，盖在二嫂身上。那女人头一歪，转瞬睡着了。

烟儿狸裹紧身上棉服，将身后双枪重又插牢，坐上前车板，轻喝一声，两匹马大口呼着白气低头朝前走。

烟儿狸道："累了吧，快走几步，进了城，我买碧柰给你们吃哦。"见两匹马摇头晃脑，他苦笑道："那就苹婆果！"两匹马又纷纷喷了响鼻。烟儿狸啧啧了几声，"嘴够刁的啊！行吧，那就吃——鸭儿梨！"说罢自己也咽了口水。

见两匹马渐渐跑起来，烟儿狸不住地苦笑摇头，探手取了水壶，壶盖却是拔不开。低头晃晃，那扁壶里哗啦啦一阵响声，却是已经结了冰。

他正用嘴对着壶口呼气，就见远处有长长一队车马直奔过来。为首的车马还好，中间一辆大车几乎占了整个路面，烟儿狸低哼了一声，连忙跳下车，轻轻牵了避到路边。

为首的一位大胡子策马奔至烟儿狸车旁，在雪雾里大吼道："小子，干什么的？"

烟儿狸道："进城。给你们让路啦！"

札八儿见他眉毛、双鬓都挂了霜花，知道是走了夜路，再见他手里的水壶也结了冰，解下腰间水袋扔给他，"热水，灌一些吧。吃的要吗？"

烟儿狸在壶里兑了热水，想起这蒙古人曾和窝阔台在一起，心里突然一紧。

札八儿接过水袋，笑道："车上是什么人啊？"

烟儿狸望向驶来的车队，"谢啦！家眷。放心走吧，过得去。"

札八儿已经着了盔甲，略显笨重。他慢腾腾翻身从马上跃下，直震得地面一抖，"小兄弟，没别的意思，我看你背上那两根烧火棍，哈哈，以为……你要劫道还是怎么的。"

烟儿狸笑道："怕我烧你胡子啊？"

札八儿拍了他肩膀，"误会，误会。我就说看着面熟嘛，想起来了！会城门大集的跤场上见过你呀！"

烟儿狸点头不语。

车马依次经过，大车旁的一位年轻男子在马上朝烟儿狸不住打量，烟儿狸懒得理他，一歪头却看见了车上的鸽笼。笼里的鸽子见到烟儿狸，也是上下扑腾，咕咕乱叫不止。烟儿狸定睛细看，鸽笼的门板上烙着炬叔的火焰标识，当下大喝一声："停！"

札八儿一把将烟儿狸推了个趔趄，回身从马上摘下大槊，叫道："小子，你要干吗？"

完颜守忠翻身下马，低声道："火者，刚出中都，不可滥杀。"

昐儿依稀听见烟儿狸的声音，想推开厚厚的车帘跳出来，没料到那车帘在外头被系了结。让丑奴推另一侧的车帘，也是纹丝不动。昐儿心里焦躁，口中大喊："馋嘴猫，是你吗？"

虑及大车要翻山越岭远赴草原，升王府昨晚忙了半宿，把这架车加装了厚厚的牛皮和毡子，夹层里又絮了羊毛。到了郊外，寒风四起，随行的人难免瑟缩，完颜守忠见门帘拂动，怕冻着了妹妹，索性把车外的皮绦系了结。这车现在宛如一个皮毛罐子，昐儿在车里嘶吼，在外面听起来不过是嗡嗡声。

昐儿定了定神，从怀里掏出一柄剪刀递给丑奴。丑奴二话不说，把剪刀插入门帘接缝处，试图剪开自己一侧帘外的皮绳。昐儿细细摸着门帘边缘，竟然摸到一个细小的缝隙，依稀有光透进来。她对准了那缝隙，把手中的口脂瓶子慢慢朝外塞——

烟儿狸被众人挡在一旁，不敢妄动。忽见车里掉下一个小瓷瓶，正是自己送给眄儿的那一个。烟儿狸一把推开完颜守忠，跃到车边正要扯断皮绦，丑奴竟将它剪断了！眄儿掀开门帘跳了出来，一头扑到他怀里，抽泣着说："我想着，到了草原，就死！"

烟儿狸扶住眄儿，把脸埋在她鬓发间，深嗅了几下，轻声道："在呢，在呢。"

眄儿踮起脚，在他眉宇间连连轻吻。烟儿狸睫毛上挂了霜，被眄儿口中热气融化，再睁眼时只觉得高天厚地，一片澄澈。

札八儿和一群人看傻了眼，见他二人搂搂抱抱，颤声道："这是我蒙古王妃，你疯了？"

眄儿已经泣不成声，烟儿狸扶了她靠住车辕，向完颜守忠道："你是她哥？"

完颜守忠抽出佩剑，喝道："你是任家那小子吧？"

烟儿狸道："我不伤你，你走吧。"

完颜守忠和札八儿对视片刻，笑道："小子，听说主上赦免了你，你回城吧，这事与你无关！"

烟儿狸把额头在眄儿脸上蹭了几下，顺嘴亲了她脸上泪痕，柔声道："眄儿，你的玉牌真是护身符，没它我就死啦。"又转向完颜守忠吼道，"错！就这事和我有关！"车队里的马匹原本喘着粗气，蹄子不住在地上蹬踏，听见他一声大喊，都收了声肃立。

札八儿怒道："你要怎的？"

烟儿狸抱起眄儿放入自家车内，两位妇人早惊醒了，搂着孩子不敢言声。烟儿狸咯咯傻笑，"嫂子，这是我媳妇儿，你们坐好。不用怕。"说罢又牵了丑奴，也塞进车厢。

刚把赵炬的鸽子笼挂在车上，还未及回身，就听见背后唰的一声，烟儿狸知道有剑砍到，也不躲避，缩了脖子顺身向后一靠，任那剑把背上皮条划开，回手接住了掉落的双枪。

札八儿探槊将完颜守忠拨开，喝道："小子，你是要抢亲？！"

烟儿狸捏了双枪，走上大道，向完颜守忠笑道："大舅子，你带送亲的人回去吧。人我接上了。"又转向札八儿，"大胡子，你要讲理，我也放你走。"

札八儿苦笑连声，"兀那小子，不用多说，你胜了我手里的大槊，再和我谈！我也告诉你，我赢了你，你车上的家眷就用你那两根火棍给你烧纸吧。"

烟儿狸看他手中长槊，槊柄是枳木剥成粗篾扭曲而成。以前听父亲讲过战场兵器，知道此种槊杆绝非普通军士所用。再看他的槊锋，足有一尺长短，锋上的破甲棱映着晨曦，泛出紫幽幽的蓝绿色。

札八儿看他盯着自己的兵器，伸手从槊锋上取下留情结，"戳你几个窟窿你就老实了！"

烟儿狸笑道："走了一整晚，我马儿累了，咱们还要马战吗？"

札八儿摇头，道："马战？那是欺负你！今天让你见识我草原上的本事。上次你侥幸胜了博尔忽，真以为自己无敌？你们都散开！"

烟儿狸见他持槊立在路中，一部大胡子当风飘拂，更显威风凛凛，知道此番遇上了劲敌，偷偷将枪柄上的机关推开，纵身上前。札八儿挥舞大槊，将烟儿狸拦在一丈之外。

接连猱身逼近，都被他拨开，烟儿狸心里不免焦躁。想着将双枪合为一根，那札八儿根本不容他喘息，见他后退，随即挺槊直刺。

眄儿手扶车门叫道："我不去草原了！他受伤，我就死在这儿！"

见对方稍一分神，烟儿狸团身在地上滚了过来。札八儿眼见他已攻到身前，知道近身肉搏于己不利，索性抛了长槊。烟儿狸轻抬双枪，直朝他两腮顶上来。札八儿伸手抓住枪头，哈哈大笑，将他连人带枪拽到胸前，正要用力甩出，只觉得手中一热，眼前一片白光，却是烟儿狸拨动了手中按钮，那双枪的枪尖下方开了小孔，竟然喷出火来！

札八儿仍不撒手，只听见呼的一声，脸上一股浓烟涌起，腮下的胡子被火苗燎了大半。札八儿把双枪抛出，只觉得脖子一凉，不敢再动，低眼看见烟儿狸手里的短刀抵住了自己的咽喉。

"你！你到底几件兵器？！"札八儿喝道。

烟儿狸伸手把他脸上火苗扑灭，"这次算侥幸吗？"

札八儿见他无意伤人，伸手从下往上慢慢摸到了胡子，叹道："唉，蓄了二十年啊！你一把火……"

烟儿狸道："现在怎么说？"

札八儿斜眼看那公主手持剪刀站在车侧，低声道："你们走。我回草原领死！"

"那是你的事。"烟儿狸撤了短刀，又指了完颜守忠道，"别踪着我！我进了城，你再回。"

烟儿狸拉了两个侄子出来，坐在车驾处，让眄儿和丑奴在车里坐定。他向札八儿点头致意，随后翻身上马，探枪从完颜守忠马鞍上挑了披风盖住侄子们的腿脚，这才牵车向中都方向前行。

回头再看，完颜守忠呆立在当地，札八儿将槊插在地上，伸出长臂拦住了一群家将，又低头忙活了，随即伸手放走了一只鹰。那鹰盘旋了几回，朝草原方向消失了。

（二）囚禁

任孝萱扶了老太太上车，见女儿去兵器架上取了哨棒，一把抓了过来，"要人就要人，那皇帝不是让他放人了嘛，你拎根棍子过去算怎么回事！你怎么不扛把大砍刀呢！"

一望彻夜未眠，此时双眼红肿。她伸手捏了捏太阳穴，"对，刀！"正要奔过去取刀，却见一人跑进院内，"炬叔是哪位？炬叔在吗？"

赵炬接起哨棒插回兵器架，见来人身着店小二服饰，道："您是哪家的？"

那店小二道："我是北来客栈的过卖，有位公子让我送信给您。"

赵炬见信封上画了黑嘴小猫，低声道："你受累，别声张。"又带他到门房，"老弟，你稍坐，我去拿两块银子给你，去去就来。"这才回到车旁，抽出信，草草看了一遍，递给任孝萱。

任孝萱呀了一声，"回来怎么不回家？炬，你去接他。我陪老太太她俩去李铁戈那儿找易辰，回来的路上再去看看路大人。"

老太太探头道："谁呀？"

任孝萱道："娘，烟儿狸回来了，说是带着他两个堂嫂和孩子们在外头吃口早饭。我让阿炬去接他们。"

"一望，我就说你别急，这不都回来了！孝萱，你不用陪我俩去，我不信他李铁戈还能欺负我们俩妇道人家！烟儿狸没事了，你直接去看路大人吧。"

任孝萱和赵炬将车马送出门，赵炬道："萱哥，老太太和一望在宫里和皇帝一块说话，李铁戈也在现场，这次他不敢动手动脚。你别担心，我去接了烟儿狸他们，我再陪你去路家。家里得有人，你就先踏实坐着吧。"

任孝萱喜上眉梢，不住点头。赵炬拉了店小二上马，两人踢踢踏踏奔出了巷口。

赵炬听店小二细数了人头，心里纳闷儿，再听他说车上还有一架鸽子笼，心里已经明白了大半。他勒住了马，又递给小二几块碎银，道："兄弟，今天你受累了，还得麻烦你回我家一趟，跟我们掌柜说，就说我说的，让他快去等我，我有急事和他说。就让他去我们上次喝酒的地方，你快去，让他立刻就出门。我等着他。"

店小二愣在原地一头雾水，"您不去我们店里？"

"哎呀，你快去吧！"

赵炬从马上跃下，烟儿狸跑出门外低声叫道："炬叔！"

赵炬看了一眼车上鸽笼："知道了。伤人了吗？"

"没有。"

"押车的人去草原了，还是回城里来了？"

"我进城门的时候，看见他们远远跟着我。"

"快！让他们上车，我带你们走。"

烟儿狸进去唤了一群女人、孩子出来，一个个扶进车里。

眄儿见到炬叔，道："炬叔，见了烟儿狸，我又不想死了……"

赵炬道："死什么死！坐好，烟儿狸，你驾车，把脸罩上！"又向烟儿狸道，"抢了就抢了！不抢一辈子后悔。你怕吗？"见他摇头，又道，"怕也没用，我带你们去袁掌柜那儿，老实待着，不许下楼。快走。我得赶回去，有人很快就会去抓你爹！"

烟儿狸道："炬叔，出了这事儿，那赦免也就没用了。但是，李家的事儿总归是了结了。我想带着眄儿走。"

赵炬道："往哪儿走？"

"我想带她去山东……去找四娘子。"

"胡闹！你是真不懂还是假不懂！你一人去还好，你带个媳妇过去，算怎么回事？不觉得太欺负人杨家了嘛！"见烟儿狸默不作声，又道，"你带着她们藏好，你三嫂和梦生儿也在。有你在那儿照顾，我也放心。事情就这两天，必有结果。"

烟儿狸想起四娘子临别时的话，偷眼看了炬叔，只见他眉头紧锁，嘴唇紧闭，脸上尽是暴戾神色。

赵炬知道他偷看自己，转脸和他对视，"不要怕！这钥匙给你，安排好车上这几位，你，悄悄儿的，去柳姑娘院里，仓房的地上有四个箱子，你带一个出来，给袁大掌柜。最近咱们没少麻烦他。"

烟儿狸接了钥匙，默然不语。

完颜珣得到消息，怒不可遏，带了完颜守忠和札八儿又奔回宫中。众臣子正在早朝，完颜珣三人伏在殿外，高喊："求见主上！"

潘守恒拉了完颜珣一行进殿，殿上文武纷纷侧立让了过道。完颜珣扑通跪在地上，"再谢主上赐婚！小王方才到家，送亲的人回来报说，有人在城外把温国公主抢走了！"

两列文武都不禁吁了一声。完颜璟道："何人所为？"

完颜珣道："这位是蒙古国驻中都特使，札八儿火者。火者，速将始末禀告我主。"

完颜璟见他胡子烧得七零八落，又想起锦帐雅集那晚老潘的惨状，不禁失笑，"辛苦啦，说吧。"

札八儿道："路上碰见一人，把公主抢跑了。"札八儿说完，朝堂上阒寂无声，一众官员目瞪口呆，足有半盏茶的工夫。

潘守恒皱眉道："没了？"

札八儿道："嗯。"

满朝文武这才低声议论，另有人不住偷笑。完颜璟摇头道："守忠，你说吧。"

完颜守忠道："主上，抢亲的是城南塘花坞任家的小子。击杀宣徽使的就是他。刚蒙主上垂怜，得了赦免，还没进城，他又作乱！"

完颜珣道："这个任家，不思感恩，罔顾大金王法，竟然做出这样的事来，连公主都敢抢！"

札八儿道："主上，小人已传书给草原，草原上的回信很快就能到。

窝阔台是大汗最喜欢的王子，此事于大金声誉有损，对蒙古来说也是羞辱。"

完颜珣伸肘轻轻碰他臂膀，札八儿不为所动，"西夏、西辽、花剌子模等国，多次遣使欲与我窝阔台王子通婚，窝阔台不为所动，一心向着大金。没承想出了这样的事。"

完颜匡上前一步，喝道："你这鞑子，知道这是哪儿吗？轮到你在金殿上胡说！"

完颜璟道："让他说完。"

札八儿瞪了完颜匡一眼，"草原上，典章制度自然不如大金这般开化。对于情义，咱们肝胆相照。对仇怨，那也是睚眦必报！铁木真十八岁时，妻子被脱脱掠走，铁木真暴怒之下，直取蔑儿乞部。时在大定二十九年。此战之后，铁木真所向披靡，随即被推举为乞颜部可汗……"

"你啰哩吧唆说这些，是要威胁大金？我女真是被吓大的吗？"完颜匡笑道。

完颜璟点头微笑，"大定二十九年！正是朕承遗诏继位那年……铁木真也自此横行草原！"

札八儿压低了声音说道："在下不敢胡说，只是想说……草原牧民，心直口快，有可忍有不可忍。得大金庇佑，蒙古对于分治、减丁并无怨言，此为可忍者……"

完颜珣一把堵住他嘴，"此事源于本王嫁女心切……火者不必拉杂其他！"

完颜永济见皇帝面露不快，上前一步道："升王不必担心，此事必能妥善处理，适才殿上正在讨论……满朝文武也都有事启禀，贤侄不妨先回府静候。"

完颜珣道："那贼子已经回到中都，此刻不知把眄儿藏匿何处！我已派府兵将他家院落围住。前来恳请圣意——只待主上令下，料他也插翅难逃。"

潘守恒得完颜璟示意，正色道："请升王先行退下，主上旨意片刻即至。"

完颜珣谢了恩，带着完颜守忠和札八儿出宫直奔美俗坊。

完颜永济突然跪倒在地，"主上明鉴，前番臣奉旨往蒙古，那铁木真骄横至极，当真不把大金放在眼里。臣听说蒙古正与西辽密谈，又兵发西夏，想必是要为东侵剪除后患。依此估量，西夏灭国之后，铁木真再无后顾之忧，必定兴兵攻金！"

完颜匡道："禀主上，草原蒙古狼子野心，卫王所言，真实不虚。公主远嫁，本拟有和亲之功，不料出此不测，倒给蒙古留了口实。臣以为，当此之时，宜紧闭坊门，即刻全城搜捕肇事者，斩首以示大金修好之意。"

完颜璟道："呵呵。枢密使，你说说看。"

纥石烈子仁轻咳一声，出列道："臣以为，此事应当交由刑部审理。肇事者应当捉拿归案，按例制裁。肇事者本人，未必以为此事与国家交聘有关。是否需要斩首，大金自有法度，裁夺不必由外族掣肘。斩首之后呢？"纥石烈子仁瞄了完颜匡一眼，"莫不是也要装在盒子里给蒙古送过去，就像儿宋送来韩侂胄、苏师旦一样？"

完颜匡道："砍了就砍了，谁说要给他们送去了？"

完颜永济见朝堂上气氛凝滞，忙道："二位大人不必纠结，现在的状况是，行凶者还在逃，应该想个办法捉他尽快归案才好。温国公主还在他手里呢。"

见众人不再聒噪，完颜璟叫过潘守恒耳语了几句，潘守恒点头称是，连忙出了殿门。

完颜璟道："好了，众位爱卿，这事不要说了。升王来之前，咱们在说蒙古……那就还说说蒙古吧。"

店小二连跑带颠刚到巷口，就见任家门口被一群兵丁围得里三层外三层，他自己在人群之中进退不得，索性看起了热闹。却见对面人群散开，四匹马在门口稍作盘桓，直接闯进了院门。

术虎高乞跳下马，拨开兵士，向任孝萱施礼道："我又来啦！上次我保你，这次却是不行。主上有谕，命你和升王回府，直至你家少公子投案。"

任孝萱道："老母……"

高乞低声道："任掌柜放心，主上旨意——任何人不得侵扰老夫人。您和升王爷回府就好。"

任孝萱从椅子上慢悠悠站起，伸手唤过春罗，"老太太回来，你就告诉她一声儿让她别急。就说我去会亲家啦，呵呵。"春罗哭着应了，道："老爷，您多保重啊。"

"烟儿狸如果回来，"任孝萱望向完颜珣，提高了音量道，"你叫他带上眄儿姑娘远远儿地走，不用去换我！"

春罗见身边的兵士各个横眉怒目，不敢答应，只是不住点头。

任孝萱向完颜珣道："你是升王？"

完颜珣扭头不理。任孝萱道："呵呵，你这王爷当得真够窝囊的，连个女儿都不敢留在身边！"

完颜守纯扑奔过来，当胸就是一脚。任孝萱也不躲避，任他踢在胸前，咕咚一声倒在地上。春罗一把将完颜守纯推开，顺手在他手背上挠了一道血印子。

札八儿喝道："你踢他干什么？留着，有用！"

完颜守纯怒道："住嘴！轮到你教我？！"说罢抽出长剑，当头砍向任孝萱。高乞上前捏住他手腕，低语道："主上只说软禁，没说砍杀。敢请小王爷息怒。"

高乞话音未落，门外闹哄哄一片，却是大吴带着一众花匠举着铁锹、锄头跑了进来，见掌柜的摇头示意，这才悻悻停了脚步。只有大吴还往上冲，兴许是出来得急促，手里只捏了把调羹大小的花铲子。任孝萱又气又乐，"大吴，去好好护着咱花圃吧。"

高乞松了完颜守纯的腕子，反手护住任孝萱。仁孝萱拍了拍胸口，拾起手杖，挺直了身子，向完颜珣哼了一声，哈哈笑道："我也有女儿，我闺女要是不喜欢，天王老子来求婚我都不会让她嫁。真是笑话！烦劳术虎将军，前头带路吧。"

春罗看他蓬头垢面的惨状，想上前护着他，又被人死死拉住，眼泪夺眶而出，却也不哭喊，嘴里只是叨念："烟儿狸啊，你怎么不在家！你怎么不在家啊！"

春罗守在门前，刚骂散了看客，正在发呆，就见两侧巷口有人马奔来。赵炬先跳下马，瞪了溜着墙边疾走的店小二一眼，道："萱哥呢？"春罗拉着他手，这才呜呜哭了起来，乱糟糟说了一阵，哽咽得再也说不出话来。

赵炬劝慰了她几句，见对面来了老太太的车，赶上去道："一望！老太太，没事儿吧？"

话音未落，任一师从车后绕过来道："炬叔，怎么哪儿都有你啊？又是你的馊主意吧！"

赵炬伸手将他推开，掀开车帘，老太太正在劝解一望，见她二人无事，道："下车吧，咱快回屋。"

春罗将事发经过又细细讲了一遍，老太太面色坦然，"烟儿狸，在哪儿呢？"

赵炬看了任一师一眼，答道："我到客栈的时候，人已经走了，我没见着。"

蕙卿跑进房门道："奶奶，你们出去后，我收拾屋子，看见桌子后边有东西，就叫吴大叔帮着抬开，就捡到这封信。应该是放在桌子上，风吹掉了。"

老太太接过信，"能是谁放这儿的呢？"

蕙卿道："没见着啊。外头有信函，都是放在门房里拿进来。我问了门房，说不记得有这么一封。"

赵炬向任一师道："怎么你跟车回来？"

"我要是不在李府，不定怎么着呢。跟李家的事儿不是都结了嘛，怎么还去啊？"

赵炬道："去谢谢他也不行？"

任一师道："大姐，不是我说你，姐夫没回家，那可能是外头有人了吧？你怎么老盯着李府呢！说早就放了……"

老太太读罢信件，伸手召唤任一师，"你过来。"

任一师贴近了正要细看，老太太抬手给了他个耳光，"小畜生！你早就知道了是吗？"

"什么呀？就打我！"任一师捂着脸跳到一旁。

任一望抢过信纸，看了一眼，大叫一声瘫倒在地上，春罗、蕙卿忙把她抬到床上揉捏。老太太抹了一把眼泪，"阿炬，信上说易辰死了！埋在城北义冢里。"

任一师大惊失色，"奶奶，这我可真不知道啊，谁干的？"

赵炬见任一望渐渐苏醒，向任一师道："你说呢？！"

"我怎么知道啊？你不是怀疑我吧？你觉得我会因为我姐夫不借钱给我，我就杀他？"

赵炬道："烟儿狸在半路上把温国公主接回了城里，现在不知去向。你参现今被抓到升王府……老二，你官场上有些朋友，想个法子，怎么能把你参救出来……至少别让他吃苦。"

任一师揉着腮帮子，"宫里来人让抓走的，我怎么救！"抬眼看见老太太正盯着自己，连忙朝门口疾走，"哎，我去想想办法！"

（三）试剑

"阿炬啊……这回我好像扛不住啦。"周衔蝉把孙女抱在怀里，任她的眼泪在自己衣襟上洇湿了一片。

"一望，你、你哭出声来吧。"赵炬走到床前，抓起老太太的左手，放在一望的脸上，"不要担心……"

听见孙女放声大哭，老太太再也控制不住，抽泣道："我挺不住了。小时候，我经历过一次。孝萱小时候，我又经历一次。现在又是这样，难道又要家破人亡？一头一尾，我的命不好啊，老了老了还连带着孩子们也跟着我命不好……易辰最是可怜啊，到死都不知道亲爹是谁……我真该告诉他啊！"

赵炬凝视一望片刻，起身道："蕙卿，你去袁大掌柜那儿，再去看看她们。烟儿狸也在。家里的事先不要告诉他，让他看护好女眷。春罗，你照顾好老太太和一望，我出去转转。"

老太太道："炬啊，去把夷则叫回来吧。这是个难关，一家人应该在一起。"

一望挣扎着坐起来，抹了眼泪，"奶奶，我去城北看看易辰。"

赵炬道："一望听话，你陪着奶奶，咱家不能再……我去城北瞅瞅易辰。丧事咱们回头办。"

任一师狂奔至李府，李铁戈正要出门，纳闷儿道："任大人，你怎么又来了？！"

任一师道："李爷，我家里已经知道了。"

"知道什么呀？"

"我姐夫死了。"

"啊？死啦。哦，走的时候还好好的呢。"李铁戈望了望李黑虎，李黑虎满脸不自在，转过身去叫道："大崔，都快点儿！"

"死了还来跟我要人！听说你弟把人家升王家的闺女给抢跑了？

嘿，你家真行，怎么养了这么个货！"

"李大人，下官不是来要人，只是想……请您……升王府把我爹给押走了……"

"哈，这我可真管不了！你家的事儿跟我没关系，我不想蹚这浑水！"李铁戈笑逐颜开，乐得几乎蹲在地上，"别耽误工夫了，我这正要去吏部安排你的升迁，你要是不愿意呢，那我就不去了。"

任一师眼中一亮，"不不，恭送李大人！只是，升王府把家父带走了，我想过去劝劝他，还请李大人帮忙跟他们言语一声儿，让我进门……劝劝我爹，他应该知道公主的下落。"

"唉，任长官！怎么你们家的破事儿这么多！黑虎，你和他一块去吧，到了门房，上我的帖子。任一师啊，咱们话说头里，你进去劝劝你爹就还行，甭说些有的没的，逮他那是皇帝的旨意，别瞎琢磨，想跑那更是痴心妄想！"

"是，下官明白。"

李铁戈被任一师扶上了马，撇着嘴若有所思，"啧啧，有句话，想听吗？咱哪说哪了啊。"

"请李大人明示。"

李铁戈摊出双手，拇指和食指捻动，"这是个死结。死结你明白不？不死人是解不开的。这要是个民女，抢了也就抢了。你们家也算中都富户，还别说抢，从来也不缺儿媳妇。可这是大金王爷家的公主，那还是要嫁给蒙古的，这是和亲的意思。你弟就给生抢了！多虎啊，他！两国因此翻脸，这乱子可就大了！你弟呢，整个一驴，又倔又蠢，我估摸着他带着人家闺女还不得跑远远儿的吗。你爹那么大岁数了，子债父偿嘛，你爹应该做个表态，应该有所动作。"李铁戈伸手摸了摸脖子。

"下官愚钝……"

"这还听不懂？你家总得出个人吧，我琢磨着你爹最合适。难不成你想替弟死吗？那臭小子这就没影儿了，你家那么大的产业总得有个人打理吧，那老太太也得有人照顾吧，你是你家唯一的男丁了。你去和你爹说说。我看他那么横，也不是个怕死的人。"

"大人……"

"不跟你啰唆了，你家的事，我跟着掺和什么呀。当我没说啊！走！"

任一师半晌不语，李黑虎不敢妄动，轻声道："任大人，恭喜了啊，您升迁指日可待！"

任一师打了个激灵，"您客气，以后有事随时招呼我。"

太极宫外，十数位小道士将香客一一劝走了。术虎高乞命侍卫五步一人在墙内外一字排开。他和徒单张僧耳语了几句，随即走进院中，向万松行秀抱拳道："大师，久等了，请随我来。"万松整整袈裟，大踏步随他迈上玉虚殿台阶。

侍香道人徐悟真迎上前来，"术虎将军，这位是？"

"这位是万松长老，主上赐过锦绮大衣的。我奉命请来与三位真人同座。烦劳道长引见。"

徐悟真抱拳道："久仰久仰！大师莅临本观，实属难得。"

万松将毡笠摘下，"国主有命，不敢不从。只是和尚进道观，好说不好听啊，恐市井人物指点，进门前戴了帽子，幸勿见怪。"

殿内完颜璟高声喊道："长老，请进吧！"

万松进得殿内，见皇帝坐在上位，另有三人各自盘坐在蒲团之上。其中两位六十岁出头，只穿了常服，头上却着了纶巾、偃月冠，可知是道长级的人物。其中一位白发并未蓄须，另一位头发乌黑，颔下长髯已然花白。另有一位五十岁左右年纪，面色红润犹如少年，唇上留了短髭，冠巾与那两位全真道长略有不同。万松双手合十，心中已猜出了座中人身份，"贫僧万松行秀，拜见陛下。给各位道长施礼。"

徐悟真抱了蒲团过来，放在侧首，万松低头看了。完颜璟道："万松长老，今日有缘，愿与各位高人倾谈。落座吧。"

万松席地而坐，将蒲团轻拉到一边。完颜璟笑道："哦？大师怎会有如此差别之心，怎么，道观的蒲团扎屁股？"

万松向三位道长点头道："不敢。贫僧怕玷污道家座席。"

完颜璟道："三位道长，万松长老在……"

话音未落，案上烛火跳动，香烟飘散，门外走进一人。高乞惊叫一声，挡在完颜璟身前，颤抖了声音道："你！"

来人身着青衫，脸上蒙了黑纱，手里提了麻布小包，"将军勿躁，我无意伤人。"

白发道长伸手拾起地下拂尘，抬眼道："阁下何人？不请自来，忒也无礼。"

另一位道长手捻白须，微笑道："请回吧。"

那娃娃脸的道长向高乞道："将军，你怎么守的门啊？！"

高乞见来人兀立不动，向完颜璟低声道："主上，正是此人在龙津桥夺走了《上阳台》！卑职担心他另有企图，果不其然！"

万松侧耳倾听，院外并无响动，知道他是只身前来，道："倘若有意与我等说法谈禅，不妨坐下，君子坦荡，以真面目示人好啦。"

蒙面人道："凡夫草民，不敢与各位大师论道。斗胆前来面圣，说几句话，交几样东西，就走。"

完颜璟推开高乞："不必紧张，哪有刺客连刀都不带的！"

高乞道："主上，此人深不可测……"

短髭道长缓缓起身，"是吗？那倒要领教领教。"他本就明眸皓齿，微微一笑，面容更如孩童一般。

坐他远端的道长笑道："本来是要论道，这是要先演武啊。"

蒙面人道："各位不必动武，在下无意伤人。"

完颜璟笑道："你可知在座的是什么人？"

蒙面人依次看了，摇头道："眼拙，不敢猜度。"

完颜璟哈哈大笑，"你来得不巧啊！今天还真没有你施展的机会。"他伸手指了白须老者道，"这位是玉阳真人，王处一道长，人称'铁脚大仙'

的就是他。那位呢，长春真人丘处机，武艺、修为海内无人不知。要跟你领教领教的这位，是太一教的虚寂师——萧志冲道长，刚帮朕解了年中的蝗灾。那位大和尚是行秀禅师，少林寺革律为禅就是受了他的教诲。就说他的弟子吧，东林志隆，正要往那少林寺去，做住持！在座的都是世外高人，朕劝你不要自讨无趣啦。"他一口气说了许多话，不免又是连声咳嗽。

蒙面人目光掠过众人，在万松行秀身上停住："好个世外高人……叨扰各位，并非原意。今日幸会，也是机缘。"万松与他对视片刻，轻闭双眼，低声道："珍重诸人，切莫错举啊。"

萧志冲走到殿旁，从供桌上取下两柄木剑，见长短无异，掷了一柄到蒙面人脚下，"御驾在座，我也不伤人。劝你还是速速退去。"

见来人并不拾剑，萧志冲向座中人道："主上，各位前辈大德，那贫道就献丑了。"他挽了剑花，剑尖轻轻向下，指着地上木剑向蒙面人道，"拿剑。"

蒙面人道："道长解除蝗灾，有利国民，我不伤你。"

见众人微笑，蒙面人将手中布袋系在腰间，张开右掌，地上木剑嗖的一声跳到他手里。丘处机和王处一面面相觑，不禁站起身来。

萧志冲见他露了一手，道："多言何益！接招！"说罢挺剑刺来。

蒙面人也不格挡，待他剑锋逼近，侧身躲过，将木剑搭在他剑上，萧志冲只觉得一股内力从木剑上传来，半边胳膊登时麻了。

萧志冲松开右手，正要换了左手抓住剑柄，蒙面人手腕轻抖，将他木剑吸过，双剑一齐捏在手里。

萧志冲取下腰间拂尘，劲力到处，拂尘上的马尾根根直立，犹如百千根银针，又似一面丝网，直向蒙面人撒来。眼见着被拂尘笼罩，蒙面人仍是脚下不动，双剑合为一柄，只听唰唰数声，萧志冲手中拂尘已被削得只剩下木柄，马尾被削成无数茎短毫，从空中纷纷扬扬落下。

萧志冲按动手中机关，拂尘木柄陡然变长，透过空中白色碎毫直奔蒙面人面门刺来。蒙面人双足轻轻点地，纵身已跃在半空，萧志冲挥舞木柄，正要向后反拨，蒙面人已掠过他头顶，剑尖在他百会穴上作势一点，随即轻轻落在王处一面前。

王处一惊诧不已，向丘处机道："师弟？"

丘处机低声问道："阁下何人？"

完颜璟已是看得呆了，随即转脸望向王处一和丘处机，"二位道长，你们嘀咕什么呢？"

萧志冲轻轻转身退到一边，惭笑道："贫道无能，各位见笑。"

蒙面人向丘处机道："小可籍籍无名。"又向萧志冲道，"本来无意拼斗，承让了。"

高乞搀着完颜璟，意欲起身。蒙面人道："我还有话！"

高乞吓得一哆嗦，叫道："有劳各位仙长护驾！"

万松站起身来道："这位侠士，当真了得。贫僧愿意讨教几招。早知道还要动手，应该喝碗粥再来！"

蒙面人将木剑交给徐悟真，上前几步，站在拂尘碎屑之上，施礼道："萧道长未发全力，在下侥幸啦。"他又转身朝向万松，"大和尚，您慈悲仁厚，前几日在宫里放过两个年轻人，大家都很佩服。我对人有过承诺，永不与你交手。"

万松退后几步，叹气道："惭愧。"殿内诸人听他二人对话，更是云里雾里。王处一和丘处机接过木剑，道："我二人联手，可否赐教？"

蒙面人道："却之不恭，请吧——"向萧志冲垂首道，"可否借拂尘一用？"

萧志冲呆呆地将木柄交给他，蒙面人见那木柄把手上有按钮，又递还给他："不必了。"

丘处机见他环顾四周，抛了木剑过来，"你用这把，我用拂尘即可。"

蒙面人伸手将木剑弹回，"您用吧。"说罢低头从腰间包裹里取出两本书册，卷成两卷，左右手各持一卷，书卷朝下画了两道弧线。

王处一见他用的又是全真起手式，不禁惊讶再问："阁下与我丹阳师兄，如何称呼？"

蒙面人道："一面之缘。"

丘处机大喝一声，"气闷！看剑！"

丘处机与王处一各捏剑诀，一左一右，向蒙面人身前逼近。蒙面人用手中书卷将二人木剑拨开，伏身在地上转了一圈，地上白毫被他脚尖画出一个圆，露出底下的黑色地砖。他双脚一前一后，正站圆圈的坎卦榍位与离卦橛位上。

王、丘见状，眼中大骇，手中木剑却也连绵不断递将上来。蒙面人引了两把木剑，在地上白色毛屑的圆圈中间，渐渐画出一道曲线。

十数招之后，王、丘二人已然用尽全力，手中木剑却只是被他引了上下游走，不得挣脱半分。蒙面人双脚不离圆圈中两点，口中念道："周匝种成清静景，递相传授紫灵芝。山头并赴龙华会，我趁蓬莱先礼师！"

待最后一句念完，他低喝一声，手中书册在王处一手腕上轻叩，王处一拿捏不住，长剑啪的一声飞落墙边。丘处机手中木剑被连击数下，剑身咔嚓嚓断成四截，两长两短，落在地上，在白毫圆圈上沿组成了中虚离卦。

蒙面人从圈中跃出，地上的毛发碎屑竟然丝毫不动。他向万松微笑道："行秀，如何？"

万松嗒然失笑，"断断坏！"

丘处机只捏了剑柄，盯着地上银毫和黑金地砖组成的太极图，又看了一侧的碎木离卦图样，惊叫道："你是那孩子？！"

蒙面人向王、丘二人施礼，"是我。大定十年，我曾见过马、丘、谭、刘四位师兄。适才忙促，不及辨认。今日冒犯二位了。在下赵炬！"

王处一大惊失色，向丘处机道："离卦，火！师弟，怎么说？"

丘处机道："祖师仙逝之际，身边有个七岁童儿，马师兄，处端、处玄两位师弟和我都知道。问及此儿，先师只是微笑不语。飞升之际，路遇一位妇女，师父与之倾谈，随后命我将此儿交付与她。这位就是当年那个孩子。"

王处一道："果然？"

赵炬道："不错。"转头向完颜璟道，"我是塘花坞任家老太太周衔蝉的养子，三十八年前，她返乡省亲，路遇重阳真人，受真人所托，此后将我抚养长大。"

完颜璟道："啊？周婆婆！你武艺从何而来？"

丘处机双手抬至脸颊，抱拳向完颜璟道："先师曾将我教中宝箓数册交与他。数十年来，我师兄弟四处寻他不得。"

赵炬道："丘师兄，听闻您来中都，本拟将宝箓交还给各位，无奈家中事故接连不断……"

完颜璟干咳几声，重回座位坐下，"哦，有事，就和朕说罢。"

见王、丘二人示意，赵炬伸手将手中书册交给高乞，"这两本册子是李铁戈前些年的受贿记录，此人狐假虎威，多行不义。任家三子任一北被他要挟赴宴，因此渎职以至含冤丧命；任家长子任一南心中不平，屡次与李铁戈交涉，却惨遭暗杀；近日，李铁戈携随从在天寿大集上强取豪夺，李家家丁妄图行凶，双方起了冲突，塘花坞少掌柜任一清这才刺伤李铁戈；李铁戈又逼迫任家长女任一望交出《上阳台》真迹，为此私设公堂，杀死其夫，百纸坊掌柜郭易辰，之后更欲奸污任家长女，几乎得逞。此为第一件事。"

赵炬又从布包里取出一束薰草："此为薰草，俗名佩兰，又唤作零陵香，苗地特产，最是恶毒！李铁戈不知受何人指示，命人在我家花房种植，又让人炮制成香料，在后宫燃点。此物可致——不孕、滑胎、断产！"

待完颜璟咳喘稍歇，赵炬又道："这里还有一份证词，宫中内侍郑雨儿的父亲亲笔所书。郑父从制香的作坊取了这毒香，交与李铁戈。制香者是一位大理苗地来中都的巫师，名唤仡米师婆。这巫婆现居升王府，为升王家小王爷疗毒，我不想惊扰了她，以免延误治疗。如若存疑，可遣人与她对质。此为第二。恳请研判！"

赵炬见万松向自己轻轻点头又摇头，沉思片刻道："任、李之争，任家无辜，李家咄咄逼人。延芳淀命案……起因不明，李仁惠率众先斩杀坝上任家父子，任一清反击之中射杀了李仁惠。李铁戈派所豢养的高丽武士，又私调新安州官军，血洗坝上，任家门徒悉数丧生。至此，坝上任家父子三人尽数死于李家之手，现全家只剩妇孺，残留血脉而已……登闻鼓院路铎路大人在家门口遇刺，也是李铁戈指使手下所为，如需人证物证，我不消片刻即可取来。李铁戈恶贯满盈，无须渲染。"

"朕知道了，还有吗？"完颜璟满脸颓唐。

"我家掌柜任孝萱，现被软禁在升王府……"见完颜璟低头沉吟，赵炬又道，"少掌柜任一清，与温国公主情投意合，彼此定下终身。升王爷不问先后，将女儿远嫁蒙古。此事原本就不合情理。烟儿狸……任家小少爷，得知官家开恩赦免了他，浴血脱险，携堂嫂及幼侄返回中都，不意路遇公主，见及公主惨状，出手搭救，也并未伤人。眄儿公主，本来打算出了边境即刻自绝。若非烟儿狸救她，她真要到了草原自杀，蒙古更要记恨！"

"嗯，"完颜璟长叹一声，"朕本来也不想让蒙古人颐指气使。听你这么说……呵，好吧，术虎将军，你陪这位赵先生……你姓赵？！"

赵炬看了丘处机，道："养母给我起的姓名。"

完颜璟若有所思，"术虎将军，你带这位赵先生去升王府，放任掌柜回家。"

丘处机垂首道："圣意若觉得妥当，铁木真那边，贫道愿修书一封，稍作解说。"

完颜璟道："那就有劳道长了。哼，方今各路诸王，都忙不迭地要与蒙古结亲，一大堆公主等着嫁呢。"看赵炬面有不甘，完颜璟道，"赵先生，你家小少爷与温国公主的婚事，朕允了。高乞，你们去升王府吧，放人。传谕让升王明早来见我。"

高乞长吁一口气，"是！"

丘处机拉了赵炬，王处一也并排站了，向完颜璟深深施礼。完颜璟道："你盗走《上阳台》，又是何意？"

赵炬道："李铁戈狗仗人势，捉了我家侄女婿，我不愿《上阳台》一事就此了结。现今万事俱足，我返身即将真迹献与朝廷。"

丘处机道："陛下，贫道恳请与赵炬啰唆几句？"

完颜璟点头道："他武艺精深，与重阳真人比如何？"

丘处机道："不遑多让。全真不尚符箓烧炼……"见萧志冲面露不悦，丘处机向他点头致意，又道，"全真不擅符箓烧炼，武艺也非修道要术，但以忍辱含垢、苦己利人为念，赵炬心念旧恩……实是我门中瑰宝。"

赵炬道："还请宽怀，在下没有妄图，此生只求自了。祖师临终前，将宝箓交给我，也是担心各位师兄溺于方技。此等巧术，并无大用。"

丘处机道："赵炬，你平时可曾修道？"

"只静坐练气而已。"赵炬摇头。

王处一道："你我师出同门，何不皈依？"

赵炬鼻翼翕张，动情道："先……先师……临终前教诲，要我……只做——平常子弟。"言罢抬头，眼中已是泪光闪烁。

丘处机也不禁动容，频频点头道："好，好！那就由你，那就，遵师命。平常……很好！"

万松双手合十，向完颜璟道："好一个'平常子弟'。此中有无限天机！"

丘处机与王处一轻声言语了几句，问道："赵炬，你四十五岁？"

"是。"

"你还是处男之身？"

"是。"

丘处机望向完颜璟，又环顾左右，愧笑着说道："噫！先师在时，屡屡叮嘱！我与众师兄弟颠倒红尘，人云事雨，毫无进境，不得……"

万松接口道："不得解脱！贫僧又何尝不是。"又向赵炬道，"你是又一辈之人，好自为之，直自护持吧。"

王处一、丘处机和万松三人会心一笑，再不言语。

完颜璟向赵炬道："事情了了，你以后作何打算？"

"在下愚鲁粗笨，只求做个家丁，以报老太太收养之恩。"赵炬转身向萧志冲道，"道长仙踪何处，明日我必寻求上好拂尘……"

萧志冲笑道："那又何必，今日开眼，受教啦。"

第十九回

爱子篇章孤鹤唳　正是虚空粉碎时

（一）自绝

问明来意，完颜守纯道："黑虎老哥，不是我不给李大人面子，看也没用。咱家也不会殴打拷问一个老头儿，你带人回去吧！"

李黑虎道："少王爷，咱们都是做子女的，就让他看一眼吧。"见完颜守纯不为所动，李黑虎拉了他走到上马石一侧，轻声道，"我们李爷也是好意，想让他劝劝他爹，那老东西应该知道那臭小子把公主给拐带到哪儿去了！先得把公主找到不是？这人和他那弟弟不一样，这人懂事儿。"

完颜守纯转身道："既然如此，你进去吧。不要耽搁，说了话就回吧。"

任一师随着两位家将进了一层又一层院落，"二位大哥，关得这么深啊？"

那家将回身道："深？在我们公主房里押着。这么深，大小姐还不是被你家给拐跑了！"

"我弟弟做事不计后果，我这当哥哥的也羞愧得紧！"任一师脸上一红。

另一位家将上下打量任一师，见他纤弱，道："麻利儿的，有话快说，说完赶紧走！没工夫陪你！敢胡作非为，连你也扣下！"

任一师连连称是，见家将推开房门，一闪身钻了进去。任孝萱正坐在椅子上打盹儿，乜斜了眼怒道："你来干吗？"

"爹，都好吧？"

"不用你假惺惺。"

"爹！易辰我姐夫……死了。"

任孝萱腾地起身，突然头颅微晃了几下，又扑通坐回椅子，大口吸气不止。

"爹，您别太伤心，我看那路铎对我姐有点意思……人死不能复生。我觉得也是好事……"

任孝萱抬手去够手杖，任一师连忙走远，在屏风处站了。

"爹，姐夫一死，咱们和李家的事也真就了了。说不定还能修好。"

任孝萱抓了手杖，高高举起，又轻轻放下，"李铁戈杀的？"

"谁说的啊！家里得了封信，也没落款儿，只说人死了，埋在城北义冢。"

"见到你炬叔了吗？说烟儿狸在哪儿？"

任一师蹭到他跟前，"爹，烟儿狸杀了宣徽使，他家也杀了我大伯和堂兄……"

"他们先杀的人！还有易辰！"

"那不定是怎么死的，好好，就算是李铁戈杀的，咱俩家这账就算平了。"

"去年还有一南和一北！"

"哎哟，您要搬弄这陈芝麻烂谷子，到哪儿算个头儿啊？！您别生气，我接茬说啊。咱们和李家就算扯平了。现在都不是事儿了。现在又有了绑架、私奔这个事儿，如果那公主在城里，烟儿狸把人拐跑了，那也算我弟弟有能耐。您知道吗？那姑娘是要嫁到蒙古国！要嫁给蒙古国的王子，窝阔台！那是铁木真的宠儿啊。烟儿狸这么一闹，两国邦交立时就紧张……"

"烟儿狸和眮儿早有婚约！"

"婚什么约啊！父母之命，媒妁之言，都有吗？说难听点儿，就是俩人偷情在先！升王府既往不咎，没因此治咱们罪过，就算不错！"

"怎么生出你这么个畜生！你是我儿子吗？"

"爹啊，我不是谁是！全家上下，就我没给您添过堵！我大姐您都打过，大哥、三弟、烟儿狸，哪个没被您揍过？就我，您舍不得打我。我多省心啊我。"

"我后悔了，应该在褓褓里就掐死你！"

"凭什么呀？我怎么了？"

"你来干吗，气我？"

"爹！这不是和您一起想个辙嘛。"

"这两年家里的事儿，除了要钱，你伸过一次手吗？如果不是有路大人仗义执言……"

"那他现在在哪儿呢！真有事，不还得咱们自己家人嘛。"

"哼。你不是去向李铁戈求饶了吧。"

"我好意思跟人家张那嘴！烟儿狸把人屁股都给扎烂了，又把人家大哥给杀了……爹！"

"你走吧，不要再来。还是那句话，你去跟李铁戈叫爹吧。我不配当你爹。"

"哎哟喂，我的亲爹啊，咱们说事儿呢，您这老挤兑我干嘛呀。"

任孝萱重又眯上双眼，眼角滚下一滴清泪。

任一师吧嗒了嘴，踌躇片刻，"爹，我说，您听，要觉得不对，等这些事过去，回家您再打我。烟儿狸估计是跑远了。大姐能一直守寡吗？回头还是别人家的人。家里现在就剩我了，我得琢磨着怎么把这一家老小照顾好啊。这事儿，不应该再拖延了。说是蒙古国很强硬，大金皇帝也怯了。您知道的，照理说，那皇帝和我奶奶、我大姐还有往来呢，那为什么他还要下令让升王把您抓来？因为这事儿实在太大，这是个……这是个……死结儿啊。"

任孝萱脸上老泪纵横，抬手用衣襟擦了，睁眼瞪着任一师，看他在地上踱步。

任一师又道："死结儿！您知道吗？不死人解不开的结儿啊。"

任孝萱道："烟儿狸不能死！"

"啧啧，他想死也没人抓得着他啊。他带着这府里的大小姐跑了，他美着呢，他死不了，他且活着呢。"

见父亲目光呆滞，任一师又道："咱家死个人，大金才好跟草原上交代。烟儿狸小两口就浪迹天涯呗，能活下来。我想到了死，弟弟的债，哥哥来还呗！我只怕我死了也没用，也不能解蒙古国、大金皇帝和升王府的心头之恨啊。我死了，谁照顾一大家子女人和孩子啊！"

任孝萱见他眼中似有泪光，缓声道："一师，回去吧。你从小多病，又爱读书，你奶奶和你姐姐事事都护着你。你要好好对她们。你回去吧，和你炬叔一起，照顾好这些老的小的。我会盯着你的！"

任一师打了个寒战，"爹，外头的人也不让我多耽搁，您多保重，我去路家看看，看看路铎，啊，是不是能给个主意。您好好的，该吃吃，该喝喝，等我信儿啊。我去找路铎。"

"你不用去。他重伤在身，不要再给人家添麻烦。你走吧。"

赵炬辞别殿上诸人，与术虎高乞走到院中。徒单张僧和高乞耳语几句，又撤到院外。

高乞道："那天，承蒙赵先生手下留情，高乞感激不尽。"赵炬脸上一红，"你没受内伤，应该已经好了吧。"

高乞道："是。赵先生，主上还在殿里，我还想在此尽职。我刚和徒单张僧说了，请他和您去升王府，升王认得他，他也可以传了圣谕给升王。您别见怪。"

赵炬点头，和徒单张僧一路驰奔到了升王府前。

完颜守礼正在台阶上坐着，几个丫鬟正在劝他，瞧见有人过来，他站起身，扯了小嗓子喊道："什么人？要闯王府吗？"

徒单张僧跳下马，见他腰间系了玉带，胯上挂了两条玉鱼，道："这位是守礼小王爷吧？"

"你是何人？"

徒单张僧走到近前，让完颜守礼看了自己服色，"下官是殿前都点检司近侍局副使徒单张僧，我来是替术虎将军传谕给升王爷。"

完颜守礼抬头看见赵炬脸上蒙了黑纱，回头向丫鬟耳语了几句，那丫鬟转身跑入院内。完颜守礼盯着徒单张僧腰上的红鞓乌犀带，"哼！骗小孩子啊！你个从六品，轮到你来传圣谕！"又指着赵炬道，"还蒙着个脸，就跟谁不认识你似的！是要来抢那个姓任的吧？”

赵炬摘下面纱，微笑道：“孩子，你还真认识我，早上我还请你去我家看鸽子呢。”

完颜守礼想起姐姐和他话别时的情景，笑道：“您是……我姐叫您炬叔叔！”

“是我啊。”

“哦，那快请进吧。”完颜守礼拉了赵炬，问道，“有我姐姐的消息了吗？”

赵炬道：“有。这位徒单大人确有圣谕要传给升王爷。”

升王带了家将，从院中出来。徒单张僧上前施礼，和他低声言语，完颜珣神色落寞，却也只能点头向赵炬道:“你进去吧。带任掌柜回家吧。”

赵炬微笑颔首，由几名家将引了直奔眄儿院落。他难掩心中喜悦，在院内大喊：“萱哥，萱哥！回家了！”

那家将解锁了房门，随即大叫一声，一屁股坐在地上。赵炬抢步上前，只见任孝萱悬在房梁上，脚下椅子翻倒在地，身子已是一动不动。

赵炬惨叫一声，跃身将绸带扯断，伸手抱了任孝萱，轻轻放在地上，只觉得他浑身冰凉。连忙摸他手腕，早没了脉搏。赵炬将他扶起，换左手捏了他手腕，右手伸到他后背，运气数次，任孝萱仍是气息皆无。

赵炬不禁潸然泪下，他站起身来大吼一声，伸腿将桌子踢得粉碎，“谁干的？！”

门口几位家将也傻了眼，其中一位哆哆嗦嗦指着半空，“您看！”

赵炬侧身，见桌木碎屑噼里啪啦掉在地上，一张纸飘飘悠悠落下。赵炬一把抓了，见是萱哥笔迹，却是一封遗书。赵炬读罢，俯身再看，见任孝萱指甲干净，并无挣扎痕迹，再看他面庞，依稀竟有安详神色，失声哭道：“萱哥，怎么不等我啊，你知道的呀，你怎么不等我啊……你让老太太怎么活啊！”

完颜珣和徒单张僧拨开众人，进了室内，见赵炬痛哭不止，伸手拾起地上纸张，向家将怒吼道："不是让你们看着吗！"

一位家将低声回道："没想到能自尽啊……"

"有人逼他？"赵炬慢慢抬头，目光掠过众人。

徒单张僧见他面露杀气，不禁伸手护住完颜珣。完颜守礼从他臂下穿过，在赵炬身旁蹲下，指着墙边高高摞起的食盒，"炬叔叔，我爹爹让家将们好好照看任掌柜，是真的。"

赵炬知他纯良，点头道："你姐姐很快就回来。"抬头向徒单张僧道，"皇帝赐婚的事，说了？"

徒单张僧连连点头。赵炬向众家将问道："可有人来过？"

完颜守纯道："李铁戈的管家李黑虎，和这位任老爷的一个儿子来过。李黑虎并没进院，递了帖子就走了。他儿子进来和他说了好一会子话。走的时候，我们也顺门缝看了，任掌柜只是坐在椅子上笑，叹气而已。"

赵炬将任孝萱抱起，完颜守礼将手杖拾起递给他。门内外家将、丫鬟闪出通道，赵炬抱了任孝萱走到院中，见完颜珣愣在原地，喝道："亲家！不备车吗？"

蕙卿正陪着几位女眷说话，春罗又跑进元元阁的客房，在前厅高喊："烟儿狸！"见她肆无忌惮，烟儿狸也不再躲闪，抱着一方木箱从车里钻了出来。昕儿和蕙卿也跑下了楼，拉住春罗问了起来。

听春罗说完，烟儿狸手中箱箧哐当掉在地上，散出一堆银锭。他一把扯下面罩，拉了昕儿翻身上马一路狂奔。昕儿伏在他后背，听见他心跳几乎震破了自己耳膜，连忙搂紧他腰，"好烟儿狸，好烟儿狸。"

刚过花房，烟儿狸浑身僵直，扔了缰绳，扑通一声跌下马背，又挣扎着起身，跌跌撞撞跑进门来。他脚下踉跄，手扶了影壁，慢慢探头朝院子里看，见大姐头上缠了白布孝带，正站在树下笑着望着自己。

烟儿狸双腿一软，坐在影壁下，张大了嘴急促喘气，"是、是真的！不是、不是真的啊……"

眄儿跑进门来，见他坐在地上口中喃喃自语，伸手却拽他不动。烟儿狸浑身瘫软侧卧在地上，笑了摇头说："不进，不能进。咱们走！没有的事。不能够。我不打架了，不打了。都来打我，都来啊！"说罢将头重重撞向砖墙，只两下，额头的血已将墙面染红一片。

眄儿见他神情诡异，语无伦次，有如失心疯，大哭道："烟儿狸！姐！"

一望跑过来和眄儿一起伸手拉他，仍是丝毫不动。一望见他目光呆滞，口中谵语不止，挥起手掌重重给了他一个耳光！

烟儿狸止了哭，大吴赶过来，将他连拖带抱拽进院里。烟儿狸仍是傻笑，用脚撑了台阶，嘴里兀自喋喋不休，"不进！不进不进不进！假的，假的……"

大吴和一望将他推进屋里，烟儿狸扑腾了双腿，紧闭双眼，口中只是叨念，"不看，不看不看不看……"

周衔蝉面色木然，从赵炬手里接过拐杖，慢慢走过来，抬手又给了他一记耳光，烟儿狸一哆嗦，扑通跪在地上，再不狂言乱语，默默盯着躺在床上的父亲，眼泪夺眶而出。

老太太欠身坐在烟儿狸身边，幽幽说道："那年，我都三十三岁了。你爷爷怕我不好，说这孩子不要了吧。我就想着再有个女儿，就生了，没承想又是个儿子。从小就舞枪弄棒，和他大哥一样！倔！蠢！谁的话都不听，你爷爷打他，从来不求饶。就听我的，心疼我，事事都顺着我。他在战场上，我写信让他不要杀宋人，他没别的办法，就把自己脚砍断啦！事事都顺着我，可能真是我的女儿吧。"

一望哇地哭出声来，和赵炬伸手把老太太扶起。

老太太道："烟儿狸啊，你好好的，咱家不能再死人了。你炬叔说，皇帝赐了你婚事……"眄儿啊了一声，和一望抱头痛哭。

老太太用拐杖点着任孝萱，"烟儿狸，这人和你是父子。既为父子，就要性命相见。你的债，他还了！死了就死了吧……我的萱儿啊——"

烟儿狸见她神色有异，道："奶奶，您打我吧。"说罢抓过老太太的双手朝自己面颊上搲打。老太太缩回手，笑道："傻孩子！我和他是母子！是母子，也要性命相见。你小看奶奶了！"

言毕，她拽开柜门，抓了一瓶酒出来，拔下瓶塞，咕嘟嘟连灌数口，又盯了那瓶身上的文字笑道："千酒，千什么酒，哪有千秋万代！"

赵炬抢下她手中酒瓶，忽地跪下，头伏在老太太脚上，"老太太，不要啊！"

老太太摸了他头发，垂首道："事情没利索，我才不会走呢。"

赵炬伸脚踹了烟儿狸，"小子，站起来！去给你爹筹备后事！"

老太太面色酡红，眼神已然略带醉意，她伸手抬起赵炬的下巴，"阿炬，辛苦你啦。你最是个伤心人啊。"

赵炬抽泣道："小时候，萱哥让我和您叫娘，我就是不叫，他还打了我！"

"呵呵，你恨他吧？"

赵炬哭了又笑，"恨！我恨他不继续打，他再打几下，我就叫了啊。"

老太太用手背摸了他的脸，道："好孩子，不哭啦。"

赵炬双眼通红，盯着老太太，叫道："娘啊！"

老太太再也撑持不住，呜呜哭出声来。

一望拾起酒瓶也坐到地上，抿了一口，递给烟儿狸。烟儿狸灌了一大口，一望又接了回去，猛喝数口，"好吧，就这样吧。炬叔，一师还不知道吧。"

赵炬擦了眼泪，"嗯，我去告诉他！烟儿狸，你守着家里人。"

烟儿狸走到姐姐身边，抱了她肩膀道："姐夫……"

一望见他两侧脸颊都有了手印，笑了捧着他脸，"明儿起出来，和咱爹葬在一起。奶奶让人去坝上了，把伯父、巢湖和庐江也殓过来。一南和一北不会孤单了。""

烟儿狸想到伯父、堂兄惨状，又回头看了父亲尸身，摇头又点头："好！好。"

一望问道："那娘几个还好吧。"烟儿狸点头。

老太太苦笑道："让她们先在外头住着吧，孩子们都小，别再吓着。"

（二）巷战

烟儿狸目送赵炬出门，却见他回转身来道："烟儿狸啊，你不要再生事。你姐夫的事，咱们慢慢料理。我去找你二哥。你有话要对他说吗？"

"炬叔，您跟家吧。我去找二哥。"烟儿狸道。

赵炬道："你养你二嫂和他家小侄女，行吗？咱也不差他一家人。"

"炬叔？"

"升王府抓了你爹。我去见了皇帝，说了李家的事。那皇帝答应了你和昡儿的事，也让放了你爹。我跑去升王府，你爹……升王府的人说，我到那儿之前，一师去见了你爹。李铁戈的管家带他去的。他们说了话，萱哥就上了吊。"

烟儿狸摇头道："我早听说了一些事，我二哥……我去吧。"

"不。你下不了手。我也不杀他，我要他自、自己想办法。"赵炬说罢，转身出门。

烟儿狸慢腾腾进了鹰房，将架上十几架鹰先后拎到院中，解开绳绦。其中几只扑扇了翅膀飞走了，另有几只却不离开，或在葡萄架上落定，或在半空飞舞，不住地盯着他看。烟儿狸扬起手里皮鞭，口中不住呼喝。那几只鹰噗噗啦啦盘旋了一阵，长唳几声，陆续飞走了。

赵炬在任一师家门前下马，轻叩院门。任一师的女儿出来开门，叫道："炬爷来啦，您快进院儿吧。"

赵炬道："乖啊，你爹爹在家吗？"

"去水关了，说是拿东西回家，以后就再也不去了。要去别处衙门。炬爷爷，我爹要当大官儿啦！"

赵炬微笑着点头，女孩儿又要拽了他往院里走，"我爹可开心啦，好像要去宛平府衙上任呢！"

赵炬摇头道："好孩子，我去找他有点事儿，你去和你娘说一声，让她带你去看看老太太和你爷爷吧。”

赵炬出门上马，在门口呆立了一阵，驱马朝水关而去。

烟儿狸让大吴等人去买了棺椁，又遣人去行会里报了丧。见姐姐和丫鬟们陪着老太太，叫了眄儿，一起退了出来。

“眄儿，你回家看看，你爹、你弟肯定惦记着你。我先送你回家，然后去路府，把夷则接回来。”

二人一路无话，进了康乐坊，就见完颜守礼跑着迎上来。眄儿跳下马，伸手将他搂在怀里。完颜珣转出院门，紧盯着烟儿狸。烟儿狸并不下马，抱拳施礼道：“家父亡故，后事需要料理，恕不下马行礼。”

完颜珣上下打量他，低声道：“去吧。”

烟儿狸奔至元元阁，见几位嫂子无事，又见三哥的孩子啼哭不止，不好开口，嘱咐了店家几句，去车上取了长短刀和双枪挂在鞍侧，又拈了四娘子的铜镜出来，掖在胸前衣襟下。门口的商贩让孩子跑过来递了两只甜梨给他，烟儿狸也不推辞，叼在嘴里翻身上马，踢踢踏踏朝仙露坊逛去。

李府的门房正在院门口清扫，烟儿狸下马唱了个喏，“请问，管家在院里吗？”

门房道：“您是？”

烟儿狸把梨子嚼得吧唧作响，“我找您院里管家，我们有些账目，现在手头宽绰了些，要和他清算。”

门房朝院里喊：“黑虎！有人来还钱啦。”

李黑虎正在厢房伙着小崔等人呼卢喝雉，骂骂咧咧推门出来，“谁啊？”

见是烟儿狸，李黑虎目瞪口呆站在原地不敢动弹。烟儿狸点头道：

"哦，是你啊。不认识了？咱们在延芳淀见过。"

李黑虎回头朝屋里喊道："出来！都出来！"又向烟儿狸道，"你怎么还不死！你来干吗？"

烟儿狸呵呵一笑，"嗯，来找死呗。我问你，你带我二哥去升王府干什么？"

李黑虎见小崔几人围拢过来，挺直了腰板向后退了几步，"臭小子，你别不识好歹啊。你哥要去见你爹，进不去人家王府的大门儿，我们老爷给拿了帖子，我才把他送进去。"

烟儿狸道："然后呢？"

"哪有什么然后，你们家的事，你问我？！"李黑虎回头向小崔道，"轰他出去！"

小崔并不上前，和身边伙伴低语了几句，那人一纵身朝烟儿狸扑过来。烟儿狸侧身闪过，脚下使了个别子，那武士一个跟头摔到树下。他挣扎着刚要爬起，只见烟儿狸一扬手，连忙侧身躲避，却没料到那扬手只是虚晃，等到回过神来，已经被一个硬物击中了肩膀。低头看时，却是一枚梨核！

烟儿狸伸手捉过李黑虎，将口中梨渣啐了他一脸，又抬起腰间短刀顶在他后背，"李铁戈呢？"

李黑虎叫道："不在院里！不知道去哪儿啦！"

"总共几个高丽人？"

李黑虎浑身颤抖如同筛糠，"三十个。这院里有六个，还有二十几个在别的地方。"

烟儿狸拖了他朝外走，"带我去找李铁戈。"

"我真不知道他在哪儿啊。"

烟儿狸在他屁股上一戳，"你也想试试，要我再剁几刀？"

李黑虎连声大叫："别，别！李爷在桃红院里，我带你去！"

烟儿狸将他放上马鞍，自己伸刀指了他左肋，问道："多远？"

李黑虎抱住了马脖子，"不远，一会儿就到。"

见院内的高丽武士持刀不远不近跟在后边，烟儿狸也不理会，催马载着李黑虎前行。

李黑虎趴在马上不敢乱动，"小爷儿，好几十个高丽武士，个个都是高手，拿骰子都能当暗器那种，你行吗？"

"不行也行。"烟儿狸道。

刚至敬客坊巷口，院子有哄笑声传出来，李黑虎精神一振，坐直了身子，"小子！今天是你自己作死，别怨我。"说罢向院内喊道，"二爷，仇家来啦！"

院墙之内，高丽武士正在哄抢玩鞠，李铁戈搂了桃红在火炉边烤肉。听见李黑虎高喊，李铁戈伸了铁钎子，指着大崔道："出去看看！"

大崔毫不迟疑，纵身一跃，右脚踏上墙边花缸借力，从墙上跳了出来。他身子未及落地，看见李黑虎坐在马上，一侧正有人持刀相逼。大崔一伸手，将李黑虎在半空中拎起，一把扔到院子里。

院子里看见李黑虎从天而降，纷纷持刀跃出，在巷子里站成一列。大崔伸手接了同伴掷过来的双刀，道："你，做什么？"

烟儿狸回身，看见身后的六个高丽武士守住了巷口，伸手将双枪摘下，慢悠悠系在背上。又抽出长刀，在手中掂量了，看了对面武士手中的兵器，道："去坝上的那六个，是你们的人？"

李铁戈从门口转出来，站在众武士身后，叫道："小子！你回来了？不去救你爹，跑我这儿来想要干吗呀？认爹啊？"

"来看看您伤势。"烟儿狸笑道。

李铁戈怒道："听说了，皇帝赦了你。你觉得我能饶了你吗？"

烟儿狸道："你杀我姐夫，教唆我哥。你觉得我能饶了你吗？"

李铁戈摊开双手，"不错，是我。你看看今天这阵势，你以为还是会城门大集啊，是延芳淀斗殴？我不杀你，我让你生不如死！"

李铁戈伸手拍了拍身边武士的肩膀，"看你们的了。别杀他，胳膊打断，屁股扎烂，然后再慢慢折磨他！"

大崔望向烟儿狸身后，喊了几句高丽话，小崔听了，慢慢后退出巷口，转身跑了。

李铁戈道："大崔，怎么走了？"

大崔道："大人，我侄子，他……不会打架，只会……"

李铁戈哼了一声，"还等什么，动手吧！"

烟儿狸道："我与各位无冤无仇，诸位都是好手，何必在异国他乡给人做犬马……拦我者——死。"

李铁戈见大崔仍是不动，叫道："他从城外回来，看他手里拿着你们的刀了吧，那就是说，你们的六个兄弟都在坝上死他手里了！"

大崔怒吼一声，挥刀直冲过来。烟儿狸用刀把在马屁股上轻拍，那马踢踢踏踏跑到巷口，却并不再走，远远地望着烟儿狸。

烟儿狸见他左手持长刀，右手握着短刀，再看他脚下步伐，知他是个左撇子，将自己左右手长短刀换过。

大崔见他满脸杀气，也朝自己迎面奔来，索性停了脚步，待他赶到身前，挥刀直劈下来，烟儿狸右手短刀拨开他长刀，腾身向左跃起，左脚踏了墙面，借着下落之势，挥动长刀直向他颈中砍下。大崔单膝着地，横刀在头上格挡，觉得对方挥来的长刀绵软无力，正自纳闷，只觉得背心一凉，烟儿狸已将短刀插入他右肩。

见大崔靠在墙边目瞪口呆，烟儿狸道："没伤你筋脉，不要动。"

大崔叽里咕噜喊了几句，两名高丽武士连忙护住李铁戈，其余的人三人一组，却不蜂拥而上，只由第一组挪着碎步向烟儿狸逼近。

烟儿狸见为首的人只双手持了长刀，自己也双手攥住刀柄，缓步迎面而上。那三人随即大吼一声，从左中右齐向烟儿狸挥刀过来。烟儿狸见为首的武士长刀砍到，双手推出，将手中刀掷向他面门，那武士一愣，叮的一声将飞刀拨开，烟儿狸趁机下蹲，从他腋下钻过，顺手抽了那人腰间的短刀，反手噗噗刺中他两条小腿。

左右两人扑了个空，听见同伴惨叫一声，也不回身，从各自腋下向后反刺，烟儿狸抽出双枪扎在他二人腿窝委中穴，两人闷哼一声，跪在地上。

　　转眼之间，烟儿狸连砍带刺伤了四人。李铁戈见状大惊，连忙跑进院内，哐当一声将大门反锁。烟儿狸向余下的武士道："这样的人，你们还要保他？"说罢抖动双枪，按了开关，那枪尖又喷出火花，接连刺中对面三人手腕。另一组武士正要上前，却见烟儿狸后退几步，将双枪合二为一。他挥舞长枪，枪上火光洋洋洒洒，将浑身罩住，连拨带挑，回身将从巷口攻上来的五人刺倒。

　　剩下的武士一哄而上，烟儿狸忽而长枪，忽而短枪，又刺翻了几个，趁其中一人倚靠在墙边，踩了他肩膀，跃上墙头。

　　李铁戈正趴在门上，透过门缝看见外头火光闪烁，又听见高丽武士们惨叫连声，突然巷子里暗了下去，再无兵器磕碰之声，猛一抬头，正看见烟儿狸手持双枪站在墙头盯着自己。再见他衣襟上血迹斑斑，被风吹得哗啦啦抖动，一张脸更是被晚霞映得血红，吓得李铁戈蹲在地上大叫："快进来啊！"

　　烟儿狸跃下墙头，走到炉火近旁，见有妇人缩在花棚的秋千后头，浑身哆嗦不止，伸枪从箩里扎了块血淋淋的牛肉，递到她面前，"不怕。"

　　那妇人见他语气温柔至极，不禁站起身来，看了他枪尖的生牛肉，干呕了几声，哇地吐了一口。烟儿狸见她小腹微凸，笑了说："别怕。谁家还没有遗腹子呢。你回屋吧，不要看。"

　　五六个武士纷纷从墙头跃下，李铁戈也拔下门闩，另两人从门外跳进来，探着刀向烟儿狸步步逼近。

　　烟儿狸抬起左手，见臂上有伤，撕了块衣襟包裹了，跨在凳子上坐下，伸了铁枪，任那炉火把肉烤得滋滋生响。抬头看见檐前挂了鸟笼，烟儿狸举手将笼门打开，"吃我外甥的虫子，真该烤了你啊。飞吧。"那啄木鸟本在笼里上蹿下跳，吱吱乱叫，见来人开了笼门，愣了一愣，怯怯把头探到笼外左顾右盼，随即呼啦一声飞走了。

李铁戈大叫："砍了他！"刚转身跑出院门，又一步步退了回来。众人看他神色呆滞，却是被门外一人逼了回来。

烟儿狸转过头，见进门来的却是赵炬，连忙起身喊道："炬叔，你快走！"

李铁戈身后的两个武士挥刀扑过去，赵炬一一伸手点了，向烟儿狸微微一笑。烟儿狸见他犹如闲庭信步，出手却快得匪夷所思，院中其余的几个武士毫无还手之力，接连扑扑通通倒地……待闻到焦煳味，才觉得一股灼热传到手心，那铁枪已然烧红了半截。

赵炬伸手抓起李铁戈，拎到秋千架下，"李大人，我把你的受贿账本、薰草，还有郑雨儿他爹的口录笔供，交到了宫里。"

李铁戈啊了一声，颓然坐倒。

烟儿狸起身道："炬叔，不用咱们杀他？"

赵炬将李铁戈拉起，放在秋千上，伸手轻推。李铁戈面如死灰，任秋千载着自己荡来荡去。忽听院门咣当一响，赵炬抢过李铁戈手中门闩，叫道："当心！"

烟儿狸连忙转头，只见眼前一簇银光，三支羽箭直奔他面门、胸口和小腹飞来！他左侧是花棚的木柱，右侧是那怀孕妇人，只得低头下蹲，只听见叮的一声，胸口一阵钝痛，头顶一热，血从额上流下。

（三）化浆

烟儿狸伸手摸了摸头，只摸得满手都是血。低头一看，皮袍前襟已被射穿，那叮的一声正是射在了四娘子的铜镜上，地上那支箭的箭头已然撞扁。回头再看，柱上钉了两支箭，箭尾的雕翎仍在颤抖，下面那支还挂着自己的幞头。

烟儿狸将血在脸上抹了，双眼立刻被血糊住，蒙眬中，见门口站着一人正抬手搭箭，接连几箭射向赵炬。赵炬咦了一声，伸出门闩——将来箭打落。

门口那人射技极其娴熟，调转了弓箭朝向烟儿狸，嘭嘭嘭又是连发三箭，赵炬听见弓弦响声，伸手将手中门闩抛出。烟儿狸恍惚中看见身旁飞来一物，叮当当将箭簇击落在自己脚下。

李铁戈已从秋千上跳下，大叫："小崔，射死他们！"

赵炬身形一晃，伸手扶住烟儿狸，抄起炉中铁枪向门口小崔甩去，小崔惨叫一声，手中铁弓已被黑枪撞弯，弓弦也被烧红的枪柄烫断，低头再看自己左手虎口，已然沁出血来。

巷子里的大崔高喊了几声，小崔扔下弯弓退出院门，见伙伴们彼此扶持了，陆陆续续走向巷口。小崔奔过去，抱起叔父，头也不回走了。

赵炬抱住烟儿狸细看，见只是划破了头皮，叹道："臭小子，你真是不听话！"烟儿狸伏在他怀里，泪水将脸上的血迹冲开两道，轻声道："炬叔！我爹没了啊……"

赵炬不禁黯然，撕下衣襟缠在他额上，回头向李铁戈道："你！没事了。等着吧，会有人来接你。"

赵炬扶起烟儿狸，见他双眼紧闭，上气不接下气，知道是急火攻心，伸掌在他后心轻抚几下，这才拾起双枪，伸到水缸里降了温，搀他出了院门。

袁大掌柜听说，将一众妇孺送到任家院落。周衔蝉挨个问了，伸手从大柳怀里抱过幼儿，眼泪滴答答落在他小脸儿上。

一望道："奶奶，别哭了，您一掉眼泪，大家伙儿都跟着难受。"

老太太道："有他们陪我，你快去看看烟儿狸，他说去找夷则，怎么还不回来！"

一望走出院子，犹疑了一阵，索性坐在门侧的上马石上发愣，远远见到赵炬驾马过来，身前的烟儿狸脸上、前襟都是血迹，连忙赶上前去接过了弟弟，问道："炬叔？！"

赵炬道："烟儿狸在敬客坊找到了李铁戈，把一群高丽武士都打翻，赶跑了。就是头皮被划破了，没事的。"

一望道："李铁戈呢？"

赵炬道："不用咱们杀他，皇帝饶不了他。我估计很快宫里就会去捉他。"

一望扶着弟弟进了院，伸手招呼春罗和蕙卿，从架上取了短刀，"套个马车，不要言声儿，我在门外等你俩。"

大吴以为她三人要去购置祭品，也不多问，将马车赶出院外，把缰绳交给一望。

一望驾车，到路府接上了郭夷则，随即狂奔一阵，在敬客坊巷口停住，"你们在车上待着，如果过一会儿我不出来，你们就回家陪老太太！听阿炬和烟儿狸的话！"

夷则迷迷糊糊点头，见她直奔巷底，推门进了一个院落。

桃红站在院中，大叫："铁戈，又来人了！"李铁戈正和李黑虎把十多个大木箱子装车，气喘吁吁道："谁呀？"

一望伸手捉了桃红，将刀架在她颈上，"你俩别动！"

李黑虎作势要扑上来，李铁戈伸手拦住，苦着脸道："败家娘们儿，有完没完啊！"

一望推着桃红走到他二人近前，"很快了。你！"她指着李黑虎，"你把他那俩爪子捆上！"

桃红大叫："俩老爷们儿，连个娘们儿也弄不住！"

一望低头看她，道："不想伤你，我没玩过刀，你别乱动就好。"

李黑虎见李铁戈一脸无奈，取了绳索将他捆了。一望一把拽过李铁戈，推了桃红道："你过去，把他捆了。"

桃红回头看见刀架在李铁戈脖子上，一边骂一边把李黑虎捆在树干上。又听见任一望让塞住嘴，摘下李黑虎头巾，卷了几卷，堵到他嘴里。

李铁戈见状，嬉皮笑脸道："姓郭的死了，你正好跟着我，我不嫌弃你，剩菜热一热更有滋味儿。刀剑伤不了我！你试过的，你伤不了我！我是国舅，谁敢伤我！"

一望道："我不伤你。"又指着厢房一侧的柴草房，向桃红道："你，进去。"

桃红看了一眼柴房，瑟缩道："你要……点火？！"

一望笑道："哼，没你们那么下作。"

待桃红进了柴房，一望架着李铁戈，把柴房的门锁了，朝里头说道："你不要再喊，对肚子里的不好。"

一望架着李铁戈走到巷口车旁，见儿子还愣在原地，道："他害了你爹、你姥爷、你大舅、三舅……"郭夷则抄起木轫，一棒打在李铁戈头上。李铁戈闷哼一声，晕了过去。

四人将李铁戈抬上车，夷则问道："娘，咱们……去我爹坟上？"

一望摇头道："回纸坊。"言罢跳上车辕旁的座位。夷则牵了马车，转上安东门大街直奔铜马坊。路上不时有妇人女子和他娘儿俩打招呼，一望一一点头回礼，待听到一人喊她郭夫人时，再也忍不住，一头靠在车轼上。夷则回头看她，只见她满脸泪痕，正朝自己微笑。

夷则将车引到院内，纸坊的匠人们迎上来，"夫人，公子！"

任一望道："停工了，你们怎么不去歇着！"

工头唱喏道："夫人，熟宣没有存货了，您让备些纸张，说是宫里要的……"

"哦，去吧，先歇着。有熟人，我带着瞧瞧咱们厂坊。"

见纸匠们转去侧院，一望将李铁戈从车里扯到地上。李铁戈已经醒转，哼哼唧唧道："你要怎的？"

一望道："我本想带你去我爹身前，可是，你不配见到我家老太太。"

李铁戈喘了粗气，叹道："唉，虎落平阳！"

一望道："呸！谋良虎！你逼死我爹、杀我丈夫、害我兄弟，你觉得会有什么报应？"

李铁戈道："我后悔没把你家全灭了！"

一望道："那要好好谢谢你。我两个弟弟、伯父、堂兄弟、我丈夫、我爹，都因你而死！路大人也是你派人伤的吧？"

李铁戈昂着头，"是啊，你家任一师带人去的！谁让姓路的到处跟着搅和！"

一望抽刀重又架上他脖颈，"还这么狷！跟我进去，让你来生识文断字……"

"你要干什么？我是朝廷命官！"李铁戈看四下无人，不免惊慌。

一望推了李铁戈走进纸坊，回身将大门关上。五个人在漂塘旁站定，一望漠然道："这是煮原料的地方，你太脏了，下去洗洗吧。"

李铁戈见池子里雾气升腾，纸浆被煮得泡沫翻滚，不禁腿肚子转筋。见任一望面色沉静，似乎若有所思，再见郭夷则盯着一池纸浆啜泣，连忙转身跌跌撞撞向外跑。

蕙卿忙一把抓住他胳膊，叫道："姐，他要跑！"

一望还没回过神来，李铁戈弯腰一撞，只听扑通一声，蕙卿被他撞倒，一只脚踩进了池子里。郭夷则连忙伸手把她拽起，蕙卿趴在池边连声惨叫，小腿上的皮肤已被烫掉，脚上更是血肉模糊，哭道："姐，姐啊，我废了，老太太不会要我了啊！"

一望过来看了她伤势，笑道："我家要你。夷则，带她去前院！"

李铁戈躺在地上，伸脚插入一望双腿，左右一拧，一望被他绊了个趔趄，一头向水池栽过去。春罗一把将她拽住，李铁戈蹭过来又是一脚，两人一起倒在岸边，顺着斜坡向水里滚落。春罗翻身将一望托住，一望伸手抓住池边石板。再回头时，春罗已滚落沸浆中。

春罗扑腾几下，将头探出水面，脸上皮肤已然溃烂。一望大惊，扔了手中短刀，抄起身边网罗，伸到沸水池中，叫道："抓住！"

春罗伸出胳膊，双手已是皮肉烂熟，她撕心裂肺般大叫："姐！"眼见着又要没入纸浆。

一望伏在地上，用抄网够了春罗向岸边拽，春罗已然奄奄一息，用指骨抓了抄网，露齿一笑，脸上几乎显出了骷髅的形状，"姐，其实我，一直喜欢阿炬……可是他……只喜欢……你……"

一望不禁呆住，手中松了劲道。夷则连忙放下蕙卿，合力将春罗拽上岸来。一望大叫几声，见她再也不动，伸手抄起短刀，朝李铁戈直扑过去。李铁戈已经跑到大门，他双手被缚，正嘬了嘴，用脸在门闩上乱蹭。见一望持刀跑来，看看左右没有出路，沿着池边歪歪斜斜朝后跑去。

任一望一路追过来，李铁戈慌不择路，连忙跳上台阶，登上踏板。

见无处可逃，又看见脚下的石臼深达数尺，暂可隐身，李铁戈也不犹豫，腾地跳了进去。任一望走到石臼旁，李铁戈正靠在石臼壁上喘着粗气荡笑，"来啊，小娘儿们！头回被人这么追，是要让我倒插门儿吧！我看你怎么抓我！把刀扔了，伤不了我。下来吧，咱俩快活快活！"

一望放下短刀，伸手握住摇臂，摇了数圈，恨恨道："别快活。快死吧。"说罢将插销抽掉，悬在上空的石碓直落下来。李铁戈抬头仰望，只觉得眼前一道光圈，越缩越小！

任一望又摇起石碓，又一次次抽下插销，直到筋疲力尽。那石碓原本雪白，再抬起时，已是通体殷红。

她放水将石臼灌满，又扳动手柄将血水冲入漂塘，那血水在热水里咕嘟一阵，迅即将一池纸浆染成了绯红。

夷则扶住了蕙卿，一望跳下脚手架，抱起春罗残骸，走到院外。一群纸匠围在门口不敢擅入，一望朝众人笑道："进去捞纸吧，宫里要薛涛笺……胭脂花和芙蓉末，我已经放了，不要再放，免得色儿太深。焙干了就送到我爹……就送到我们老太太家。"说完已是满脸泪水。

第二十回

香山烧尽禽飞放

几时踪迹下阳台

（一）幽冥

任家院子里，一溜儿摆了四口木棺。烟儿狸、郭夷则和任一师的小女儿分别站在棺椁旁，向来人一一叩头。蕙卿浑身缟素，腿上缠了厚厚的绷带，坐在老太太的轮椅上，哭哭啼啼守在春罗的木棺旁边。旁边地上，另架了木方，只因坝上任孝椿父子的棺椁尚未运至，是此暂时留出空位。

任一望和路陌搀扶着周老太从屋里走出来，一群纸匠和画工正在郭易辰棺前叩头。看到夷则跪下还礼，路陌又流下泪来。

老太太道："好孩子，别哭了，你呢，别在这儿耽搁了，快回去吧，你爹那边得有人照顾啊。"

路陌道："我爹写了辞呈，已经递上去了。"

老太太道："能写字了！腕子好使？"

"他口述，我执笔。"

"唉，皇帝不会让路大人辞官的。"老太太道。

一望道："闺女，回去告诉你爹，别担心，李铁戈不会再弄权了。"

路陌不解，转过脸望着她。一望微微一笑，低声道："告诉你爹，李铁戈死啦。只剩一个李师儿，也蹦跶不了几天了。"

眄儿急冲冲奔进院内，对着任孝萱的棺椁磕了几个头。路陌跑下台阶，扶起她。

烟儿狸见她眼中惊恐，问道："怎么了？"

眄儿道："宫里的一个太监去了我家，探望我小弟。他刚走不久，师婆就吞毒自杀了。现在我弟弟的病情眼看着又加剧，我爹让我来拜祭，让我拜祭了就回去，我弟怕是不行了。"

赵炬点头道："老太太，让两位姑娘都快回家吧！"

烟儿狸送了眄儿上车，重又走回院中，从三嫂手中接过梦生儿，见他小脑门上也缠了白孝，嘴一撇又流下泪来。那孩子却嘻嘻地笑，伸出小手摸他头上渗出的血迹。

赵炬走过来，苦笑道："嘿，还记得吗？那天在元元阁，萱哥说起那个术虎高乞，说他们女真，家里有人过世，后辈儿就在脸上割一刀！烟儿狸，你脑门子上这道箭伤，也算劈面啦。"

烟儿狸抹了眼泪，"炬叔，您知道吗？在坝上，杨家兄妹道别的时候，还让我提防着您！"

赵炬摇头，"嗯，他们兄妹是高人啊，一眼就看出来啦。"

"炬叔，您藏得真够深的！奶奶知道？"

"知道。你爹也知道。小时候，我俩住一起，我每天晚上打坐，他问过我。"

烟儿狸红了脸，把梦生儿递给赵炬，"我是学不成了，您别再留一手了，传给这小子吧。"

赵炬紧紧搂住孩子，"你大哥，跟我练过几天，力大身沉，跟个大笨牛似的，不是那块料。你二哥，从小我就不待见他。你三哥，抓周的时候抓的是砚台。到了你，老太太、你爹，不让你习练拳脚……昨儿我和老太太说了，认了这孩子作干儿子……就是辈分有点儿乱。一北要是知道，你觉得他应该也会同意吧？"

烟儿狸低头伏在赵炬肩上，梦生儿伸出小手轻轻抹了他眼泪，又把手指放在嘴里吧嗒吧嗒品咂。

一望见院外又有车马，忙走出大门，却是郑雨儿从车上跳下，又有人从车上抱出一块牌匾，木匾上的字用黄绸盖了，四个宫中侍卫捧着立在一边。郑雨儿尖声道："任家诸众，门前听旨！"

烟儿狸和众人扶了老太太出来，齐齐跪在院内外。

"天子有谕——任家罹难，主上眷顾，望任家节哀顺变。逝者已矣，生者宜保爱为上。特赐御笔牌匾一，敕令塘花坞自此后，"郑雨儿将拂尘插入腰间，双手将丝绸缓缓撤下，"更名为——秋芳庭！"

赵炬与烟儿狸起身接过牌匾，听见郑雨儿又道："任家损失人丁，主上命宛平府免去塘花坞……免去秾芳庭三年税项。钦命赵炬为中都花业行会行头。唯望秾芳庭一仍其旧，不废产业，装点大金帝都之花团锦簇。"

众人叩头谢恩，郑雨儿走到院内，又将一封信札递给老太太："圣意叮嘱，请您切莫太过悲伤。如若方便，请您携若干子嗣，今晚去宫中小坐。"

老太太点头道："白发人谢恩。一定赴约，不敢有误。"

郑雨儿在任一师棺前站定，向老太太施礼道："奶奶，郑雨儿是残疾之人，不给任掌柜行大礼了。一师和我，念书的时候是同门，我给他磕个头吧？"

老太太道："郑雨儿啊，有心啦。年轻人，还得往好草赶啊，一失足，不得了啊。毁了前程不说，也连累了家人……"

郑雨儿低头称是，跪下磕了个头。任一师的女儿要跪下还礼，见太奶奶摇头，索性站着不动。郑雨儿起身道："一师虽然和李家过从甚密，想也没做过什么伤天害理的事，怎么就自缢了呢，唉。"

赵炬上前拍了拍他肩膀，"郑大人，总归是事出有因吧，家事总是一言难尽。你父亲可好？"

郑雨儿一愣，"哦？不提也罢。"

赵炬道："让他放宽心，不会再有人胁迫他。"

郑雨儿低头苦笑，"也请炬爷，手下留情。"

赵炬点头道："一师死前和我见过一面，跟我说了些宫里宫外的事，也提到了你。他一死，这些事，也就死啦。"

郑雨儿连声叹气，向赵炬深施一礼，颤抖了嗓音道："各位保重，郑雨儿告辞。"

李新喜抱着一堆卷轴进了房门，见地上四处散着棋子，棋枰被摔成几段，满地玉屑，连忙跪倒，"娘娘息怒，小的从内府取了字画回来。"

李师儿坐在摇椅中，扑簌簌掉下泪来，"都什么呀？"

"我展开了给您看？"

"不用，报名儿给我听。"

李新喜起身将卷轴放在一旁，从怀里掏出张单子，念道："马云卿《维摩演教图》、张珪《神龟图》、杨微《二骏图》、杨邦基《聘金图》、李山《风雪松杉图》、武元直《赤壁图》、任询《东坡诗意图》、王庭筠《宫女围棋图》……"

李师儿道："够了。《聘金图》留下，《宫女围棋图》挂上。其他的，送回去。"

李新喜刚把卷轴挂上墙，就听得外面一声高呼，惊得手中画叉当啷落在地上。

潘守恒在李师儿宫门口高喊："主上驾到——"

李新喜、李思忠带了一群宫女呼啦啦伏在道旁，见完颜璟下了车辇。李新喜匍匐在地，低声道："主上，元妃娘娘摔……失手将棋盘跌落，小的们来不及清理，请主上脚下留神……或者，容奴才先进去拾掇拾掇以迎圣驾？"

"呵，跟谁啊？"

"小的不知。"

"不必了。"

完颜璟进了屋内，站在门口盯了墙上的画，"这，怎么挂得歪歪扭扭的！"他跨过地上琐碎，走过去将卷轴扶正。

李师儿从椅子上站起身，低头站在窗边，"主上……"

"嗯，早就觉得你这屋子太素净了，这是王庭筠的？这幅我还没见过……"完颜璟盯着画面细看，见画中的一位宫女坐在屋子里愁容满面，也将棋盘棋子抛得满地，不禁笑出声来。他微眯双眼，辨认了画面的题诗，念道："'尽日羊车不见过，春来雨露向谁多？'呵呵，你和他定制的？"

"回主上，不是，刚让大喜子去内府要了几幅过来，留下了《聘金图》和这一幅，大喜子毛手毛脚刚挂上，您就来了。"

"嗯。'争机决胜元无事，永日消磨不奈何。'老王头儿的题画诗倒是应景啊！"

完颜璟读罢字画，转身走到书桌旁边，"争机决胜——元妃无事吗？"

李师儿走过来，道："主上说什么呀，臣妾不懂。"

完颜璟笑道："朕这几日尤其不好，咳嗽倒是没那么频了，只是胸口疼得厉害。"

李师儿绕到他身后，伸手抱了他腰，伏在背上，抽泣着说："尽日羊车不见过！还不如把臣妾也打入冷宫算了，也好和夹谷做个伴儿！"

完颜璟伸手抚弄了桌上字纸，"不要多想！师儿，你这写的是什么呀？"

"胡乱写着玩儿……"李师儿一把将案上纸张抢到手里。

完颜璟摇头道："不会吧，莫非又是哪位教师的诗词？"

李师儿见他疑惑，将手中纸笺抚平了，放到他面前。又从旁边抽了一本小册子，翻回封面给他看。

完颜璟轻咳几声，"哼哼，我听党怀英提起过，江南至今仍在妖魔我大金，说的就是这个话本吧。说'小番鬓边挑大蒜，岐婆头上带生葱'的，就是它吧。这些东西大定年间就禁了的。"

"最近心烦，我让小忠子去书库里取了几本，随手翻到了。"

"《好事近》！这书里都说了什么呀，这也禁？"完颜璟将椅子推到一旁，却在圆凳上坐了下来。

"《好事近》是一个女子写的小词，前两年坊间确有传唱，这几年听不到了。说宋地有个官员，叫杨思温，靖康之后，在燕京生活。意外遇到了他结义兄长韩思厚的夫人，也就是他嫂子，郑意娘。韩思厚、郑意娘夫妻失散，郑意娘到了大金，做了撒八太尉家里的侍女……"

"撒八太尉，哈，是那个契丹人？这说的是海陵时候的事情。"

"撒八好色，要霸占她，她死活不从，脖子留下了伤疤。郑意娘的丈夫韩思厚留在赵宋，仍是做了大官。因为思念妻子，所以并未再娶。郑意娘委托杨思温帮她传个口信儿。后来姓韩的来大金公干，在一个酒楼的墙上写了首词。"

李师儿摘出一张纸，放在完颜璟面前，"这是那姓韩的写的。"

完颜璟轻轻念出声来，"合和朱粉千余两，捻一个，观音样。大都却似两三分，少付玲珑五脏。等待黄昏，寻好梦底，终夜空劳攘。香魂媚魄知何往？料只在，舟儿上……"

李师儿哼了一声，指着纸上的船字嗔道："舟、舟、舟！主上每天想的就是舟儿吧？！"

完颜璟定睛细看，确是"船儿上"，自己也不禁失笑，"口误而已啊。"

李师儿道："哼，哪有口误，都是成心！"

完颜璟摇头，继续念道："料只在，船儿上。无言倚定小门儿，独对滔滔雪浪。若将愁泪，还做水算，几个黄天荡？"

他又细看一遍，喃喃道："香魂媚魄知何往？料只在，船儿上。这可比张建写得好多了。"

"船儿上。小舟儿上。主上真是得新捐故啊。"李师儿不禁蹙眉。

完颜璟连声咳嗽，笑道："那郑意娘后来怎样了呢？"

"是啊，兄弟二人就去了撒八府邸，却已是门生蛛网，户积尘埃。早就荒废了，人也都死光了。"

"是个惊悚故事？"完颜璟苦笑着轻轻摇头。

"且听臣妾说完。他兄弟二人在那撒八家的墙上看见了这首《忆良人》——"

完颜璟接过另一张纸，只见上面用小楷抄的是：

荏苒流光疾似梭，

滔滔逝水无回波。

良人一去不复返，

红颜欲老将如何？

"这是郑意娘死之前写在墙上的。还有这一首，臣妾方才说前几年中都城内有人传唱的，就是这《好事近》。"李师儿又递上一张纸。

完颜璟伸手接过，见纸上的字迹被水洇了几处，抬头看李师儿，也正凝视自己，眼角眉梢都是幽怨。展开那纸，写着：

往事与谁论？

无语暗弹泪血。

何处最堪怜？

肠断黄昏时节。

倚楼凝望又徘徊，

谁解此情切？

何计可同归雁？

趁江南春色。

完颜璟道："嗯，好词，比上一首好，更比她男人写得好！"

李师儿道："兄弟俩在空宅子里就见到了郑意娘的魂魄，前几次杨思温见到的其实也不是活人。姓韩的要带郑意娘的骨匣回南方，郑意娘的魂魄不同意，说你如果再娶，我回南方也是一座孤坟。姓韩的对天盟誓，这才带了骨匣返乡。"

"凄美倒是凄美，这也太怪力乱神了。"完颜璟笑得连咳数声。

"主上是不敢接着听了吗？"李师儿轻抚他后背，待与他四目相对，只觉得他目光游离，显是心思在别处。

"哦。猜也猜得出，姓韩的肯定又娶了别人嘛。"

李师儿哼了一声，轻轻蹲下伏在他腿上，"莫非天下男人真都是一样的！"

"师儿，说故事就说故事，别夹枪带棒的。都累。"

"臣妾可不敢……那姓韩的回到南方，就和一个女道士好上了。俩人诗词传情，就和张老师写的差不多，肉麻至极，不忍卒读！"见完颜璟面色柔和了些，李师儿道："后来，这位姓韩的负心人和新娘子，就是那个女道士，还俗了就成了新娘子，俩人坐船游玩，这次是大船哦，不是小舟儿！"

听见完颜璟乐出声来，李师儿抱住他小腿，"俩人坐船游玩，船夫在船头唱《好事近》。姓韩的大吃一惊，问哪儿听来的。船夫说，有人去了金国，听见街头巷尾都在传唱这个故事。说金人以为世间男女夫唱妇随，男忠女贞，韩郑夫妻是榜样。"

完颜璟呵呵一笑，李师儿又道："姓韩的听划船的人这么说，羞愧难当，一头栽到水里，淹死了。"

"师儿，你觉得我会掉到水里吗？"

"主上，臣妾怎敢是这个意思！"

"那是因为贾妃替我掉到水里了！"完颜璟正色道。

李师儿腾地起身，"主上，还在埋怨臣妾，对贾妹子照顾不周……"

"唉。放过小舟儿吧，也算朕求你了……我这几日胸痛、烦躁，你不要再给我添堵啦。"

"师儿不做他想，只是惦记主上。"

"还没有他想？李新喜去升王府做什么？"

"啊？在卫王爷球场，师儿听见升王说他家幼子病重，我素与升王妃交好，您知道的，就让他去慰问了……"

"又不是她生的，你派人去瞧什么？！有人来报——大喜子一走，那个师婆就死了。"

李师儿不再答话，只是快步走到卧榻旁。

"师儿，摘绝抱蔓归啊！毒香的事，我早就知道了，你又何必灭口……你家的事，可以到此为止了。你知道铁戈在哪儿吗？"

"有两天没来了。应该在忙我哥的丧事吧。"

"哼。我得到路铎的辞呈，他手筋、脚筋都被砍了。刑部上了折子，已查实，是李铁戈的家将干的。"

"定是有人血口喷人！铁戈与路铎从来没有嫌隙……"

"师儿，你还替他狡辩什么呢？"完颜璟缓缓起身，又不免一阵急喘，"你这位弟弟做了什么，你不清楚吗？卖官鬻爵的事儿他少干了吗？我素有耳闻，只是不想多管。你呢？你也不劝劝他，他这是作死！"

见李师儿不语，完颜璟又道："还有些事，你也不知道吧，李铁戈拿着大金的俸禄，背着我和赵宋、蒙古都有往来。我以为他只为我在市井里打探消息，没想到他是个三方的跳河子！"

李师儿伏在榻上，背心一起一伏。完颜璟见她默不作声，过去将她扶起揽入怀中，"我能赦免了任家，你家的事也能不再追究。别哭了。谁得了皇子，你都是朕的元妃。真要是得新捐故，就不会这样了。这几日你陪着我，走吧，随我回宫。"

（二） 遗意

已是卯时，玉华门外停着一溜车马。任一望接过赵炬手中棉袍，钻入车内，罩在奶奶身上。郑雨儿和宫闱局管事一路小跑过来，"主上传你等进殿。请随我来。"

周衔蝉一行赶至福安殿前，潘守恒迎了上来，悄声道："诸位，暂且收声，主上正与几位大人议事，咱们去楼上侧殿候着。"

赵炬弓身抱起老太太，烟儿狸在身后扶着，一路登上三楼。

任一望将手中一卷新纸交给潘守恒，"潘大人，不揣简陋，这是圣上前回要的熟宣。如合用，改日我让人运来几车。"

潘守恒接了，道："几位稍等，我进去瞧瞧。"

福安殿内，李师儿端坐在榻上，任完颜璟侧卧着，将头枕在她腿上。李师儿轻抚了他眉峰，"就快好了哦……太医院正炮制新药，痊愈指日可待！"

完颜璟连声急喘，示意潘守恒上前，"今日事，今日了。传卫王。"

潘守恒道："主上，老奴以为，传国大事，股肱大臣应该在侧……"

完颜璟抬头看他，不住点头，"有心啦。谁在？"

潘守恒道："定国公一直在外头候着。"

"进。"

完颜永济、完颜匡进殿面圣，见主上倚在元妃腿上，立即低了头跪伏在地。

完颜璟意欲起身，完颜永济偷眼看了，道："主上，贤侄啊，万不可起身，静养吧，尽管吩咐我等。"

完颜璟道："朕已考虑周详，我死后……"

见完颜璟又是一阵急咳，李师儿用手捂住他嘴，完颜璟摇头挣脱，微微一笑，又是连咳数声。她转过手帕偷看，见上面猩红点点，连忙掖到身后。完颜璟道："不必看了，早没了血气。潘，取纸墨。定国公执笔。是为……遗诏。"

潘守恒手忙脚乱，指使几个小太监满屋子也只找到了一支凝了宿墨的秃笔，用热水浸了，交到完颜匡手里。

潘守恒上前道："主上……仓促不及备绫锦……"

完颜璟道："随意。"

潘守恒将桌上的熟宣拣出一张，"这是郭家纸坊刚拿来的新纸，说是上次您命他们做些熟宣。"

完颜匡接过纸张，犹豫道："主上，这是薛涛笺，旨意抄在上面，实是大不敬啊……"

完颜璟一字一顿道："妙在心手，不在物也。古之至人，耳目更用，惟心而已。"

潘守恒道："定国公，您先用着，明日再让人誊在锦上好了。"

完颜璟道："塘花坞，人来了？"

"是，在侧殿候着呢。"

完颜璟又转脸朝向完颜永济，"我死后，请皇叔继位。"

完颜永济匍匐向前，"好侄儿，万万不可！愚叔无能，不足以担此大任啊！麻达葛你好好养病，不日定会好转。我知道你一片拳拳，叔叔定会铭刻在心。微恙而已，微恙而已啊，很快就会痊愈！生龙活虎之际，我等再听凭陛下驱遣！"

完颜璟道："定国公，听见了？"

完颜匡停了笔，连连叩头。

"录！卫王继位后，定当善待一众旧臣。年初和议以来，方今南面安定，只蒙古势大，狼子野心，不可不防。赵宋小儿，出尔反尔，谨防南方与西边勾结。边防之事，务必列为首要……此其一。"

完颜璟呼吸急促，潘守恒取来气囊，兑了药粉，朝他口中连喷数下。

"再记—— 其二，我宫中贾妃、承御范氏，双双有孕。请几位善为看护。"完颜璟伸手握住李师儿食指，向她扬了扬眉毛，"嗯？"李师儿见他忧心忡忡，自觉羞愧，闭上双眼频频点头。

"若二人中，有人生皇子，王叔即可传位于他；若生两位皇子，择其善者，传之。如皆非皇子，皇叔好自为之，续我…… 大金辉煌。"

完颜永济道："主上啊，不说这些，保重龙体为上啊。"

完颜匡面色凝重，只是不住叩头。完颜璟道："你们去吧。朕倦了。元妃留下。有人来，你陪我。"

周衔蝉一群人进了殿内，只见门窗大敞四开，灯火通明，李师儿和一众女官簇拥着完颜璟，在他身上盖了数层貂裘，正坐在三楼看台外望。

"赐坐！婆婆别来无恙吧？"

周衔蝉望了李师儿一眼，见李师儿正恶狠狠地盯着一望，呵呵笑道："快了，没有生趣！"

周衔蝉上下打量完颜璟，惊道："才几天，你怎么消瘦这么多？！"

完颜璟苦笑着摇头，"来的都是什么人，过来让朕看看。"

周衔蝉蹒跚着过来，慢悠悠坐下，回头示意任一望、烟儿狸、赵炬、郭夷则上前，"家中有丧事，本不该入宫。"

"婆婆，你我之间没有禁忌。"

周衔蝉听他咳声不断，不禁眉头紧锁，长长叹了气道："这是一望，我的大孙女儿，你的画中人，呵呵。"

"任大小姐，节哀吧。死去何所道……托体同山阿……"完颜璟连喘粗气，脸憋得通红，"你做的小菜，很合朕的胃口！只是，这些天……食少事烦，恐怕离大去之日……不远了。"

一望默不作声，与皇帝对视，见他脸上竟有乞怜神色，忍不住心中一紧，不禁落下泪来。

完颜璟道："李铁戈——你们杀了？"

一望嗯了一声，道："在纸浆池里化了，送您的纸就是他。"

李师儿身躯一抖，正要发作，见完颜璟将自己的手捏紧，终究还是哭出声来。

"李铁戈多行不义，本来朕也要治他的罪⋯⋯任大小姐代劳了。"

一望道："民女，情愿伏法。"

完颜璟道："嗯。事出有因。"

"这是我的小孙子，任一清。呵呵，好些事，由他而起——"周衔蝉看了李师儿一眼，又道，"由他而起吗？！"

完颜璟眼睑抖动，勉强双目微睁，上下打量烟儿狸。

周衔蝉又道："还有好些事呢，因他而终——会因他而终吗？"

完颜璟已无力转身，只转了眼珠，问道："你就是烟儿狸？"

"是我。"烟儿狸无动于衷。

"李铁戈致你亲人亡故，你怎么不杀了他没出生的孩子呢？"

"不滥杀。"

"那为什么，又伤人无算啊？"

"不被滥杀。"

"哦。没有哪怕一丝悔意？"

"没有。"

"嗯。"完颜璟向潘守恒道，"去⋯⋯拿来。"

（三）飞放

潘守恒和郑雨儿转身回到殿内，拎了两只鸟笼过来，郑雨儿把一副臂鞲递给烟儿狸。

完颜璟向烟儿狸道："这俩是胡沙虎离开中都前，交过来的。你爱玩，送给你吧。"

烟儿狸凑近笼子细看，却是两只小鹰，一只漆黑一只雪白，爪子虽是浅黄，却也正在泛白，知道是海东青中的极品，不禁讶异了一声。两只小鹰踝上裹了金环，虽未佩戴鹰帽，却在金绣香墩上一动不动，宛如两座玉雕。

"大老鹰，小老鹰……白翅膀，飞得快。红眼睛，看得清……兔子见它跑不动，天鹅看它就发蒙……猎户见了瞪大眼，管它叫个海东青。拴上绸子系上铃，吹吹打打送进京。"完颜璟断断续续地念叨，自己也不禁失笑。

见老太太面色温柔，完颜璟道："这是我小时候唱的。婆婆，您知道我们为何……要用海东青捕鹅？"

周衔蝉摇头看他，完颜璟又道："在大金龙兴之地，出产一种珍珠。珠蚌难得一见……却有一种天鹅，最喜采食此蚌。天鹅吃了蚌肉，珍珠就都留在它嗉子里……我们用海东青拿住天鹅，不是癞蛤蟆，不是要吃肉，是要取它嗉中珍珠。"

周衔蝉也回头看那小鹰，完颜璟道："海东青是我大金的玄鸟……九死一生，难得一鹰！太祖灭辽，和它有关……和荐枕相比，搜刮猎鹰最让我女真族人不能再忍……"

烟儿狸作势抚摩鹰头，那小鹰张嘴就要啄他。烟儿狸微笑道："我把我的鹰都放生了。这两只，您还是自己留着吧。"

完颜璟嗯了一声，"那你……也放了它们吧。"

郑雨儿正要上前接过小鹰，烟儿狸已将金笼打开，解下红皮绳和金环，呼啦啦一阵疾响，两只小鹰飞出楼观，盘旋着向远空飞去。烟儿狸与赵炬对望一眼，叹道："听说海东青是绕着弯儿往天上钻，还真是！"

完颜璟盯着两只小鹰消失于天际，叹道："鹘之至俊者也。唐人跟它们叫'云决儿'……宋人称呼它们是'青鸡'……'飞放时，旋风羊角而上，直入云际'……"话没说完，又是一阵疾咳。

周衔蝉顺着众人目光，眯眼望向远处，轻声道："嗯。'不如散去鸳鸯侣，三千云影落君身！'"

完颜璟一惊，精神也是一振，挣扎着起了身，"呀！这是很多年前，广利桥建成，一个孩子在赛会上写的诗，婆婆您怎么会……"

"呵呵。那孩子也是我的一个孙儿。他长大了，做了这中都城水关的关长。去年，下大雨，死了的。"

"婆婆可还记得全诗？你们进殿前，我看这鹰雏，又想起这诗，和师儿问了，她也记不得了……此刻的事，我怎么好像经历过……"

"前两句是'水色天光净无尘，羽仪笼罩待知人'……"

完颜璟和李师儿对望片刻，摇头道："孽缘啊。其他的孩子也就念念'长河落日圆'，您的孙儿可了不得，他背全本的《登楼赋》！老党把他抱到楼上，一群文臣都惊着了。老头子们说他只会背不会写，那孩子就写了这首。当时我身边也有两只小鹰。师儿也在场的……昨日我还见到了那柄如意，我还在想，那孩子应该有二十岁了吧！记不清了，当时怎么没把奖品给他？！哦，原来是您家的孩子。"

周衔蝉伸手招了夷则上前，"我的子孙，都没正形儿。大的养花，二的削尖了脑袋要做官，写诗的这个养鸽子，那个烟儿狸玩鹰。这个呢——"她拈起郭夷则的手，"就摆弄胭脂。这是一望的孩儿，郭夷则。陛下可还记得？那是几天前来着，我第一次进宫，那封信上说的就是这孩子。"

郭夷则单膝着地，将老太太的棉服裹紧了些。

完颜璟点头道："宁馨儿。长得像娘。一家人在一起，多好。如果能重来……我愿用皇位，换你们的年纪，换你们的平常日子……只做喜欢的事，哪怕落入黑绳地狱。如果能自主，我的爱……和痴迷，应该不会……让我成为迷途……的……孤魂……"

"陛下啊，我家的不是平常日子——这一年，这几天，我死了两个儿子，五个孙子，一个孙女姑爷，还有个身边的丫头。这哪里是平常日子？老身已经在地狱了。不值得羡慕！子嗣多，就多牵挂。活得久，就更愁苦。我父亲……生了我这样悲催的女儿，他如果知道，也只是徒增烦恼吧。"

完颜璟摇头道："呵！婆婆也不要执着……元妃的两个兄弟，死了一个，又死了一个……当事人都不在了，此事应当终结……任大姑娘、任一清，朕赦你等无罪。小子！好好守护你祖母、阿姊……也要善待我温国公主。"

"谢皇恩。"烟儿狸木然道。

"那是哪位？"见赵炬捧着锦盒走上来，完颜璟问道。

周衔蝉并不回头，答道："阿炬。赵炬七岁的时候，我收养了。全真的王重阳把他托付给了我。"

赵炬接话道："太极宫，我和三位道长试剑来着。"

"哦，是你。知道了。好本事啊，以你能耐……何不赚个功名？"见赵炬不答话，完颜璟点头，复又摇头轻叹，"婆婆，赵炬的名字也是您起的吧……您是真恨金国啊！是要一把火化了大金吧……呵呵，南人至今还在争论，各国的五德终始。大金究竟是五行中的哪一属，谁说得清呢……其实，天有五行，分时化育，各成万物……您那幅《上阳台》里写……物象千万！可是万物再繁复，却也自有命数。岂是谶言可以破除的……'望南师北清'——您太高看那赵扩了。"

周衔蝉微笑了点头，苦笑道："嗯，是懦弱了些。但他不事奢靡，不殖货利，不行暴虐，前朝皇帝的荒唐事，他都不做。只是用人失察，韩侂胄指正为邪，史弥远窃弄威福。奸人在位，宋室所以衰微得更快了。南方豪杰比比皆是，可惜赵扩偏偏都不用。"她看了看李师儿，"但凡一个人，见不得人好，见不得人高明，是没有容人之心。雅量不够，就做不到豁然！"

完颜璟闭目急喘了一阵，"婆婆，第一次见，您就旁敲侧击。我都听进去了，只是做不到而已……嗯，我叔叔绝非最佳人选……第一次见您，我就猜出可能是赵宋后人。再见到您家画中人的风采……更不怀疑。眼量、贵气，是遗传的。只是不知道我这一支皇室……能否还有血脉……"

李师儿乜斜了任一望，"夸你呢，谢恩吧。"一望面容沉郁，直直盯了她双眼。

"师儿，不要妄语。很难看的。婆婆？"完颜璟伸手，周衔蝉一怔，将拐杖递到他手中。

完颜璟挣扎着站起身来，看了李师儿和任一望，"初见已惊，再见仍然，也是有的。总是这样，谁说不是冤孽呢。"

周衔蝉作势要起身，赵炬连忙扶住，与完颜璟并立站在回廊之上。

完颜璟手拄拐杖，周衔蝉斜倚着栏杆。晨光熹微，薄云中一抹绯红，似有还无，恰似白绢上的一丝血痕。

完颜璟张口深深吸气，盯了坊巷里渐次升起的炊烟，"婆婆，您看这大城！"又伸手拉了她手，缓步踱到阳台游廊西侧，却见西天天光更亮。

"算上海陵，我是大金第六位皇帝……要是从嬴政算起，我是第二百……三十四位。做了皇帝，就站在最高层。当了皇帝，做人也就算到头了吧。"完颜璟打了个寒战，"可，我只是觉得瑟缩。"

潘守恒抱了大氅过来，重又披在他身上。周衔蝉握住完颜璟手掌，完颜璟低头看了，笑道："您的手真软啊……就像塾堂上的小学童，我拿了试卷，也想着该回家去……找家长邀功，听他们喊我麻达葛，听他们夸赞我……呵呵。然而并没有。"

周衔蝉道："你这皇帝，很不错哦。比我父亲好的太多。"

完颜璟抓起她手，轻轻搁在自己脸颊上，让她摸了自己的颧骨，"我已经是骷髅了，对吗？尘缘已尽，应当快走！"

周衔蝉抽出手掌，"你还年轻，别说这么丧气的话。我这个老太太都还想活呢！"

完颜璟呵呵笑道："来日无多……现在可以说说您的家事了吧？"

周衔蝉扶着栏杆，缓缓坐入美人靠，"说。我不姓周，我姓赵。道宗皇帝——那写瘦金的，徽宗赵佶，是我父亲。我的母亲是……"

周衔蝉回头看众人瞪大了眼睛，又见李师儿深情款款地盯着皇帝后背，道："我的母亲是李师师。因我是她所生，不好带进宫里，就一直在周家养着。周邦彦，是我母亲的好友。后来周爷过世，我父亲就把我寄养在福金姐姐家。"

完颜璟微微点头，"茂德帝姬。"

"对的。福金姐姐是我父亲最喜欢的女儿。后来成了你们'二太子'的玩物。"

"宋国王完颜宗望，那是我大金开国元勋，不算辱没了您的姐姐。"

"那一日，姐姐献了《上阳台》给父皇。他摩挲良久，几次提笔又放下，说是怕唐突了神仙。我们一群小孩儿起哄、催促，嚷着要看他写瘦金，这才写了前隔水。突然有人来报，金兵已略地！"

"大王意气尽啊……"完颜璟接口道。

潘守恒和赵炬各搬了一把座椅，扶二人重又坐好，有宫女上来在二人腿上覆了貂裘。

周衔蝉又道："父亲将卷轴、一枚小印和一柄随身的如意交给姐姐，说是回头再写。没料到，一回头，已经是诀别了。那之后，宫里宫外好些人，牲畜一样，被赶着往北走。一个大风天，下着冷雨。姐姐把《上阳台》和那方印塞到我怀里，让她的两个侍女春罗和蕙卿带着我，偷偷跑出兵营。再后来，金兵就追呀追，用长矛在灌木丛里乱扎乱刺，春罗、蕙卿就死了。到流尽最后一滴血，她俩都没出声儿。我人小，被她俩抱着，捂着嘴，没被发现。第二天，就被任家救了呗。八十多年了，再不说，就快憋死了……我呢，也想像个小学童，跟爹娘、跟姐姐，再撒撒娇！"

完颜璟睁开双眼，转过头和周衔蝉对视，"真是夙缘啊……我遣人去送了块牌匾。想必您也看出来了，那不是我的字，是您父皇的书法。我让人从《秾芳诗帖》里选了那三个字。"

周衔蝉悠悠吟道："秾芳依翠萼，焕烂一庭中……舞蝶迷香径，翩翩逐晚风！"

见他眼中有泪，老太太温言道："不要怀疑，我们呢，都创造了自己。你管了个大国家，我生了些惹事的孩子……不要急着说什么走不走的话！当你需要的时候，它就来了。"

赵炬上前一步，将卷轴交给老太太。

周衔蝉转手递给完颜璟，"早就该还个礼，谁知道出了这么多岔子……还有一方印，我大女儿出嫁时，我送给了她。这些年音信全无，可能死在战乱里了吧。"

完颜璟和她相视一笑，慢慢展开《上阳台》，贴近了细看，"婆婆，那一日您提到了《斑斓乡》……"

"哦。世宗皇帝很了不起的。还有一件事，也应该告诉你啊……"

"哦？"

"大定通宝，世宗时候的铜钱，钱上那四个字是我写的。"

完颜璟一怔，向潘守恒笑道："老潘，说什么来着，你还觉得这位婆婆是'民间老妇'吗？"

潘守恒向周衔蝉深施一礼，"失敬，失敬！不知……"

周衔蝉朝孙女扬了扬眉毛，脸上笑意如同少女，"世宗皇帝身边有个官员叫张仅言，管过一阵子铸币，他要走了我的字。"

完颜璟又向天边遥望，语音也突然激昂，"这时候，看这幅字，和看那锦帐又不一样。郑雨儿……背诵最末一段！"

郑雨儿慌慌张张过来，道："《斑斓乡》？"

完颜璟轻轻点头，郑雨儿的声音随即在殿内外回荡——

瞻恋慨想，祖宗旧宇。属属音容，宛然如睹。童嬉孺慕，历历其处。

壮岁经行，恍然如故。旧年从游，依稀如昨。欢诚契阔，旦暮之若。
于嗟阔别兮，云胡不乐。

周衔蝉听到颓唐处，不免老泪纵横。完颜璟伸出指掌，用手背抹了她泪痕，捏着卷轴指着远处说道："婆婆，看，那是颢华门，再往西就是广利桥……现在也有人叫它芦沟桥。我明昌三年建成，可千年不坏！婆婆，后人会怎么评价我呢？我做的不多，可能也就……只改变了中都……近郊的几个地方吧……我也想化身石桥，忍受八百年风吹，八百年日晒，总能等到，哪怕一个，在故事里……称赞我的人吧？"完颜璟断断续续说罢，已是呼吸急促。

晨飔轻抚，檐铎微微晃动，窸窸窣窣发出声来。一只白猫从三楼窗内蹿出，踽着爪子跨上二层西南的戗脊，随即蹲踞在两尊绿釉妙音鸟之间。周衔蝉被猫背折射的强光晃得眯上眼睑，瞳孔也如猫眼般收缩。随着风铃的细琐响动，她轻声念道："忽明忽暗，方死方生。载浮载沉，若果若因。"

清晨，宫门大开，正有人在宫墙内外洒扫。

听见有人连声呼叫，周衔蝉一行在艮岳石边停下。郑雨儿气喘吁吁地将手中的锦盒递给任一望，"主上……命我将此物交予老太太，说本来就是你家的东西。"

一望打发了郑雨儿，把锦盒递到车内。周衔蝉撕去丝带，掀开盒盖，黑绒盒底上赫然卧着一柄素身无纹、简洁至极的白玉如意。

周衔蝉下了车，和赵炬低语了几句。赵炬连连摇头，却也无奈，只得托起她放到艮岳石上。

稍坐片刻之后，周衔蝉轻轻伏在石上，转瞬没了呼吸。

（完）

泰和八年（1208 年）十一月丙辰日。完颜璟薨，庙号"章宗"。

卫绍王完颜永济即位，赐元妃、贾妃死。承御范氏流产，出家。

又五年，胡沙虎弑卫绍王，立完颜珣，是为金宣宗。

此后，铁木真率军伐金，蒙金战争持续近二十年。

贞祐二年（1214 年），金迁都汴京（河南开封）。

次年，蒙军攻克中都。胡沙虎旋即被术虎高乞所杀。

兴定三年（1219 年），完颜珣诛术虎高乞。

元光二年（1223 年），宣宗传位三子完颜守礼（改名守绪），是为金哀宗。

天兴三年（1234 年），金哀宗遭蒙古军围困，于蔡州城内幽兰轩自缢。

金亡……

后记

跟我去北方吧

 Q=胡艾娃　A=郭大熟

Q 《上阳台》的创作从什么时候开始?

A 2020 年春节, 大年初三, 电视上开始报道疫情。就把我当时做的杂志先停了一阵, 这就算赋闲了。办公室在南站附近, 我满屋子转腰子, 自己跟自己玩猜火车, 觉得无聊不是办法, 就开始写这个了。

　　藤泽周平说人要活的长, 才能体会到"时间的恩惠"。其实大块的空闲更是。

　　我特别羡慕一边工作然后抽空就写个大东西的人, 我试过, 不行。有时候我想, 《上阳台》是被偶然或者意外推动的。

Q 除了《岳飞传》, 好像没有太多故事选择发生在金朝。

A 《岳飞传》是"抗金神剧"。金国上下在《岳飞传》里都是小丑一样。兀术使大斧子, 他相当于程咬金一类的人物, 配角儿, 负责喜感传递。哈迷蚩鼻子也没了, 说话瓮声瓮气, 跟鼻炎似的。东北天气冷, 鼻炎确实是常见病。

　　但是《岳飞传》中, 钱彩对金兀术有好感。金兀术要杀或者捉一个人之前, 先问这个是好人还是坏人, 忠臣还是奸贼。又蠢又萌, 现代人看了老是要出戏。感觉他在努着演坏人, 妆化得也不好。

　　金的地面很大, 三百六十多万平方公里。南宋二百万平方公里。所以到了元, 要给前代修史, 用谁做正统, 争论了很多年。辽和宋一直并立, 后来被金打跑了, 基本建制也还在, 西辽, 二百六十多万平方公里。

还有西夏和大理，也特别真实，都有将近八十万平方公里。

后来决定各个史都写，写完的时候，元朝都差不多要结束了。所以在二十四史里，元之前，《宋史》《金史》和《辽史》是并列的。有点儿像魏蜀吴，宋金辽的状态非常微妙——彼此咬啮是外在表征，其实也是互相契合，是共生关系，是"大一统"之外的另一种历史生态。

金的后半段，完全是按照儒家来治国的。现在我们说它汉化，这是事实。放在当时，它的现代化程度极高。这么说吧，当时它要是不想惹事儿，谁也不敢招惹它，"人莫予毒"的感觉。

政治制度，留给元朝很多遗产，金创辟了很多国策。文化上，中国传统医学的升级，是在金国完成的——"儒之门户分于宋，医之门户分于金元"；数学成果有"天元术"，这是现在国际数学界都公认的；文学的更不用说，党怀英、王庭筠、董解元、赵秉文、元好问……都是彪炳后代的人物。金到了这个地步，绝不是"夷狄"一词能贴标签或者抹黑的。

Q 但整体而言，金似乎很小众……

A 金在最兴盛的时候，有个通检推排法，相当于现在的人口普查，《上阳台》这故事的前一年（1207年），人最多的时候，接近五千四百万。跳开一句，1234年，蒙古把金灭了，两年之后又做了人口普查，原来金地的人口只剩下百分之十三。当然有逃走的，主要还是死于战乱。这种跌幅，在人类人口史上非常罕见，很残酷。

北宋一亿多人。南宋人口峰值八千五百万，大概也就相当于现在四个北京。南宋地方不大，但人口确实比金国多很多。南宋整体很富裕，南宋的一个副县长的月薪购买力相当于今天的六万多块钱。也有研究者算过南宋的农业账，亩产三百多斤，和1950年一样。人均粮食产量两千斤，是1984年的差不多三倍。

金国走的不是小国寡民的路子。《上阳台》里的金章宗，是史上所谓"四大文艺皇帝"之一。崇拜宋徽宗，自己也跟着写瘦金，这品位不差的。他管理的金国，是金最强盛的时候，也就开始走下坡路。

Q 《射雕英雄传》里也写到了金国。

A 是。完颜洪烈是虚拟的人物，他的原型就是金章宗和李师儿的孩子，刚过百天，跨了个年其实就夭折了。

杨康在金国长大，小王爷，气质和郭靖不一样，多情、洋气。金庸在书里写那几个金国王爷去草原抖威风、散德行，确实是史书上记录的事，《上阳台》里的卫王完颜永济就是其中之一。我在书里没把他写得太窝囊，他也很像宋徽宗，又贪玩儿又服软，就把自己剩下来了，还捡了个皇位。

在金庸的书里，金国是个若有若无的背景。和草原的勇猛精进，和南宋的财大气粗、急管繁弦相比，金国是个相对无害的存在。抢了个"媳妇"，特喜欢。可是女子重前夫……南宋出使金国的人，写的诗也都是这个调调儿——这也看不上，那也看不上，带着好些岁币过去，还觉得自己是天朝上国，觉得金就是个山寨国家。

嫉恨到极致，往往就是贬损。说金国人也过元宵节，也和南宋人学着在鬓上插花，但插的不是花，插大葱！这和咖啡、大蒜是一个意思，很毒舌，挺小家子气的。南宋有点那个意思，又有钱又不厚道，过小日子。打架一打一个输，嘴上不饶人。

《上阳台》故事发生前，韩侂胄要和金打，刚打了一仗，郭倪打的，赢了。韩侂胄就让人开始写檄文，"天道好还，中国有必伸之理；人心效顺，匹夫无不报之仇……"骂金是"蠢虏"什么的，此后一直输，输得他和苏师旦的脑袋都被砍了送到金国了。

反观金，后来力道没了，架子还在。《上阳台》里完颜晼儿的弟弟完颜守礼，就是后来的金哀宗，很有重振国威的意思。只是他爹完颜珣和再上一个皇帝完颜永济都是废柴，留的摊子太烂。他有点像崇祯，再努力也没用，最后殉国了。中国历史上真正算得上殉国的皇帝就俩，其他都颓了，老老实实写回忆录。和崇祯还不一样，李自成一进京，明朝那些官员都降了，金哀宗的好些将士，都和他一起殉国，这算不算节气？我挺喜欢这个劲儿的，不服，要脸，知道寒碜，死了都不服。

史学里有个词，叫"中州元气"，到底谁能代表13世纪上半叶的中国？谁真正参与涵养了亚细亚中国区？只看《岳飞传》还不够。

晚翩徑迷舞留化筆難丹似霞醉
風逐翩香媒仍獨造下青敲照殘

Q 《上阳台》的故事发生在别的朝代不行？

A 是这么回事。早先，我对溥儒、启功都有偏见，觉得所谓贵气，很荒诞，都是硬撑着的。后来才发现溥儒是真幽默、通透，启功挺深情的，那种专注是提笼架鸟的极致升华版。

这就绕到宋徽宗，原来以为他也就是个字体设计师、工艺美术传承人、园艺师。书法呢，也就和后来的伊秉绶一个路子。太想要个人面目，也就是美术字水准。再后来觉得不是这样。他和唐玄宗差不多，早期也都励精图治。也要允许皇帝成长啊，成长，然后学坏。所谓堕落什么的，在他们自己看来，也不是什么大事。人间的事，反正弄不明白了，就琢磨彼岸吧，他们都挺虚无的，也"有条件"虚无。

就这么着，找了好些宋徽宗的字看。传世的文物上的瘦金体，鉴定界认为有些（《女史箴图》题跋）并不是宋徽宗的字，因为在书写中避了金章宗的他爹，也就是完颜允恭的名讳。我在《上阳台》里，就假设李白的《上阳台帖》过了这俩皇帝的手。

我有一套《金史》，1975年印的，繁体竖排。1975年，我刚出生。《上阳台》第一稿完成的当晚，家人打电话说咋还不回来，有完没完啊？！我查了一下字数，字数正好是我的生日。我就深情地、舒缓地、贱兮兮地跟她说：It's written！

Q 你是对堕落的皇帝感兴趣?

A 算是吧。作为个体,他们比大多数人活得复杂、传奇。

Q 这算自作佳话吗……金的发祥地在现在的哈尔滨。

A 在阿城,现在是哈尔滨的一个区。哈尔滨郊县现在也走遍全国,麻辣烫。当时靠武力征服,现在靠口味公约数。

Q 《上阳台》是历史小说吗?

A 清朝有个金丰,给《说岳全传》写过序。他说小说这东西不能太虚也没必要太实打实——"事事皆虚,则过于诞妄,无以服考古之心;事事皆实,则失于平庸,无以动一时之听。"非要给《上阳台》分类,就是个不架空历史的小说吧。

　　我在报社做了六年《北京地理》,我和同事们做过一个"京武门"系列报道,走访了好些武术世家、镖局遗址什么的。《上阳台》里时不时要动手,跟这个有些关系。因为我出生在东北,做北京的历史地理报道的时候,就对辽、金有偏爱。后来搬家到右安门外,家旁边有个城垣博物馆,是金中都的水关遗址。孩子小时候,我推着小车带他到博物馆里乘凉,那里头有任询的书法碑刻。

我家旁边的地铁站叫景风门。景风门是中都的一座南城门。

我上一个办公室，在四路通，金中都的东南角；孩子的学校在中都的东北角；早些时候在大观园旁边租了办公场地，旁边就是金中都遗址公园，午饭后遛弯儿都在里头；前一阵我骑车上班，每天都经过金中都南路——反正这些年到哪儿都能撞见金中都。这算机缘吗？你一要忘了它的时候，它就冒出来。

我时不时带着孩子在各遗址到处转。太液池现在是一片空地，被围着呢。凤凰咀在西站南边，地名还有，现在叫丽泽金融商务区。凤凰咀的城墙还有几个土堆，现在是个考古场地。我们趴门缝看了。

我说爸爸要复活这片地方，他也听不太懂，但是很兴奋。从短视频上看见人家用金属探测仪，也让我买一个给他，说是要翻墙进去，找宝贝。他以为金国产金子什么的。

歡不可以瀆寵　不可以專寵　寶生慢　愛極則遷　致盈火　損理有固然　美者自美　翩以取尤　冶容未好　君子所雕　結恩布絕　職此之由　故曰翼翼矜矜　恭自思　所以興靖　恭自思　榮顯所期　女史斯　葳苴取告庶姬

Q 小说里的人物姓名有什么讲究吗？

A 历史上有名有姓的，在这书里都按照史书的记载，时间、地点、职务都对得上。任家是虚构的。

Q 蒙古特使、南宋刺客和杨安儿兄妹都是真的?

A 是的。当时几个国家,情报系统都很发达。经常互派间谍,当时叫"跳河子"。窝阔台、博尔忽到中都赶集,是我安排的。当时蒙古国战事不太紧,他俩来中都,也符合铁木真和我的需要。接待他们的札八儿火者——响当当的武将,当时一直在中都城里猫着。

南宋来的辛秸、陆元廷是辛弃疾、陆游的子孙。年轻人,一腔子热血,以为自己能做很多了不起的推进。他们的爹、爷爷到了晚年,其实态度柔和了很多。

杨安儿是金末红袄军的首领,山东人,牵扯了金国很多精力。伤筋动骨的一次起义。他妹在史书里标记很清楚,是有名的武术家。

Q 任家为什么要种花?

A 花乡、草桥这一片,老早就是燕京的花卉产地,所以就让中都西南美俗坊的任家种花。姓任,因为我奶奶姓任。我还有一部手机,微信名字叫"任建国"。

Q 名儿听着挺共和国同龄人的。

A 前几年,公司没钱,有段时间不发工资。我自己垫付了一些钱。好些老同事笑话我,我老婆也很焦虑,骂我是——郭贱人。虽然没理由反驳,但是"郭贱人"不太好听,我就把仨字颠倒了一下,叫个"任建国"了。

塘花坞的掌柜是任孝萱,孝萱是我爷爷的名字。孝椿是我大爷爷的名字。任孝椿、任孝萱的爹,叫任兴周。兴周是我太爷的名字——郭兴周,在燕京大学读法律,做过县官,后来迷上鸦片,就腥了一锅粥。只留下个铜印,在我爸手里。

男主叫任一清,一清是我爸的名字。其他的就顺着故事起了名字。郭夷则,名字是我起的,本来是给我女儿起的名字,没用上,就用这儿了。任家的管家,赵炬,"全真第八子"也是杜撰的。

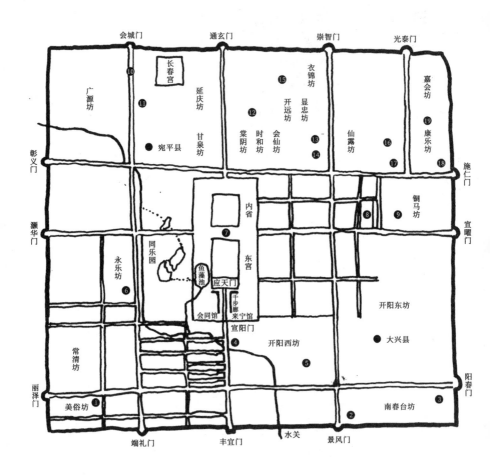

会城门　通玄门　崇智门　光泰门

长春宫

衣锦坊

延庆坊　⑮

广源坊　开远坊

⑪　⑫　显忠坊

甘泉坊　棠阴坊　会仙坊

宛平县　时和坊　⑬　仙露坊

彰义门　⑭　⑯

嘉会坊

⑲　康乐坊

⑱

内省　铜马坊

⑧　⑨

濛华门　东宫

同乐园

永乐坊　鱼藻池

⑥　应天门

会同馆　千步廊来宁馆

宣阳门

开阳东坊

常清坊　④

开阳西坊　大兴县

⑤

丽泽门　美俗坊　①　③

②　南春台坊

端礼门　丰宜门　水关　景风门

施仁门

宣曜门

阳春门

Q 那个老太太呢？她和完颜璟是亲戚吗？

A 野史里说，李师师和宋徽宗有孩子，我就给安在周衔蝉这儿了。衔蝉是古代人给猫起的别名。这两年，我的病严重，跟我们院里一个女孩儿一起喂流浪小猫。我不投入，也就偶尔喂。她很专业，TNR什么的。喂猫很治愈的，就给老太太起了个猫的名字。

《金史》里没细说完颜璟的母亲。有野史记载，他母亲姓赵，是赵楷的女儿。赵楷是宋徽宗的儿子，自己偷偷考中了状元，也就是说金章宗应该管赵楷叫姥爷。周衔蝉应该管赵楷叫哥，同父异母的。金章宗应该管周衔蝉叫姑姥姥。在"番外"里，提到了一些。

Q 那是什么？

A 是个别册，类似美剧里每一集之前的前情回顾。但"番外"的故事大都不发生在1208年。它太剧透了，而且，那里头的笔法太不老实，后来想了又想，就没把它搁在书里。

Q 比如？

A 比如，如果知道了万松行秀是周衔蝉的私生子……赵炬知道他身份，所以在太极宫里不想和他打。再比如，卢沟桥建成的时候搞庆典，完颜璟让孩子们写命题作文，奖品是宋宫里的一柄如意，任一北正想送给奶奶一把痒痒挠儿，就上去了之类的。还有，烟儿狸小时候，掉到山涧里被狼围攻，猞猁救了他等等。

Q 这小说里有很多猫，老太太养猫，完颜眄儿也养猫，那坏女人也养猫……最后猫站在屋檐上的脊兽中间，很有画面感的。

A 小说写完后，有个电视剧上映了，叫《上阳赋》，我查了一下，它们换了好几次名字，最后不知怎么就叫《上阳赋》了，我当时就气吐了。那时候我想不跟它们蹚这浑水了，我想给这小说改个名字，不叫《上阳台》

了，叫《斑斓乡》！《斑斓乡》是我写的一个小故事的名字，讲一女孩儿收留了很多流浪小猫，后来有一只变成老虎带着她私奔了。再后来，《上阳台》就《上阳台》吧。弄得大伙儿都跟小偷似的，其实谁也没丢东西。

Q 烟儿狸也是个猫的名字吗？

A 老北京人，跟鸭梨，叫鸭儿梨，读音就是烟儿狸。因为男主嘴角有小块黑记，他奶奶爱猫，就有了这么个乳名。杨安儿和四娘子是山东人，山东人把猞猁叫野狸，猞猁救过烟儿狸，他文身就是这大猫。野狸、鸭梨、烟儿狸、山东，就串到一起了。

Q 书里对男主的姐姐，着墨很多。

A 男主有点恋母，一望是他大姐，把他喂养大。"姐"在古时候，好长一段时间确实就是"娘"的意思。任一望是家里唯一的女儿，下面有四个弟弟，很霸道，是个"女总裁"。奶奶又尤其喜欢女孩儿，所以宠溺，娇纵惯了。

Q 但你没说她有多美。

A 36岁，高挑。我故意没把故事里的人物面容写得很细。任一望暗恋路铎，又被赵炬暗恋，皇帝好像也挺动心。那皇帝是个大情种。总之，到了是她老公，郭易辰，我们姓郭的吃亏，到死也没几句台词。表白的机会也没有。有多美？簪花的仕女呗，入了画图，类似于今天被街拍了。

Q 郭易辰死后，周衔蝉说后悔没告诉他真相，这里边又有什么故事吗？

A 我只能告诉你他不姓郭。下一本书里会有很多篇幅讲到他的亲爹。他母亲姓蔡，生下他就扔给郭家了。但她也帮周衔蝉带大了一个孩子，这孩子后来成了一代高僧，这位高僧俗家随了养母姓"蔡"。

Q 烟儿狸身上有贾宝玉的影子？

A 这我没想过，或者有意无意就有了参照吧。家里有老太太，有姐姐，还有俩漂亮丫鬟。但他不念书，也不会酸文假醋，有动手动脚的能力，敢爱能恨，知道珍惜。有仇就报，但是点到为止，所以还是有差异。他单挑、团灭那群高丽武士，一个也没杀，扎得也很浅。他甚至从来就没想过要杀李铁戈，是不是哈姆雷特那种延宕，我也说不清。

Q 他恋母很明显。

A 他外甥郭夷则，是那喀索斯那样自恋。这算隔代遗传，他的爷爷奶奶都是颜值加才华。烟儿狸就是俄狄浦斯了。四娘子，他也喜欢。四娘子是武术家，起义军女领袖，后来嫁给了红袄军的一个头领。我在第三部，写金国覆灭的时候会多写她。

四娘子不应该太好看，但是"气质拿得死死的"。我觉得就是女跳高运动员那样的，和去蹦迪的女孩儿不一样。不读书显得单薄，但是对女跳高运动员来说，不过度文化化，对她们是一种保存，那种解衣磅礴、生气淋漓的飒爽……不是网红的那种"美美哒"。

Q 你让她失身，又杀了董解元，起因、结局都挺残酷的。

A 也挺舍不得的。四娘子被她哥哥带大，从来没觉得日常生活有什么好纠结的，因此对自己身体很懵懂。烟儿狸，一个富二代公子哥儿，软化了她。她就犯了糗，突然没有了抵抗力。原本是绷着的，忽然就放弃抵抗，就想喝醉，不计后果，放纵自己。

我对写字的没什么好感，可能起根儿是自我厌恶，所以让四娘子把董解元阉了。四娘子应该刀工很好，不会很疼，董大师不会很痛苦。要怪，就怪史籍上对他的生卒年月没说详细。他生活模仿艺术，那就让他死得奇崛点儿吧。

Q 编一个故事，是不是自己像造物主一样？

A 绝对不敢。有规矩，史实、逻辑、常识都跟那儿摆着呢。烟儿狸把一本册子塞到怀里，过一会儿就跳进公主浴盆。我突然才想起来，鸳鸯浴倒是挺好，但是书就泡坏了。还得返回去，让他把书用油纸包上。

卫王的球场，本来想用铁丝网围上，这样观众抓着摇晃、起哄会方便一些。后来发现宋金时期的冶炼技术没那么精细，制作成本也太高，又涉及专卖。完颜永济那么谨慎，不太可能那么奢侈，就改成了铁栏杆。

还有，因为书里有个老太太，所以用了很多"您"。《上阳台》很幸运，"您"字就是在宋金时候出现的，五代的时候都没有"您"。造物主用不着这么瞻前顾后的。

Q 和周衔蝉、任一望、四娘子相比，元妃、眄儿和路陌出场不多。

A 尝试过面面俱到，但是，想来想去，还是有点侧重吧。美俗坊毕竟不是大观园。对李师儿，我有点儿下不去手，有点儿舍不得细写。我认识一些这样的女性，很悲剧，爱一个男的，也真想给他生小猴子，偏偏就不能如意。就变得偏执，善妒甚至歹毒。所以用周衔蝉和任一望把她镇住。这完颜璟，好像特喜欢民女，这是皇家口味吧，说不太清。

眄儿和烟儿狸同龄，烟儿狸爱上她，是烟儿狸进化的一部分。对姐姐、四娘子、嫂子有依恋，表明他还在天性的地步上转悠，到了眄儿，他开始修正自己，或者说调校自己。

路陌没有过多描写。她爹太正经了，路铎，一目了然的，一个僵硬的中年清官，中都信访局的局长，觉得自己特正确！好人家的孩子，我打不起精神来写。本来写过一段她插花，规规矩矩的，让周老太太给纠正了。后来删了。

Q 高丽的武士挺惨的，还有日本国的球队也挺惨的。

A 可是蹴鞠的高光时刻就给了高丽人啊！

Q 小崔！崔兴慜！

A 孙兴慜在托特纳姆踢得真的很好啊。我看了一些古籍，又在办公室玻璃上画了些复原图，大概恢复了宋金时候的蹴鞠比赛规则，不一定准。像篮球，因为高处有球网。又像排球，各站一边没有身体冲撞，接发球什么的。我想说，中国大陆的足球，从八百年前就开始差了，主要还是个历史遗留问题。

Q 动作的段落都很精彩，视觉效果很强烈的。你看很多武打片吗？

A 我最爱看科幻。武侠看得还算多吧。最早，在教书的时候，我和一个女外教，伙着给学生上口语课。当时《卧虎藏龙》刚得奖，我俩带孩子们看电影，做了一节口语课，浦东新区的英语教师都来听课，都惊着了。《上阳台》里对王度庐和李安都有致敬。

再后来我又去读书，在学校里追着《天地英雄》看。"起——驼！"挺过瘾的。

是武侠我就看，《叶问》我也看。后来看了陈可辛的《武侠》，刘金喜来问路，丧夫的女主从水里站起身来，很幽怨。

再后来是《绣春刀》，尤其是第一部。张震他们在胡同里捉人，很对味儿，接上了杨紫琼在正阳门顺着车辙咯吱咯吱进城的段落。故事和城市，关系很紧密。

从《绣春刀》开始，我琢磨着，我做过的上千期《北京地理》就这么拉倒了？！意难平。那之后有了想法，基于旧城的一个故事。"惟有王城最堪隐""黄尘京国使人狂"的那种。

只有在京城才能发生的故事。一条河，从皇城穿过，那叫御沟。漂着些宫里的御柳叶子或者红叶子，也不一定上面都写字，宫女忙着和宦官对食呢。反正吧，御沟后来流到民间，叫了别的名字，比如凉水河、马草河。庙堂大佬和升斗小民、通衢和细巷……很有张力的地方。

Q 电影，还有吗？

A 再后来，《一代宗师》。你能感觉到王家卫对东北的陌生，看什么都是景儿！被马三儿踢下楼的那个角色要是我演的就好了。

后来就是《聂隐娘》了。《一代宗师》还可以忌妒、挑刺儿，但《聂隐娘》就是恨了，就是绝望，牙根痒痒的那种绝望。气不打一处来。杨树鹏的《我的唐朝兄弟》已经够气人的了，他们凭什么又大张旗鼓对唐传奇下手！

那树影，那驴，还有那棉布棉门帘吹呀吹的！据说是印度买的绸子……可是，侯孝贤、阿城，真是太靠谱了。

这怎么说呢，就好比有个男人离婚了，自己带孩子。前妻又嫁给了别人，又生了个孩子。这单身汉全身心培养孩子，就希望娃出息。但也能估计出息到哪个地步，也都认了。可偏偏前妻和别人生的那孩子，漂亮、聪明，能演奶粉广告！就是那种绝望！

七年前，我有本书，叫《俗讲》，里头有一篇"窃不如偷"。里头重述了《甘泽谣》一小段。红线女偷了金盒，"出魏城西门，将行二百里，见铜台高揭，漳水东注，晨飙动野，斜月在林"。你看舒淇和周韵的精精儿对打之后，两人各自离开，若无其事又全都是事儿，完全是这感觉。那是情敌才有的步伐。《聂隐娘》很高级。他们重新发明了"文艺武侠"。

Q 说起《俗讲》，你的个人写作，是有个序列吗？

A 一点儿一点儿赶出来的，早先并没有。《俗讲》是东西方故事拉扯到一起。我手头还有一批短故事，叫个《变文》，是把古代传奇、笔记里的小故事重写了。每一篇也就是一两千字，是奔着美文写的，是假装跟废名、孙犁和汪曾祺叫板的。再就是这个《上阳台》，最早我跟它叫《话本》。

从《俗讲》到《变文》到《话本》，大概可以归结为拟百科全书式獭祭、再创作和不架空历史的虚构。

Q 《上阳台》你改了几稿?

A 改了又改。在改主体内容的时候,在大故事之外,我又补写了那二十个《番外》,每篇不到三千字。大故事里很多地方不能写透,就用番外补足了一下。比如宫廷画师怎么撩妹又怎么被人吊起来,还有辛秸当街卖他爹辛弃疾的手稿凑钱……我母亲去世之后,我补写了周老太和万松行秀在法源寺见面。当时一遍一遍地听郭思达的那个歌,《罗曼蒂克消亡史》里的,I am buried in your love sealed with blood……

Q 金朝的故事,你会继续写吧?

A 会。第二部叫《春雷引》,是《上阳台》的前传,仍然是讲最老最老的老北京的故事。完颜璟的上上一个皇帝,海陵王完颜亮,很"电视剧"的。他是阿骨打的孙子,把前一个皇帝废了,自己接管。也是怕老家那边有人抵抗,索性迁都,就来了北京。

从完颜亮开始,金国才真正开始当时的现代化。他有金国始祖的血性,老要打,同时自我期许很高,还写诗,宏大叙事,写大而无当哦哦啊啊的诗,"立马吴山第一峰""大柄若在手,清风满天下"之类的东西,政治上把曹操作为对标,修辞上往苏轼身上靠。

特好色,抢别人媳妇,抢了还把人家老公派到边境,以便战死。他非常立体,像大卫王一样。大卫也曾经在楼上纳凉,看见对面楼顶有个女人,拔示巴,正在洗澡就给抢了。也把人家丈夫送到战场。科恩的《哈利路亚》就唱这个。完颜亮的故事是北京第一次成为国都的故事,也是北京第二次成为国都的故事。

第三部我会写金朝的灭亡,《上阳台》里已经理了伏笔,晌儿的弟弟和札八儿约架——后来成真了。

Q 烟儿狸不在了?

A 完颜亮的时候当然没有他。第二部主要讲金世宗完颜雍和完颜亮之间的较劲。当时周衔蝉四十出头，悯忠寺有个大和尚，先不聊这个。第三部，金灭的时候有烟儿狸，他和杨安儿反目成仇……

Q 你期待《上阳台》影视化吗？

A 当然了。这里头的好些情节，本来就考虑了场景调度、镜头切换。比如宫里把《上阳台》那大画布从市集上移过来，竖在广场上，就是锦帐那一段，那就是露天电影，投屏那种效果。巷战高丽武士那段，我找了个窄胡同，用粉笔画了双方的站位、距离什么的，我自己演练了几遍……是半夜的时候，有个大妈出门看到了，嗷的一声吓回院儿里了。

Q 巷战那一段，我想起了徐皓峰的《师父》。

A 是的。他的小说我都看过，细读，做过笔记，还有批注哈。他是真正有风格的写作者。

每个人都有自己的洁癖，前些年陈逸飞的古装美妇，和前几年刘小东的三峡移民，哪个更干净？我宁可写张大春《大唐李白》那样观念、文言、知识结石的东西，也不想尝试其他。

讲一个故事，不需要太多花活。花活，那些叙事技巧、那些文本实验我在《俗讲》和《变文》里用过了。在《上阳台》里，我老实，尽量零度。我不想描述风怎么吹动李师儿领子上的貂绒。

Q 觉得谁演烟儿狸比较合适？

A 那真没想过。我倒是想过很多剪辑的PV。比如情感篇：四娘子起床发现被子上有血迹、完颜璟用柳条轻抽夹谷昭仪、晒儿低头看车底下挂着的烟儿狸、任一望抱着路铎给他喂血、李铁戈被李定奴骚扰、老郑头儿抱着璇姐调情、春罗在纸浆池里喊出赵炬的名字——这些镜头连在一起，背景音乐就用吴遥的《你的一生我只借一晚》吧。

Q 动作的段落呢？

A 也想过。烟儿狸被术虎举起要掼死，博尔忽满手白灰、噗——在台脚蹲踞，辛秸扔火把点了锦帐，李喜儿砍杀任庐江，烟儿狸骑马抱着四娘子求医，雪橇激战，赵炬和仨道长试剑——音乐就用《爱情的枪》——"借我那把枪吧，你说你用不上那玩意儿去杀谁，莫非有人把情爱都已看厌……杀了真理吧，或者杀了谎言吧，好在北风吹起的旷野中，唱着激昂的进行曲。跟我去北方吧，逃离爱情的肤浅，南方的江山太娇媚，腐蚀了我的热血，杀了诚实吧，或者杀了爱情吧，爱情来的时候，你就会背叛你的诚实主义！"

四娘子把双枪送给了陆文龙，啊不，给了烟儿狸。

Q 陆文龙是谁？

A 我们杂志的校对！

本书用图一览

护封：[金]杨邦基 《聘金图》
内封：[明]仇英（传）《狩猎图》、[宋]佚名《乞巧图》
扉页：[唐]李白《上阳台帖》
内页：金代文物图样
书法：[宋]赵佶《千字文卷》集字
后记：[金]张瑀《文姬归汉图》、[宋]赵佶《秾芳诗帖》、[金]完颜璟《题女史箴图卷》

《上阳台》篇名集句

第一回　无端却向阳台畔，低枝小树尽芳繁

　　　　（唐）崔涂　《云》，（唐）令狐楚　《皇城中花园讥刘白赏春不及》

第二回　含情欲说宫中事，美人相并立琼轩

　　　　（唐）朱庆馀　《宫中词》

第三回　殊邻谍报终难测，始知颇牧在金銮

　　　　（宋）楼钥　《送倪正父侍郎使虏》

第四回　彤管忽成贤母传，一丛香草足碍人

　　　　（宋）刘宰　《挽葛知录母二首》，（北朝）庾信　《春赋》

第五回　锦帐美人贪睡暖，假饶毒药也闲闲

　　　　（宋）欧阳修　《渔家傲·十月小春梅蕊绽》
　　　　（宋）释心月　《偈颂一百五十首》

第六回　拜象驯犀角抵豪，弄影西厢侵户月

　　　　（唐）陆龟蒙　《开元杂题七首·杂伎》
　　　　（宋）贺铸　《减字浣溪沙·鼓动城头啼暮鸦》

第七回　分明更有江湖债，多情谁写画图中

　　　　（宋）孙嵩　《又书画船五首》，（宋）陈深　《虞美人·题玉环玩书图》

第八回　风吹绳断童子走，君嗟柳下度吟鞭

　　　　（唐）元稹　《有鸟二十章》，（宋）张炜　《简任新恩》

第九回　儿童见说深惊讶，请问贪婪一点心

　　　　（唐）殷尧藩　《同州端午》，（唐）常楚老　《江上蚊子》

第十回　燕才邂逅莺相款，只疑烧却翠云鬟

　　（宋）白玉蟾　《春兴七首》，（唐）杜牧　《山石榴》

第十一回　肌肤冰雪薰沉水，可能余烈不胜妖

　　（宋）黄庭坚　《观王主簿家酴醾》
　　（唐）罗隐　《中元甲子以辛丑驾幸蜀四首》

第十二回　孽子孤臣气如缕，疏疏芦苇旧江天

　　（宋）郑若冲　《纪梦》，（唐）郑谷　《江际》

第十三回　世间荣落私情尽，不关胎祸自蛾眉

　　（宋）叶适　《毛密夫挽词》，（唐）黄滔　《马嵬》

第十四回　豪夺锦标天下闻，难得难持劫数长

　　（宋）楼钥　《何内翰挽词》，（唐）齐己　《勉送吴国三五新戒归》

第十五回　岂是轻身探虎穴，欲饵丹砂化骨飞

　　（宋）陈元晋　《庆涂权尉三首》，（唐）皎然　《买药歌送杨山人》

第十六回　谁舍尘身石骨巅，地上声喧蹴鞠儿

　　（宋）董嗣杲　《南高峰塔》
　　（唐）曹松　《钟陵寒食日与同年裴颜李先辈郑校书郊外闲游》

第十七回　访旧有情书数行，溅雪奔雷怒未休

　　（宋）范成大　《次韵杨同年秘监见寄二首》
　　（宋）杨万里　《寒食雨中同舍约游天竺得十六绝句呈陆务观》

第十八回　情人邂逅此相逢，束书携剑定前非

　　（唐）韦应物　《送仓部萧员外院长存》，（唐）罗邺　《自蜀入关》

第十九回　爱子篇章孤鹤唳，正是虚空粉碎时

　　（宋）姜特立　《和潘德久舍人见惠 》，（宋）释道璨　《钓雪》

第二十回　香山烧尽禽飞放，几时踪迹下阳台

　　（宋）胡文卿　《虞美人·香烟绕遍兰堂宴》
　　（宋）黄机　《浣溪沙·墨绿衫儿窄窄裁》